詩經研讀指導

裴普賢——著

東大圖書公司

推薦序
——從《詩經》裡走出來的裴先生

吳　宏　一

三民書局編輯部吳女士來電話，要我為裴溥言先生的《詩經研讀指導》寫一篇推薦序，並且告訴我，網路上說我是裴先生的學生。我猶豫了一下，告訴她我不是裴先生的學生，是同事，但我樂意推薦這本書。

我是民國五十年九月進入臺大中文系就讀的，那時候，裴先生已隨她的夫婿外交官糜文開先生到了菲律賓。等到民國六十年她回系裡教書時，我已修完博士課程，正在趕寫畢業論文，同時在校內兼課。後來獲得博士學位，留在系裡教書，從此與裴先生同事數十年。從民國六十二年起，連續有好幾年，我與裴先生同時在臺大、東吳、中山三個大學的中文系，教同一班的學生，講授不同的課程。我在臺大教「詞曲選」，教的學生有洪國樑、洪宏亮、林士容等；在東吳教「李杜詩」，學生有王宣一、阿盛（楊敏盛）、杜宗哲等；在中山教「中國古典文學名著導讀」，學生有徐士賢、沈昭吟、孫慧娟等。裴先生則始終如一，講授中文系必修的重課「詩經」。在我記憶中，那段期間，老師好好教書，學生好好讀書，真是一段令人懷念的美好歲月。

就在那美好的歲月裡，我記得很多學生稱裴先生為「裴菩薩」，那不僅是因為她的體態長相，

也是因為她的性格為人，以及她在家對母親的孝順，課外對學生的照顧；我記得她在系裡聽了我的學術報告，竟然對我所作的七言絕句表示欣賞，立刻轉引到她不久出版的書裡，事先還徵求我的同意，並且在她第一次休假時，要我代授她的「詩經課」，這是她對晚輩、對年輕同事的善意表現與提攜之情；我記得我跟她提起民國四十八年前後，我在高雄讀高中時，學作散文詩，就常誦讀糜文開先生所翻譯的《園丁集》、《漂鳥集》，不久以後，她就常和糜先生在黃昏攜手散步時，順道到隔巷我住的宿舍聊幾句，並贈送他們題署的大著，包括《詩經欣賞與研究》、《文開隨筆》等等。

更讓我懷念的是，若干年後，我到美國的大學訪問，到香港的大學教書，看到程俊英的《詩經譯注》、陳子展的《詩經直解》等書，竟然起了也用白話譯注、整理《詩經》的念頭，於是裴先生的《詩經》論著，就成了我案頭常備的參考書。同樣的，也是若干年後，糜先生「走」了，裴先生也退休到了美國。我則從香港退休返臺，和內人常到青田街去探望沈師母曾祥和教授。沈師母博聞強記而且健談，才聽她斷斷續續談起一些有關裴先生的陳年往事。原來裴先生和糜先生的認識交往，就是從沈老師青田街家裡的客廳開始的；原來那時候糜先生也在臺大兼課，講印度文學，教過林文月先生；原來裴先生和沈師母同年出生，但在「女師學院」念書時，沈師母教過她，所以一直到晚年他們有時在美國相遇，裴先生還是對沈師母執以弟子之禮；原來裴先生退休後在美國，仍然在教《詩經》，只是公開講座，免費教學。……

在我心目中，拼拼湊湊，對裴先生終於有了完整的印象。在學校，她是好學生，也是好老師；在家裡，她是好女兒，也是好母親，更是好妻子。無論在哪裡，她都是社會的一個好公民。她是從《詩經》裡走出來的，出自溫柔敦厚的詩教，是中正和平的化身。

這樣的人，半生都在研讀《詩經》，所謂「文如其人」、「開卷有益」，你說，她寫的書我們能不好好閱讀嗎？

附記：此書原有的〈跋〉，是大學本科高我一班的程元敏學長寫的。他所提的意見，我完全贊同，故不贅論。

自序

我一向對於《詩經》有濃厚的興趣，但從無老師教授過指導過，所以我的研讀《詩經》，只靠自己暗中摸索，很覺艱苦。

旅菲期間，執教華僑師專，主講國學概論，寫下了後來開明出版的《經學概述》中的〈詩經〉一章，接著又應《創作》月刊的邀約，開始與外子文開合撰〈詩經欣賞〉在該刊連載，同時我也試寫研究《詩經》的論文寄《大陸雜誌》等刊物發表，五十三年便在三民書局出版了《詩經欣賞與研究》初集。五十四年回國後，文開又在文化學院兼課，主講《詩經》，他病了便由我代授。於是在開始教授經文前，先講了些研讀《詩經》應有的知識，作為研讀《詩經》的指導。六十年承乏臺大中文系《詩經》課的講授，就把這份講稿增訂了應用。（到去年才寫定為〈《詩經》幾個基本問題的簡述〉一文。）以後又把自己研讀《詩經》摸索出來的心得，續寫了〈《詩經》的研讀與欣賞〉、〈《詩經》字詞用法舉例〉、〈我們為什麼要讀《詩經》〉、〈《詩經》學書目〉等幾篇，發講義給同學參考。為指導他們撰寫讀書報告，我也寫了〈《詩經》黃鳥倉庚考辨〉等幾篇以示範，並要大家來共同討論，提供意見與資料讓我採擇修訂。這樣，選修此課的學生成分雖很複雜：除文學院本系生外，有外文系、哲學系、歷史系、圖書館系的，以及理學院、農學院的；程度也不一致：

有讀博士、碩士、學士的，也有校外來旁聽的。但每人都會獲得一份講義。這樣，講義積存日多，而我在東吳大學兼課，講義就發得比較少，於是有出版專書的提議。希望對同學們提供一本有關《詩經》最基本的參考書。如果同學們能在這裡面得到一點研讀《詩經》的門徑，則是我最大的願望了。

這裡所收十八篇，大多曾經在《東方雜誌》、《孔孟月刊》、《幼獅月刊》、《中華文化復興月刊》、《大陸雜誌》、《孔孟學報》、《書目季刊》等刊物上登載過，而〈桑中〉、〈下泉〉等四篇新解，是依照我《詩經》研讀與欣賞的主張，研讀〈國風〉所得成績的舉例。要聲明的是：這四篇乃與外子文開所合撰。

我寫文章時相當自信，但寫成後總覺暗中摸索得來的一定瑕疵很多。所以本想等校樣送來後請屈翼鵬先生給我過目，賜寫篇序文把大小的毛病指示出來，讓大家知道，而我亦有所改進。不巧屈先生剛於這時到美國講學去了，所以改請程元敏博士寫了篇跋文。程博士知無不言，不愧為我的諍友，跋文中既對我的主張有所闡發，更指出了些缺失和疏漏，讓我作為檢討的參考，謹此申謝。並祈海內外高明，亦不吝指教。

六十六年四月

溥言序於臺北市舟山路六十巷八號臺大宿舍

詩經研讀指導

目次

《詩經》幾個基本問題的簡述

一、《詩經》的來歷

今天我們開始研讀《詩經》本文以前，有幾個關於《詩經》的基本問題，須要有一個大概的了解，讀起來就比較容易把握重點，而容易有心得。

第一，我們要明瞭的，是《詩經》的來歷問題。這包括書名的來歷和這本書的來歷。

這本書，先秦時代，本來只單稱《詩》，和《書》、《禮》、《易》、《春秋》一樣，都不稱經。因為書中所載是三百多篇詩，所以也稱《詩三百》或《三百篇》。戰國時，《墨子》已經有《墨經》的名稱，以示尊敬。《荀子．勸學》篇始有「始乎誦經，終乎讀禮」的話，以經指《詩經》、《尚書》一類的書。而其〈解蔽〉篇云：「故《道經》曰：人心之危，道心之微。」則或以為是稱《尚書》為《道經》。《莊子．天運》篇：「孔子謂老聃曰：丘治《詩》、《書》、《禮》、《樂》、《易》、

《春秋》六經，自以為久矣。」這是古書中最初稱六藝為六經的。但仍沒有《詩經》、《書經》連稱的。最先以經正式名書的是《孝經》。到漢朝武帝立五經博士，五經雖指《詩》、《書》、《禮》、《易》、《春秋》五書而言，但仍未分別以為五部書的書名。司馬遷《史記・儒林列傳》：「申公獨以《詩經》為訓以教。」大約是最早把經字與詩字連在一起的。而正式把《詩經》作為書名，則要到宋元時代才漸見流行，據屈萬里先生說，以成於南宋初年廖剛的《詩經講義》一書為最早。

至於《詩經》所載三百多篇詩是從哪兒來的呢?從前學者，都說古有采詩之制，孔子以前，已採集了自古以來的詩三千多篇，經過孔子刪剩十分之一，來教授他的學生。這就是孔子對六藝有敘《書》、記《禮》、刪《詩》、正《樂》、序《易》、修《春秋》之功中的刪《詩》之說。但刪《詩》之說，起於《史記・孔子世家》，後人疑而不信❶。采詩之制，雖說包括采詩官的採集民間流行歌謠❷和公卿列士的獻詩❸，也未必歷代奉行。近人的推斷，這三百多篇是周朝禮樂所備用

---

❶ 詳見糜文開〈孔子刪詩問題的論辯〉(《詩經欣賞與研究》續集)。

❷ 《漢書・藝文志》：「古有采詩之官，王者所以觀風俗得失，自考正也。」又〈食貨志〉：「孟春之月，群居者將散，行人振木鐸徇于路以采詩，獻之太師，比其音律，以聞于天子。」《禮記・王制》：「天子五年一巡守，……覲諸侯，……命大師陳詩以觀民風。」《左傳・襄公十四年》：「遒人以木鐸徇於路，官師相規，工執藝事以諫。」

❸ 《國語・周語》：「為民者宣之使言。故天子聽政，使公卿至於列士獻詩。」

的樂歌。采詩獻詩，一面可以觀察施政的得失，民風的趨向；一面也可選作典禮中的應用。其原為徒歌的，應用時就依照原有腔調配上樂譜合樂來演唱❹。這三百多篇詩歌，當係先由采詩獻詩所積聚，後由執掌的樂官加以整理編輯而成。采詩所得，多民間流行歌謠，獻詩則多公卿大夫之作❺。少數也有為典禮而特製的❻。在春秋時代，《三百篇》已是貴族們誦習而流行著的作品，孔子也用來教授他的弟子，所以便成為孔門的教科書流傳下來。當時本來是《三百篇》的樂曲和歌詞一起學習的。但自禮崩樂壞以後，樂譜漸漸失傳，到漢代就單剩這三百多篇歌詞了。

《詩經》的來歷，簡單說來，大概如此。

二、《詩經》為什麼又叫《毛詩》

《詩經》為什麼又叫《毛詩》？

❹ 顧頡剛〈論詩經所錄全為樂歌〉（《古史辨》第三冊下）。

❺ 《尚書．金縢》篇載：「武王既喪……周公居東二年，則罪人斯得，於後，公乃為詩以貽王，名之曰〈鴟鴞〉。」據此則〈豳風．鴟鴞〉篇為周公之獻詩。國風之中，有公卿獻詩，非全為采詩官所采得的民間流行歌謠。

❻ 〈清廟〉、〈文王〉、〈鹿鳴〉等篇，即係為典禮而特製的詩。

漢朝時候，傳《詩經》的有魯、齊、韓、毛四家。

(1)《魯詩》傳於魯人申培公，

(2)《齊詩》傳於齊人轅固生，

(3)《韓詩》傳於燕人韓嬰。

以上三家，都是今文《詩經》。孔門六藝，遭到秦始皇焚書的大劫，《詩經》是韻文，容易背誦，所以三百多篇口口相傳，到漢初不再流行蝌蚪文，就用當時流行的隸書繕寫出來，稱「今文《詩經》」。三家詩在文帝、景帝時已先後立了博士。漢武帝建元五年立五經博士，《詩經》就多設了兩個講座，所以魯、齊、韓三家，都立於學官。而其他《春秋》、《尚書》、《易》、《禮》四經，只各設一講座。四經於宣帝、元帝時也陸續增設了七個講座。太學裡共設十四講座，依各家自己的家法來向博士弟子員講經。這十四個講座都是今文學，所以稱今文十四博士❼。

(4)另有《毛詩》一家，由大毛公毛亨作《故訓傳》〔編按：亦稱《毛詩故訓傳》，簡稱《毛傳》〕，授小毛公趙國毛萇。《毛詩》晚出，未得立於學官。毛萇只被河間獻王延請為博士。《毛詩》的本子中多古文，被稱為古文學。哀帝時劉歆建議增立《古文尚書》、《左氏春秋》、《毛詩》、《逸禮》四書於學官。五經博士不理他，丞相孔光也不肯幫忙，他移書（寫信）給太常博士們爭論❽，反而

❼ 非限博士十四人，一家同時可有數人為博士，而一博士有時亦可兼授數經。

得罪了大家。直到平帝時王莽當權，《毛詩》始得立於學官。但不久王莽篡位，即天下大亂。到光武中興，恢復十四博士，仍都是今文經，《毛詩》又被擯棄了。但東漢的博士已腐化，安帝以後，博士即倚席不講。今文學至此盛極而衰，民間的古文學轉盛。鄭玄一人，尤能廣採博取，遍注群經，他為《毛詩》作箋。《毛詩鄭箋》一出，三家詩都為之失卻光彩。於是學者都宗《毛詩》，三國以來，三家詩逐漸失傳：《齊詩》亡於魏，《魯詩》亡於西晉，《韓詩》至唐以後亦亡，今獨存《外傳》。三國時王肅雖攻擊《鄭箋》，但王肅所宗亦係《毛詩》。到唐朝初年，敕孔穎達等撰《五經正義》，《詩經》取鄭而棄王，於是王肅《毛詩注》也失傳，《詩經》只有《毛傳》鄭箋、孔疏獨尊。《毛詩》便代表了《詩經》，所以大家也就以《毛詩》稱《詩經》了。

可是到宋朝朱熹撰《詩集傳》，到元明時代，朱子的《詩集傳》又取代了《毛傳》鄭箋的地位。朱子《詩集傳》所用經文，雖也是《毛傳》的本子，但他於《毛傳》鄭箋、孔疏外，自作《集傳》，連《毛詩》各篇前面的〈詩序〉，也給他去掉。因此，他的《集傳》，已不能稱為《毛詩》。何況到清朝漢學復盛，三家詩也有人輯佚，有人研究，有人作注疏❾，《魯詩》、《齊詩》、《韓詩》

---

❽ 博士屬於太常。

❾ 宗三家的魏源《詩古微》書名未標三家外，陳喬樅的《三家詩遺說考》，王先謙的《詩三家義集疏》等，都標明三家，陳喬樅的《齊詩翼氏學疏證》，且標明《齊詩》中翼氏之學的研究。

都復活了。宗毛的為表明宗毛，像陳啟源的《毛詩稽古編》，胡承珙的《毛詩後箋》，馬瑞辰的《毛詩傳箋通釋》，陳奐的《詩毛氏傳疏》，都特標《毛詩》。而獨立派學者的著作，如姚際恆的《詩經通論》，方玉潤的《詩經原始》，都只稱《詩經》，以示他們不宗《毛詩》。所以現代人之泛稱《詩經》為《毛詩》是有語病的。

三、《詩經》的組織

《詩經》三百十一篇分為〈風〉、〈雅〉、〈頌〉三大類。〈風〉有十五〈國風〉，共計一百六十篇；〈雅〉分〈小雅〉、〈大雅〉，共計一百十一篇（〈小雅〉中〈南陔〉、〈白華〉、〈華黍〉、〈由庚〉、〈崇丘〉、〈由儀〉六篇有目無詩，所以實在是一百零五篇）；〈頌〉又分〈周頌〉、〈魯頌〉及〈商頌〉，共計四十篇。茲分列於後：

(一)〈國風〉

(1)〈周南〉：〈關雎〉等十一篇，

(2)〈召南〉：〈鵲巢〉等十四篇，

(3)〈邶風〉：〈柏舟〉等十九篇，

(4)〈鄘風〉：〈柏舟〉等十篇，
(5)〈衛風〉：〈淇奧〉等十篇，
(6)〈王風〉：〈黍離〉等十篇，
(7)〈鄭風〉：〈緇衣〉等二十一篇，
(8)〈齊風〉：〈雞鳴〉等十一篇，
(9)〈魏風〉：〈葛屨〉等七篇，
(10)〈唐風〉：〈蟋蟀〉等十二篇，
(11)〈秦風〉：〈車鄰〉等十篇，
(12)〈陳風〉：〈宛丘〉等十篇，
(13)〈檜風〉：〈羔裘〉等四篇，
(14)〈曹風〉：〈蜉蝣〉等四篇，
(15)〈豳風〉：〈七月〉等七篇。

(二)〈雅〉

(1)〈小雅〉：共計八十篇。除有目無詩之六篇，實為七十四篇，故《毛傳》分為〈鹿鳴之什〉、〈南有嘉魚之什〉、〈鴻雁之什〉、〈節南山之什〉、〈谷風之什〉、〈甫田之什〉、〈魚藻之什〉（十

四篇）七什。而朱熹《詩集傳》則仍分為〈鹿鳴之什〉、〈白華之什〉、〈彤弓之什〉、〈祈父之什〉、〈小旻之什〉、〈北山之什〉、〈桑扈之什〉、〈都人士之什〉八什。

(2)〈大雅〉：共計三十一篇。分為〈文王之什〉、〈生民之什〉、〈蕩之什〉（十一篇）三什。

㈢〈頌〉

(1)〈周頌〉：〈清廟之什〉十篇、〈臣工之什〉十篇、〈閔予小子之什〉十一篇，共計三十一篇；

(2)〈魯頌〉：〈駉〉等四篇；

(3)〈商頌〉：〈那〉等五篇。

《左傳．襄公二十九年》孔子八歲時載有季札觀樂事，魯國所歌周樂，雖也依〈國風〉、〈小雅〉、〈大雅〉、〈頌〉的次序來歌唱，大體與孔門傳授下來的《詩經》一樣，但十五〈國風〉的先後，卻是〈周南〉、〈召南〉、〈邶〉、〈鄘〉、〈衛〉、〈王〉、〈鄭〉、〈齊〉、〈豳〉、〈秦〉、〈魏〉、〈唐〉、〈陳〉、〈鄶〉、〈曹〉，把〈豳〉、〈秦〉二風提前次於〈齊〉、〈魏〉之間了。又〈頌〉詩未提起〈魯〉、〈商〉二頌。所以〈豳〉、〈秦〉二風的排後，是否孔子的更動？〈魯〉、〈商〉二頌是否由孔子附加？以及〈小雅〉的七什，朱子重定為八什，是否較為適當？都成為後人商討的問題。

四、《詩經》的作者與時代

《詩經》三百篇中，十五〈國風〉大多是采詩官自民間蒐集來的歌謠，作者都是無名氏，或者說是民間的集體創作。但也有貴族所作流傳於民間的，例如周公作〈豳風・鴟鴞〉（見於《尚書》），許穆夫人穆姬作〈鄘風・載馳〉（見於《左傳》）等。〈雅〉和〈頌〉的作者也多不可考，只有少數詩人在詩中自己說出的：例如〈小雅・節南山〉曰「家父作誦」，作者是家父；〈巷伯〉曰「寺人孟子，作為此詩。」作者是寺人孟子；〈大雅・崧高〉、〈烝民〉皆曰「吉甫作誦」，作者同為吉甫。其他〈小雅〉之〈常棣〉，《國語》以為周公作，《左傳》以為召穆公作。總之，三百篇的作者，大多是「士」的這種身分的知識分子的產品，至於《毛詩・小序》以為某篇某人作者，則多臆度之意，不可輕信。

《詩》三百篇的時代，就文辭上看，以〈周頌〉為最早，大致都是西周初葉一百餘年間的詩，〈大雅〉裡也有幾篇像是西周初年的作品，而大部分是西周中葉以後的產物，也有極少西周初亡時的作品。〈小雅〉比〈大雅〉略遲，多半是西周中葉以後的詩，有少數顯然是作於東周初年。〈國風〉中最早的是約作於周初的〈豳風〉及二〈南〉中若干篇章，但大多作於西周晚年及東周初年。最晚的到春秋中葉，如〈陳風・株林〉及〈曹風・下泉〉等⑩。〈魯頌〉四篇是魯僖公時代

的祀祖歌，已公元前七世紀時。〈魯頌〉寫作的背景是在魯僖公四年（周惠王廿一年公元前六五六年），魯僖公、宋桓公（襄公之父）跟著齊桓公打楚國，盟於召陵（今河南偃城）以後，回到各自的國家以後所作的祀祖歌。因為這一事是「中夏攘楚第一舉」，所以才做了這許多祀祖歌，向祖宗報告武功，向世人誇耀戰績！〈商頌〉實為〈宋頌〉而不是殷詩。宋是武王伐紂後周所封殷的後裔。不稱〈宋頌〉而稱〈商頌〉，因宋為商之後。〈商頌〉也作於公元前七世紀（公元前六五一－六三七），是宋襄公時代的祀祖歌。宋襄公修仁行義，稱霸一時，且自念為王者之後，故作祀祖歌。

總之，這三百篇詩是公元前一千一百年左右到公元前五百多年這五六百年之間的產物。即最早的是周初，最遲的是春秋中葉以後，而以西周末東周初為其中心。

五、《詩經》的地域

⑩可考的舊說，〈株林〉為《詩經》最晚的詩。〈株林〉是詠陳靈公通於夏姬事，魯宣公十年（周定王八年公元前五九九年）其子夏徵舒殺靈公。新說，〈下泉〉為曹人美郇伯勤王之詩。魯昭公二十六年（周敬王四年公元前五一六年）智伯（荀躒）納王於成周，王子朝奔楚。則其詩後於〈株林〉八十餘年。故《詩經》時代的推算，應延長八十年也。

三百篇《詩》除二〈南〉中〈漢廣〉、〈江有汜〉等極少數篇為今湖北北部的作品外⓫，其餘各篇的地域，均在今陝西、山西、河南、山東四省境內。〈邶風〉可能及於今之河北一帶。《詩經》地域是黃河流域，最南的仍是在長江以北。所以說《三百篇》是北方文學。

六、四始與六義

《詩經》之有四始六義，出於《毛詩‧大序》：

> 《詩》有六義焉：一曰〈風〉，二曰賦，三曰比，四曰興，五曰〈雅〉，六曰〈頌〉。上以〈風〉化下，下以〈風〉刺上，主文而譎諫。言之者無罪，聞之者足以戒，故曰「風」。……是以一國之事，繫一人之本，謂之「風」；言天下之事，形四方之風，謂之「雅」。〈雅〉者，正也。言王政之所由廢興也。政有小大，故有〈小雅〉焉，有〈大雅〉焉。〈頌〉者，美盛德之形容，以其成功告於神明者也。是謂四始，《詩》之至也。

⓫〈江有汜〉的地域，清人陳奐的《詩毛氏傳疏》，日人竹添光鴻的《毛詩會箋》均主此詩作於四川。若然，則《詩經》地域，又將增四川長江以北成都一帶也。

這裡，〈大序〉提出六義之後，就解釋〈風〉，接著刪節的幾句是講的變〈風〉、變〈雅〉，以下又總論「風」義，〈大雅〉、〈小雅〉的「雅」義，以及「頌」義，緊接著就說「是謂四始，《詩》之至也。」《箋》云：「始者，王道興衰之所由。」意思是說：〈風〉、〈大雅〉、〈小雅〉、〈頌〉四者是王道興衰的起點，是《詩》的至高意義。所以《毛詩》的四始，是指施政應以留意於與治亂因素有關的〈風〉、〈大雅〉、〈小雅〉、〈頌〉四者，為始。

但在司馬遷《史記・孔子世家》中卻說：

〈關雎〉之亂，以為〈風〉始；〈鹿鳴〉為〈小雅〉始；〈文王〉為〈大雅〉始；〈清廟〉為〈頌〉始。

他只指出，〈風〉、〈小雅〉、〈大雅〉、〈頌〉各以首篇〈關雎〉、〈鹿鳴〉、〈文王〉、〈清廟〉為始，讓我們特別重視這四篇，這就平實得多了。所以大家都採此說。司馬遷是學的《魯詩》，學者們推測這是《魯詩》的四始。錢賓四先生更指出這四篇是《詩經》的開始，也就是周公制禮作樂時最初所定四種典禮應用樂歌的最具深意的代表作（見其所著〈讀詩經〉四始章）。

三家詩的《齊詩》，也有四始之說。據翼奉、郎顗所述，《齊詩》以〈大明〉在亥為水始，〈四牡〉在寅為木始，〈嘉魚〉在巳為火始，〈鴻雁〉在申為金始。《齊詩》受戰國陰陽家的陰陽五行之說的影響最深。這分別以〈大雅〉的〈大明〉、〈小雅〉的〈四牡〉、〈嘉魚〉、〈鴻雁〉四篇為水始、木始、火始、金始的怪異之說，就不易教人接受了。

六義之說，為《毛詩》所獨有。但〈詩序〉中只說明了〈風〉〈雅〉〈頌〉三義；賦比興三義則未加解釋。而《毛傳》傳詩，又只標興，而不及賦比，所以賦比興三義不明。先秦典籍《周禮》的〈春官〉，載太師的職掌曰：「教六詩：曰〈風〉，曰賦，曰比，曰興，曰〈雅〉，曰〈頌〉。」六詩與六義的次序相同，而對六詩也未加解釋。鄭玄注《周禮》，釋〈風〉〈雅〉〈頌〉為「〈風〉言賢聖治道之遺化。」「〈雅〉，正也，言今之正者以為後法；〈頌〉之言誦也，容也，誦今之德，廣以美之。」可說是〈詩序〉中〈風〉〈雅〉〈頌〉三義的述要。釋賦比興則為：「賦之言鋪，直陳今之政教善惡；比見今之失，不敢斥言，取比類以言之；興見今之美，嫌於媚諛，取善事以喻勸之。」以比專為刺，興專為美，顯見得講得不中肯，且與《毛傳》所標興詩不符。孔穎達作《毛詩正義》，又即引這《周禮》注中鄭玄的六詩注文來釋六義，所以直到唐朝，還沒有六義的圓滿解釋⓬。賦比興三義，要到宋朝，才有比較明確的界說；而〈風〉〈雅〉〈頌〉三義，唐以後也隨時有新的見解來補充。可是〈詩序〉六義的孔疏，我們還有特別一提的必要。他說明六義的次序是這樣的：

六義次第如此者，以《詩》之四始以〈風〉為先曰〈風〉。〈風〉之所用以賦比興為之辭，故

⓬ 孔疏也批評鄭注說：「其實美刺俱有比興者。」

於〈風〉之下，即次賦比興，然後次以〈雅〉〈頌〉。〈雅〉〈頌〉亦以賦比興為之辭，既見賦比興於〈風〉之下，明〈雅〉〈頌〉亦同之。

這樣也表明了六義是以〈風〉〈雅〉〈頌〉為一組，賦比興另為一組的。接著他又說明兩組的性質和關係云：

然則〈風〉〈雅〉〈頌〉者，詩篇之異體；賦比興者，詩文之異辭耳。大小不同，而得並為六義者，賦比興是詩之所用，〈風〉〈雅〉〈頌〉是詩之成形。用彼三事，成此三事，是故同稱為義，非別有篇卷也。

後來朱子就稱〈風〉〈雅〉〈頌〉為六義的三經，賦比興為六義的三緯。現在我們可以這樣說：「〈風〉〈雅〉〈頌〉是詩的三種分類，賦比興是詩的三種作法。」

(一)詩的三種分類

(1)風：〈風〉是風謠，即民眾發洩感情的歌謠，可以風刺不順眼的事物，也可表現奮發向上或自甘墮落的情志等等，可以觀察各地風土人情，關係風化之所在。而各地歌謠的腔調，也形成一種可以區別的風格的。

宋朱熹《詩集傳》云：「凡《詩》之所謂〈風〉者，多出於里巷歌謠之作，所謂男女相與詠歌，各言其情者也。」又云：「〈風〉者，民俗歌謠之詩也。謂之〈風〉者，以其被上之化以有言，而其言又足以感人。物因風之動以有聲，而其聲又足以動物也。是以諸侯采之以貢於天子，天子受之而列於樂官。於以考俗尚之美惡，而知其政治之得失焉。」

近人梁啟超認為「南」是樂名，是一種合唱的音樂，應在〈風〉〈雅〉〈頌〉之外，另成一類，主張把《詩經》分為「南」(〈周南〉、〈召南〉)、「風」(〈國風〉)、「雅」(大、小〈雅〉)、「頌」(三〈頌〉)四類，叫做四詩⓭。但「南」也同時是方域的名稱，二〈南〉之詩，采於「周南」、「召南」之地，其聲則為南調，正與鄭詩采自鄭國，而其樂調則為鄭聲一樣。二〈南〉不應離〈國風〉而獨立，《左傳．隱公三年》就說：「〈風〉有〈采蘩〉〈采蘋〉」，稱〈召南〉的〈采蘩〉〈采蘋〉為〈風〉。《史記．孔子世家》既說「〈關雎〉之亂，以為〈風〉始」，《韓詩外傳．卷五》也載：「子夏問曰：『〈關雎〉何以為〈國風〉始也？』」都稱〈周南〉的〈關雎〉為〈國風〉之始。可見二〈南〉原屬〈國風〉，不必另分一類。

(2)雅：是周王朝全國性的詩，代表王朝的政治教訓。很多是頌揚或諷諫的作品。也有很多是

⓭ 梁說本於宋之王質、程大昌。王氏《詩總聞》云：「『南』，樂歌名也。見《詩》：『以雅以南』，見《禮》：『胥鼓南。』見《春秋傳》：『舞象、箾、南籥。』大要皆樂歌名也。」

記述王政的得失。由於它的風格整齊矜持，紳士氣很重，故被稱為正聲。意思是說，這是全國的標準音。「雅」和「夏」古音相近，二字往往通用。《荀子・榮辱》篇：「越人安越，楚人安楚，君子安雅。」又〈儒效〉篇：「居楚而楚，居越而越，居夏而夏。」兩段話對照看，可知「雅」就是「夏」。《墨子・天志下》引〈大雅・皇矣〉篇「帝謂文王，予懷明德……」六句時，謂「大雅」作「大夏」，更是顯明的證據。夏是文化較高的黃河流域一帶的地方，各國的〈國風〉，既然是各國流行的本地歌謠，〈雅〉就該是流行中原一帶而為王朝所崇尚的正聲了。所以《詩・大序》說「〈雅〉者，政也。言王政之所由興廢。」梁啟超也說「〈雅〉者，正也；為周代通行之正樂。」〈雅〉之目的，是朝臣相戒，整飭綱紀，故其作者多是士大夫。其體明白正大。其內容關於王道消長，國家隆替。所以〈雅〉是士大夫階級的文學，和民間文學的〈風〉不同。

〈雅〉又以內容分為大、小〈雅〉。朱熹《詩集傳》曰：「〈雅〉者，正也，正樂之歌也。其篇本有大小之殊。以今考之，正〈小雅〉，燕饗之樂也；正〈大雅〉，會朝之樂，受釐陳戒之辭也。」但這只是少數樂章的應用，如依其多數篇章的內容而言，則追述西周初年祖先功德的詩，即誇張西周初年開國盛世的詩大多是〈大雅〉；表現西周衰世，特別是幽王之世的詩大多是〈小雅〉。把誇張周宣王文治武功的詩也編入〈大雅〉。故大、小〈雅〉之別在內容而不在時代（另參吳季札觀樂對大、小〈雅〉的批評）。

〈風〉和大、小〈雅〉都有正變之說。《毛詩・序》說：「至於王道衰，禮義廢，政教失國異政，家殊俗，而變〈風〉、變〈雅〉作矣。」鄭康成（編按：即鄭玄，字康成）的《詩譜》序中更有詳細的說明，認為凡文、武、成王時的詩，皆謂之正詩；懿王以後的詩（鄭氏《詩譜》所列沒有康、昭、穆、共諸王時的詩。）皆謂之變詩。意思是說，盛世的詩是正詩，衰世的詩是變詩。這個說法雖然不能說完全正確，但大體上我們可以從詩的正變，看出時代的盛衰來。其後通行〈風〉、〈雅〉正變的劃分以二〈南〉為正〈風〉，自〈邶〉以下十三國為變〈風〉。〈鹿鳴〉至〈菁莪〉十六篇為正〈小雅〉，〈六月〉以下五十八篇為變〈小雅〉。〈文王〉至〈卷阿〉十八篇為正〈大雅〉，〈民勞〉以下十三篇為變〈大雅〉。

(3)頌：朱熹《詩集傳》云：「〈頌〉者，宗廟之樂歌。〈大序〉所謂美盛德之形容，以其成功告於神明者也。」〈頌〉代表貴族的宗教信仰。是宗教祭祀所用贊神的詩。它是一種巫術表演，有一定的周旋起訖，故其風格也莊嚴有節。清阮元的《揅經室》一集中有〈釋頌〉一文，以為「頌」就是「容」，是歌而兼舞的意思。按「頌」字从「頁」，「公」聲。凡頭、頸、額、顴、顏……等字皆从「頁」。故「頌」字為容貌之「容」的本字。舞時重舞的容態，所以歌而兼舞的詩歌就叫做「頌」了。〈頌〉之目的，在彰顯祖先，頌美盛德，其作者亦多士大夫，其體莊嚴鄭重。國家凡有重大的典禮，尤其舉行隆重的祭典時，就演奏這載歌載舞，莊嚴肅穆的〈頌〉詩。所以〈頌〉本來是祭祀時頌神或頌祖先的樂歌。有〈周頌〉、〈魯頌〉、〈商頌〉之別[14]。

總之，〈頌〉詩是舞詩，宗教跳舞是戲劇的萌芽，故也叫做「劇詩」。〈雅〉言王政，都是些歷

史大事，故也可叫做「史詩」。〈風〉詩所詠，是詩人感情的自我抒寫，故也可叫做「抒情詩」。以三者出現的先後來說，〈周頌〉最早，其次是〈雅〉。〈風〉詩大部分出現較晚，已到東遷以後。這與希臘的頌神詩、史詩、抒情詩出現的階段，完全一致。自亞里斯多德以來，就把詩歌分為抒情詩、史詩、劇詩三種，〈風〉、〈雅〉、〈頌〉也可說是抒情詩、史詩、劇詩的三種區別。

(二)詩的三種作法

(1)賦：朱子《詩集傳》：「賦者，敷陳其事而直言之者也。」又：「直指其名，直敘其事者賦也。」程頤舉〈衛風．碩人〉首章〈釋賦〉云：「賦則敷陳其事，如『齊侯之子，衛侯之妻』是也。」⑮王應麟《困學紀聞》引李仲蒙語：「敘物以言情，謂之賦，情盡物也。」賦義易明，

---

⑭ 唐成伯璵《毛詩指說》創〈頌〉詩亦有正變之論，以〈周頌〉為正〈頌〉，〈魯頌〉〈商頌〉為變〈頌〉。他說：「〈魯〉殷為變頌，多陳變亂之辭也。」而孔穎達《正義》也認〈商〉〈魯〉二〈頌〉之為體，實與〈周頌〉有所不同。他說：「〈商頌〉非以成功告神，其體異於〈周頌〉。〈魯頌〉主詠僖公功德，才如變〈風〉之美者耳，又與〈商頌〉異也。」王柏《詩疑》也說：「〈魯頌〉四篇有〈風〉體、有〈小雅〉體、有〈大雅〉體，〈頌〉之變體也。」

⑮ 朱子《詩集傳》於三百篇每章定其賦、比、興。〈碩人〉首章全文為：「碩人其頎，衣錦褧衣。齊侯之子，衛侯之妻，東宮之妹，邢侯之姨，譚公維私。」

但詩以言情為主，李仲蒙語最為圓滿。

(2)比：朱子《詩集傳》：「比者，以彼物比此物也。」又云：「引物為說，比也。」這是假桑喻槐的方法。也即修辭學上譬喻的對比式。可舉〈齊風・敝笱〉首章為例：

敝笱在梁，其魚魴鰥；
齊子歸止，其從如雲。

此詩前兩句和後兩句對比，以河梁上破舊的魚笱，不能制大魚魴鰥，來喻弱小魯國的桓公，難制從強大齊國嫁來的妻子——那位隨從如雲，聲勢煊赫的文姜。

這是明喻⑯，若進而用隱喻，不說出被喻的事物，粗著似賦，細思時才讓你體味到詩中要說的是另一回事，則成為象徵詩。《詩經・國風》中〈魏風〉的〈碩鼠〉，〈豳風〉的〈鴟鴞〉，就是這種手法。而民間歌謠中亦有之。例如：

---

⑯但在朱傳，各句連用「如」字為比者，仍標「賦也」。例一：〈衛風・碩人〉次章：「手如柔荑，膚如凝脂，領如蝤蠐，齒如瓠犀，螓首蛾眉，巧笑倩兮，美目盼兮」賦也。例二：〈小雅・天保〉末章：「如月之恆，如日之升，如南山之壽，不騫不崩；如松柏之茂，無不爾或承」賦也。例三：〈小雅・斯干〉三章：「如跂斯翼，如矢斯棘，如鳥斯革，如翬斯飛，君子攸躋」賦也。

明月白叮噹，賊來偷醬缸。
聾子聽見了，瞎子看見了。
啞子大聲叫，跛子追出家。
斷臂抓住了，原來是個大傻瓜。

從前我在一本民謠集中看到，覺得這故事很滑稽有趣，但一看編者的案語，卻是「此言國無人也」六字，才恍然大悟，原來民謠還有寓意如此深刻的。《詩經．國風》中〈碩鼠〉、〈鴟鴞〉等詩，全篇是隱喻，是最高明的手法。這就是《朱子語類》所云：「比者以物為比，而不正言其事者。」茲舉〈碩鼠〉首章說明之：

碩鼠！碩鼠！無食我黍！
三歲貫女，莫我肯德！
逝將去女，適彼樂土——
樂土！樂土！爰得我所？

這詩看來是和大鼠講話，請求牠不要吃掉他的黍米，但細體詩義，才知是說他要離去，去尋找安樂國土。則知他是在罵剝削人民的統治者是大耗子。本來比是「以彼比此」，這連「此」也隱而不言。讓讀者去猜測了。而此詩的深刻，更在欲遁無處，無可奈何。最後只好忍受大耗子的剝削。桃花源的樂土，只是想像中的烏托邦而已。其哀痛有如此者！至於〈小雅・鶴鳴〉全篇用一連串的隱喻所組成，與〈碩鼠〉、〈鴟鴞〉又略有不同。

比的說明，也以李仲蒙的為最圓滿。他說：「索物以託情，謂之比，情附物也。」

(3)興：從來比、興難辨，孔穎達說：「比顯而興隱。」因為興隱，所以最難說明白。朱子不得不反覆討論。

《詩集傳・關雎》篇發凡云：「興者，先言他物以引起所詠之辭也。」⑰《語類》云：「興，起也。引物以起吾意；如雎鳩是摯而有別之物，荇菜是潔淨和柔之物，引此起興。」

但鄭樵《六經奧論》曾云：「凡興者，所見在此，所得在彼，不可以事類推，不可以義理求也。……夫詩之本在聲，而聲之本在興；鳥獸草木乃發興之本。」朱子亦兼採其說，故在《詩集傳・召南・小星》篇首章又云：「因所見以起興，其於義無所取，特取其『在東』、『在公』兩字之相應耳。」

⑰〈關雎〉首章：「關關雎鳩，在河之洲；窈窕淑女，君子好逑。」上兩句為「先言他物」的興句，下兩句為「引起所詠之辭」的應句。

〈小星〉首章：「嘒彼小星，三五在東。肅肅宵征，夙夜在公，實命不同。」其意即頭兩句因所見小星以起興，引起下面的三句來，其間無所取義，不像〈關雎〉篇的雎鳩取其摯而有別，這詩僅取其「在東」與「在公」的其聲相應，即「東」與「公」的協韻而已。

近人顧頡剛研究現代民謠，悟出了《詩經》興詩的起興，只在協韻而無所取義，剛剛和鄭樵之說一樣，就寫了〈起興〉一文。他說：「幼讀朱熹《詩集傳》，我的心中很疑惑：雎鳩是情摯而有別的，君子與淑女是像他們的。那麼，這明明是『比』而不是興了。」後來他輯集歌謠，見民歌的起首一句，都是和承接的一句沒有關係的。例如：

(A)陽山頭上竹葉青，新做媳婦像觀音。……

(B)陽山頭上花小籃，新做媳婦多許難。……

只是取「青」與「音」，「籃」與「難」的協韻，這樣就解決了開頭突兀的困難。故蘇州唱本中有「山歌好唱起頭難，起仔頭來便不難」的成語。

其實，朱子也知道他解〈關雎〉的興帶有比意，所以他就將興說成兼比的興和不兼比的興兩種。他在《語類》中說：「問《詩》中說興處多近比。曰：然。如〈關雎〉、〈麟趾〉，皆是興而兼比；然雖近比，其體卻只是興。」又說：「《詩》所以能興起人處，全在興。如『山有樞，隰有榆』，別無意義，只是興起下面『子有車馬』、『子有衣裳』耳。……興只是興起，謂下句直說不起，故將上句帶起來說，如何去上句討義理？」這樣不是明白告訴我們〈關雎〉、〈麟趾〉是兼比的興，〈小星〉、〈山樞〉是不兼比的興嗎？

但是比和興的區別究在哪兒？他說：「比是一物比一物，所指之事，常在言外。興是借彼一物，以引起此事，而其事常在下句。但比意雖切而卻淺，興意雖闊而味長。」

不過，朱子越是細心分析賦、比、興，越使賦、比、興複雜起來。因此他所標的興，既包括兼比與不兼比的兩種，而在這兩種之外，又標〈漢廣〉為「興而比」；他所標的比，既包括明喻的〈螽斯〉、〈敝笱〉，與隱喻的〈碩鼠〉、〈鴟鴞〉，而在這兩種之外，又標〈下泉〉為「比而興」⑱；賦於一般的賦外，也另標〈黍離〉、〈溱洧〉為「賦而興」，〈谷風〉次章為「賦而比」，〈泮水〉首三章為「賦其事以起興」，甚至〈頍弁〉各章之為「賦而興又比」。明清學者，又各有主張，以致賦比興之別，愈來愈複雜而混亂，讓清代獨立派的方玉潤的《詩經原始》，主張棄賦比興而不標。民國以來的《詩經》學者解詩，就不標賦、比、興了⑲。

然而興詩是〈國風〉的特徵，我們也不能不知道什麼叫六義，所以我不得不將賦、比、興三

---

⑱ 比而興者，一章之中先比而後興。而另有「比兼興」之名。朱子云：「〈關雎〉是興而兼比，但其體只是興；〈綠衣〉是比而兼興，但其體只是比。」

⑲ 說興義最恰當的仍推稍後於朱子的李仲蒙。他說：「觸物以起情謂之興，物動情也。」有所見有所聞，觸物動情而成之詩，即從所觸之物說起，其間主要是聯想作用，而不在取義。例如聽到雎鳩雌雄的和鳴聲而聯想到夫婦的和諧，觸發詩人追求淑女的心事，那是〈關雎〉的起興，不必深求雎鳩的摯而有別了。

緯的問題，先提出一談，以後讀各篇時，可以不每篇分析其三緯了。三緯本來一章中就可以混用賦比興的，可以織出種種花紋來。我們初讀《詩經》，對這方面難於專門討論。因為多討論了，只有使人目迷五色，不知所從。我專研究興義的歷史，便寫了一篇八萬字的論文，將來你們專研《詩經》時，可以參考。

總上所論，合朱熹、李仲蒙之言，《詩》之六義可簡述之如下：「所謂六義者，〈風〉〈雅〉〈頌〉乃是樂章的腔調。」「凡《詩》之所謂〈風〉者，多出於里巷歌謠之作，所謂男女相與詠歌，各言其情者也。」「〈雅〉者，……正樂之歌也。……正〈小雅〉，燕饗之樂也；正〈大雅〉，會朝之樂，受釐陳戒之辭也。及其變也，則事未必同，而各以其聲附之。」「〈頌〉者，宗廟之樂歌。〈大序〉所謂美盛德之形容，以其成功告於神明者也。〈魯頌〉四篇，〈商頌〉五篇，亦以類附焉。」（以上朱子語）「敘物以言情謂之賦，情盡物也；索物以託情謂之比，情附物也；觸物以起情謂之興，物動情也。」（李仲蒙語）

七、《毛詩．詩序》

《詩經》的《魯詩》《毛詩》，均傳自荀卿，都有〈詩序〉，但現《魯詩．詩序》之可考者，僅〈周頌〉三十一篇⑳，而《毛詩》獨全，連〈小雅〉有目無詩的六篇笙詩的序也保存了下來，共得三百十一篇。《齊詩》無可考，《韓詩》則《唐書・藝文志》載：「《韓詩》卜商序，韓嬰注」，雖有子夏之序，而今已失傳。

〈小雅〉〈南陔〉、〈白華〉、〈華黍〉三篇〈詩序〉末句：「有其義而亡其辭」下，《鄭箋》云：「此三篇者，鄉飲酒燕禮用焉。曰：笙入，立于縣中，奏〈南陔〉、〈白華〉、〈華黍〉是也。孔子論詩，〈雅〉〈頌〉各得其所時俱在耳。篇第在於此，遭戰國及秦之世而亡之。其義則與眾篇之義合編，故存。至毛公為《詁訓傳》，乃分眾篇之義，各置於其篇端云。」則《毛詩》三百十一篇序，原本合編自成卷帙，至毛亨作《詁訓傳》時才分置於各篇篇首，所以〈小雅〉笙詩六篇其詩辭雖亡，而其詩義因序存而仍得考見。

《毛詩正義》首篇〈關雎〉序：「〈關雎〉，后妃之德也。」句下引陸德明《經典釋文》曰：「舊說云：起此，至『用之邦國焉。』名〈關雎〉序，謂之〈小序〉。自『風，風也』，訖末，名為〈大序〉。沈重云：『案鄭《詩譜》意，〈大序〉是子夏作，〈小序〉是子夏、毛公合作。卜商意有不盡，毛更足成之。』或云：『〈小序〉是東海衛敬仲所作。』今謂此序止是〈關雎〉之序，總論詩文綱領，無大小之異。」這是《毛詩》舊稱各篇之序為〈小序〉，稱〈關雎〉序的後段為〈大序〉。而又保存陸德明對〈關雎〉序不分大小的意見。對於〈詩序〉的作者，則據鄭玄《詩譜》，

⑳ 治《魯詩》之蔡邕所作《獨斷》，載有〈周頌〉三十一篇之序。

以〈大序〉是子夏作，〈小序〉是子夏裁初句，毛公足成之。並存《後漢書》衛宏作〈詩序〉之說㉑。

其後朱熹在《詩序辨說》中對〈關雎〉序大小的劃分，提出異議，他主張中間自「詩者，志之所之」至「詩之至也」為〈大序〉，其餘首尾為〈小序〉㉒。其以「總論三百篇義」者為〈大序〉：

〈關雎〉，后妃之德也，〈風〉之始也。所以風天下而正夫婦也。故用之鄉人焉，用之邦國焉。○風，風也，教也。風以動之，教以化之。△詩者，志之所之也。在心為志，發言為詩。情動於中而形於言，言之不足，故嗟歎之；嗟歎之不足，故永歌之；永歌之不足，不知手之舞之，足之蹈之也。情發於聲，聲成文謂之音。治世之音安以樂，其政和；亂世之音怨以怒，其政乖；亡國之音哀以思，其民困。故正得失，動天地，感鬼神，莫近於詩。先王以是經夫婦，成孝敬，厚人倫，美教化，移風俗。故《詩》有六義焉：一曰〈風〉，二曰賦，三曰比，四曰興，五曰〈雅〉，六曰〈頌〉。上以〈風〉化下，下以〈風〉刺上。主文而譎諫，言之者無罪，聞之者足以戒，故曰「風」。至于王道衰，禮義廢，政教失，國異政，家殊俗，而變〈風〉變〈雅〉作矣。國史明乎得失之迹，傷人倫之廢，哀刑政之苛，吟詠情性以風其上，達於事變而懷其舊俗者也。故變〈風〉發乎情，止乎禮義。發乎情，民之性；止乎禮義，先王之澤也。是以一國之事，繫一人之本，謂之

㉑《後漢書·儒林傳》：「衛宏，字敬仲，東海人也。九江謝曼卿善《毛詩》，乃為其訓。宏從曼卿受學，因作《毛詩·序》，善得〈風〉〈雅〉之旨，於今傳之。」

㉒〈關雎〉序全文四九一字錄下，其間圓圈○，為大小〈序〉舊說的分界點；兩三角△▽之中為朱說〈大

序〉，分「論一篇之義」者為〈小序〉，較之舊說辨析尤精。而李樗則以〈關雎〉序為〈大序〉，其餘各篇之序為〈小序〉，應用最為方便。日人竹添光鴻亦主此說。

至於〈小序〉第一句也字為止，以下即申述其意，絕然為兩節之結構。故後人或仿〈關雎〉序，稱申述之句為〈大序〉者。或稱第一句為前序、古序、首序，以下為後序、續序、下序者，異說紛紜，我們只要知道有此名稱就好了。

因為〈詩序〉本為考求各詩的本旨而設，自可就各篇原文用「孟子以意逆志法」，並參考可靠資料，推求作詩的原意。但春秋時代已有賦詩斷章取義和引詩摭句為證的習尚，孔子與弟子論《詩》，亦偏重於政治的應用，倫理的教訓，品德的修養，而有溫柔敦厚《詩》教的發展。《毛詩》的〈詩序〉就是這一發展影響下所成的產品。〈大序〉的四始、六義、正變之說，即循此中心思想而寫成。二〈南〉的〈小序〉，更作有條理的發揮，所以正〈風〉〈周南〉是王者之風，篇篇鋪陳著后妃之德；〈召南〉是諸侯之風，篇篇鋪陳著夫人之德。而且〈周南〉末篇〈麟趾〉，殿以〈關

「風」；言天下之事，形四方之風，謂之「雅」。〈雅〉者，正也，言王政之所由廢興也。政有小大，故有〈小雅〉焉，有〈大雅〉焉。〈頌〉者，美盛德之形容，以其成功告於神明者也。是謂四始，《詩》之至也。▽然則〈關雎〉、〈麟趾〉之化，王者之風，故繫之周公。南，言化自北而南也。〈鵲巢〉、〈騶虞〉之德，諸侯之風也，先王之所以教，故繫之召公。〈周南〉、〈召南〉，正始之道，王化之基。是以〈關雎〉樂得淑女以配君子，愛在進賢不淫其色。哀窈窕，思賢才，而無傷善之心焉。是〈關雎〉之義也。

雎〉的效應；〈召南〉末篇的〈騶虞〉，殿以〈鵲巢〉的效應。而變〈風〉一律依篇次的先後，作為其年代的先後，使其為衰世的歷史作證。因此像〈邶風．二子乘舟〉篇，見有「二子」字樣，就實以衛宣公的伋、壽二子㉓；像〈鄭風．將仲子〉篇，詩中有一「仲」字，就指為鄭莊公不納祭仲之諫以制其弟叔段之詩㉔。都是捕風捉影之語。證以史實，伋、壽二子未同乘舟；而鄭莊公之事與〈將仲子〉篇的詩文，更是牛頭不對馬嘴。這樣，三百十一篇詩，篇篇以美刺來教訓，變詩中明明是讚美的，就說是陳古以刺今。〈詩序〉的牽強傅會，致令有識者不能忍受。所以宋朝學者，便群起而攻之。朱熹作《詩序辨說》予以批判，其所撰《詩集傳》，便棄序而不用，僅將〈大序〉載入《詩傳》綱領之中。而指〈鄭〉、〈衛〉兩風多淫詩，像〈將仲子〉篇，在《朱傳》中，就一變而為淫奔之詩。故到清代，遂又多反朱尊序者。姚際恆在《詩經通論》中說得好：「宋人不信序，以序實多不滿人意；於是朱仲晦得以自行己說者著為《集傳》，自此人多宗之。是人之尊《集傳》者，以序驅之也。《集傳》思與序異，目〈鄭〉、〈衛〉為淫詩，不知已犯大不韙。于是近人之不滿《集傳》者，且十倍於序，仍返而尊序焉。則人之尊序者，又以《集傳》驅之也。苟取也。」

㉓〈二子乘舟〉序原文為：「〈二子乘舟〉，思伋壽也。衛宣公之二子，爭相為死，國人傷而思之，作是詩也。」

㉔〈將仲子〉序原文為：「〈將仲子〉，刺莊公也。不勝其以害其弟。弟叔失道，而公弗制，祭仲諫而弗聽。小不忍，以致大亂焉。」

二書而深思熟審焉，其互有得失，自可見矣。」[25]姚氏對〈將仲子〉篇，謂「女子為婉轉之辭以謝男子，大有廉耻，又豈得為淫者哉！」這正合〈大序〉「故變〈風〉發乎情，止乎禮義」之旨。所以我們對於棄序與尊序的爭執，當取姚氏這種獨立派的客觀態度來處理它。

簡述過了《毛詩・詩序》名稱問題與棄序尊序問題，最後要談論一下〈詩序〉的作者問題。唐孔穎達撰《毛詩正義》時，已有數說，而不能確指〈詩序〉作者為誰。到宋朝反序運動起，對〈詩序〉作者的推測之辭也格外多，至少有二十幾種主張。直到民國，還是爭論不休。歸納起來，重要的約有八說：(1)〈大序〉子夏作，〈小序〉子夏、毛公合作。鄭玄《詩譜》，陸德明《釋文》；(2)〈詩序〉均子夏作。王肅、孔穎達主之；(3)衛宏作〈詩序〉。陸璣《草木鳥獸蟲魚疏》[26]、范曄《後漢書・儒林傳》及葉夢得、曹粹中以至鄭振鐸、顧頡剛等人；(4)孔子作一句，毛公發明之。王得臣；(5)國史作。程明道、鄭樵等；(6)詩人自作。王安石、王柏；(7)子夏所創，毛公、衛宏又加潤益。《隋書・經籍志》；(8)子夏裁初句，大毛公繫其辭。成伯璵。近人胡樸安《詩經學》中加

---

[25] 〈二子乘舟〉序，朱子未予駁斥，至姚際恆《詩經通論》，始指出其與史實不符。

[26] 陸疏云：「孔子刪《詩》授卜商，商為之序。……九江謝曼卿，亦善《毛詩》，乃為其訓。東海衛宏從曼卿受學，因作《毛詩・序》，得〈風〉〈雅〉之旨。」先有子夏序，而後又有衛宏序，則宏序應為〈小序〉續申之句。范曄不察，取材於陸疏，逕謂宏作《毛詩・序》，後人才以為《毛詩・序》均為衛宏所作了。其後《隋書・經籍志》謂〈詩序〉子夏所創，毛公、敬仲（衛宏）又加潤益，就以其精察校正《後漢書》之疏漏了。

以論斷云：「《毛詩》之序，淵源於子夏，敘錄於毛公，增益於衛宏。謂詩人所作，孔子所作，國史所作，最無據。鄭玄、王肅、《後漢書》之說，皆有可信，惟各舉其一，未能合而言之耳。」

今日對〈大序〉已公認為子夏作，《韓詩》亦有子夏序，則子夏至少作有總論式之〈大序〉，不過秦火之後，此〈大序〉恐漢初憑記憶拼湊而成者，非全為子夏原文了。各篇〈小序〉，則淵源於子夏，至荀卿時，均已裁初句，故治《魯詩》之蔡邕《獨斷》所載〈周頌〉三十一篇之序，皆只有首一、二句，與今《毛詩・小序》首句大同小異。蓋《魯》、《毛》均傳自荀卿。漢初申公、毛公，各加敘錄，難免發生小異。至《毛詩・小序》㉗首句「也」字以下，乃申說首句者，又為傳《毛詩》者所增益，而衛宏予以寫定者也。故《毛傳》與〈小序〉有不盡符合處，而像〈將仲子〉序首句刺莊公也，續文反謂莊公「小不忍以致大亂」，可見首句與續文非出一人之手。

以後我們研讀《詩經》各篇，可以不提〈詩序〉，但〈詩序〉說得正確而有據的，我們當採納；〈詩序〉說得牽強無理的，有時我們也要提出批評。

八、《詩經》的價值

㉗〈南陔〉笙詩六篇的〈小序〉「有其義而亡其辭」句，則顯明地是毛公所加。朱子不同意「亡其辭」句，以為笙詩原只有吹笙的樂譜，而無歌辭。到漢代則連樂譜也遺失了。

《詩經》之為用，錢賓四先生說：「周公創以用之於政治，孔子轉以用之於教育，而皆收莫大之效。」所以，《三百篇》最早就具有政教的、禮治的音樂的意義，而我們現在單就在文學上的價值說，也給予我們以不少抒情詩的珠寶。同時，它優美的修辭，熱烈的情感，婉妙的音律，使它在中國文學史上占有不可磨滅的威權。它是我國最早的詩歌總集，文學遺產。我國文學的主流是詩，而最早的就是《詩經》。漢時的樂府、後來的唐詩、宋詞等均由《詩經》演變而來。它不只是我國最古最可靠的文學作品，而且含有豐富的古代歷史、民俗、社會、政治、宗教、道德、語言、音韻等的材料。我們以歷史眼光看，《詩經》是周朝一代禮樂的產品，其中也有對外族的鬥爭史，是周代歷史最生動而可靠的史料。所以《詩經》是中國文化史上第一部最有價值的大製作，是我們研究中國文學、歷史、社會、政治、語言音韻等學科所必讀的一部書。

中華民國五十五年九月初稿

六十年九月修訂

六十五年九月再修訂

（原載《孔孟月刊》）

《詩經》的研讀與欣賞

一、引言

陶淵明在他的〈移居〉詩裡說：「奇文共欣賞，疑義相與析。」我們欣賞奇文，分析疑義，可說是人生一大樂事，而二者是相輔相成的。因為我們對於詩文，要達到欣賞的目的，就必須析疑，但只析疑而不懂欣賞，也不能得到研讀詩文的最大樂趣。

《詩經》是我國最早的一部詩歌總集，雖然它有著古代史及古代語言音韻等重要資料供我們研究，但它更有著很高的文學價值，值得我們欣賞；而其文字，卻有很多不易了解的，必須加以析疑，加以研讀。不過，研讀要有研讀的方法，欣賞也應該有欣賞的標準。下面我先談一談《詩經》欣賞的標準。

二、《詩經》欣賞的標準

說到對《詩經》的欣賞，真是仁者見仁，智者見智。各人所認為的好詩不盡相同，而各人對《詩》所最欣賞的篇章或詞句也不一定完全一樣。像《世說新語．文學》篇所記載：謝安有一天和他的子弟聚集，問他們「《毛詩》何句最佳？」他的姪子謝玄就回答說：「昔我往矣，楊柳依依；今我來思，雨雪霏霏。」（〈小雅．采薇〉）而謝安卻說：「訏謨定命，遠猷辰告。」（〈大雅．抑〉）並說這兩句「偏有雅人深致」。在此我們看，謝安是站在政治的立場來欣賞詩，所以說〈大雅．抑〉篇這兩句最好，而謝玄是以文學藝術的眼光來欣賞詩，認為〈小雅．采薇〉中的這幾句是《三百篇》中最好的句子。所以我們可以知道，由於各人的身分不同，各人欣賞的角度也不一樣，因而這叔姪二人對詩的欣賞，就有這樣大的差別。不過後人多贊成謝玄的意見。如果今天要我投票，我也會投謝玄的票。因為我們知道，文學藝術的最高標準是「真、善、美」。只要是真的、善的、美的，就是好作品。而〈采薇〉詩裡的這幾句，可說三者俱備。因為這四句是真情實景的描寫，一點不虛假；而這是一篇征人凱旋歸來所做的詩。如果出征作戰，有去無還，往而不復，是不完善，如今凱旋歸來，就是「善」；再看「昔我往矣，楊柳依依」，是寫征人出征時正是春天楊柳披拂擺動，好像對離人有種依依不捨之情；「今我來思，雨雪霏霏」，如今征人歸來，正是冬天雪花飛舞，增加了那歸心似箭的征人旅途的困難，而覺道路的遙遠。這是兩幅多麼富於動態美的景象，難怪謝玄會認為這幾句是《三百篇》中最佳的句子了。

《論語・為政》篇記載孔子的話說：「《詩三百》，一言以蔽之，曰思無邪。」無邪就是直。直就是誠，也就是真。《易經・文言》說：「修辭立其誠」，《禮記・表記》也記載：「子曰：『情欲信。』」這都是說文章貴乎性情之真，而文學以「真」為第一要義。一般地說，真的就是美的，也就是好的。真的反面是假，假情假意，則既不真，又不善，也不美。所以我們欣賞詩，應該以「真、善、美」三個字為其最高標準。而真善美又是何所根據而定呢？是根據人類的良知、良愛、良心。因為人類有良知 (Good Reasoning)，所以對事情有天賦判斷能力，能辨別真假；人類有良心 (Good Conscience)，良心所在，對行為善惡，有天賦抉擇能力；人類有良愛 (Goodwill)，對事物的美醜，有天賦取捨的能力。色彩調和，音節諧妙，就愛好而稱之曰美；刺目的色彩與刺耳的噪音，就厭惡而稱之曰醜。美的標準就依吾人的良愛而定。而良知、良心、良愛，是人人所具備的所謂「人同此心，心同此理」，所以真善美，可以做我們欣賞作品的最高標準。

三、《詩經》研讀的歷史

為了要講《詩經》的研讀，在此我簡單說一說關於《詩經》研讀的歷史，先了解一下前人是怎樣研讀《詩經》的。春秋時代是賦詩時代，戰國時代是引詩時代，這些在此我不談。過去對《詩經》的研讀，我從漢代談起。漢人對《詩經》固然注重訓詁，但說《詩》都是站在政治道德的立場，認為每篇詩都含有政治意味，有道德的教訓，而且師徒相傳，保持著嚴格的門戶之見。無論是西漢前期的《齊》、《魯》、《韓》三家之學以《三百篇》為諫書，或後來的毛、鄭之學的《詩》教思想，都是要替每一篇詩與歷史配合，尋求一個倫理的解釋。現在我以研習《魯詩》的王式做個例子。根據《漢書．儒林傳》的記載，當時漢昭帝命王式做他的兒子昌邑王的老師，教他讀經書。漢昭帝駕崩，昌邑王繼位，但不到一個月，即以荒淫無度而被廢。他的老師王式連帶被捕下獄要處死，原因是他沒有諫書。王式卻答辯說：「臣以《詩》三百篇朝夕授王，至於忠臣孝子之篇，未嘗不為王反復誦之也；至於危亡失道之君，未嘗不流涕為王深陳之也。臣以三百五篇諫，是以無諫書。」辦案人員認為他講的有道理，所以就免他一死。由這個故事，可見漢人對《詩經》是怎樣的看法了。後來《毛詩》出來，《詩經》有了〈詩序〉與《鄭箋》的強調美刺。主張正變之說，有後來居上之勢。於是一部很好的文學作品，就被他們用來作為說教的書了。

到了宋代，大學者朱熹出，他對《詩經》最大的貢獻是推翻自漢以來奉為金科玉律的〈詩序〉，排除前人對詩的曲解附會，要從詩的本身解詩。他說：「今欲觀詩，不若置〈小序〉及舊說，只將原詩虛心熟讀，徐徐玩味，候彷彿見個詩人本意，卻以此推尋將去，方有感發，如人拾得一篇無題目詩，再三熟看，亦須辨得出來，若被舊說一局局定，便看不出。」（《朱子全書．三十五》他又指出〈國風〉之「風」是風謠的意思，十五〈國風〉也就是各地的民謠。所以他在《詩集傳》序中說：「凡《詩》之所謂〈風〉者，多出於里巷歌謠之作，所謂男女相與詠歌，各言其情者也。」他這就是一種文學欣賞的態度。可惜他仍不能跳出漢人的窠臼，做的不夠徹底，不能完全擺脫漢人對《詩》正變的說法，許多很好的男女情歌，因為是在鄭玄所謂的變〈風〉裡，他都視之為淫詩。而真正的男女調情之作，只因在鄭玄認為是正風的二〈南〉之中，他反而說是詩人美之之詩。例如〈召南〉的〈野有死麕〉。現在我把該篇的原詩和今譯抄錄在下面，以供參考：

原詩	今譯
野有死麕，	野地裡有隻死獐，
白茅包之；	白茅草把它包裝；
有女懷春，	有個姑娘正懷春，
吉士誘之。	年輕男子誘她做情人。
林有樸樕，	森林裡有些小樹，
野有死鹿，	野地裡有隻死鹿，

白茅純束；　　用茅草綑作一束；
有女如玉。　　有姑娘嬌美似玉。

「舒而脫脫兮！　　「別著急慢慢兒來喲！
無感我帨兮！　　別把我圍裙硬拉開喲！
無使尨也吠！」　　別驚動狗兒叫起來！」

（糜文開、裴普賢合著《詩經欣賞與研究》初集）

這明明是一篇調情詩，朱熹在他的《詩集傳》裡卻說：「南國被文王之化，女子有貞潔自守，不為強暴所汙者，故詩人因所見以興其事而美之。」又說：「……乃述女子拒之之辭……其凜然不可犯之意，蓋可見矣。」真是掩耳盜鈴的大謊話！只因這篇是在二〈南〉之中，認為是《詩》的「正經」，自然不敢作「淫詩」來解釋它。其他〈國風〉裡的情詩，很多他都認為是淫詩。以至於他的三傳弟子王柏，更變本加厲地要刪去他所認為的淫詩三十篇之多（據程元敏《博士考證》）。不過這也難怪，他們是受了時代思想的影響，所以擺脫不了道學家的觀念。而朱熹首倡擺脫〈詩序〉，從詩的本身解詩，已經是對《詩》研讀的一大進步。他的缺點雖是過於主觀，但他的《詩集傳》，對元、明二代的影響很大，而被定為官學，成為科舉的標準課本。

到了清代，因為注重考證，一般學者又一反元、明二代宗宋的作風，而棄朱宗毛，反宋尊漢。所以《詩經》學到了清代，繞了一個大圈子，又回到漢人的路上去了，他們的考證很有成就，不過由於仍依從漢人所定詩旨，而且不敢違背漢人的訓詁，所以反而有鑽牛角尖的感覺，解詩就不免有所錯失。像專門標榜《毛詩》的陳奐的《詩毛氏傳疏》，解〈衛風・伯兮〉篇「焉得諼（萱）草，言樹之背」句，對「背」字的傳疏，轉了六個彎：(1)背→(2)北→(3)堂北→(4)北堂→(5)北堂北階→(6)北階下餘地。真是長線放遠鷂，越放越遠。這樣的解詩，對詩旨並沒有什麼幫助，反而令人看了失去對詩的欣賞興趣。這兩句詩本來很簡單，就是說「哪兒去找善忘（或忘憂）草，種在屋的背後（可以驅除煩惱）。」不過是詩人想像之詞。陳奐考證這篇詩的好處，就是把古人所住房屋的位置，以及婦女住哪個地方，都考證出來了。但這與詩沒有多大關係。而由於他們對「背」字解為北堂，又考證出古代婦女居住北堂，因有諼（萱）草種在那裡，所以北堂又稱萱堂，因而後世稱母親為萱堂，更是不通的。

其他清人對《詩經》的貢獻最足稱道的，有以客觀態度考證的崔述的《讀風偶識》；有少談詩旨，專考證字句的像馬瑞辰的《毛詩傳箋通釋》；有有獨立見解的像姚際恆的《詩經通論》，和他的追踪者方玉潤的《詩經原始》。姚、方二人且都能以《詩經》作文學來欣賞。至於三家詩方面，以王先謙的《詩三家義集疏》最為完備。

民國以來在《詩經》方面較重要的學者與作品，有胡適的〈談談詩經〉、〈詩三百篇言字解〉

等，顧頡剛的〈詩經的厄運與幸運〉，傅斯年的《詩經講義稿》，聞一多的《詩經新義》、《詩經通義》、《風詩類鈔》等，屈萬里的《詩經釋義》，瑞典漢學家高本漢的《詩經注釋》（董同龢譯），王靜芝的《詩經通釋》及日人白川靜的《詩經研究》等。

其中顧頡剛的〈詩經的厄運與幸運〉一文，掀起一片疑古之風，態度過於偏激，矯枉過正，以至於對《尚書・金縢》篇「周公居東二年，則罪人斯得，於後，公乃為詩以貽王，名之曰〈鴟鴞〉。」的記載，也不予採信。也有由於疑古之風，一意求新，失卻客觀立場，以致走上了像聞一多濫用佛洛伊德的性心理學說來說詩的專門標新立異之路，而竟視《詩經》為描寫性慾的隱語書。這樣對《詩經》的解釋，和漢人的穿鑿附會，同樣有偏差之失。

四、《詩經》研讀的方法

我們今日研讀《詩經》，當然不能不注意考證的工夫，《毛傳》、《鄭箋》，仍是我們訓詁的出發點。但〈詩序〉、《詩譜》，絕對不可盲從。而對於字句的考證，還要注意到它跟前後文的關係，以及對整篇詩的協調。下面我舉幾個人的讀詩方法來提供參考：

(1)孟子的以意逆志法：孟子說：「故說詩者，不以文害辭，不以辭害志，以意逆志，是為得之。」（《孟子・萬章》）並舉〈大雅・雲漢〉篇「周餘黎民，靡有孑遺。」為例。「孑」字是缺右臂的意思，但「孑遺」並不解為「缺右臂者的留存」，要活用作「半個人的留存」，這叫做「不以文害辭」。而「靡有孑遺」只是形容旱災的慘重，並非真的「沒有半個人的留存」，這叫做「不以辭害志」。我們玩味詩篇，知道全詩是一篇祈雨的禱詞，所以才說出「靡有孑遺」，表示急切祈求老天快降甘霖的意思，這就叫做「以意逆志，是為得之」。

(2)朱熹的玩味本意法：前面已說過，此處不重述。

(3)崔述的體會經文法：崔述在《讀風偶識》中說：「余於〈國風〉，唯知體會經文，即詞以求其意，如讀唐宋人詩者然。了然絕無新舊漢宋之念存於胸中，惟合於詩意者則從之，不合者則違之。」

(4)胡適的兩條路線法：

(甲)訓詁：用小心的精密的科學的方法，來做一種新的訓詁工夫，對於《詩經》的文字和文法上都從新下注解。

(乙)解題：大膽地推翻二千年來積下來的附會的見解，完全用社會學的、歷史的、文學的眼光，從新給每一首詩下個解釋。(〈談談詩經〉)

(5)胡適的字詞歸納比較法：按此條本可包括於(4)條(甲)項下，但胡氏訓詁路線以歸納比較法為主，且其〈詩三百篇言字解〉一文，最為有名，為求意義顯明，故特另列一條。胡氏在該文將《詩經》中「言」字用法，加以比較歸納為四種，分析而成：

㈠作挈合詞（即連詞）用，「言」字位置在兩個動詞之間，其用法等於「而」字。例如〈小雅・彤弓〉：「彤弓弨兮，受言藏之」等於「受而藏之」。〈召南・草蟲〉：「陟彼南山，言采其蕨」等於「陟彼南山，而采其蕨。」

㈡作為狀動作之時的狀詞（即副詞）用，其用法等於作「然後」用的「乃」字。例如〈周南・葛覃〉：「言告師氏，言告言歸」等於「乃告師氏，乃告乃歸」。〈小雅・我行其野〉：「昏姻之故，言就爾居」等於「昏姻之故，乃就爾居。」

㈢作受事代名詞的「之」字用，例如〈邶風・終風〉：「寤言不寐，願言則嚏」上「言」字為「而」，下「言」字為「之」，猶言「寤而不寐，願之則嚏」。

㈣作「言」字本義解，如〈衛風・氓〉：「既見復關，載笑載言。」〈鄭風・揚之水〉：「無信人之言，人實迋女。」

這就是胡氏用精密的科學方法，將《詩經》中一百數十個「言」字作文法上的歸納比較的研究所得結果的提要。他這種新的訓詁，對欣賞《詩經》有很大幫助，比清朝王引之的《經傳釋詞》，又進了一步。我們要補充的，「言」字本義之例，也可再作詞性的分析，「載言」的言字是動詞，「人之言」的言字是名詞。

(6)傅斯年的以本文為斷法：傅氏在他的《詩經講義稿》「五、我們怎樣研究《詩經》」中說：

「我們去研究《詩經》應當有三個態度，一、欣賞他的文辭；二、拿他當一堆極有價值的歷史材料去整理；三、拿他當一部極有價值的古代言語學材料書。但欣賞文辭之先，總要先去搜尋他究竟是怎樣一部書，所以言語學、考證學的工夫乃是基本工夫。我們承受近代大師給我們訓詁學上的解決，充分的用朱文公等就本文以求本義之態度，於毛序、《毛傳》、《鄭箋》中尋求今本《詩經》之原始，於三家詩之遺說遺文中得知早年《詩經》學之面目，探出些有價值的早年傳說來，而一切以本文為斷，只拿他當做古代留遺的文詞，既不涉倫理，也不談政治，這樣似乎才可以濟事。約之為綱如下：

一、先在詩本文中求詩義。

二、一切傳說自《左傳》、《論語》起，或宋儒、近儒說，均須以本文析之。其與本文合者，從之；不合者，舍之；暫若不相干者，存之。

三、聲音、訓詁、語詞、名物之學，繼近儒工作而努力，以求奠《詩經》學之真根基。

四、禮樂制度，因《儀禮》、《禮記》、《周禮》等書，現在全未以科學方法整理過，諸子傳說，亦未分析清楚，此等題目目下少談為妙，留待後來。」

當然我們為了欣賞文學而研讀《詩經》，主要在研求《詩經》的詩義，而作文辭的欣賞，只以傅氏的第一個態度為主。

(7)瑞典漢學家高本漢的兩步工作法：他在《詩經注釋．作者原序》中說：

「第一，在每一篇詩裡，他必須盡可能的把難字難句解釋清楚。他要顧到各家的異文，

古代各家的歧見，取捨之間，亦必要有語文學上的理由。

「第二，以上述初步工作為基礎，他還要從頭至尾把整篇的詩讀過，把字句啣接起來，看出整篇的意旨。假使先秦時代或漢代早期有某種傳說是關於詩的歷史背景的，他自然要查看，在詩的本文中是否能找出根據來支持那一說。

現在我舉〈小雅・鹿鳴〉篇為例：

呦呦鹿鳴，食野之苹。我有嘉賓，鼓瑟吹笙。吹笙鼓簧，承筐是將。人之好我，示我周行。

呦呦鹿鳴，食野之蒿。我有嘉賓，德音孔昭。視民不恌，君子是則是傚。我有旨酒，嘉賓式燕以敖。（下略）

第二章的「視民不恌，君子是則是傚。」兩句中的「恌」字，向來各家解釋為「偷薄」的意思；「視」字《鄭箋》說是古「示」字，所以這兩句詩的意思，過去都解說是「示萬民使不偷薄，而君子可以此為法則而傚之。」連上章「人之好我，示我周行。」及本章的「我有嘉賓，德音孔昭」，意思是說「愛好我的嘉賓，就示我以治國之大道。由於嘉賓示我之德音甚明朗，就是要我指示萬民不偷薄，而君子可以此為法則而傚之。」但我們看，這樣解詩，固然也可講得通，但總覺意義不夠明顯。先讓我們看這個「恌」字到底是什麼意思？《說文》無「恌」字而有「佻」字，段注：「按『佻』訓苟且，苟且者必輕，故《離騷注》曰：『佻，輕也。』《方言》曰：『佻，疾也。」《左傳》：「楚師輕窕」，「窕」正「佻」之假借字。」《一切經音義・五》：「字書曰：『佻，輕也。』」高本漢說：「《左傳・昭公十年》引詩作『視民不佻』（《說文》也一樣）服虔和許慎以及杜預都把『佻』講作『鄙賤』，而《毛詩》的『恌』是『佻』的或體，《毛傳》沒有給『視』字下注解，是把它照平常講作『看待』。」（《詩經注釋》上）所以他認為這句「視民不恌」是「看待人民不輕賤」的意思。由此我得到了一個啟示，就是這詩中的嘉賓給主人的「周行」、「德音」就是要在上者尊重民意。不輕賤人民，自然處處為人民設想。所以宋人彭執中說：「三代之君，不敢鄙夷其民，以從己欲；每有興作，謀及庶民，如盤庚遷殷，登進厥民而告之，三代世守此道。」（《詩經傳說彙纂》引）像公劉遷豳，太王遷岐，也都是為人民著想。所以「尊重人民」是自古以來執政者成功的不二法門。孟子說：「得天下者得其民；得其民者得其心。」要得到民心，就必須尊重人民。這篇詩的第一章是主人希望嘉賓「示我周行」，第二章就說出嘉賓所示之周行（治國之大道）就是「視民不恌」。那末原詩「我有嘉賓，德音孔昭，視民不恌，君子是則是傚」的意思是說「我的嘉賓所說的話很高明（即所示之周行），就是要『尊重人民』（看人民不輕賤），這一點是在上者所應當取法倣效的。」標點也應該是：我有嘉賓，德音孔昭：「視民不恌，君子是則是傚。」因為《毛傳》既未注「視」字，自當解為它的本義「看」，而且上章既有「示我周行」的「示」字，此處沒有必要釋「視」為「古示字」。這樣解詩，意義顯豁而全篇貫通。而這種「看人民不輕賤」的觀念，可說是孟子民貴思想的先聲。因而〈鹿鳴〉篇的地位，在

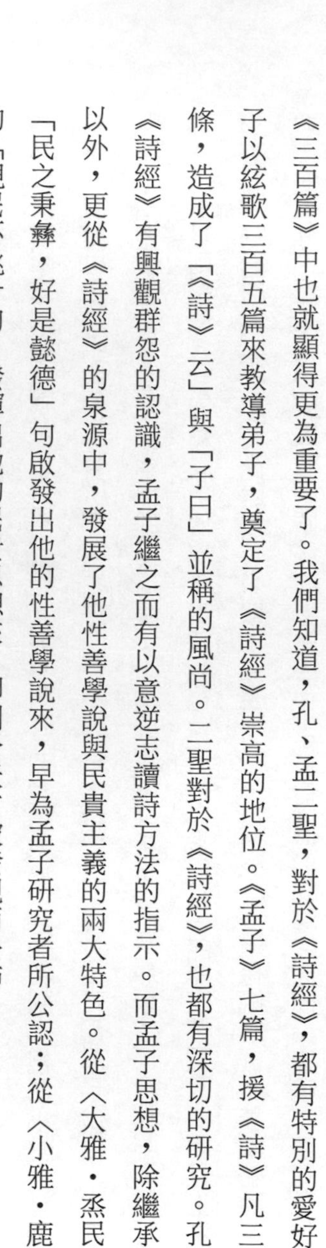

《三百篇》中也就顯得更為重要了。我們知道，孔、孟二聖，對於《詩經》，都有特別的愛好。孔子以絃歌三百五篇來教導弟子，奠定了《詩經》崇高的地位。《孟子》七篇，援《詩》凡三十五條，造成了「《詩》云」與「子曰」並稱的風尚。二聖對於《詩經》，也都有深切的研究。孔子對《詩經》有興觀群怨的認識，孟子繼之而有以意逆志讀詩方法的指示。而孟子思想，除繼承孔子以外，更從《詩經》的泉源中，發展了他性善學說與民貴主義的兩大特色。從〈大雅・烝民〉的「民之秉彝，好是懿德」句啟發出他的性善學說來，早為孟子研究者所公認；從〈小雅・鹿鳴〉的「視民不恌」句，發揮出他的民貴思想來，卻到今天才被發現而公佈。

(8)甲文金文研究的運用：金文研究清儒已開始應用於經學的研究，甲文研究則是民國以來才有的一種新學，應用於《詩經》的研究，開始於屈萬里先生。他在《詩經釋義》一書中，以甲骨文乍字來解釋「萬邦作孚」句的作字，即為一例。

〈大雅・文王〉篇篇末兩句：「儀刑文王，萬邦作孚」，屈先生加以註釋云：「儀，式也；刑，法也。言以文王為法式也。按：甲骨文以乍為則；作，從乍，亦當與則通，孚，信也。言萬邦則信孚於周也。」

又，〈小雅・采芑〉：「振旅闐闐」句，《鄭箋》云：「振，猶止也。旅，眾也。《春秋傳》曰：出曰治兵，入曰振旅。其禮一也。」屈先生便以甲骨文來作證，否定「入曰振旅」之說。他說：「按：振旅，言整飭師旅，以備戰也，此語甲骨文中即有之，《公羊傳》及《爾雅》：『出曰治兵，入曰振旅」之說，殆非古義。」

應用金文來研究《詩經》，王國維已有很顯著的成績，屈萬里先生運用亦多。于省吾更有《雙劍誃詩經新證》的專著，舉例言之：王國維作「兮甲盤」的考證，以為〈大雅・崧高〉、〈烝民〉的作者吉甫，即兮甲，字伯吉父，詳見王氏〈兮甲盤跋〉。〈小雅・小宛〉：「宜岸宜獄」句，馬瑞辰謂二「宜」字皆「且」字，形近之訛，屈萬里《詩經釋義》，即以金文證之曰：「按金文『宜』與『俎』為一字，其字作[illegible]；『且』又通『俎』，則『宜』『且』二字，自可互通。」又〈大雅・江漢〉：「肇敏戎公」句，金文中常見此語，我們涉獵金文，自可同意屈釋此句作「圖謀兵事」解。

(9)以語言學、民俗學等來幫助訓詁考證，以了解欣賞詩意：

(甲)應用語言學的例子，如〈豳風・鴟鴞〉篇，《尚書・金縢》篇說是周公避流言居東二年所作。顧頡剛說〈金縢〉不可靠，因而斷〈鴟鴞〉也只是民間禽言詩，與周公無關。案屈萬里先生說：「〈金縢〉疑是春秋晚年或戰國初年之作品，其說蓋根據傳說也。」（《詩經釋義》）這是說〈金縢〉寫成於春秋晚年，但其故事是以前流傳下來的，所記或許是真人真事。現在我們再看詩中有「徹彼桑土」的句子，「土」字《經典釋文》引《韓詩》作「杜」，揚雄《方言》稱東齊謂根曰杜。這篇詩屬〈豳風〉（「豳」亦作「邠」，在今陝西彬縣）卻有東齊方言；而且孔子曾說：「為此詩者，其知道乎！能治其國家，誰敢侮之？」（《孟子・公孫丑》引）可證詩中所詠，的確和國家大

事有關，而不是一篇普通的禽言詩。那末既有東齊方言，又和國家大事有關，應該是周公東征時所作，由《史記．周本紀》所載，稱周公居東二年，即伐武庚及誅管叔放蔡叔之事。屈先生也說：「豳地與周公無關，而〈豳〉詩多言周公事，此必有故。疑周公東征時所率者多豳地之民，所為歌詩，皆豳地之聲調，故其詩雖作於東國，而仍以豳名之也。」（《詩經釋義》）可知〈豳風〉之詩多與周公有關，〈鴟鴞〉列在〈豳風〉裡，應該也與周公有關的，不能說只是民間的禽言詩。

㈡應用民俗學讀《詩經》，例如《三百篇》中以「揚之水」為題的有三篇，分別編在〈王風〉、〈鄭風〉和〈唐風〉之中，但卻是同一習俗同一母題下產生的作品。茲將三篇的原詩錄後，以便參考：

㈠〈王風．揚之水〉

揚之水，不流束薪。彼其之子，不與我戍申。懷哉懷哉！曷月予還歸哉！

揚之水，不流束楚。彼其之子，不與我戍甫。懷哉懷哉！曷月予還歸哉！

揚之水，不流束蒲。彼其之子，不與我戍許。懷哉懷哉！曷月予還歸哉！

㈡〈鄭風．揚之水〉

揚之水，不流束楚。終鮮兄弟，維予與女。無信人之言，人實迋女。

揚之水，不流束薪。終鮮兄弟，維予二人。無信人之言，人實不信。

(寅)〈唐風・揚之水〉

揚之水，白石鑿鑿。素衣朱襮，從子于沃。既見君子，云何不樂！

揚之水，白石皓皓。素衣朱繡，從子于鵠。既見君子，云何其憂！

揚之水，白石粼粼。我聞有命，不敢以告人。

觀察以上三篇〈揚之水〉，〈王風〉、〈鄭風〉都有「揚之水，不流束薪。」「揚之水，不流束楚。」的句子，而此二詩都是表現一種悲傷的情懷。但〈唐風〉有「揚之水，白石鑿鑿。」「揚之水，白石皓皓。」「揚之水，白石粼粼。」的句子，而沒有「不流束薪」或「不流束楚」等句子，是說急流已沖走了被巖石擋住的束薪，只映現著水中鮮明的白石；而〈唐風・揚之水〉所表現的是一種愉快的情調，說「既見君子，云何不樂！」這樣我們可以知道，周代風俗有路見急流中有束薪被阻，為不吉的信念，因此表現在歌謠中會有〈王風〉、〈鄭風〉與〈唐風〉三篇不同的情調。

我們知道，凡是到羅馬的遊人，有投硬幣在噴水池中以求福的風俗，這有水占的意味。日本《萬葉集》中更有水占風俗的詩保留著。茲抄錄於下：

(A)伊人久別離，饒石清且淒；借水占安吉，伊家在河西。

(B)日落渡津，柘枝漂逝；枝阻魚梁，勸君莫失。

《萬葉集》的時代相當於我國唐代中葉。可見日本曾有以柘枝投水為占卜的風俗。日人白川靜就據此以推斷中國古代也有束薪或束楚（束蒲）投入山溪，以占順逆的民風。而我國周代的人民是喜歡占卜，相信占卜的，白川靜這種推斷，也和時代背景相符合。所以以民俗學的眼光欣賞《詩經》，可以加深詩篇的了解，而且是很有趣的。

不過這要有旁證才能成立，像〈衛風・芄蘭〉篇：

原詩	今譯
芄蘭之支，①	芄蘭的枝條細又嫩，
童子佩觿。②	童子佩了解錐裝大人。
雖則佩觿，	雖則佩了解錐裝大人，
能不我知！③	卻不知我這人是作甚！
容兮遂兮，④	只見他走起路來搖晃晃，
垂帶悸兮。⑤	帶子下垂亂擺盪。
芄蘭之葉，	芄蘭的葉兒細又柔，

童子佩韘。⑥　　童子佩了扳指充射手。

雖則佩韘，　　雖則佩了扳指充射手，

能不我狎！⑦　　卻不知親暱把我摟！

容兮遂兮，　　只見他走起路來搖晃晃，

垂帶悸兮。　　帶子下垂亂擺盪。

（糜文開、裴普賢合著《衛風・芄蘭篇新解》／原載《東方雜誌》）

【注釋】①芄蘭：一種枝葉細弱的蔓生草。支即枝。②觿：音ㄒㄧ，成人所佩之解錐，用以解結。見《禮記・內則》。③能：王引之解為「而」。我知：為「知我」之倒文。④容：謂容容，即搖搖。遂：放肆貌。⑤帶：繫觿於腰間之帶。悸：高本漢解為擺動。⑥韘：音ㄕㄜˋ，射箭時所用之扳指，用以鉤弦而免勒痛。⑦狎：《毛詩》、《魯詩》作「甲」，均訓狎。此據《韓詩》逕作「狎」。蓋甲為狎之假借字。

關於這篇的詩旨，過去有下列幾種說法：

(A)〈詩序〉：「〈芄蘭〉，刺惠公也。驕而無禮，大夫刺之。」

(B)《鄭箋》：「惠公以幼童即位，自謂有才能，而驕慢於大臣，但習威儀，不知為政以禮。」

(C)朱熹《詩集傳》：「此詩不知所謂，不敢強解。」
(D)朱熹《詩序辨說》：「此詩不可考，當闕。」
(E)姚際恆《詩經通論》：「〈小序〉謂「刺惠公」，按《左傳》云：「初惠公之即位也少。」序蓋本傳而意逆之耳，然未有以見其必然也。」
(F)方玉潤《詩經原始》：「惠公縱少而無禮，臣下君，不應直以童子呼之。此詩不過刺童子之好躐等而進，諸事驕慢無禮。」
(G)屈萬里先生謂〈詩序〉的說法「未詳是否。」（《詩經釋義》）

但我們看詩本文，我覺得倒是一篇很好的諷刺小丈夫的詩。據我所知，我國北方有小丈夫的風俗。王生善編的電視劇《長白山上》中的大柱子，就是小丈夫；東北也有有關小丈夫的民謠，茲錄於下，以供參考：「十八大姐三歲郎，把屎把尿抱上床。睡到半夜要奶吃，吧答吧答兩巴掌：『我是你的妻，不是你的娘。』」

如果以詩論詩，這篇〈芄蘭〉無論怎麼看，都像說的小丈夫。但我卻是找不到任何佐證，可以證明衛國那時已有小丈夫的風俗。所以這個解法雖很通順，但無佐證，所以不能確定。

(10)此外，在音韻方面，現在審音的方法，超過了前人，上古音韻的整理研究，已有了成就，也不可忽略，尤其對我們欣賞《詩經》，怎樣用韻，大有幫助。

五、欣賞舉例

在此，我舉〈鄭風・緇衣〉篇作為欣賞的例子，茲將該篇的原詩和今譯錄後：

原詩	今譯
緇衣之宜兮！	黑色制服很稱身喲！
敝，	等穿壞了，
予又改為兮！	我再給你翻個新喲！
適子之館兮！	去上辦公廳吧！
還，	等你回來，
予授子之粲兮！	我給你準備好了飯菜喲！
緇衣之好兮！	黑色制服很好看喲！
敝，	等穿舊了，
予又改造兮！	我再給你改一遍喲！

適子之館兮！　去上辦公廳吧！
還，　等你回來，
予授子之粲兮！　我給你準備好了飯菜喲！
緇衣之蓆兮！　黑色制服很寬大喲！
敝，　等穿舊了，
予又改作兮！　我再給你改一下喲！
適子之館兮！　去上辦公廳吧！
還，　等你回來，
予授子之粲兮！　我給你準備好了飯菜喲！

（糜文開、裴普賢著《詩經欣賞與研究》初集）

關於這篇的詩旨，過去也有幾種說法：

(A)〈詩序〉謂係美鄭武公之詩：「父子並為周司徒，善於其職，國人宜之，故美其德。」（幽王時鄭桓公為周司徒，平王時鄭武公仍為周司徒）《朱傳》從之。

(B)明何楷以為「武公有功周室，平王愛之，而作此詩。」

(C)明季本以為鄭武公好賢之詩。姚際恆、方玉潤從之。

現在我們看，如果照〈詩序〉、朱熹、何楷等的說法，詩中之「予又改為兮」的「予」字，應指周天子。那末，此詩不管是周天子自作，或詩人代周天子所作，都應列入大、小〈雅〉，而不應放在〈國風〉裡。所以第一、二種說法，都不能成立。再看第三種說法，「予」是指鄭武公，說鄭武公好賢，但也找不出任何佐證，可證明此「予」字必為鄭武公。即使如《禮記・緇衣》篇所記，也只說「子曰：『好賢如〈緇衣〉，惡惡如〈巷伯〉。』」只說好賢，並沒有點明主角是誰。更何況《禮記・緇衣》篇是公孫尼子所作（《經典釋文》引劉瓛的話），而公孫尼子據《漢書・藝文志》是孔子七十大弟子的學生，那麼，《禮記》所記孔子的這句話，也只有參考的價值而已。

所以這篇的詩旨，我認為我們應該不管〈詩序〉，也不管過去其他人的說法，就是不要存任何政治道德的教訓，而應該由詩的本身來欣賞它。先說緇衣是一種什麼衣服？我採納馬瑞辰的說法，是諸侯之大夫上朝所服。《禮記・玉藻》篇也記載有大夫與士所穿的皮衣要「緇衣以裼之」，可見「緇衣」是大夫與士都可以穿的一種黑色衣服。再談詩中「館」字的意思，《毛傳》謂「舍也」，指治事之處（略本《正義》），也就是現在所謂的「辦公廳」；而詩中的「予」字，我們把它看作是士大夫之妻自稱，那麼這篇詩的詩旨就很顯明，而詩意也很恰當而合情合理了。我們好像已看到一位政府官員，操守廉潔，生活清苦，他的妻子給他縫好一件新制服，穿了去辦公。等他下班回家，他的妻子已做好飯菜等他，於是溫暖的家庭，獲得了無上的安慰。詩中所說做衣煮飯，這些本來都是太太們的事呀！而且就是說妻子好賢，又有何不可？男的選擇女的要「賢賢易色」，而女的選擇男的也應該「賢賢易財」呀！「國風」本來是些抒發感情的民謠，這篇〈緇衣〉如此解釋，無論在哪方面都講得通。鄭國以有子產等好公務員而出名，這詩正表現了鄭國公務員正常生活的一斑，也是二千多年以後的今日標準公務員的最好寫照：丈夫廉潔自守，太太賢淑能幹，互相體貼安慰，真是一對最標準的夫婦。這樣解釋，就顯得這詩很親切，順當而富於情趣，而且也合乎文學藝術的最高標準——真、善、美。

本文係就本年四月三十日在私立淡江文理學院中文系演講稿，及十一月三日在國立臺灣大學中文系學術討論會主講稿綜合撰寫而成。

中華民國六十二年十一月十二日溥言附誌

（原載《孔孟月刊》）

我們為什麼要讀《詩經》

（六十三年十一月臺大中文系三年級《詩經》課上所講的整理與補充）

這學期來，我們已讀了《詩經》好多篇，也分發過「《詩經》的研讀與欣賞」等幾篇講義，做過一次「《詩經》研讀報告」，但我們還沒有討論過「為什麼要讀《詩經》」？當然也許有人會簡單地回答說：「因為學校開了這門課，而我們對《詩經》有興趣，所以就選讀了。」但我發問的用意，不僅是為你們可得學分，而是提出研讀《詩經》本身的功用問題。我的答案，可從「接受文化遺產」六個字擴充為：「增進文學修養，接受《詩》教。」十個字。而這十個字也可綜合為「學做人」三個字，並可用孔子的話來代表。

孔子以《詩》、《書》、《禮》、《樂》作教材來教學生，《詩經》中各國國風，本來是方言的土腔歌謠，他都改用中原標準音的雅言來誦讀，所以《論語．述而》說：「子所雅言，《詩》《書》執禮，皆雅言也。」而他教學生的時候，並且是用琴瑟彈著來歌唱的。所以《史記．孔子世家》說：

「三百五篇，孔子皆弦歌之，以求合〈韶〉〈武〉〈雅〉〈頌〉之音。」而孔子的學生子游，更以弦歌來教導人民。《論語．陽貨》篇載：

子之武城，聞弦歌之聲，夫子莞爾而笑曰：「割雞焉用牛刀？」子游對曰：「昔者，偃也聞諸夫子曰：『君子學道則愛人，小人學道則易使也。』」子曰：「二三子！偃之言是也，前言戲之耳。」

這就是說，子游本孔子之意，在武城地方已弦歌《詩經》來教百姓「學做人」了。而「《詩》教」的名稱，正式見於《禮記．經解》篇：

孔子曰：「入其國，其教可知也，其為人也，溫柔敦厚，《詩》教也。」

這就是說，大家研讀了《詩經》，可以提高人品，養成溫柔敦厚的性情，因為詩歌是感情的流露，《詩》教即本於性情，注重於純真情思的表達，所以增進文學修養，就有陶冶性情的功能。這「溫柔敦厚」四字，也可說是《論語．八佾》篇「子曰：〈關雎〉樂而不淫，哀而不傷」，以及〈為政〉篇：「子曰：《詩》三百，一言以蔽之，曰思無邪。」兩章綜合的發展。

至於孔子從文學修養來談《詩》教的，則應舉析論《詩》的功用的《論語．陽貨》篇第九章來細說：

子曰：「小子！何莫學夫《詩》？《詩》可以興，可以觀，可以群，可以怨；邇之事父，遠之事君，多識於鳥獸草木之名。」

這裡「四名」說的是文學修養的興，而「四可」就是從文學修養來實施《詩》教。「兩事」就以君、父二倫來提示學做人的要領。

賦、比、興是《三百篇》做詩的方法，而三者中以比、興的運用較為重要，而比、興二者中尤以興最為靈活而為《詩經》特點之一。《詩經》中以眼前鳥獸草木的感觸為開頭，來興起一章一篇的就稱為興。例如：

「關關雎鳩，在河之洲。」（〈周南・關雎〉）由鳥而興起對淑女追求的熱衷。

「麟之趾，振振公子。」（〈周南・麟之趾〉）由獸而興起對公子讚美的詠歎。

「牆有茨，不可掃也。」（〈鄘風・牆有茨〉）由草而興起對醜聞厭惡的諷刺。

「南有喬木，不可休思。」（〈周南・漢廣〉）由木而興起對游女追求的惆悵。

所以我們可以說：孔子讓學生多識鳥獸草木之名，不單是增加博物的知識，也是在提示學詩要從多認識鳥獸草木之名的興詩來著手。

「四可」的興，何晏《論語集解》就引孔安國對「興詩」的義疏說：「孔曰：興，引譬連類。」故邢昺注疏《論語》這句時就說：「《詩》可以興者，又為說其學詩有益之理也。若能學

詩，詩可以令人能引譬連類以為比興也。……多識於鳥獸草木之名者，言詩人多記鳥獸草木之名，以為比興。」而朱熹《論語集注》，則更發揮興詩的作用以注「可以興」說：「感發志意。」

「可以觀」句，何注：「鄭曰：觀風俗之盛衰。」朱注：「考見得失。」

「可以群」句，何注：「孔曰：群居相切磋。」朱注：「和而不流。」

「可以怨」句，何注：「孔曰：怨刺上政。」朱注：「怨而不怒。」

我們參看何、朱兩注，何注乃所學者為何的基本解釋，而朱注則更發揮其所學的成果。

錢穆《論語新解》，則又將興、觀合解，曰：「《詩》尚比興，即就眼前事物指點陳述，而引譬連類，可以激發人之情意，故曰可以觀，可以興。興者，興起，即激發感動義。蓋學於《詩》，則知觀於天地萬物，閭巷瑣細，莫非可以興起人之高尚情志也。」並將群、怨合解曰：「《詩》之教，溫柔敦厚，樂而不淫，哀而不傷。故學於《詩》，通可以群，窮可以怨。事父事君，最群道之大者。忠臣孝子，有時不能無怨，惟學於《詩》者可以怨，雖怨而不失其性情之正也。」

「邇之事父，遠之事君」兩句，何註僅云：「孔曰：邇，近也。」朱注也僅說：「人倫之道，詩無不備。二者舉重而言。」邢疏則指實言：「《詩》有〈凱風〉〈白華〉，相戒以養，是有近之事父之道也；又有〈雅〉〈頌〉君臣之法，是有遠之事君之道也。」

朱子所謂「舉重而言」，就是說孔子舉君臣、父子二倫，就包括其他夫婦、兄弟、朋友三倫了。邢疏舉〈凱風〉〈白華〉以為事父母詩之例，我們認為不妥當。因為〈白華〉是有聲無辭的笙詩，不能僅憑〈小序〉的「〈白華〉，孝子之絜白也。」來體味詩義，更何況《毛詩》的〈小序〉，往往與詩篇本文的詩旨是不符的。高明在《孔學管窺》一書的「《詩》教」章中，他就改用〈凱風〉〈蓼莪〉兩篇來作教孝的實例。《詩經》中關於五倫的詩，我以前在菲律賓華僑師專曾做過一次專題演講，有暇時當整理出來提供同學們參考。

從《論語》中這章孔子的話的解釋，我們可以明白研讀《詩經》是可從增進文學的修養中來學做人，而得到性情之正，這是誦《詩》三百的最大功用，也就是孔子的《詩》教。

高明說孔子《詩》教，分析(1)興、觀、群、怨「四可」，是從人的情志，來說明詩的功用。(2)君、父二事是從人的倫理，來說明詩的功用。(3)鳥、獸、草、木「四名」，是從人的智慧來說明詩的功用。而他特別注重「興」字。他說：

可以興，就是可以啟發人的情志。可以觀，就是可以審察人的情志。可以群，就是可以溝通人的情志。可以怨，就是可以宣洩人的情志。而這四句裡面，又特別注意「興」字，因此擺在第一句裡講。何以見得孔子講詩，對「興」特別重視呢？《論語．泰伯》篇裡，子曰：「興於《詩》，立於禮，成於樂。」這裡講《詩》，單單提一個「興」字，可見孔子最重視「興」。另外，根據《論語》，孔子讚美他的學生可以言《詩》的，有子貢、子夏二人。《論語．學而》篇記載有讚美子貢的一段話，「子貢曰：『貧而無諂，富而無驕，何如？』子曰：『可也！未若貧而樂，富而好禮者也。」」子貢聽了孔子的話，說：「《詩》云：『如切如磋，如琢如磨。』其斯之謂與？」子貢從〈淇奧〉的詩中，得到啟發，領悟到愈研究愈精緻的道理，所以孔子非常讚賞他說：「賜也，始可與言《詩》已矣！告諸往而知來者。」子貢能從詩句中啟發出另一個道理來，也就是可以興。再談子夏：《論語．八佾》篇載，子夏問曰：「巧笑倩兮，美目盼兮，素以為絢兮，何謂也？」（子夏所引係《詩經．碩人》篇中的句子，但今本《詩經》中缺「素以為絢兮」句，想係佚句）孔子回答說：「繪事後素。」意思就是說繪畫是先以素色做底，再加上各種顏色的。古代天子夫人，諸侯夫人所穿的象服，都是以素色做底，再加上繪畫的。儘管「素以為絢」的本意在這裡，但孔子是就詩而講詩的，而子夏接著說：「禮後乎？」正是子夏從「素以為絢」、「繪事後素」悟出的道理。意思就是說，一個人要本質好，然後再行禮文就更好了。相反的，如果本質不好，去行禮文，反而更不好。所以禮要先從本心做起，然後才能圓滿的表現出來。孔子聽到子夏的話，大為高興，就說：「起予者，商也，始可與言《詩》已矣。」起，就是啟發，也就是興。子貢、子夏能夠「興」於《詩》，從《詩》中得到啟發，所以孔子才說他們可與言《詩》。

至於「興於《詩》，立於禮，成於樂」的解釋，孔子是主張重禮樂之化的禮治的，要進於禮樂之化，就得靠《詩》、禮、樂三者來達成。邢疏云：「此章記人立身成德之法。興，起也。言人脩身當先起於《詩》，立身必須學禮，成性在於學樂。既學《詩》、禮，然後樂以成之也。」是知達成禮治，當注重《詩》、禮、樂三者的個人修養，而學《詩》是這三者中重要的第一環。這是《詩》與禮、樂配合起來的功用。所以孔子教他兒子伯魚，先教他學《詩》，再教他學禮，而有《詩》、禮的庭訓。

春秋時代，貴族們學《詩》最大的功用，是在朝會聘問時應對上的運用。從《左傳》等書的記載中，他們大多是斷章取義的賦詩表意以代言。這叫做專對。而當時一般人士對人講話發表意見時，也多引詩句為證以增強其意見的力量。所以孔子教伯魚就說：「不學《詩》，無以言。」當然，我們現在外交場合上已不再賦詩，對人談話，也不必引證《詩經》詩句，但寫起文章來，還是免不掉引《詩》以增飾，像「殷鑒不遠」（〈大雅・蕩〉）；「他山之石」（〈小雅・鶴鳴〉）等句，不是常用的嗎？而文章就是言語的延伸，寫文章也稱為「立言」，所以這一學《詩》的功用，多少還是留存著的。

其實前面我已說過，研讀《詩經》的功用在學做人，所以學了《詩》可以增進各種的功能，《論語・陽貨》篇載：

> 子謂伯魚：「女為〈周南〉〈召南〉矣乎？人而不為〈周南〉〈召南〉，其猶正牆面而立也與？」

這說明學《詩》可以擴大眼界，如果連〈周南〉〈召南〉都不研讀，就等於睜眼瞎子，像面對著牆壁，前面什麼也看不見了。

又，《論語．子路》篇載：

子曰：「誦《詩三百》，授之以政，不達；使於四方，不能專對；雖多，亦奚以為？」

這裡，學《詩》非但有關外交的得失，而且關係著政治的隆汙，因為你能體會出興、觀、群、怨的道理，應用於為政上，則你從政起來，自能得心應手。子游的做武城宰，就是一個例子。

孔子論《詩經》功用，大概如此，而至今還大多適合於我們這時代。

此外，我們也可專為欣賞研究我們古典文學而研讀《詩經》，對於它的內容與形式作種種精密的考察，予以評價。並與《書經》、《楚辭》等早期的作品作比較的研究，或考察它對後世文學的影響而確立它在我國文學史上的地位；或且專門研究《三百篇》的用韻而作古音的考證；《詩經》的文字，也可作專門研究的對象。

文學是時代的反映，《詩經》也不例外。因此，我們研究周代的歷史，也非以《詩經》作為史料來研讀不可。其中有周代大事的歌詠，周代政治情況以及民情風俗等社會形態的描寫，社會結構的遺跡，都可供參考。而其中涉及我國基本文化孔孟思想的形成過程的研討，尤其值得我們密切的注意。

還有，我們要讀《詩經》，就要知道些周代地理的知識。反之，為研究周代地理，我們也得研讀《詩經》，來作《詩經》涉及地理的考證；要研究《詩經》時代有些什麼動物植物，當時的宮室衣服等名稱與形態，也得先行詳細研讀《詩經》。就是要研究歷代《詩經》學者對《詩經》研究的情形，也非先熟讀《三百篇》不可。當然，這些本應作為誦讀《詩經》後進一步的研究，關於這方面的著作，《四庫全書》中就已有宋王應麟的《詩地理考》，元許謙的《詩集傳名物鈔》等書的採錄，《詩經》學的歷史演變，還沒有專書問世。

（原載《孔孟月刊》）

《詩經》字詞用法舉例

清人李汝珍著有《音鑑》一書，對音韻學頗有研究。其所著《鏡花緣》，藉小說體裁，提倡女權，更為有名。〈第十六回〉寫多九公漂洋至黑齒國，入女塾遇塾師盧墨溪老先生之女紫萱，兩人談「敦」字讀音，對話情形如下：

多九公道：「才女請坐，按這『敦』字，在灰韻應讀堆，《毛詩》所謂：『敦彼獨宿』；元韻音惇，《易經》：『敦臨吉』。又元韻音豚，《漢書》敦煌郡名；寒韻音團，《毛詩》：『敦彼行葦』；蕭韻音雕，《毛詩》：『敦弓既堅』；軫韻音準，《周禮・內宰》：『出其度量敦制』；阮韻音遯，《左傳》謂之『渾敦』；隊韻音對，《儀禮》：『黍稷四敦』；願韻音頓，《爾雅》：『太歲在子曰困敦』；號韻音導，《周禮》所謂『每敦一几』。除此十音之外，不獨經傳未有他音，就是別的書上也就少了。……」

紫衣女子道：「婢子向聞這個『敦』字，倒像還有呑音儔音之類，今大賢言十音之外，並無別音，大約各處方音不同，所以有多寡之異了。」

讀此，可見我國古書，尤其是經傳，破音字特別多，讀音甚難。而像這「敦」字，釋義更難。〈大雅．常武〉：「鋪敦淮濆」，《鄭箋》云：「敦，當作屯」。〈魯頌．閟宮〉：「敦商之旅」，《鄭箋》謂：「敦，治」。而經屈翼鵬先生考證，這兩個「敦」字，皆為殺伐之義，箋說並非。而根據屈先生兩「敦」字都應訓殺伐，與「譈」字同義。那末，讀音也該隨義而變，不再音「屯」與「堆」，而應改音隊。讀經傳古籍，識字之難如此。《詩》《書》二經，尤其難讀。故王靜安氏〔編按：即王國維，字靜安〕與友人書曰：「《詩》、《書》為人人誦習之書，然於六藝中最難讀。以弟之愚闇，於《書》所不能解者殆十之五，於《詩》亦十之一二。此非獨弟所不能解也，漢魏以來諸大師，未嘗不強為之說。然其說終不可通，以是知先儒亦不能解也。」（《觀堂集林．卷二》）

現在我們專談《詩經》。《詩經》三百零五篇中，罕見之字，求解固不易，即常見之字與詞，其習慣用法，已為後世所不解，漢儒箋註，就給弄錯了。清朝考證學發達，始注意將這種常見字的特別用法逐漸考證出來。王引之氏的《經傳釋詞》，就是在這方面用力而成績最好的一本書。民國以來，得胡適之氏等的繼續努力，成績更為顯著。例如遍佈於〈風〉〈雅〉〈頌〉的一二百個「言」字，漢代毛、鄭，除可解為言語之「言」者外，悉採《爾雅》「我也」之訓的特別用法，王氏予以一一指正，都改訓為「語詞也」。而胡氏撰〈詩三百篇言字解〉（見《胡適文存》）則更進而將王氏訓為語詞的「言」字，歸類為三種特別用法。同時王靜安氏又作《詩》《書》二經中成語之發掘，撰有「與友人論《詩》《書》中成語書」二篇，指出《詩經》中「陟降」猶言「往來」，「不淑」意為「不幸」，「神保」為「祖考」之異名，「不庭方」為「不朝之國」。屈翼鵬先生作〈詩三百篇成語零釋〉及〈罔極解〉等文（載所著《書傭論學集》），證成「罔極」等於「無良」，「德音」之為「其言」，「昭假」之為「顯靈」，「不瑕」之為「不啊」，「周行」之為「官道」，「不忘」之為「不失」等。這些都是《詩經》中特有的用詞，不經考證，是更難瞭解的。我們研讀《詩經》，對於這些字與詞，應該先有一個認識，因此我參酌個人意見加以整理，撰寫「《詩經》字詞用法舉例」，以便初學。惟其特有用法僅一二例者不納入，像聞一多考證〈邶風・新臺〉：「魚網之設，鴻則離之」的「鴻」字為特有用法，應訓俗名叫癩蝦蟆的蟾蜍，僅此一例。前述王氏《詩經》成語「不淑」之訓「不幸」也只有〈鄘風・君子偕老〉：「子之不淑，云如之何！」與〈王風・中谷有蓷〉：「遇人之不淑矣」二例。拙著《詩經欣賞與研究》，雖已在〈新臺〉、〈君子偕老〉兩詩中採用聞、王之說，可是這些用法，在《詩經》中並不普遍，不予採輯。本文僅將《詩經》中常見的習慣用法之字詞舉例說明，以求簡要，而免篇幅冗長。

一、言

言：甲骨文、金文均作□，古文作□。《爾雅》：「大簫謂之言」。朱芳圃以為「此為言之本義。與『音』為同類字。▽形即簫管。从口以吹之，以口吹簫舌弄之而成音也，旁益以八者，殆即表示樂器之音波，後更於其首加一，遂與从辛之字無別矣。其轉化為言說之言者，蓋引申之義也。」《說文》：「从口，辛聲。辛，辠也，犯法也。」《釋名》：「言之為辛也，寓戒也。」林義光以為辛、辛同字，辛，罪人也。言从辛从口，本義當為「獄辭」，引申為凡言之稱。龍宇純《中國文字學》二二二面，甲骨文□（舌）□（言）：「言既不可無舌，言字即取舌形見意，為其別於舌字，而強加一橫。」鄭樵曰：「言从舌从二，二古上字，言出於舌上也。《周禮・大司樂》註：發端曰言，答述曰語。」

王引之《經傳釋詞》：「言，云也，語詞也，話言之言謂之云，語詞之云亦謂之言，若《詩・葛覃》之「言告師氏，言告言歸」，〈芣苢〉之「薄言采之」，〈漢廣〉之「言刈其楚」，〈草蟲〉之「言采其蕨」，〈柏舟〉之「靜言思之」，〈終風〉之「寤言不寐，願言則嚏」，〈簡兮〉之「公言錫爵」，〈泉水〉之「還車言邁」、「駕言出遊」，〈二子乘舟〉之「願言思子」，〈定之方中〉之「星言夙駕」，〈載馳〉之「言至于漕」，〈氓〉之「言既遂矣」，〈伯兮〉之「言樹之背」，〈女曰雞鳴〉之

「弋言加之」，〈小戎〉之「言念君子」，〈七月〉之「言私其豵」，〈彤弓〉之「受言藏之」，〈庭燎〉之「言觀其旂」，〈黃鳥〉之「言旋言歸」，〈我行其野〉之「言就爾居」、「言歸斯復」，〈大東〉之「睠言顧之」，〈小明〉之「興言出宿」，〈楚茨〉之「言抽其棘」、「備言燕私」，〈都人士〉之「言從之邁」，〈采綠〉之「言韔其弓」，〈瓠葉〉之「酌言嘗之」，〈文王〉之「永言配命」，〈抑〉之「言緡之絲」、「言示之事」，〈桑柔〉之「瞻言百里」，〈有客〉之「言授之縶」，〈有駜〉之「醉言舞」，及《左傳・僖九年》之「既盟之後，言歸于好」，《易・繫辭傳》之「德言盛」、「禮言恭」，皆與語詞之「云」同義。而毛、鄭釋《詩》，悉用《爾雅》：「言，我也」之訓。或解為言語之言，揆之文義，多所未安，則施之不得其當也。」

胡適之〈詩三百篇言字解〉，更將《詩經》中作語詞用的「言」字，分析成(甲)「言」字位置在兩個動詞之間，作「而」字解，(乙)作然後之意的「乃」字解二組，另外指出〈邶風・終風〉：「願言則嚏」，〈小雅・巷伯〉：「謀欲譖言」的言字，應作代名詞「之」字解。茲將語詞二組，各舉三例於下：

(甲)言字作而字解之例：

(1)〈小雅・彤弓〉：「彤弓弨兮，受言藏之。」

(2)〈召南・草蟲〉：「陟彼南山，言采其蕨。」

(3)〈鄘風・載馳〉：「驅馬悠悠，言至于漕。」

(乙)言字作乃字解之例：

(1)〈周南・葛覃〉：「言告師氏，言告言歸。」

(2)〈衛風・氓〉：「言既遂矣，至于暴矣。」

(3)〈小雅・黃鳥〉：「言旋言歸，復我邦族。」

而作語言的「言」字本義解的，則可舉〈衛風・氓〉：「既見復關，載笑載言」，〈鄭風・揚之水〉：「無信人之言」，的「言」字為例。

二、於

於：同烏，毛公鼎作□，僕兒鐘作□，古文□、□象烏形，而與「烏」字分化者，今但以為歎辭及語辭，遂無以為鴉烏字者矣。《說文》于訓於，于、於古通用，凡經典語詞皆作于。《經傳釋詞》：「於，語助也，《詩・靈臺》曰：『於牣魚躍』（「於」字《釋文》無音）又曰：『於論鼓鐘，於樂辟廱。』（《釋文》：於，音烏，鄭如字，《正義》述毛亦如字，今從《正義》）〈下武〉曰：『於萬斯年，』〈雝〉曰：『於薦廣牡，』（《釋文》：於，鄭如字，王音烏，《正義》述毛亦如字，今從《正義》。）是也。」以上「於」字，或以「於是」釋之，仍音烏，為歎辭。

茲將《三百篇》中於字公認音「烏」作歎辭解者舉例如下：

〈周頌〉：「於穆清廟」（〈清廟〉），「於穆不已」（〈維天之命〉），「於緝熙」（〈昊天有成命〉），「於皇來牟」（〈臣工〉），「於皇武王」（〈武〉），「於鑠王師」（〈酌〉），「於昭于天」（〈桓〉），「於繹思」（〈賚〉），「於皇時周」（〈般〉）；

〈商頌〉：「於赫湯孫」（〈那〉）；

〈大雅〉：「於昭于天」「於緝熙敬止」（〈文王〉）；

〈小雅〉：「於粲洒埽」（〈伐木〉）。

三、於乎

於乎，與「嗚呼」同，《經傳釋詞》：「《詩・文王》傳曰：於歎詞也。一言則曰於，下加一言，則曰於乎。或作於戲，或作烏呼，其義一也，《爾雅》曰：烏乎，吁嗟也，有所歎美，有所傷痛，隨事有義也。」

茲將《三百篇》中於乎之用於(甲)有所歎美者，(乙)有所傷痛者，分別舉例於下：

(甲)有所歎美者：

〈周頌〉：「於乎不顯，文王之德之純！」（〈維天之命〉）

「於乎前王不忘！」（〈烈文〉）

「於乎皇考！永世克孝。」「於乎皇王，繼序思不忘。」（〈閔予小子〉）

(乙)有所傷痛者：

〈周頌〉：「於乎悠哉！朕未有艾。」（〈訪落〉）

〈大雅〉：「於乎哀哉！」（〈召旻〉）

「於乎有哀，國步斯頻！」（〈桑柔〉）

「於乎小子！未知臧否。」「於乎小子！告爾舊止。」（〈抑〉）

四、其

其：音碁，甲骨文作〔字形〕、〔字形〕，南公鼎〔字形〕，湯鼎〔字形〕，王孫鐘〔字形〕，古文〔字形〕、〔字形〕、〔字形〕原為農家揚米去糠器的象形，因以竹製，亦加竹頭為箕，而其字演變為指示代名及語詞，《詩經》中用其字為無義的語詞特別多。

王引之《經傳釋詞》曰：「其，狀事之詞也，有先言事而後言其狀者，若『擊鼓其鏜』，『雨雪其雱』，『零雨其濛』之屬是也。有先言其狀而後言其事者，若『灼灼其華』，『殷其靁』，『淒其以風』之屬是也。」

又：「其，猶乃也，《詩·螽蟴》曰：『朝隮于西，崇朝其雨。』〈蟋蟀》曰：『蟋蟀在堂，歲聿其莫。』〈七月〉曰：『八月其穫』，又曰：『四之日其蚤，獻羔祭韭。』〈沔水〉曰：『我友敬矣，讒言其興。』〈巷伯〉曰：『豈不爾受，既其女遷。』〈大東〉曰：『杼柚其空』，〈賓之初筵〉曰：『錫爾純嘏，子孫其湛。』〈維天之命〉曰：『假以溢我，我其收之。』〈烈文〉曰：『無封靡于爾邦，維王其崇之，念茲戎功，繼序其皇。無競維人，四方其訓之，不顯維德，百辟其刑之。』」

又：「其，猶之也，《詩．魚麗》曰：『物其多矣，維其嘉矣。』」

又：「其，語助也。《詩．君子于役》曰：『曷其有佸』，〈鴇羽〉曰：『曷其有所。』〈揚之水〉曰：『云何其憂？』〈正月〉曰：『終其永懷』。（終，猶既也）〈菀柳〉曰：『于何其臻？』」

王氏所說：「狀事之詞」，指現代文法上所應用的九品詞中的「副詞」。副詞的作用可分別為修飾動詞的，和修飾形容詞的兩種（修飾副詞之字，亦為副詞），而「其」字在《詩經》裡的用法，實為附加在副詞（或形容詞）之上或下的語助詞，這種用法的「其」字，共有四十多個，茲分別舉例如下：

(一)其字附加在副詞之上或下，等於現代語中「地」字。

(甲)附加在副詞之上者：

(1)〈大雅・桑柔〉：「捋采其劉」（捋采得稀稀地——劉，枝葉稀疏缺落不均貌，用以修飾動詞捋采。）

(2)〈邶風・擊鼓〉：「擊鼓其鏜」（鏜為鼓聲，用以修飾動作擊鼓，語譯為鼕鼕地敲著鼓。）

(乙)附加在副詞之下者：

(1)〈衛風・氓〉：「咥其笑矣」（嘿嘿地冷笑了——咥，笑貌，用以修飾動詞笑。）

(2)〈召南・殷其靁〉：「殷其靁」（殷為雷聲，用以修飾動作雷鳴。）

(3)〈陳風・宛丘〉：「坎其擊缶」（坎，缶聲，用以修飾動作擊缶。）

(4)〈小雅・伐木〉：「嚶其鳴矣」（嚶，鳥鳴聲，用以修飾動詞鳴字。）

(5)〈王風・中谷有蓷〉：「嘅其嘆矣」（嘅，嘆聲，用以修飾動詞嘆字。）

(6)〈王風・中谷有蓷〉：「條其嘯矣」（條，長貌，用以修飾動詞嘯字。）

(7)〈王風・中谷有蓷〉：「啜其泣矣」（啜，泣貌，用以修飾動詞泣字。）

(8)〈鄭風・溱洧〉：「瀏其清矣」（清瀏瀏地——瀏為修飾形容詞清字的副詞。）

(9)〈王風・中谷有蓷〉：「暵其乾矣」（乾巴巴地——乾為形容詞，暵為修飾形容詞的副詞。）

王氏以「擊鼓其鏜」為「先言事而後言其狀者」之範例，而「坎其擊缶」可為「先言其狀而後言其事者」之範例，先後更易，則「其」字的位置也更易，故知若改變其句法，亦應同時改變「其」字的位置，上兩句如改變「其」字的位置，則句法亦應隨之更易為「鏜其擊鼓」，「擊缶其坎」。

㈡其字附加在形容詞之上或下，等於現代語中「的」字。

㈠附加在形容詞之上者：

(1)〈魯頌・泮水〉：「角弓其觩」（彎彎的角弓——觩，曲貌，用以形容角弓。）

(2)〈魯頌・泮水〉：「束矢其搜」（搜，聚貌，用以形容一束箭。）

(3)〈邶風・靜女〉：「靜女其姝」（姝，美貌，用以形容靜女。）

(4)〈邶風・北風〉：「北風其涼」（涼字形容北風。）

(5)〈邶風・北風〉：「雨雪其雱」（雱，雨雪盛貌，雱字形容雨雪。）

(6)〈豳風・東山〉：「零雨其濛」（濛，細雨貌，濛字形容零雨。）

(7)〈衛風・碩人〉：「碩人其頎」（頎，長貌，頎字形容碩人。）

㈡附加在形容詞之下者：

(1)〈邶風・綠衣〉：「淒其以風」（冷淒淒的風——淒，風寒貌，用以形容名詞風字。）

(2)〈周南・桃夭〉：「灼灼其華」（灼灼，鮮明貌，灼灼用以形容名詞華字。）

(3)〈邶風・終風〉：「曀曀其陰」（曀曀，闇昧貌，用以形容陰天。）

(4)〈邶風・燕燕〉：「差池其羽」（差池猶參差，用以形容名詞羽。）

五、何其

《經傳釋詞》：「其，音姬，問詞之助也，或作期，或作居，義並同。《書‧微子》曰：「予顛隮，若之何其？」」鄭注曰：「其，語助也，齊魯之間聲如姬。」《詩‧園有桃》曰：「彼人是哉！子曰何其？」〈庭燎〉曰：「夜如何其？」〈頍弁〉曰：「實維何期？」箋曰：「期，辭也。」《釋文》本亦作其，《禮記‧檀弓》曰：「何居？我未之前聞也。」鄭注曰：「居，讀如姬姓之姬，齊魯之間語助也。」」

按「何其」為先秦成語，記其音，或作「何期」，或作「何居」，而於詩歌中最流行，〈國風‧魏風‧園有桃〉二見，〈小雅‧庭燎〉三見，〈頍弁〉一見，凡六見。屈翼鵬先生云：「何其，猶今語之『什麼』」。而〈庭燎〉加一「如」字，「如何其」三字連用，猶「什麼」加一字成「什麼樣」。

六、之子

之子，猶言此人，而為不明說是誰，聽者可意會之指稱，較確切的翻譯是「這一位」，《詩經》

中常「之子」二字連用，成為特有用語，茲輯錄若干，以見一斑：

〈周南．桃夭〉之子于歸，宜其室家／之子于歸，宜其家室／之子于歸，宜其家人。

〈周南．漢廣〉之子于歸，言秣其馬／之子于歸，言秣其駒。

〈召南．鵲巢〉之子于歸，百兩御之／之子于歸，百兩將之／之子于歸，百兩成之。

〈召南．江有汜〉江有汜，之子歸／江有渚，之子歸／江有沱，之子歸。

〈邶風．燕燕〉之子于歸，遠送于野／之子于歸，遠于將之／之子于歸，遠送于南。

〈衛風．有狐〉心之憂矣，之子無裳／心之憂矣，之子無帶／心之憂矣，之子無服。

〈豳風．東山〉之子于歸，皇駁其馬。

〈豳風．伐柯〉我遘之子，籩豆有踐。

〈豳風．九罭〉我覯之子，袞衣繡裳。

〈小雅．車攻〉之子于苗，選徒囂囂／之子于征，有聞無聲。

〈小雅．鴻雁〉之子于征，劬勞于野／之子于垣，百堵皆作。

〈小雅．采綠〉之子于狩，言韔其弓／之子于釣，言綸之繩。

〈小雅．白華〉之子之遠，俾我獨兮／天步艱難，之子不猶／之子無良，二三其德／之子之遠，俾我疷兮。

七、彼其之子

《經傳釋詞》：「其，音記，語助也，或作記，或作忌，或作己，或作迈，義並同也。《詩・揚之水》曰：『彼其之子』，《箋》曰：『其或作記，或作己，讀聲似』。又〈羔裘〉：『彼其之子』，〈襄二十七年〉《左傳》，及《晏子・雜篇》並作己。〈候人〉：『彼其之子』，〈表記〉作記，〈僖二十四年〉《左傳》，及〈晉語〉並作己。〈文十四年〉《左傳》：『齊公子元不順懿公之為政也，終不曰公，曰「夫己氏」』，猶言『彼己之子』……」溥言按：《左氏會箋》：「『夫己氏』猶曰彼人，己語辭，讀如彼其之子之其。」

我們將「之子」譯為「這一位」，則「彼其之子」應譯為「那個呀這一位」，既說「那個」，又說「這一位」，看似矛盾，實仍為不欲明言之辭，正表現了民謠的特色。

「彼其之子」為當時民謠用成語，十五〈國風〉中凡十四見，〈曹風・候人〉篇且套用以指多數，致須變通譯為「那些呀這一位」，茲錄十四「彼其之子」於下：

〈王風・揚之水〉　彼其之子，不與我戍申／彼其之子，不與我戍甫／彼其之子，不與我戍許。

〈鄭風・羔裘〉　彼其之子，舍命不渝／彼其之子，邦之司直／彼其之子，邦之彥兮。

〈魏風・汾沮洳〉彼其之子，美無度／彼其之子，美如英／彼其之子，美如玉。

〈唐風・椒聊〉彼其之子，碩大無朋／彼其之子，實大且篤。

〈曹風・候人〉彼其之子，三百赤芾／彼其之子，不稱其服／彼其之子，不遂其媾。

八、有

有，音友，毛公鼎[illegible]，召伯虎敦[illegible]，石鼓文[illegible]，古文[illegible]，或謂形聲字，从月又聲，或謂會意字，从又持肉。徐灝曰：「凡言有者，皆自無而有，月由晦而生明，自無而有之象也。或曰从肉，古者未知稼穡，食鳥獸之肉，故从又持肉為有也。」《詩經》用「有」字之特點為從有無之有進展到作為冠於形容詞或副詞上的特別用法特別發達的狀態。

《經傳釋詞》：「有，狀物之詞也，若《詩・桃夭》：『有蕡其實』是也，他皆放此。」

又：「有，猶或也，故〈莊二十九年〉《穀梁傳》曰：『一有一亡曰有』，《易・姤・九五》曰：『有隕自天』，言或隕自天也……《詩・載馳》曰：『大夫君子，無我有尤』，言無我或尤也，有與或古同聲而義相通。」

又：「猶又也，《詩・終風》曰：『終風且曀，不日有曀』，〈文王〉曰：『宣昭義問，有虞殷自天』，〈既醉〉曰：『昭明有融』，又曰：『令終有俶』，有、又古同聲，故又字或通作有。」

又：「有，語助也，一字不成詞則加有字以配之，若虞、夏、殷、周皆國名，而曰：「有虞」、「有夏」、「有殷」、「有周」是也，推之他類，亦多有此，故邦曰「有邦」，家曰「有家」，室曰「有室」……北曰「有北」，昊曰「有昊」（《詩・巷伯》曰：「投畀有北，有北不受，投畀有昊。」）……梅曰「有梅」（《詩》曰摽有梅），的曰「有的」（〈賓之初筵〉曰「發彼有的」）……三事曰「三有事」。（《詩・十月之交》曰：「擇三有事」）說經者未喻屬詞之例，往往訓為有無之有，失之矣。」

以上王引之氏釋有字涉及《詩經》者四條，狀物之條，專舉《詩經》，亦僅舉一例，但我們據此一例，向《三百篇》探索，則觸目皆是，遍及三〈頌〉、二〈雅〉及十五〈國風〉，共達一百多處，其用法和「其」字相似而略簡，等於後世於形容詞或副詞下附加的「然」字，玆舉其例證於下：

(一)有字附加在副詞之上，作為語助詞的等於後代文言中附加於副詞下的「然」字，或現代語中的「地」字。

(甲)副詞在上半句的：

(1)〈商頌・長發〉：「有虔秉鉞」（虔敬地秉持著斧鉞，也等於「虔然秉鉞」。）

(2)〈邶風・匏有苦葉〉：「有瀰濟盈」（瀰為水滿貌，用以形容濟水的盈滿。）

(3)〈邶風・匏有苦葉〉：「有鷕雉鳴」（鷕為雉鳴聲。）

(乙)副詞在下半句的：

(1)〈大雅・皇矣〉：「皇矣上帝！臨下有赫。」(偉大啊上帝！威嚴地君臨下土。也等於「臨下赫然」。)

(2)〈大雅・既醉〉：「昭明有融」(融，明之盛，此句等於「昭明融然」。)

(3)〈邶風・擊鼓〉：「憂心有忡」(忡，憂貌，用以修飾形容詞憂字，此句等於「憂心忡然」。)

(4)〈檜風・羔裘〉：「羔裘如膏，日出有曜。」(曜，明亮貌，此二句謂羔裘光潤，因日照而曜然。)

(5)〈小雅・車攻〉：「會同有繹」(繹，盛貌，此句是說盛大地會同諸侯。)

(二)有字附加在形容詞之上，作為語助詞，等於現代語中「的」字。

(甲)形容詞在上半句的：

(1)〈周南・桃夭〉：「有蕡其實」(它的果實是碩大的。)

(2)〈衛風・淇奧〉：「有匪君子」(君子斐然。)

(3)〈鄭風・東門之墠〉：「有踐家室」(一排整齊的房舍。)

(4)〈唐風・杕杜〉：「有杕之杜」(孤特的赤棠。)

(5)〈小雅・大東〉：「有饛簋飧，有捄棘匕。」（饛，滿貌；捄，曲長貌。滿滿的一盤飯，彎彎的棗木飯匙。）

(6)〈小雅・菀柳〉：「有菀者柳」（菀，茂盛貌，那茂盛的楊柳。）

(7)〈大雅・常武〉：「有嚴天子」（天子嚴然。）

(8)〈周頌・良耜〉：「有捄其角」（牠的角彎彎的。）

(乙)形容詞在下半句的：

(1)〈鄭風・女曰雞鳴〉：「明星有爛」（燦爛的明星，明星燦爛。）

(2)〈齊風・載驅〉：「魯道有蕩」（坦蕩的魯國道路。）

(3)〈小雅・隰桑〉：「隰桑有阿，其葉有沃。」（隰地的桑樹柔美，它的葉子肥沃。）

(4)〈大雅・桑柔〉：「旟旐有翩」（翩，動搖不定貌，旟旐飄飄然。）

(5)〈周頌・載見〉：「鞗革有鶬」（鶬，鏘然作聲，轡首的鞗革鏘鏘響。）

(6)〈魯頌・閟宮〉：「閟宮有侐」（寂靜的閟宮。）

(7)〈商頌・那〉：「庸鼓有斁，萬舞有奕。」（鐘鼓聲雄壯，萬舞步昂揚。）

(丙)一句兩「有」字的：

(1)〈邶風・谷風〉：「有洸有潰」（洸，武貌；潰，怒貌。此句等於「洸然潰然」，可譯為「兇巴巴的，惡狠狠的」。）

(2)〈周頌・有客〉：「有萋有且」（萋，盛貌；且，多貌。此句等於「萋然且然」。）

(3)〈魯頌・有駜〉：「有駜有駜」（駜，肥壯貌，可譯為「肥肥的，壯壯的」。）

《詩經》中「其」字和「有」字的特別用法相同，都可用「然」字來替代，僅附加的位置略有差異，各有限制。有人加強這兩個字的功用，說等於現代語的「多麼」兩字，「靜女其姝」可譯作「靜女多麼美麗」，「灼灼其華」可譯作「花朵多麼鮮艷」，「明星有爛」可譯作「明星多麼燦爛」，「有嚴天子」可譯作「天子多麼威嚴」，這當然也還說得通。可是將「擊鼓其鏜」譯成「把鼓敲得多麼鼕鼕響」，「臨下有赫」譯成「君臨下土多麼威嚴」，已經顯得勉強，把「咥其笑矣」譯成「多麼嘿嘿地笑了」，把「會同有繹」譯成「多麼盛大地會同諸侯」，更是勉強不來，顯然是不妥的了。

九、止

止，音芷，甲文[illegible]，金文[illegible]，石鼓[illegible]，象形字，許書無趾字，止即趾，鄭玄云：「止，足也，古文止即趾。」

《經傳釋詞》：「《詩・草蟲》曰：『亦既見止，亦既覯止。』《毛傳》曰：『止，辭也。』」

《詩經》「止」字作語詞用，為數不少，茲舉數例於下：

(1)〈召南・草蟲〉：「亦既見止，亦既覯止。」(三見)

(2)〈齊風・南山〉：「既曰歸止，曷又懷止？」「葛屨五兩，冠緌雙止；魯道有蕩，齊子庸止；既曰庸止，曷又從止？」「既曰告止，曷又鞠止？」「既曰得止，曷又極止？」

(3)〈齊風・敝笱〉：「齊子歸止」(三見)

(4)〈小雅・庭燎〉：「君子至止」(三見)

(5)〈小雅・瞻彼洛矣〉：「君子至止」(三見)

(6)〈大雅・文王〉：「於緝熙敬止」

(7)〈大雅・大明〉：「文王嘉止」

(8)〈大雅・民勞〉：「民亦勞止」(五見)

(9)〈大雅・召旻〉：「無不潰止」

(10)〈周頌・閔予小子〉：「陟降庭止」，「夙夜敬止」

(11)〈周頌・良耜〉：「荼蓼朽止，黍稷茂止」，「百室盈止，婦子寧止。」

止字在《詩經》中其他用法亦有數種：

(甲)鳥集曰止，例：

(1)〈秦風・黃鳥〉：「交交黃鳥，止于棘。」

(2)〈小雅・四牡〉：「載飛載止。」

(乙)止，居也，例：

(1)〈大雅・緜〉：「迺慰迺止。」

(2)〈商頌・玄鳥〉：「邦畿千里，惟所止。」

(丙)止，容止，例：

(1)〈鄘風・相鼠〉：「人而無止，不死何俟？」

(丁)吳昌瑩《經詞衍釋》：「止，亦作之，《詩》：『高山仰止，景行行止』，《史記・三王世家》作：『高山仰之，景行嚮之。』」

溥言按：此二止字可解作語詞或指示代名詞「之」字。

(戊)止，至也，例：

(1)〈魯頌・泮水〉：「魯侯戾止，在泮飲酒。」

(2)〈小雅・采芑〉：「方叔涖止，其車三千。」

十、匪

匪，非上聲，形聲字，从匚，非聲，《玉篇》：「匪，竹器，方曰匪。」《詩經》匪字通用有二解：曰，非也，不也；曰：彼也。近世但通用為賊寇，如土匪，綁匪，匪徒。

為好也。」）又：「匪，不也，《詩．殷武》曰：『稼穡匪解』，言不懈也，〈車舝〉曰：『匪饑匪渴』，箋曰：『雖饑不饑，雖渴不渴。』〈周語〉引〈頌〉曰：『莫匪爾極』，韋注曰：『匪不也，無不於女時得其中也』」。又：「《廣雅》曰：『匪，彼也。』家大人（注：王念孫）曰：《詩．小旻》曰：『如匪行邁謀，是用不得于道。』〈襄八年〉《左傳》引此詩，杜注曰：『匪，彼也，亦猶〈雨無正〉曰：「如彼行邁」也。又〈定之方中〉曰：「匪直也人，秉心塞淵。」言彼正直之人，秉心塞淵也；〈匪風〉曰：「匪風發兮，匪車偈兮。」言彼風之勁發發然，彼車之驅偈偈然也；〈都人士〉曰：「匪伊垂之，帶則有餘。匪伊卷之，髮則有旟。」言彼帶之垂則有餘，彼髮之卷則有旟，猶上文言彼都人士，垂帶而厲，彼君子女，卷髮如蠆也，解者訓匪為非，故多不安。』」

《經傳釋詞》曰：「《詩．木瓜》傳曰：『匪，非也，常語』」（注：原文為：「匪報也，永以

吳昌瑩《經詞衍釋》曰：「《經傳釋詞》曰：『匪，非也，常語，匪，不也，匪，彼也。』衍曰：『匪，彼也，《詩》：「匪載匪來」，上匪字彼也，下匪字不也，言彼載不至也。「蓼蓼者莪，匪莪伊蒿，」伊，是也，言彼莪今是蒿也。（始生為莪，長大為蒿）「莫赤匪狐，莫黑匪烏。莫高匪山，莫浚匪泉。」「匪鶉匪鳶，匪亶匪鮪」，「匪兕匪虎」，《法言．問明》篇：「鳳鳥蹌蹌，匪堯之庭。」皆匪之同彼。』」

溥言曰：匪訓彼，為《詩經》常見之特別用法；他書僅揚雄《法言》偶有之。另有匪訓斐，

〈衛風・淇奧〉：「有匪君子，如切如磋。」《大學》引《詩》作「有斐君子」，匪為斐之假也。

十一、只

只，音紙，古文只，指示字，从口从八，八示氣从口下引，其本義為語已詞。至唐代已常作「但」字用。

《經傳釋詞》：「《說文》：『只，語已詞也。』《詩・燕燕》曰：『仲氏任只。』〈鄘・柏舟〉曰：『母也天只！不諒人只！』《楚辭・大招》，句末皆用只字。」

又：「只，亦句中語助也，詳〈樛木〉及〈南山有臺〉、〈采菽〉，並曰：『樂只君子』，〈北風〉曰：『既亟只且！』〈君子陽陽〉曰：『其樂只且！』」按《助字辨略》：「只且重聲，猶之乎而已。」

十二、思

思，音司，古文𢗁，念也，从心从囟，心與囟相匯合為思，會意字，囟即頭腦蓋，主記識之器官，《詩經》中常作語助詞用，或在語首，或在語中，或在語末，成為《詩經》中思字的特別用

法。

《經傳釋詞》：「思，語已詞也，《詩・漢廣》曰：『南有喬木，不可休思。』《毛傳》曰：『思，辭也。』他皆放此。」按《詩經》中思字用作語已詞的還有：(1)〈周南・漢廣〉：「漢有游女，不可求思。漢之廣矣，不可泳思；江之永矣，不可方思。」(2)〈小雅・采薇〉：「今我來思，雨雪霏霏。」〈出車〉：「今我來思，雨雪載塗。」〈南有嘉魚〉：「烝然來思。」〈白駒〉：「賁然來思」、「勉爾遁思」，〈無羊〉：「爾羊來思」、「爾牧來思」。〈大雅・抑〉：「神之格思，不可度思，矧可射思。」〈周頌・賚〉：「敷時繹思」、「於繹思」。

《經傳釋詞》又云：「思發語詞也，〈車舝〉曰：『思孌季女逝兮』，〈文王〉曰：『思皇多士』，〈思齊〉曰：『思齊大任』，又曰：『思媚周姜』，〈公劉〉曰：『思輯用光』，〈思文〉曰：『思文后稷』，〈載見〉曰：『思皇多祜』，〈良耜〉曰：『思媚其婦』，〈泮水〉曰：『思樂泮水』。思字皆發語詞。」按〈魯頌・駉〉：「思無疆，思馬斯臧。」「思無期，思馬斯才。」「思無斁，思馬斯作。」「思無邪，思馬斯徂。」六思字亦皆發語詞。

又云：「思，句中語助也。〈關雎〉曰：『寤寐思服』，〈桑扈〉曰：『旨酒思柔』，〈文王有聲〉曰：『自西自東，自南自北，無思不服。』〈閔予小子〉曰：『於乎皇王，繼序思不忘。』思皆句中語助。」

《詩經》中思字亦有作想念講的，例如：〈邶風・綠衣〉：「我思古人，俾無訧兮。」「我思古人，實獲我心。」〈終風〉：「莫往莫來，悠悠我思。」〈泉水〉：「有懷于衛，靡日不思。」「我思肥泉」、「思須與漕」。〈衛風．伯兮〉：「願言思伯。」〈竹竿〉：「豈不爾思？」〈王風．大車〉：「豈不爾思？」〈鄭風．褰裳〉：「子惠思我」、「子不我思」。〈東門之墠〉：「豈不爾思？」〈子衿〉：「悠悠我思。」〈秦風．渭陽〉：「我送舅氏，悠悠我思。」〈檜風．羔裘〉：「豈不爾思？勞心忉忉。」「豈不爾思？我心憂傷。」「豈不爾思？中心是悼。」〈小雅．南有嘉魚〉：「嘉賓式燕又思。」〈大雅．下武〉：「永言孝思」、「孝思維則」皆是。

十三、于以

于以兩字連用，為《詩經．國風》成語，置於句首而成問句，其義等於「于何」。〈召南．采蘩〉篇四見，〈采蘋〉篇五見，〈邶風．擊鼓〉一見，均為一句問一句答的民謠體，而兩漢以來，已不明此體，因亦不明辭義。雖有清一代，考證學之盛，亦未得達詁。民國以來，胡適之氏，始發抉其義，而楊遇夫氏得證成其說。

〈召南．采蘩〉「于以采蘩」，《毛傳》：「于，於也。」未釋以字，康成始注意兩字連用，《箋》曰：「于以猶言往以也。」《朱傳》採毛義無異辭，清儒覺毛義疏略，《鄭箋》未安，予以考證，馬瑞辰云：「《爾雅》：爰、粵，于也。又曰：爰、粵、于，於也。凡詩言于以者，猶言爰以、粵以，皆語詞。箋訓為往以，失之。」胡承珙亦云：「于以與〈陳風・東門之枌〉「越以」同，語詞也。」陳奐則云：「于以，猶薄言，皆發聲語助也。」三說皆謂于以為語詞，而不知乃發問用之成語也。間讀德清俞氏《古書疑義舉例》，並及儀徵劉申叔《古書疑義舉例補》，及長沙楊遇夫《古書疑義舉例續補》二書，得閱楊著誤解問答之辭例條原文，胸中疑竇，得以冰釋。

茲錄楊氏原文於下：「《詩・召南・采蘩》一章云：『于以采蘩？于沼于沚。于以用之？公侯之事。』二章云：『于以采蘩？于澗之中。于以用之？公侯之宮。』又〈采蘋〉一章云：『于以采蘋？南澗之濱。于以采藻？于彼行潦。』二章云：『于以盛之？維筐及筥。于以湘之？維錡及釜。』三章云：『于以奠之？宗室牖下。誰其尸之？有齊季女。』〈邶風・擊鼓〉三章云：『爰居爰處，爰喪其馬。于以求之？于林之下。』〈采蘩〉《毛傳》云：『于，於也。』不釋『以』字。樹達按：以假為台，何也。（註：台音怡）《書・湯誓》：『夏罪其如台？』《史記・殷本紀》作『有罪其奈何？』〈高宗肜日〉：『乃日其如台？』〈殷本紀〉作『乃日其奈何？』〈西伯戡黎〉『今王其如台？』〈殷本紀〉作『今王其奈何？』是台有何義。《說文》：『台，從㠯聲。』『以』為『㠯』之隸變，故得假『以』為『台』，于以者，于何也，故凡言于以之句，皆問詞，其下句皆答詞也。『于以采蘩？于沼于沚。』正與〈秦風・終南〉首章云：『終南何有？有條有梅。』二章云：『終南何有？有紀有堂。』句法一律。又〈采蘋〉三章上二句『于以奠之？宗室牖下』與下二句：『誰其尸之？有齊季女。』為對文。下二句為一問一答，則知上二句亦為一問一答也。自來說者，不知『以』為『台』之假字，《鄭箋》釋「于以」為「往矣」，陳奐則謂：「于以猶薄言，皆發聲語助。」而詩人文從字順之文，乃不得其解矣。」

溥言按：《詩經》「于以」凡十一見，除上舉〈國風〉十見外，另一見在〈周頌・桓〉篇，其文曰：「于以四方，克定厥家」。此在〈國風〉之外，不能作問句講，而〈國風〉之「于以」十見，均為一問一答，可證此種一問一答，正民謠體之本色也。

又，《詩經》問句「在何處」，〈國風〉中用成語「于以」，〈小雅〉用「于何」或「於焉」。（〈十月之交〉「于何不臧？」〈菀柳〉「于何其臻？」〈正月〉「于何從祿？」〈白駒〉「於焉逍遙？」）《詩三家義集疏》於「於焉逍遙」（〈白駒〉）句謂「蔡邕〈汝南周巨勝碑〉即作于以逍遙」，並謂「或《魯詩》有作以之本」，是證〈國風〉之「于以」與〈小雅〉之「於焉」同為問句「在何處」之義。而〈國風〉以一字代「于以」，則用「於焉」之合聲字「爰」。楊氏引〈擊鼓〉「爰居爰處，爰喪其馬」，三「爰」字不作問句，蓋楊氏尚未知此三「爰」字與「于以」同義也。

十四、爰

爰，音袁，甲骨文作[illegible]，曶鼎作[illegible]，梁當鍰幣作[illegible]，古文作[illegible]，會意字，援之本字，象兩手有所持形，引也，後轉為發端語之用，《集韻》：謂引詞也。《爾雅・釋詁》：「粤、于、爰，

曰也」。「爰、粵，于也。」註：「轉相訓」。又曰：「爰，於也。」《經傳釋詞》：「《爾雅》曰：『爰，于也。』又曰：『爰，於也。』于與於同義。《書・盤庚》曰：『綏爰有眾。』是也，《詩・擊鼓》曰：『爰居爰處，爰喪其馬，于以求之。』于亦爰也，互文耳。」

又：「《爾雅》曰：『爰，曰也。』曰與欥同，字或作聿。聿、爰一聲之轉。『爰有寒泉』《詩・凱風》聿有寒泉也。『爰伐琴瑟』〈定之方中〉聿伐琴瑟也。『爰得我所』〈碩鼠〉聿得我所也。『爰及矜人』〈鴻雁〉聿及矜人也。『爰有樹檀』〈鶴鳴〉聿有樹檀也。『爰其適歸』〈四月〉聿其適歸也。『爰方啟行』〈公劉〉聿方啟行也。『爰眾爰有』〈公劉〉聿眾聿有也。聿曰古字通，以上七詩，《鄭箋》皆用《爾雅》『爰，曰也』之訓，是也。而多釋為《論語》『子曰』之曰，則失其指矣。〈緜〉之詩曰：『爰始爰謀，爰契我龜。曰止曰時。』曰，亦爰也，互文耳。又曰：『爰及姜女，聿來胥宇。』爰與聿，亦互文。」

又：「張衡〈思元賦〉舊注曰：『爰，於是也。』《詩・斯干》曰：『爰居爰處，爰笑爰語。』〈公劉〉曰：『于時處處，于時廬旅。于時言言，于時語語。』爰即于時也。于時，即於是也，或訓為於，或訓為曰，或訓為於是，其義一也。」

吳昌瑩《經詞衍釋》：「衍曰：『爰，與也，及也，《詩》：「爰始爰謀」，上爰字，於是也，乃也。下爰字，與也，言乃始與謀也。』」「爰，為也。《書》：「爰既小人」，《史記・周公世家》

作「為與小人」。《詩》：「周爰諮諏，周爰執事」，言「周為」也。」

溥言按：《詩經》爰字，多訓「於是」，作問句者則訓「於焉」，「於焉」所以問「在何處」，或略為「何處」，爰即「於焉」之合聲，猶旃之為「之焉」之合聲。蓋一問一答乃〈國風〉民謠之本色。〈鄘風・桑中〉曰：「爰采唐矣？沫之鄉矣。云誰之思？美孟姜矣。」四句一、三問，二、四答。「爰采」，在何處採也。「爰采麥矣？」「爰采葑矣？」兩爰字倣此。〈邶風・凱風〉：「爰有寒泉？在浚之下。」亦一問一答。問在何處有寒泉？答在浚下有寒泉。〈邶風・擊鼓〉：「爰居爰處？爰喪其馬？于以求之？于林之下。」四句前三問，後一答，問在何處住？在何處息？在何處喪失了馬匹？到哪兒去找牠？答以在林下找到。觀〈小雅・四月〉：「爰其適歸」，《家語》引詩「爰其」作「奚其」。常璩《華陽國志》引詩亦作「奚其」，今通行本朱子《詩集傳》即逕作「奚其適歸」，此句亦為問句，問歸向何處？可證「爰」字在問句中應訓「何處」或「在何處」。

十五、何以

《詩經》裡把言、其、有、思等字，作為語助詞的特殊用法，後代早已喪失，就是其他先秦的古籍中，都很少見，但在《詩經》中卻是很普遍地應用著，可說是《詩經》特有的專門用法。

而「之子」「于以」等詞，亦僅《詩經》中習用之成語，丁聲樹氏〈論詩經中何、曷、胡〉一文（見中央研究院《歷史語言研究所集刊》第十冊），主張「何以」一詞，一律作「用什麼」解，與他書中作「為什麼」解用法不同。他說：《詩經》裡的「曷」字，大多數的用法是表示「何時」，「胡」字大多數的用法是表示「何故」，而「何以」一詞，《詩經》中全是表示方法的「用什麼」講，而不作表示原故的「為什麼」講，沒有一個例外。這是《詩經》文法上的一個特點。

茲將《詩經》中所用「何以」彙輯於下：

(1)〈秦風・渭陽〉二見：「何以贈之？路車乘黃。」「何以贈之？瓊瑰玉佩。」

(2)〈豳風・七月〉一見：「無衣無褐，何以卒歲？」

(3)〈召南・行露〉四見：「誰謂雀無角？何以穿我屋？」「誰謂女無家？何以速我獄？」「誰謂鼠無牙？何以穿我墉？」「誰謂女無家？何以速我訟？」

(4)〈鄘風・干旄〉三見：「彼姝者子，何以畀之？」「彼姝者子，何以予之？」「彼姝者子，何以告之？」

(5)〈大雅・公劉〉一見：「何以舟之？維玉及瑤，鞞琫容刀。」

以上「何以」凡十一見，均作「以何」，即「用什麼」解，極為明確。

十六、陟降

王靜安氏曰：「陟降一語，古人言陟降，猶今人言往來，不必兼陟與降二義。〈周頌〉：『念茲皇祖，陟降庭止。』（〈閔予小子〉）『陟降厥士，日監在茲。』（〈敬之〉）意以降為主，而兼言陟者也。〈大雅〉：『文王陟降，在帝左右。』（〈文王〉）此以陟為主，而兼言降者也。故陟降者，古之成語也，陟降亦作陟各。《左・昭七年》傳：『叔父陟恪，在我先王之左右。』正用〈大雅〉語，恪者，各之借字，是陟恪即陟降也。古陟、登，聲相近，各、格假字又相通，故陟各又作登假。〈曲禮・告喪〉曰：『天王登假。』《莊子・養生主》：『彼且擇日而登假。』〈大宗師〉：『是知之能登假於道也。』若此，登假亦即陟降也。又作登遐，《墨子・節葬》篇『秦之西有儀渠之國者，其親戚死，聚柴薪而焚之，燻上則謂之登遐。』登遐亦即陟降也。登假、登遐後世用為崩薨之專語；而通語之陟降，別以登降升降二語代之，然四語所從出之源，尚歷歷可指。

「《書・文侯之命》言『昭登于上』，《詩・大雅》言『昭假于下』，登與假相對為文，是登假即陟降之證也。《左傳》之陟恪，〈曲禮〉之登假，《墨子》之登遐，皆謂登而不謂降，此又〈大雅〉之陟降不當分釋為上下二義之證也。《詩》《書》中語，類此者頗多，姑舉其一二可知者，知字義之有轉移，又知古代已有成語，則讀古書者，可無以文害辭，以辭害志之失矣。」

溥言按：「彼且擇日而登假」係《莊子．德充符》篇中語。

十七、神保

王靜安氏曰：「〈小雅．楚茨〉云：『先祖是皇，神保是饗。』又云：『神保是格』，又云：『鼓鐘送尸，神保聿歸。』《傳》、《箋》皆訓保為安，不以神保為一語。朱子始引《楚辭．靈保》以正之。今案克鼎云：『巠念厥聖保祖師華父』，是神保聖保皆祖考之異名，《詩》之『先祖是皇，神保是饗』，『皇尸載起，神保聿歸』皆相互為文，非安饗安歸之謂也。」

十八、罔極

屈翼鵬先生〈罔極解〉，舉出《詩經》中應用「罔極」兩字的詩，凡七篇，共八見：

(1)〈小雅．蓼莪〉：「父兮生我，母兮鞠我，拊我畜我，長我育我，顧我復我，出入腹我；欲報之德，昊天罔極。」

(2)〈衛風．氓〉：「女也不爽，士貳其行；士也罔極，二三其德。」

(3)〈魏風．園有桃〉：「不知我者，謂我士也罔極。」

(4)〈小雅・何人斯〉：「為鬼為域，則不可得。有靦面目，視人罔極。」

(5)〈小雅・青蠅〉：「讒人罔極，交亂四國。」「讒人罔極，構我二人。」

(6)〈大雅・民勞〉：「無縱詭隨，以謹罔極。」

(7)〈大雅・桑柔〉：「民之罔極，職涼善背。」

以上八個「罔極」，吾人詳尋繹其上下文，即可知均為詬詈之語。而鄭康成箋〈蓼莪〉：「欲報之德，昊天罔極」云：「之，猶是也，我欲報父母是德，昊天乎！我心無極。」於「罔極」上平添「我心」二字，所謂增文解經，屈先生指出其實非詩義之本然。而朱傳於罔極之極字，率以至、窮、已、止諸義說之，其義無不費解。宋人疎於故訓，淵博如晦翁，亦難免此失。

王引之於〈蓼莪〉「昊天罔極」一語，感舊說之未當，於是研索其義，著之《經義述聞》（卷六「昊天罔極」條），其說云：「昊天罔極，猶言昊天不傭，昊天不惠，朱子所謂：『無所歸咎而歸之天』也。〈漢司隸校尉魯峻碑〉：『悲蓼莪之不報，痛昊天之靡嘉』，得詩人之意矣。」

王氏之說，深合經誼，顧於極字，雖心知其義，而猶未肯顯言之，且於他篇罔極之辭，未曾彙舉而共證之，一若其義不盡相同者，實則詩中凡罔極之語，義皆無殊。

於是屈先生加以考證，根據《毛傳》於「士也罔極」、「謂我士也罔極」；《鄭箋》於「以謹罔極」「民之罔極」皆訓極為中，《鄭箋》且云：「罔，無。極，中也。無中，所行不得中正。」而顏師古注《漢書・倪寬傳》：「天子建中和之極」，即云：「極，正也。」並證以他書而作結論

曰：「然則罔極者，謂無中正之行，猶詩人所謂『無良』，今語所謂『缺德』也。」以「無良」釋「罔極」，非但前舉《詩經》七篇八例均通順，即驗之他書如《左傳・昭公二十六年》之「思肆其罔極」等例亦無礙，屈先生之釋《詩經》「罔極」為「無良」，猶今日之成語「缺德」，可得學術界的公認。

十九、德音

屈翼鵬先生於〈詩三百篇成語零釋〉文中，證成「德音」之為「其言」，簡介於下：

《詩經》中十二處「德音」，《毛傳》、《鄭箋》的解釋，可歸納成四義。

(一)釋德音為「聲音語言」

(1)〈邶風・日月〉：「乃如之人兮，德音無良」，《傳》：「音，聲。」《箋》：「無善恩意之聲語於我也。」

(2)〈邶風・谷風〉：「德音莫違，及爾同死。」《箋》：「夫婦之言，無相違者。」

(二)釋德音為「德行」

(3)〈鄭風・有女同車〉：「彼美孟姜，德音不忘。」《箋》：「不忘者，後世傳道其德也。」

(4)〈秦風・小戎〉：「厭厭良人，秩秩德音。」《箋》：「又思其性與德。」

(5)〈豳風・狼跋〉：「公孫碩膚，德音不瑕。」《傳》：「瑕，過也。」《箋》：「不瑕，言不可疵瑕也。」《正義》：「箋言無可疵瑕者，……言周公終始皆善為無疵瑕也。」

(6)〈小雅・車舝〉：「匪饑匪渴，德音來括。」《傳》：「括，會也。」《箋》：「覬得之而來，使我王更修德教，合會離散之人。」

(7)〈大雅・皇矣〉：「維此王季，帝度其心，貊其德音。」《箋》：「德正應和曰貊。」

(三)釋德音為「教令」

(8)〈小雅・鹿鳴〉：「我有嘉賓，德音孔昭。」《箋》：「德音，先王道德之教也。」

(9)〈小雅・隰桑〉：「既見君子，德音孔膠。」《傳》：「膠，固也。」《箋》：「其教令之行，甚堅固也。」

(10)〈大雅・假樂〉：「威儀抑抑，德音秩秩。」《箋》：「秩秩，清也。……教令清明。」

(四)釋德音為「聲譽」

(11)〈小雅・南山有臺〉：「樂只君子，德音不已。」《箋》：「言長見稱頌也。」

⑿又〈小雅．南山有臺〉：「樂只君子，德音是茂。」

以上《傳》、《箋》之釋德音，除聲音語言及聲譽兩義近是外，餘皆望文生訓。胡承珙《毛詩後箋》（卷三〈日月〉篇）云：「德音，非必有德之音，如〈豳風〉德音而曰不瑕，此詩（指〈日月〉篇）德音而曰無良，所謂『德有凶有吉』也。」屈先生論斷曰：「胡氏之論近是，所未達者一間而已。蓋音者，聲音；德音者，雖非實謂有德之音，而德字亦非『有凶有吉』之謂。細味其旨，蓋乃作他人語言之敬詞，猶今語『高論』『卓見』之比，非必其論皆高，而其見皆卓。……故德音者，其本義當為『令言』，為尊敬他人之夸語；及用之既久，則凡斥他人之語言，皆謂之德音；於是德音之義，猶如『其言』，故可云『無良』耳。

「以此按之：〈日月〉之『德音無良』，謂『其言無良』也；〈谷風〉之『德音莫違』者，謂『莫違其言』也；〈小戎〉之『秩秩德音』，〈假樂〉之『德音秩秩』者，謂『其言有序』也；〈車舝〉之『德音來括』者，冀能『接其謦欬』也；〈鹿鳴〉之『德音孔昭』者，義猶〈泮水〉之『其音昭昭』，謂『其言明晰』也；〈隰桑〉之『德音孔膠』者，膠義當如〈風雨〉之『雞鳴膠膠』之膠，謂其『語音高朗』也。凡此皆可以『其言』之義說之，而無扞隔者也。

「〈大雅．思齊〉：『大姒嗣徽音』，康成訓徽為美，『徽音』實即『美譽』，德音之另一意義，猶徽音也。〈有女同車〉之『德音不忘』，〈狼跋〉之『德音不瑕』，〈南山有臺〉之『德音不已』，皆謂令譽之無盡無休。〈南山有臺〉又云：『德音是茂』，則頌其令譽之隆盛。〈皇矣〉之『貊其德音』，即大其聲譽耳。」

二十、昭假

屈翼鵬先生證《詩經》成語「昭假」之猶今語「顯靈」，簡介於下：

昭假之語，《詩》中凡五見：

(1)〈大雅・雲漢〉：「大夫君子，昭假無贏。」

(2)〈大雅・烝民〉：「天監有周，昭假于下。」

(3)〈周頌・噫嘻〉：「噫嘻成王，既昭假爾。」

(4)〈魯頌・泮水〉：「穆穆魯侯，……允文允武，昭假烈祖。」

(5)〈商頌・長發〉：「湯降不遲，聖敬日躋，昭假遲遲，上帝是祇。」

《毛傳》率以至釋假，《鄭箋》或訓至，或訓升，或訓暇，訓至義猶相近，訓升訓暇，則大相逕庭矣。

戴東原氏云：「《詩》凡言昭假者，義為昭其誠敬以假（格）於神，昭其明德以假（格）天。精誠表現曰昭，貫通所至曰格。」其說較舊說為勝，仍未盡合詩義。蓋神降臨謂之昭假，祈神降臨亦謂之昭假；義若相反，而實相因。

《詩》《書》皆謂神降臨曰假，〈楚茨〉「神保是格」。〈抑〉「神之格思」及〈烈祖〉「來假來饗」等語，「假」謂神之降臨，其義至顯。《尚書・多士》：「上帝引逸，有夏不適逸，則惟帝降格」；〈多方〉：「惟帝降格于夏」；〈呂刑〉：「皇帝……乃命重黎，絕地天通，罔有降格」；義與《詩》同，頗疑假字之初誼，即神降臨之謂。甲骨文格作[illegible]，示有足降臨而騰口說；意謂神憑尸以傳語也。大抵早期之書，義多如是；晚期之書，如〈堯典〉之「格汝舜」，〈湯誓〉之「格爾眾庶」等，乃有以此字用於凡人者；則非假字之初誼也。

神靈降臨曰假，祀神而使之降臨亦曰假；此猶受人之物曰受，以物與人亦謂之受也。《尚書・君奭》：「時則有若伊尹，格于皇天。……時則有若伊陟、臣扈，格于上帝。」謂伊尹、伊陟、臣扈，能祀皇天、上帝，而使之降臨也。（此義金文中尤習見，《周易》中亦有之。）

〈周頌・載見〉有「率見昭考」之語，昭考猶皇考皇祖之比，以「文王在上，於昭于天」之語證之，知「昭」乃昭然顯現之義，是頌神之辭，而非自身「精誠表現」之謂，神靈顯現謂之昭，求神顯現亦謂之昭。然則昭假者，用為主動語氣，則猶今語之「顯靈」，用為被動語氣，則為祈神「顯靈」。祈神顯靈維何？即祀神是已。

持此義以衡詩辭，則「昭假于下」、「既昭假爾」者謂神顯靈也。「昭假無贏」者，謂祀神未嘗怠緩也。「昭假遲遲」者，謂祀神之恆久也。至「昭假烈祖」為祈神降臨之語，尤不待辭說而義自明矣。（並論及金文宗周鐘「用邵各（昭格）丕顯且（祖）考先王」，大師虘豆，「用邵洛（昭格）

朕文且（祖）考」，為祈神降臨之語，秦公簋「作鑄宗彝，以邵（昭）皇且（祖），其嚴御各（格）」為祈皇祖（神靈）顯現之語。）

二十一、不瑕

屈先生考證《詩經》成語「不瑕」之為「不啊」，摘錄其大要於下：

《詩經》不瑕，或作不遐。其用於句首或句尾，意義不同。其用於句尾者，諸家說解，大致可通；其用於句首者凡五見，迄今尚無達詁。

(1)〈邶風・泉水〉：「遄臻于衛，不瑕有害。」

(2)〈邶風・二子乘舟〉：「願言思子，不瑕有害。」

(3)〈周南・汝墳〉：「既見君子，不我遐棄。」

(4)〈大雅・下武〉：「受天之祜，四方來賀。於萬斯年，不遐有佐。」

(5)〈大雅・抑〉：「視爾友君子，輯柔爾顏，不遐有愆。」

《尚書・康誥》亦一見之：「用康乃心，顧乃德，遠乃猶裕，乃以民寧，不汝瑕殄。」《周易・泰卦・九二》爻辭亦云：「包荒，用馮河，不遐遺。」

《傳》、《箋》或釋瑕為遠，或釋為過，衡之詩義，多未能安。《偽孔傳》以罪釋瑕，說《易》

諸家以遠釋瑕，於《書》義《易》義亦均未當。細繹其旨，蓋瑕若遐者，乃使語調曼長之助詞，非有何意義也。

按瑕、遐古通用，音讀通於夏。王氏《讀書雜志》，俞氏《諸子平議》，又謂夏古又通於雅。瑕、遐音讀既通於夏，夏又通於雅，是瑕、遐音讀亦通於雅，雅，古鴉字，音讀蓋如今語之「啊」；即瑕若遐之古讀，亦若今語之「啊」，乃使語調曼長之語氣，昔人所謂「詞」也。

今以此語詞說《詩》《書》《易》三經之語，無不迎刃而解，蓋「不我遐棄」、「不汝瑕殄」者，不我捨棄、不汝絕滅也。「不瑕有害」、「不瑕有愆」者，不致有災害、不致有過失也。中間益一遐字，遂使語調曼長而有願望之意。「不遐有佐」，佐字古但作左，《國策．魏策》：「必右秦而左魏。」高註：「左，疎外也。」〈襄公十五年〉《左傳》：「天子所右」，疏云：「人有左右，右便而左不便，故以所助者為右，不助者為左。」此「不遐有佐」，謂四方來賀者，雖千秋萬世，亦不致疎外周室也。《易》「包荒，用馮河，不遐遺」者，包讀為匏，荒訓大，遺義為墜，謂佩匏渡水，匏大，用以馮河，斯不墜溺耳。

二十二、不忘

屈先生考證《詩經》成語「不忘」之為「不失」，摘錄其大要於下：

(1)〈鄭風．有女同車〉：「彼美孟姜，德音不忘。」
(2)〈秦風．終南〉：「壽考不忘。」
(3)〈小雅．蓼蕭〉：「其德不爽，壽考不忘。」
(4)〈小雅．鼓鐘〉：「淑人君子，懷允不忘。」
(5)〈大雅．嘉樂〉：「不愆不忘，率由舊章。」

說《詩》者率訓不忘為不遺忘，然以之說兩「壽考不忘」，甚為不辭；以釋他處，亦殊費解。知不忘之語，非不遺忘之謂也。

〈有女同車〉言「德音不忘」，〈小雅．南山有臺〉言「德音不已」，〈豳風．狼跋〉言「德音不瑕」，則不忘、不已、不瑕，義必相近。〈大雅．思齊〉：「烈假不瑕」，箋云：「瑕，已也。」是不瑕與不已同義；然則不忘之義，蓋可知矣。忘、亡古通用，亡，滅也、失也、絕也，不忘即不失、不絕，亦即不已。德音不忘，美其聲譽之長在；壽考不忘，則頌其長壽難老耳。

《鄭箋》於「不愆不忘」云：「不過誤，不遺失」，則亦以失訓忘，而「懷允不忘」之語，舊解則皆不可從。〈鼓鐘〉詩三言「淑人君子」，其下文一則曰：「其德不回」，一則曰：「其德不猶」，又一則曰：「懷允不忘」；以其二例其一，則「懷允」當亦頌人之語，懷允猶言秉信，懷允不忘，則秉信不失，以頌其人之所以為淑人君子也。

民國六十一年四月溥言初稿於國立臺灣大學文學院

（原載《東方雜誌》復刊六卷五期）

《詩經》黃鳥倉庚考辨

《詩經》中用「黃鳥」兩字的共五篇十四見：

㈠〈周南・葛覃〉：「黃鳥①于飛，集于灌木，其鳴喈喈。」㈡〈邶風・凱風〉：「睍睆黃鳥②，載好其音。」㈢〈秦風・黃鳥〉：「交交黃鳥③，止于棘」；「交交黃鳥④，止于桑」；「交交黃鳥⑤，止于楚。」㈣〈小雅・黃鳥〉：「黃鳥⑥！黃鳥⑦！無集于穀，無啄我粟」；「黃鳥⑧！黃鳥⑨！無集于桑，無啄我粱」；「黃鳥⑩！黃鳥⑪！無集于栩，無啄我黍。」㈤〈小雅・緜蠻〉：「緜蠻黃鳥⑫，止于丘阿」；「緜蠻黃鳥⑬，止于丘隅」；「緜蠻黃鳥⑭，止于丘側。」

《詩經》中用「倉庚」兩字的共三篇三見：

㈠〈豳風・七月〉：「春日載陽，有鳴倉庚①。」㈡〈豳風・東山〉：「倉庚②于飛，熠燿其羽。」㈢〈小雅・出車〉：「倉庚③喈喈，采蘩祁祁。」

考《毛傳》於〈葛覃〉篇釋黃鳥為搏黍，與〈七月〉篇倉庚之釋為離黃有別（註：離黃本又作鵹黃或作鸝黃）。黃鳥即今之黃雀，而倉庚則今之黃鶯。黃雀與黃鶯均毛黃而雜他色，雖同屬鳴禽類，鳴聲皆悅耳可愛，而黃雀體小食粟，黃鶯體大食果。其形色與習性，迥然有別，不難辨識，秦漢學者，都清楚黃鳥與倉庚為二物。故《爾雅・釋鳥》：「皇，黃鳥」，「倉庚，商庚」，各有異名。又有「倉庚，鵹黃」（註：今本鵹作黧，此據阮元《校勘》〔編按：即《十三經註疏校勘記》〕更正），「鵹黃，楚雀」，則顯言倉庚、商庚、鵹黃、楚雀四名為一物，許慎《說文》：離下云：「離黃，倉庚也。鳴則蠶生」。雞下云：「雞，雞黃也，从隹黎聲。一曰楚雀，其色黎黑而黃。」所指均為黃鶯，無涉及黃鳥或搏黍者。但自西漢末年以來，已有將黃鳥、倉庚混為一物者。至唐宋而《詩經》學者，已公認黃鳥即倉庚，為一物之異名，茲輯錄揚雄以下諸家之說，以明其演變的經過如下：

(1)揚雄《方言》：「鸝黃，自關而東謂之倉庚，自關而西謂之鸝黃，或謂之黃鳥，或謂之楚雀。」這是西漢末年，關西方言，已有人稱倉庚為黃鳥。乃倉庚被稱為黃鳥之始。

(2)《淮南子・時則》篇高誘注云：「倉庚，《爾雅》曰商庚、黎黃、楚雀也。齊人謂之搏黍，秦人謂之黃流離，幽冀謂之黃鳥。」這是東漢末年方言俗稱倉庚為黃鳥之區域又擴大，而且也有稱倉庚為搏黍的了。

(3)《呂氏春秋・仲春紀》高誘注云：「倉庚，《爾雅》曰商庚、黎黃、楚雀也。秦人謂之黃離，齊人謂之搏黍，幽冀謂之黃鳥，《詩》曰：『黃鳥于飛，集于灌木。』是也。」這是東漢末年，開始有人以倉庚釋《詩經》的黃鳥了。

(4)陸璣《毛詩草木鳥獸蟲魚疏》「黃鳥于飛」條云：「黃鳥，黃鸝鶹也。或謂之黃栗留。幽州人謂之黃鸎（鸎或作鶯），或謂之黃鳥，一名倉庚，一名商庚，一名鵹黃，一名楚雀。齊人謂之搏黍，關西謂之黃鳥，當甚熟時來在桑間，故里語曰：『黃栗留，看我麥黃甚熟。』亦是應節趨時之鳥，或謂之黃袍。」於是至三國時代的《毛詩》學者，正式採取《方言》之異說，視黃鳥與倉庚為一物，以為《毛詩》注疏。

(5)郭璞注《爾雅》，於「皇黃鳥」下云：「俗呼黃離留，亦名搏黍。」於「倉庚商庚」下云：「即鵹黃也。」於「鵹黃、楚雀」下云：「即倉庚也。」於「倉庚、鵹黃」下云：「其色鵹黑而黃，因以名云。」晉人因前代之混淆，將倉庚之別名黃離留作為黃鳥之異名，與搏黍無別了。郭璞之所謂「黃離留」，即東漢人高誘之所謂「黃流離」、「黃離」、「黎黃」；三國時吳人之所謂「黃鸝鶹」、「黃栗留」，亦即《爾雅》之「鵹黃」，《毛傳》之「離黃」也。

(6)孔穎達《毛詩正義》，疏〈葛覃〉篇傳「黃鳥，搏黍也」云：「〈釋鳥〉云：『皇，黃鳥。』舍人曰：『皇，名黃鳥。』郭璞曰：『俗呼黃離留，亦名搏黍。』陸機（普賢按：應作璣，陸機非《詩疏》之作者。）疏云：『黃鳥，黃鸝留也。或謂之黃栗留，幽州人謂之黃鸎，一名倉庚，一名商庚，一名鵹黃，一名楚雀，齊人謂之搏黍，當甚熟時來在桑間，故里語曰：「黃栗留，看我麥黃甚熟」，亦是應節趨時之鳥也』。自此以下，諸言黃鳥、倉庚皆是也。」疏〈七月〉篇傳「倉庚，離黃也」云：「倉庚，一名離黃，即〈葛覃〉黃鳥是也。」於是《毛傳》分別黃鳥與倉庚為

二物者，至唐而合為一物矣。

(7)邢昺疏《爾雅》「皇，黃鳥」云：「皇名黃鳥，郭云：『俗呼黃離留，一名搏黍。』《詩・周南》云：『黃鳥于飛』，陸機（璣）疏云：『黃鳥，黃鸝留也……』自此以下諸言『倉庚、商庚』，『鵹黃、楚雀』，『倉庚、鵹黃』之文，與此一也。」疏《爾雅》「倉庚，鵹黃」云：「即上黃鳥也。」這是到北宋而將《爾雅》中的皇、黃鳥，與倉庚、商庚、鵹黃、楚雀六名合為一物，且在《爾雅》中亦見引《詩・葛覃》經文以證倉庚即黃鳥了。

(8)朱熹《詩集傳》注〈葛覃〉篇云：「黃鳥，鸝也。」注〈七月〉篇、〈出車〉篇皆云：「倉庚，黃鸝也。」黃鸝即黃鶯，朱注黃鳥因鳥上已有黃字，故鸝上不再加黃字。此亦以黃鳥與倉庚為一物。於是到南宋，大家公認《詩經》中黃鳥與倉庚為一物之異名了。

自此以後，不復有人辨別黃鳥與倉庚者。以致所有《詩經》名物圖釋一類的書（例如日人岡元鳳《毛詩品物圖考》）都認為黃鶯（黃鸝）為黃鳥。直到清朝考證學發達，始辨別出周代之黃鳥，後世稱為黃雀；周代之倉庚，後世稱為黃鶯。雖同為鳴禽，而形色大小不同，習性亦異。於是焦循、段玉裁、郝懿行、馬瑞辰、胡承珙、陳奐等對《詩經》黃鳥，皆有所辨正矣。茲亦擇要輯錄其文如下：

(1)焦循《毛詩補疏》〈葛覃〉傳「黃鳥，搏黍也」疏云：「循按：《正義》引陸璣疏以搏黍與倉庚為一物，蓋本《方言》以倉庚或謂之黃鳥。竊謂非也。《爾雅》：『皇，黃鳥』此一物也。

《爾雅》：「倉庚、商庚」，「鵹黃、楚雀」，又云：「倉庚，黧黃也。」此別一物也。《毛傳》於黃鳥訓摶黍，於倉庚訓離黃，不以倉庚為摶黍，即不以黃鳥為倉庚也。《說文》：「離黃，倉庚也。鳴則蠶生。」又云：「鵹，鵹黃也。一曰楚雀，其色黎黑而黃。」未嘗以為黃鳥。鄭氏注〈月令〉（編按：《禮記》中的一篇）以倉庚為離黃，而〈小雅〉：「黃鳥！黃鳥！毋啄我粟。」箋云：「黃鳥宜食粟。」（普賢按：此係傳文，原文為：「黃鳥宜集木啄粟者。）今不聞倉庚食粟也。〈小雅〉：「緜蠻黃鳥」，傳云：「緜蠻，小鳥貌。」是毛以黃鳥為小鳥。〈特牲饋食禮〉（編按：《儀禮》中的一篇）云：「佐食、摶黍、授祝。」《呂氏春秋・異寶》篇云：「以百金與摶黍以示兒子，兒子必取摶黍也。」小鳥之狀與色有如摶黍，故以名之。黍色黃，不雜以黎黑，斯黃鳥似之，直以名為黃。皇為黃白，非鵹黃之所可混矣。嘗以此詢之金壇段玉裁，段君以為然。且贊之曰：「黃鳥即黃雀，《戰國策》『黃雀俯啄白粒』，是可以證。」後見姚彥暉《詩識名解》，於〈小雅・黃鳥〉引其世父《九經通論》云：「此黃鳥，黃雀也，非黃鶯。黃鶯不啄粟。」（原註：彥暉名炳，其世父名首源，炳書成於康熙十五年）可以信余說為不孤。」

(2)段玉裁《說文》離字下「離黃，倉庚也」注曰：「〈豳風〉《毛傳》曰：『倉庚，離黃也。』〈月令〉注曰：『倉庚，驪黃也。』〈釋鳥〉曰：『倉庚，鵹黃也。』又曰：『鵹黃，楚雀。』又曰：『倉庚，商庚。』然則離黃一物四名，又按《毛傳》：『黃鳥，摶黍也。』不云即倉庚，倉庚下亦不云即黃鳥，然則黃鳥非倉庚。焦循氏云：『《鄭箋》稱黃鳥宜食粟，又云緜蠻小鳥貌。

（普賢按：二者均《毛傳》文非箋語）顯非倉庚。」玉裁謂蓋今之黃雀也。似雀而色純黃。（普賢按：黃雀非純黃，僅頭頂至腰部為黃褐色，腹部灰白色。）《戰國策》云：『俛啄白粒，仰棲茂樹。』《詩》所謂黃鳥也。《方言》云：『驪黃或謂之黃鳥。』此方俗語言之偶同耳。陸機（璣）乃誤以倉庚釋黃鳥。」

(3)郝懿行《爾雅義疏》云：「黃鳥，即今之黃雀。其形如雀而黃，故曰黃鳥，非黃離留也。馬屬云黃白曰皇，此鳥名皇，知非鶖黃之鳥矣。」

(4)馬瑞辰《毛詩傳箋通釋》「黃鳥于飛」條云：「『傳：黃鳥，搏黍也。』瑞辰按：《詩》蓋以黃鳥之有好音興賢女之有德音。《爾雅》云：『皇，黃鳥』，與『倉庚，鵹黃也』異物。焦循、段玉裁並以黃鳥為今之黃雀，其說是也。《毛傳》以搏黍釋黃鳥，不曰即倉庚，與黃鳥各異。陸璣以黃鳥為倉庚，誤矣。《方言》：『驪黃或謂之黃鳥』，則方俗之言，或亦名倉庚為黃鳥者，而非即《詩》之黃鳥也。」

(5)胡承珙《毛詩後箋》云：「承珙案，段說是也。《爾雅》云：『倉庚，商庚』又云：『鶖黃，楚雀』又云：『倉庚，鵹黃也。』《說文》離下云：『離黃，倉庚也。鳴則蚕生。』䳘下云：『䳘黃也，从隹黎聲。一曰楚雀也。其色黎黑而黃。』此皆謂今之黃鸝。《爾雅》又有『皇，黃鳥』，則當別為一鳥。舍人注但云：『皇名黃鳥。』郭璞乃云：『俗呼黃離留，亦名搏黍。』則誤合為一。然其誤實始於《方言》，謂：『鸝黃自關而東謂之倉庚，自關而西謂之鸝黃，或謂之黃鳥，或謂之楚雀。」陸璣疏因之。今案〈小雅．黃鳥〉云：啄粟、啄粱、啄黍，似當指黃雀。古樂府所謂「野田有黃雀」者是。若黃鸝，不聞其食黍粟也。〈秦風〉「交交黃鳥」，傳亦云：「交交，小貌。」鳥之黃而小者，惟黃雀。陸疏云：「鵖鴡似黃雀而小，桃蟲微小于黃雀。」皆足見黃雀之小。若黃鸝，則《格物總論》云：「大勝鴝鵒」，不得為甚小也。且〈小雅〉云：「集于穀」、「集于桑」、「集于栩」，及〈秦風〉之「止于棘」、「止于楚」，皆灌木也。傳謂止于棘為黃鳥來得所。今黃雀愛集叢木，若黃鸝則多集於喬木，亦與止棘集灌之義不合，不得因〈小雅〉有「倉庚喈喈」與此詩「其鳴喈喈」音同而合為一也。」又，「案孫奕《示兒編》已有此說，謂黃鳥有二種，名同而小大殊。但以〈葛覃〉〈凱風〉之黃鳥為黃鸝，〈秦風〉、〈小雅〉之黃鳥為黃雀，則非是。其云毛氏陸氏所謂搏黍，亦當是黃雀，黍熟於七八月之間，無復有鸝矣。此說極通。」

(6)陳奐《詩毛氏傳疏》〈葛覃〉首章疏云：「《詩》黃鳥五見，此傳云：『黃鳥，搏黍也。』〈小雅．黃鳥〉傳：『黃鳥宜集木啄粟者。』黃鳥啄粟，故一名搏黍。〈秦風〉『交交黃鳥』傳：『交交，小貌』，黃鳥為小鳥，與〈七月〉傳：『倉庚，離黃』，不同物。則知自來說黃鳥者，皆不得其實。《方言》：『鸝黃自關而東謂之倉庚，自關而西謂之鸝黃，或謂之黃鳥，或謂之楚雀。』是楊（揚）採關西方語，倉庚已冒黃鳥之名，初不以為即《詩》之黃鳥。高誘注《淮南子．時則》篇云：『倉庚，《爾雅》曰商庚、鵹黃、楚雀也。齊人謂之搏黍，秦人謂之黃流離，幽冀謂之黃鳥。』是高說倉庚即黃鳥，而又冒以搏黍之名，《呂覽．仲春紀》倉庚鳴注同，而並引《詩》

云：「黃鳥于飛，集于灌木。」于是黃鳥之為倉庚誤始於楊（揚）雄之《方言》，而實成其說於高誘之《呂覽》注也。不知《爾雅》「倉庚，商庚」，「鵹黃，楚雀」，「倉庚，黧黃」，一物五名，皆即今之黃鸝。又《爾雅》黃鳥說者，亦不指謂《詩》之黃鳥，而郭璞注云：「俗呼黃離留亦名搏黍」。郭既以《詩》、《爾雅》黃鳥為一，而亦誤以倉庚為一。陸機（璣）《義疏》云：「黃鳥，黃鸝留也，或謂之黃栗留，幽州人謂之黃鸝，一名倉庚，一名商庚，一名鵹黃，一名楚雀，齊人謂之搏黍。」孔穎達作《正義》，據《義疏》為說，而黃鳥、倉庚，合為一物。其承謬久矣。余友胡承珙《毛詩後箋》，亦以《詩》之黃鳥即今之黃雀，段氏更引《戰國策》：「俛啄白粒，仰棲茂樹」，尤與《詩》辭義合。」

以上清儒六人，焦循首先發難，力證黃鳥為黃雀，倉庚為黃鶯。其證有(1)《毛傳》不以黃鳥與倉庚為一物；(2)《爾雅》中黃鳥與倉庚分別為二物；(3)《說文》不以倉庚為黃鳥；(4)倉庚之名鵹黃，是黑中帶黃，黃鳥之名皇，是黃白色，其色不同；(5)《詩》中黃鳥食粟，倉庚不食粟，與姚首源之黃雀食粟，黃鶯不食粟合；(6)據《毛傳》，《詩》中黃鳥是小鳥，與黃雀合。於是段玉裁引《國策》黃雀俯啄白粒為之作證。胡承珙則提出黃鶯不若黃雀之為細小，以證倉庚非《詩》中之黃鳥。並提新證；(7)《詩》中黃鳥集於灌木，與黃雀合而與黃鶯不合，以證倉庚之非黃鳥，不得以《詩》中形容鳴聲「喈喈」相同而視為一物。再經郝懿行、馬瑞辰、陳奐等之宣揚，陳奐並從歷史的眼光來說明大家以倉庚誤為黃鳥之經過，於是《詩經》學上的黃鳥問題，有了一個新的考證，得到一個新認識，此後便為學術界所採信。

焦、胡所共提之七證，其需以動物學的實物觀察與《詩經》及他書印證者四，今再試加以整理並補充如下：

(甲)黃鳥之名皇，因其色黃白，今觀黃雀自頭頂至腰為黃褐色，腹部為灰白色，是其特徵，與皇字符合。倉庚之稱黧黃，因其黃而有深黑色，今觀黃鶯毛色黃，自眼端至頭後部為深黑色斑紋，尾及翼端亦黑色，是其特徵，與黧黃之名符合。

(乙)《詩》中黃鳥啄粟啄粱啄黍，與黃雀喜歡吃穀粒符合，黃鶯是喜歡吃樹上果實的。

(丙)《毛傳》「交交，小貌」、「緜蠻，小鳥貌」，所以說黃鳥是細小的小鳥，只有鷦鷯那麼大，與黃雀符合，而黃鶯則較大，可說是中等鳥。

(丁)《詩》中黃鳥喜群集於棘楚等灌木，間亦飛集於桑栩等高大一些的樹上，這與黃雀的習性相符。黃鶯則不成群，比較喜高飛到喬木中間穿梭地飛鳴著的，所以有鶯梭之稱，我們大家知道〈小雅．伐木〉詩中「出自幽谷，遷于喬木」嚶嚶而鳴的鳥兒也就是黃鶯。

這樣，經過一番整理補充，應該是沒有問題了。可是不然，還有人提出反對與修正呢！代表人物，是主張三家詩的王先謙。

王先謙《詩三家義集疏》〈葛覃〉篇注云：「魯說曰：倉庚幽冀謂之黃鳥。」疏云：「倉庚，幽冀謂之黃鳥者，《呂覽．仲春紀》高注是魯說也。《方言》楊（揚）亦用魯說，孔疏引陸璣與楊、

高說合。今楚人亦謂之黃鸝，不獨幽州為然。《說文》離下云：『離黃，倉庚也。鳴則蚕生。』雒下云：『雒黃也，从隹黎聲。一曰楚雀，其色黎黑而黃。』據此正今之黃鶯。〈七月〉詩『春日載陽，有鳴倉庚』，《鄭箋》亦以倉庚鳴為可蚕之候，與《說文》合。䴡即鸝字，與黎、離、鵹、鶩同音通用，離黃之為黃離，猶螽斯之為斯螽，離、栗一聲之轉，離、留又雙聲，短呼為離，長呼得離留二字也。〈釋鳥〉『倉庚商庚』，郭注『即鵹黃也。』又云：『鵹黃，楚雀』，註『即倉庚也。』又云：『皇，黃鳥』，註：『俗呼黃離留，亦名搏黍。』案『皇，黃鳥』郭注誤馬屬黃白曰皇，此鳥名皇，知非鵹黃之鳥也。而段玉裁、焦循遂謂《毛傳》以搏黍釋黃鳥，不云即倉庚，是《詩》之倉庚為黃鶯，而黃鳥為今之黃雀，黃雀啄粟，故有搏黍之名。因改搏為搏，以成其義。考《釋文》搏黍，徒端反，不音博。禽蟲隨地異名，不煩強釋，必謂啄粟，故名搏黍。然則螽斯名春黍，亦能啄粟乎？黃鳥名楚雀，惟楚地有乎？竊謂啄粟之黃鳥，交交之黃鳥，是黃雀；它詩皆黃鶯。郝懿行云：『其鳴聲和調而圓亮，故〈葛覃〉云：「其鳴喈喈」，其毛色陸離而鮮明，故〈東山〉云：「熠燿其羽」，其為鳥柔易而近人，故〈凱風〉云：「睍睆黃鳥」。其頸端有細毛雜色，故〈小雅〉云：「緜蠻黃鳥」』，《文選注》引《薛君章句》云：『緜蠻，文貌也。』其說是矣。」

王先謙說倉庚即黃鳥，為《魯詩》之說，亦即今之黃鶯。他說：釋皇為黃鳥，是黃白色，這樣引用釋馬來釋鳥是錯誤的。這可看出，這是釋黃鳥為鵹黃的黃鶯的弱點，所以他強詞奪理地來辯護。接著是指責改正摶黍為摶黍之非，名摶黍之鳥也不一定要啄粟。這是避重就輕的反駁。因為《詩》中明明說黃鳥啄粟啄粱啄黍，黃鶯不啄粟，怎可肯定黃鶯就是黃鳥呢？所以最後他也只好讓步，承認〈小雅．黃鳥〉篇的黃鳥是黃雀。而也同意黃鶯大，黃雀小；且承認〈秦風〉的交交黃鳥是黃雀，而不堅持《詩經》中所有黃鳥都是黃鶯。可是其餘三篇黃鳥詩和三篇倉庚詩，他都肯定是黃鶯：(1)黃鶯鳴聲和調而圓亮，所以〈葛覃〉「其鳴喈喈」的黃鳥是黃鶯；(2)毛色陸離而鮮明，所以〈東山〉「熠燿其羽」的倉庚是黃鶯；(3)其鳥柔易而近人，所以〈凱風〉的「睍睆黃鳥」是黃鶯；(4)頸端有細毛雜色，所以〈小雅〉「緜蠻黃鳥」是黃鶯。其中第二〈東山〉的倉庚當然是黃鶯，黃鶯的毛色也的確比黃雀鮮明。他沒有提到的〈七月〉篇的「春日載陽，有鳴倉庚」，〈出車〉篇的「倉庚喈喈」，正是春日采蘩之時，也都與黃鶯是春天唱歌的鳥兒相符。《詩經》三篇倉庚詩都表現了黃鶯的特徵。但其他三篇王氏以為是黃鶯的黃鳥詩，卻也符合黃雀的條件。黃雀的鳴聲雖無黃鶯的圓亮，色澤雖無黃鶯的鮮明，但一樣是鳴聲可愛，黃白與雜色相間而有文彩，而且是可飼養取悅於人的籠鳥。所以〈葛覃〉、〈凱風〉、〈緜蠻〉三篇就是照王氏的解釋所提條件，也可認作是黃雀。何況「集于灌木」更適合於黃雀的特性，而不能用來描寫黃鶯。所以王先謙的理論是不圓滿的，我們都能予以反駁來支持焦、胡等氏《詩》中黃鳥皆黃雀的主張。

其實，王先謙的主張「啄粟之黃鳥，交交之黃鳥，是黃雀；它詩皆黃鶯。」正是孫奕《示兒編》的復活。孫奕主張黃鳥有二種，以〈葛覃〉、〈凱風〉、〈秦風〉、〈小雅〉之黃鳥

為黃雀，王先謙的主張，也是這樣，只因胡承珙對孫說沒有細駁，而只說「則非是」，因此孫說又復活了，而且又復活在日本。

日本竹添光鴻《毛詩會箋》〈葛覃〉篇「黃鳥于飛」三句箋云：「《詩》中黃鳥五見。此傳云：『黃鳥摶黍也。』摶音博，非徒端反。〈小雅．黃鳥〉傳：『黃鳥宜集木啄粟者。』黃鳥啄粟，故一名摶黍。毛於黃鳥訓摶黍，於〈七月〉倉庚訓離黃，不以倉庚為摶黍，即不以黃鳥為倉庚也。……陸疏云：『黃鳥，黃鸝留也。或謂之黃栗留，幽州人謂之黃鶯，一名倉庚，一名商庚，一名鵹黃，一名楚雀。齊人謂之摶黍。』亦與高注同。謂之黃鶯者，〈桑扈〉傳『鶯然有文章』也。（普賢案：〈桑扈〉「有鶯其羽」的鶯字是形容詞，非名詞，故《毛傳》釋「有鶯」為鶯然。）黃鶯頭端細毛雜色，體毛黃，而翅及尾黑色相間，文彩離陸，故又名黃栗留。栗留即離陸，又即歷錄，文章貌也。蓋摶黍今之黃雀也，似雀而色純黃。（普賢案：色非純黃，而係黃白等相間。）《戰國策》云：『俛啄白粒，仰棲茂樹』，古樂府所謂：『野田有黃雀』者是也。若黃鶯，不聞其食粟也。《說文》離下云：『離黃，倉庚也，鳴則蚕生。』⿰黎隹下云：『⿰黎隹，⿰黎隹黃也，从隹黎聲，其色黎黑而黃』，此皆謂今之黃鶯。孫奕《示兒編》云：『黃鳥有二種，名同而實異，小大殊也。如「黃鳥于飛，集于灌木」，「睍睆黃鳥，載好其音」。鶯也，詩人取其善鳴者也。如「交交黃鳥，止于棘」，「于桑」，「于楚」者，黃雀也。詩人言其交交而集于楚棘者，眾多也。如「黃鳥！黃鳥！無啄我粟」，「我粱」，「我黍」，亦黃雀也。蓋啄其粟與粱黍，稻熟時，黃雀群集于田蠅以啄，為人所羅所逐者，正謂此耳。毛氏、陸氏所謂摶黍，亦當是黃雀，黍熟於七八月之間，無復有鶯矣。』孫說得之。」

竹添氏重提孫說〈葛覃〉〈凱風〉二詩黃鳥為黃鶯，前面於反駁王先謙的話已答復過，此地不必再細說。總之，黃雀正是「載好其音」而「集于灌木」的，完全符合〈葛覃〉〈凱風〉兩詩的條件，而孫氏既已判定集於楚棘的交交黃鳥為黃雀，那末，楚棘正是灌木，〈葛覃〉詩「集于灌木」的黃鳥，也自應判給黃雀，何得自相矛盾呢？普賢並非像陳奐一樣墨守毛義的人，對竹添氏的箋《毛詩》而能超越《毛傳》是有相當敬意的。但竹添氏這次的調和卻是失察的。我們考察歷來黃鳥與倉庚的稱呼，知道早期的《毛傳》和《爾雅》還是清楚地分別為二的，到西漢末年，始有關西方言因倉庚也是帶黃色的鳥，而稱呼牠為黃鳥。但倉庚即黃鶯，黃鶯的條件明明與關西地區〈秦風〉的「交交黃鳥，止于棘」不符的。所以我們可知，在周代的關西方言，並不稱倉庚為黃鳥，揚雄所記關西方言的稱倉庚為黃鳥是後起的（並非揚雄《方言》誤記）。此後隔了二百年，到東漢末年高誘注《淮南子》時，北方的幽冀地區，也流行起稱倉庚為黃鳥了。而且黃鳥既稱摶黍，連帶也就稱倉庚為摶黍。但是許慎著《說文》，還清楚倉庚之與黃鳥有別。到三國時陸璣為《毛詩》鳥獸作疏，便已不能辨別，所以稱倉庚為黃鳥是後起的關西與幽冀的方言，與《詩經》時代所謂的黃鳥不是一致的。陸璣正式以倉庚之名及倉庚的特徵——當葚熟時來在桑間，來釋《詩經》的黃鳥。而其間抄襲揚雄《方言》、高誘注《呂覽》及《淮南》的痕跡，尚斑斑可考。像「關西謂之

黃鳥」，係襲自《方言》；「幽州人謂之黃鳥」、「齊人謂之搏黍」則襲自高注。這樣經過一番年代的考察，再驗之以〈葛覃〉〈七月〉等八詩，我們可以斷然的判定，《詩經》時代，黃鳥之與倉庚為二物，分別得很清楚，毫無混淆跡象。後代的混淆，開始於西漢末年的關西方言、東漢末年的幽冀方言，蓋語言與名稱，均隨年代而遞變也。

（原載《孔孟學報》第二十七期）

《詩經》蝗類四名辨識

——螽斯、斯螽（〈周南・螽斯〉、〈豳風・七月〉）

——草蟲、阜螽（〈召南・草蟲〉、〈小雅・出車〉）

〈周南・螽斯〉篇：「螽斯羽、詵詵兮」。《毛傳》：「螽斯，蚣蝑也。詵詵，眾多也。」《鄭箋》：「凡物有陰陽情慾者，無不妬忌，維蚣蝑不耳。各得受氣而生子，故能詵詵然眾多。」孔疏：「一名斯螽，〈七月〉詩云：『斯螽動股』是也。揚雄、許慎，皆云春黍。《草木疏》云：『幽州謂之春箕，蝗類也。長而青，長股。』股鳴者也。郭璞注《方言》云：『江東呼為蚱蜢。』」朱熹《詩集傳》則曰：「螽斯，蝗屬，長而青，長角長股，能以股相切作聲。一生九十九子。詵詵，和集貌。」這裡《鄭箋》根據〈詩序〉比《毛傳》加說了螽斯不妬忌，生子眾多。孔疏、朱傳加說了螽斯是蝗類，其形長而青，長角長股而股鳴者，所以與〈豳風・七月〉詩的「五月斯螽動股」的斯螽，為同一物。這是根據《毛傳》斯螽也是蚣蝑而來。

但朱熹卻指〈詩序〉說螽斯不妬忌為錯誤。他在《詩序辨說》中說：「序以不妬忌者，歸之螽斯，則亦誤矣。」這也間接否定了《鄭箋》蚣蝑不妬之說。

〈召南・草蟲〉篇：「喓喓草蟲，趯趯阜螽」。《毛傳》：「喓喓，聲也。草蟲，常羊也。趯趯，躍也。阜螽，蠜也。卿大夫之妻，待禮而行，隨從君子。」《鄭箋》：「草蟲鳴，阜螽躍而從之。異種同類，猶男女嘉時，以禮相求呼。」這裡本與螽斯及斯螽無關，但孔疏卻拉上關係了。《正義》曰：「〈釋蟲〉云：草蟲，負蠜，郭璞曰：常羊也。陸機（璣）云：小大長短如蝗也。奇音青色，好在芳草中。〈釋蟲〉又云：阜螽，蠜。李巡曰：蝗子也。陸機云：今人謂蝗子為螽子。兗州人謂之螣。許慎云：蝗，螽也。蔡邕云：螽，蝗也。明是一物。」螽與蝗既為一物，則螽斯、斯螽、阜螽，均屬蝗類。而《鄭箋》又說草蟲、阜螽是異種同類，則草蟲也屬蝗類。所以《朱傳》也註草蟲為蝗屬。

但是這四種蟲，如何區別呢？其中有無一物而異名的呢？這便須研究和觀察了。

現在先檢閱揚雄《方言》、陸璣《蟲魚疏》、和《爾雅》、《說文》的記載，並提出個人的見解，然後再來看清代以來各家的主張，作為參考。

(甲)揚雄《方言》：

春黍謂之螢蝑。郭注螢，音聳，蝑音壤沮反，又名蚣螢，江東呼蚱蛨。

(乙)陸璣《毛詩草木鳥獸蟲魚疏》：

⑴螽斯：《爾雅》曰：螽，蜙蝑也。揚雄云：春黍也。幽州人謂之春箕，春箕即春黍，蝗類也。長而青，長角長股，青色黑斑，其股似玳瑁文，五月中以兩股相搓作聲，聞數十步。

⑵喓喓草蟲：草蟲，常羊也。大小長短如蝗，奇音青色，好在茅草中，今人謂蝗子為螽子，兗州人謂之螣。

⑶趯趯阜螽：阜螽，蝗子，一名負蠜，今人謂蝗子為螽子，兗州人亦謂之螣。

㈥《爾雅．釋蟲》第十五：

⑴𨸏螽、蠜：郭注：《詩》曰：趯趯阜螽。《釋文》：𨸏音阜，螽音終。

⑵草蟲、負蠜：郭注：《詩》云：喓喓草蟲。謂常羊也。《釋文》：蠜音凡。

⑶蜤螽、蜙蝑：郭注：蜙蝬也。俗呼蝽蟍。《釋文》：蜤音斯，蜙音松，蝑音胥。

⑷蟿螽、螇蚸：郭注：今呼似蜙蝬而細長，飛翅作聲音為螇蚸。《釋文》：蟿音契，蚸音歷。

⑸土螽、蠰谿：郭注：似蝗而小，今謂之土蝶。《釋文》：蠰音壤。

邢疏：𨸏螽至蠰谿：釋曰：𨸏螽之族，厥類實煩，此辨之也。⑴𨸏螽一名蠜。李巡曰：蝗子也。陸機（璣）疏云：今人謂蝗子為螽子，兗州人謂之螣。許慎云：蝗螽也。蔡邕云：螽蝗也，明是一物。⑵草蟲一名負蠜，一名常羊。陸機云：小大長短如蝗也。奇音青色，好在茅草中。又一名草蟲。《詩》云：喓喓草蟲，趯趯𨸏螽，是也。⑶蜤螽，〈周南〉作螽斯，〈七月〉作斯螽。雖字異文倒，其實一也。一名蜙蝬，一名蝽蟍，陸機云：幽州人謂之春箕。春箕即春黍，蝗類也。

長而青，長角長股，股鳴者也。或謂之似蝗而小，斑黑，其股似瑇瑁。又，五月中以兩股相切作聲，聞數十步者是也。(4)蟿螽一名蟅蚸，形似蜙蝑而細長，飛翅作聲音者是也。(5)土螽一名蠰谿，今謂之土蝶，江南呼虴蛨，又名虴蜢，形似蝗而小，善跳者是也。

(丁)《說文》：

(1)〈十三篇．上．虫部〉八二：「蝗，螽也。从虫皇聲。」段注曰：「於《春秋》為螽，今謂之蝗。按螽、蝗，古今語也。是以《春秋》書螽，《月令》再言蝗蟲。《月令》，呂不韋所作。」

(2)〈十三篇．下．蚰部〉六：「𧒒，蝗也。从蚰夂聲。古文終字。螽，𧒒或从虫眾聲。」段注曰：「蝗下曰螽也，是為轉注。按《爾雅》有𠂤螽、草螽、蜤螽、蟿螽、土螽，皆所謂螽醜也。蜤螽，《詩》作斯螽，亦云螽斯。毛許皆訓以蜙蝑，皆螽類而非螽也。惟《春秋》所書者為螽。」

(3)〈十三篇．上．虫部〉七九：「蜙，蜙蝑，春黍也。㠯股鳴者，从虫松聲。蚣，蜙或省。」〈虫部〉八十：「蝑，蜙蝑也。从虫胥聲。」段注曰：「今補〈周南〉傳曰：斯螽，蜙蝑也。〈豳風〉傳曰：螽斯，蜙蝑也。〈釋蟲〉曰：蜤螽，蜙蝑。《舍人》曰：今所謂春黍也。《方言》曰：春黍謂之蜙蝑。《詩》斯螽即螽斯。《爾雅》蜤，即斯。蜙蝑、春黍，皆雙聲。蜙、春，蝑、黍，又疊韻。陸璣疏曰：幽州人謂之春箕，蝗類也。」

(4)〈十三篇．上．虫部〉五四：「蠜，𠂤蠜也。从虫樊聲。」段注曰：「〈召南〉趯趯阜螽，傳曰：阜螽，蠜也。趯趯，躍也。」

以上四書資料抄錄訖。依照《爾雅》邢疏、《說文》段注，都肯定螽斯與斯螽為一物，但並非就是蝗蟲，而是蝗類中以股相切作聲的一種。草蟲即草螽，與阜螽又各為蝗類中的一種。可是陸璣疏草蟲條與阜螽條，都說：「今人謂蝗子為螽子，兗州人謂之螣。」疑草蟲與阜螽乃為一物之雌雄，形色稍異而得名。如鴛與鴦，鳳與凰者然。蝗類中的蟋蟀，也是善躍之蟲而雄小雌大，尾有二毛似釵，雌多一產卵管，故尾作三叉，雄以翅鳴，而雌不鳴。蟋者雄蟲，鳴聲悉悉；蟀乃雌蟲，相隨之義。但吾人對其形性甚為熟悉，知其為一蟲之雌雄，故不分別名之，而總名之曰蟋蟀。可是草蟲之與阜螽，雖為一物，而其雌雄形性有異，古人一向賦予異名，所以鄭玄箋《詩》，雖明明說：「草蟲鳴，阜螽躍而從之……猶男女嘉時，以禮相求呼。」但仍判其為異種同類。今以陸疏證之，應為雌雄異名。《爾雅》之阜螽名蠜，草螽名負蠜，可為佐證。蓋此亦一善躍之蟲，其名曰蠜，惟雄性之草蟲善鳴，「草蟲鳴」，則雌性之「阜螽躍而從之。」相疊而交配。古人見之，因草蟲之蠜，為負於阜螽之蠜的背上的，又特稱之曰負蠜。正像有一種螞蟻在交配時會臨時生翅而飛，我們就叫牠做飛螞蟻。古人對蟲類生活，往往觀察不清，像以為螟蛉會蛻變成蜾蠃，即其例。今疑草蟲（草螽）與阜螽本為一物而雌雄性形略異。古人以其常於芳草中見之，名之曰草螽，而雌蟲略大，又呼之曰阜螽（阜有大義），雄蟲負於雌蟲之背，又呼之曰負蠜。宋蔡元度在他所著《毛詩名物》解阜螽條說：「蓋草蟲鳴，阜螽躍而從之，故阜螽負草蟲，謂之負蠜也。」明李時珍《本草綱目》云：「阜螽在草木者曰草蟲。」也明言阜螽即草蟲，則普賢之說，亦言之有據。

就詩意及以上資料推測，普賢之釋草蟲與阜螽為一物之雌雄異名，頗為合情合理，但究竟是今之何蟲，尚須加以觀察研究，方可確定。

〈小雅・出車〉第五章，也有：「喓喓草蟲，趯趯阜螽」等相同的句子，這是〈出車〉套用〈召南・草蟲〉的詩句。

以下再檢閱清代以來各家的主張，予以討論。

㈠郝懿行草蟲即今之聒聒說：

(1)郝懿行《爾雅義疏》疏「草螽、負蠜」曰：「草螽，《詩》作草蟲，蓋變文以韵句，蟲、螽古字通也。負者，假借字，《詩》作阜，《說文》作自，云自蠜也。」《詩》作阜，應指阜螽，然則依郝說，負蠜猶阜螽矣。其義既不可分，草蟲與阜螽亦應一物也。郝氏接下去說：「詩《釋文》引《草木疏》云：草蟲一名負蠜，大小長短如蝗而青也。《正義》引云：奇音色青，好在芳草中。如陸所說，蓋今之青頭郎，大小如蝗而青，即蝗之類，未聞能鳴。今驗一種青色善鳴者，登萊人謂之聒子，濟南人謂之聒聒，并音如乖。順天人亦謂之聒聒，音如哥，體青綠色，比蝗粗短，狀類蟋蟀。振翼而鳴，其聲清滑，及至晚秋，鳴聲猶壯，《詩・出車》箋，『草蟲鳴晚秋之時』，及陸璣疏『奇音青色』，唯此足以當之。《毛傳》『草蟲，常羊也』，常羊今未聞。」普賢按：郝氏以聒為草蟲，聒聒狀類蟋蟀，則疑郝氏所謂青頭郎未聞其鳴者，即為聒聒之雌蟲，而聒聒即為青頭郎之雄蟲。雌蟲大小如蝗而不鳴，雄蟲較短而翼鳴，正與蟋蟀相似也。

(2)馬瑞辰《毛詩傳箋通釋》曰：「據《釋文》引《草木疏》云：草螽，一名負蠜，大小長短如蝗而青。《正義》引陸璣云：奇音青色，好在芳草中，今以目驗，蓋即順天及濟南人所稱聒聒者。《詩》以喓喓言之，亦取其善鳴也。」按馬之此說諒係襲取郝懿行《義疏》者。

(3)王先謙《詩三家義集疏》，引郝氏之說，並云：「愚按，郝說即今之蟈蟈也。以為草蟲近之。」又云：「阜螽為自蠜，草蟲為負蠜。負、阜同音字，負之為阜，猶螽之為蟲，凡蟲鳥草木之名，或是變文，或緣音轉，初無定字，草蟲阜螽同類，故草蟲鳴而阜螽跳從之，以喻聲應氣求之義。」這解釋阜蠜與負蠜同音，亦可借以證明草蟲與阜螽之為一物。

(4)屈萬里《詩經釋義》草蟲注：「即草螽，蝗屬，俗名織布娘。」查商務《辭源》草螽條有云：「體長二寸許，綠色，間有黃褐色。其鳴札札，如織機聲，故俗稱織布娘。」此與郝氏所謂聒聒相符。

(5)可是草蟲、草螽、負蠜、聒聒、蟈蟈、織布娘，究竟是動物學中的什麼蟲呢？今人都承認即學名為“Conocephalus thumpergi”的一種昆蟲。《辭海》、《中文大辭典》，與正中《動物學辭典》，有同樣的記載說：「草螽，動物名，昆蟲類直翅類。體長二寸許，色綠或褐，顏面傾斜，頭頂尖而突出，觸角為鞭狀，無單眼，前翅長，超過腹部，右前翅有發聲鏡，雌者尾端有產卵管，長約五分，形似劍，晚秋產卵土中，翌年孵化，亦名負蠜，見《爾雅・釋蟲》。」這果然是振翅而鳴的綠色似蝗的昆蟲。而雌蟲尾端，有產卵管的特別標記，也似蟋蟀雌雄的形狀略異。於是草蟲

之為何物，可以確定。惟雌蟲是否不鳴，則尚待查證。但正中《動物學辭典》等書，均無阜螽的記載，則可見阜螽就是草蟲的可能性很大。至於有人以為蚱蜢即阜螽，僅取其善躍耳。

(乙)符合螽斯條件的三種昆蟲：

(1)郝懿行《爾雅義疏》疏「蜤螽、蜙蝑」曰：「《說文》蝑，蜙蝑也。蜙蝑以股鳴者。蜙或作蚣。《詩》之螽斯、斯螽，《毛傳》並云蜙蝑，是一物也。斯與蜤聲義同。《釋文》蜤亦作蟴，或體字也。蜙蝑亦為舂黍。《詩疏》引《舍人》曰：蜙蝑今所謂舂黍也。《方言》云：舂黍謂之蜇蝑。又為蚣蠑。郭此注及《方言》注並蚣蠑，是皆語聲之遞轉耳。舂黍，《廣雅》作蠢螽，又為舂箕。詩《正義》引陸璣疏云：螽斯，幽州人謂之舂箕，即舂黍，蝗類也。長而青，長角長股，股鳴者也。或謂似蝗而小，斑黑，其股似瑇瑁文。五月中以兩股相切作聲，聞數十步。今按陸說未盡，嘗驗此類有三種：一種碧綠色，腹下淺赤，體狹長，飛而以股作聲戛戛者，蜙蝑也。陸疏前說是也；一種似蝗而斑黑色，股似瑇瑁文，相切作聲咨咨者。陸疏後說是也；又一種亦似蝗而尤小，青黃色，好在莎草中，善跳，俗呼跳八丈，亦能以股作聲，甚清亮。此三者，皆動股也。陸不知青而長者為蜙蝑，鄭不知蜙蝑即動股，胥失之矣。」味郝氏之意，螽斯應為第一種碧綠色以股作聲戛戛者，但未予肯定。

(2)馬瑞辰《毛詩傳箋通釋》螽斯條曰：「螽斯，傳：螽斯，蚣蝑也。瑞辰按：〈釋蟲〉蜤螽，松蝑。蜤一本作斯，〈豳風〉傳謂：斯螽，松蝑是也。至此傳以螽斯連讀謂即斯螽，則非。螽斯蓋柳斯、鹿斯之比，以斯為語詞耳。斯螽以股鳴者。至此《詩‧螽斯》三章皆言羽，蓋以翼名者也。」高本漢《詩經注釋》，也以斯作語助詞為長。

(3)王先謙《詩三家義集疏》〈螽斯〉篇曰：「三家斯作蟴者，《眾經音義‧十》引《詩》曰：螽蟴羽，〈十三〉引同。與毛異。蓋三家文螽蟴與螽截然二物。《毛詩》作斯，故後人以斯為語詞而溷螽斯與螽為一物，此大謬也……愚案螽斯、蚣蝑、舂箕、舂黍，一物數名，並字隨音變，螽、蚣、春、蜙，疊韻字。斯、黍、蝑、箕，一聲之轉。螽斯二字為一蟲名，與單名螽者迥別……倒呼之曰斯螽，〈豳風‧五月〉斯螽動股，《玉篇》蚣蝑，斯螽是也。又曰蜤螽。〈釋蟲〉蜤螽，蜙蝑是也。斯、析雙聲字，故〈釋文〉云蜤本又作蟴，與《眾經音義》所引螽蟴文合。螽斯隨地皆有，初不為害。與食苗為災之螽，形略同而性絕異。郭璞《方言注》：江東呼為虴蜢。」……（以下王引郝疏文）：（下接）「郭廣異號，適符今名。郝據目驗，尤詳形質矣。螽斯群飛，故以羽言。」王氏支持郝說，而駁斥螽斯之斯為語詞說頗為有理。

(4)現代動物學家，以為螽斯即學名"Gompsocleis mikado"的一種昆蟲。《辭海》與《中文大辭典》，也有相同的記載說：「螽斯，動物名，昆蟲類直翅類，色綠或褐，觸角為鞭狀，較體稍長，複眼在觸角基部，無單眼。前翅幾與腹部同長，或退化而短，雄體長寸許，右前翅有透明之發聲鏡，鳴時顫動其翅，發聲鏡以摩擦而成聲。雌體長約一寸五分，尾端有產卵器，為劍狀，晚秋產卵土中，翌年孵化成蟲，棲草叢中，善跳躍，食害農作物，惟為患不若蝗類之甚，又名蜤螽，蜙蛸，見《爾雅・釋名》。亦名春黍，見《方言》。」此究符合郝疏三蟲的哪一種，尚待研究，日人岡元鳳《毛詩品物圖考》的螽斯是青色的，日本名稱為吉里吉里斯（キリキリス）。

（原載《東方雜誌》）

《詩經》「河」字研究

河字在《詩經》裡是一個很普通的常用字，自第一篇〈關雎〉到最後〈商頌〉第三篇〈玄鳥〉，〈風〉、〈雅〉、〈頌〉三類裡，都有這個字。在全《詩經》三〇五篇中，用了二十七次之多。這個字，並非難解的字，但稍加注意，開卷兩句「關關雎鳩，在河之洲」，這第一個河字，便發生了問題。這個河字，《毛傳》、《鄭箋》未加注釋，朱熹《詩集傳》則曰：「河，北方流水之通名。」因此大家都以為這河字當普通河流講。其實不然，這河字應作黃河講，因為一個字在古代的字義或用法，往往和後代不同。例如「朕」字，在先秦時代，作一般的第一人稱用，和「我」字相當。但自秦始皇規定這字為天子自稱專用以後，別人自稱，便不能用朕字了。反之，像這個河字，在先秦時代是黃河的專用字，一般河流只稱水（例如淮河稱淮水，〈小雅．鼓鐘〉：「淮水湯湯」，淇河稱淇水，〈衛風．竹竿〉：「淇水在右」），或川（例如〈小雅．十月之交〉的「百川沸騰」，〈魯頌．閟宮〉的「錫之山川」），要到漢朝，才有稱一般河流為河的。《詩經》是先秦時代作品，所以這個河字，不是流水的通名，朱熹作通名講便弄錯了。

現在我們可從字源談起。甲骨文河作[字形]或[字形]，這是河之初文。朱芳圃曰：「从水丂聲，卜辭从水之字，多與乙形相混。」

金文河作[字形]，與小篆河略同。小篆[字形]：从水可聲，本義作「河水，出敦煌塞外昆崙山，發源注海」解（見《說文》段注），即黃河之稱；源出漢時敦煌郡塞外之昆崙山，與江（長江）淮（淮水）濟（濟水）合稱四瀆。乃自發本源，流九千四百里（《漢書．地理志》），并千七百一川（《爾雅．釋水》）而直注於海之大水名，故从水。又以黃河多積沙淤泥，流聲可可，故河从可聲。「在河之洲」的河字，便是指黃河而言。

也許有人要問：二〈南〉都是南方之詩，〈關雎〉是〈周南〉第一篇，何以詩中會涉及黃河？

答：〈周南〉地望，是北起黃河，南及汝水江漢一帶的。《史記．太史公自序》云：「太史公滯留周南」。《集解》引摯虞曰：「古之〈周南〉，今之洛陽。」洛陽在黃河南岸，所以《周南．關雎》篇詠及黃河，是很自然的事。

也許又有人要問：黃河中無洲，何以《詩》稱「在河之洲」？

答：證之以《楚辭．九章》：「望大河之州渚兮」，〈河伯〉：「與女遊兮河之渚」，大河指黃河，河伯更是黃河之神的專名，這可證古代黃河中是有洲渚的。

其次，在先秦時代，河字既為指黃河的專用字，那末，《詩經》中所有二十七個河字，都應作黃河來講才對，是否如此，應加討論。

現在我們先把《詩經》三〇五篇有河字的詩，依照出現先後，分類列舉於下：

㈠〈國風〉十篇計廿二見

㈠〈周南．關雎〉一見

(1)關關雎鳩，在河之洲。（首章）

㈡〈邶風．新臺〉二見

(2)新臺有泚，河水瀰瀰。（首章）

(3)新臺有洒，河水浼浼。（二章）

㈢〈鄘風．柏舟〉二見

(4)汎彼柏舟，在彼中河。（首章）

(5)汎彼柏舟，在彼河側。（二章）

㈣〈鄘風．君子偕老〉一見

(6)委委佗佗，如山如河。（首章）

㈤〈衛風．碩人〉一見

(7)河水洋洋，北流活活。（四章）

㈥〈衛風．河廣〉二見

(8)誰謂河廣？一葦杭之。（首章）

(9)誰謂河廣？曾不容刀。（二章）

(七)〈王風・葛藟〉三見

(10)緜緜葛藟，在河之滸。（首章）

(11)緜緜葛藟，在河之涘。（二章）

(12)緜緜葛藟，在河之漘。（三章）

(八)〈鄭風・清人〉二見

(13)河上乎翱翔。（首章）

(14)河上乎逍遙。（二章）

(九)〈魏風・伐檀〉六見

(15)(16)坎坎伐檀兮，寘之河之干兮，河水清且漣猗。（首章）

(17)(18)坎坎伐輻兮，寘之河之側兮，河水清且直猗。（二章）

(19)(20)坎坎伐輪兮，寘之河之漘兮，河水清且淪猗。（三章）

(十)〈陳風・衡門〉二見

(21)豈其食魚，必河之魴？（二章）

(22)豈其食魚，必河之鯉？（三章）

(乙)〈小雅〉二篇計二見

(十一)〈小旻〉一見

(23)不敢暴虎，不敢馮河。（六章）

(十二)〈巧言〉一見

(24)彼何人斯，居河之麋？（六章）

(丙)〈周頌〉二篇計二見

(十三)〈時邁〉一見

(25)懷柔百神，及河喬嶽。

(十四)〈般〉一見

(26)嶞山喬嶽，允猶翕河。

(丁)〈商頌〉一篇一見

(十五)〈玄鳥〉一見

(27)景員維河。

以上《詩經》中有河字者凡十五篇，共二十七見。其中〈國風〉十篇，計廿二見；〈小雅〉二篇計二見；〈周頌〉二篇計二見；〈商頌〉一篇計一見。而〈國風〉十篇，分屬〈周南〉、〈邶〉、〈鄘〉、〈衛〉、〈王〉、〈鄭〉、〈魏〉、〈陳〉八單位。這八個單位，〈邶〉、〈鄘〉、〈衛〉均衛地，實皆〈衛風〉，只是一個單位，季札觀樂時，季子就統稱〈邶〉、〈鄘〉、〈衛〉為〈衛風〉。所

以八單位，其實只有六單位。這六單位都濱臨黃河，所以詩中會出現「河」字。〈周南〉為臨河之地，前已加以說明。現在再分述〈衛〉、〈王〉、〈鄭〉、〈魏〉、〈陳〉五單位於下。

衛國土地跨越黃河東西兩岸，原都今河南省淇縣，即商之朝歌，其東方南方，都靠近黃河，後渡河而東，遷都楚邱，今河南省滑縣境，仍在黃河附近。

〈王風〉地區與〈周南〉毗連，也是黃河南岸的單位，以王城為中心，王城故址在今河南洛陽縣城西。

〈鄭風〉地區在〈周南〉之東，黃河南岸一帶，今河南省新鄭市即其國都。

〈陳風〉地區，其北境在鄭國之東，也鄰近黃河，自今開封以東，南至安徽亳縣，都是陳國國土，其故都在今河南省淮陽縣。

〈魏風〉地區南枕河曲，北涉汾水，約當清朝山西解州之地，即今山西省安邑〔編按：一九五八年併入運城市〕、芮城、平陸、夏縣、解縣一帶黃河北岸之地。魏故城在今芮城縣東北。

〈國風〉有河字的六單位，都在黃河中游。大體說來，《詩經》時代是在周定王五年（公元前六〇二年）黃河第一次改道以前，其時黃河即禹河故道。從龍門南下流經山西、陝西之間的一段，別名西河。西河自風陵渡東折成河曲，自北東流過洛陽至鄭州附近滎澤的一段，別名南河。從此東北流經河南新鄉汲縣〔編按：一九八八年撤汲縣設立衛輝市〕至浚縣，又北折而流，我們也可稱之為東河（現今黃河西岸河北省的長垣，及河南省的封丘，那時則在黃河之東），這樣黃河自西南下，折而東流，再折而北流，繞了半個圈，在這圈內之地，就稱為河內，即南河以北之地曰河內，而南河以南之地曰河外。〈國風〉六單位分佈在黃河中游這半圈的河內河外之地，其排列的次序為：(1)〈魏風〉，黃河北岸，亦即西河東岸；(2)〈王風〉與〈周南〉，黃河南岸，魏之東南；(3)〈鄭風〉，黃河南岸，〈周南〉之東；(4)〈陳風〉，黃河東南，鄭之東；(5)〈衛風〉，黃河東北流以後的兩岸，亦即鄭、陳兩國之北。

至於禹河故道和現今黃河河道的差異，是禹河自滎澤東北流經浚縣，再北流至大陸——澤名，在今河北省鉅鹿（編按：今河北省邢台市）附近——分為九條河道，然後復合流而在天津之東入於海。周定王五年黃河改道，則自宿胥口改由今浚縣東北行，至天津入海。而現今的黃河，則為清咸豐六年（公元一八五六年）第六次改道所成，自滎澤仍東流，經鄭州、開封至蘭州之銅瓦廂，始北折入河北省，經長垣、濮陽之東，奪濟水故道，東北流至山東省利津縣入海。因此現在河南省的封丘、滑縣等地，以及河北省的長垣、濮陽等地，春秋時都是黃河東邊的衛國領土，現在卻變得在黃河西邊了。

〈國風〉六單位以外的〈商頌〉，是春秋時宋國的詩，宋都商邱，即今河南省歸德縣（編按：歸德縣，河南省商丘市睢陽區商丘古城）。宋國西臨陳境，北接衛國河東地區，也是鄰近黃河的國家，而其先世殷代，則都於安陽朝歌等地，更是在黃河的環抱之中。所以〈商頌．玄鳥〉篇的「景員

維河」句，就是說：它的幅員依靠著黃河。

順便將〈國風〉各單位有河字的詩句，也略為一談。

衛國單位的〈邶〉、〈鄘〉、〈衛〉，分別言之，也都是沿黃河地方，鄭玄《詩譜》曰：「武王伐紂，以其京師封武庚，三分其地置三監，使管叔、蔡叔、霍叔尹而教之。自紂城（朝歌，即今河南省淇縣）而北謂之邶，南謂之鄘，東謂之衛。」（皇甫謐《帝王世紀》則以殷都以西為鄘）那末，現在黃河鄭州對岸，新鄉一帶為鄘，河南省的滑縣一帶為衛，而河北省的濮陽以北則為邶了。因此自朝歌渡河而東，可以東南去宋國，可以東北去齊國。〈衛風．河廣〉：「誰謂河廣？一葦杭之。誰謂宋遠？跂予望之。」形容衛之與宋隔河可相望，自衛赴宋，渡河即可到也。而〈碩人〉詠齊侯之子莊姜嫁到衛國去，渡北流的黃河而西，所以詩中有「河水洋洋，北流活活」的描寫。

〈邶風．新臺〉，相傳所詠是衛宣公為子伋娶齊女，作新臺於河上而要之，納以為妻之事。《太平寰宇記》：「新臺在濮州鄄城縣東北十七里」。這已在舊邶境，詩為濮州人所作，其音調略異於衛風，故為邶風。

其餘〈鄘風〉兩篇，〈柏舟〉的「在彼中河」，詠柏舟之汎流於黃河之中，沒有問題；只有〈君子偕老〉的「如山如河」，山河連用，似乎是指一般的高山大河。其實鄘地正處河內與河外的分界線上，同時也是山西和山東的連接地區，北地的人民所稱的河，固指黃河而言，所稱之山，乃太行山的簡稱。先秦時代，一般山岳與河流連稱，不說「山河」，而稱「山川」。所以《詩經》中山河連用，僅此〈鄘風〉一見，而山川並稱，則有「山川悠遠」（〈小雅・漸漸之石〉）、「滌滌山川」（〈大雅・雲漢〉）、「錫之山川」（〈魯頌・閟宮〉）、「如山之苞，如川之流」（〈大雅・常武〉）等好幾處，而係常用語辭。

〈鄭風・清人〉係詠高克將兵禦狄，次於黃河之上，久而不召之詩，所以詩中有「河上乎翱翔」，「河上乎逍遙」之句。〈王風・葛藟〉的「在河之滸」，〈魏風・伐檀〉的「寘之河之干兮，河水清且漣猗」等句，都是黃河岸上寫景之語。〈陳風・衡門〉的「必河之魴」「必河之鯉」兩句，則是陳國北臨黃河，貴族食魚，以黃河魴鯉為尚的反映。

以上〈國風〉和〈商頌〉的河字，都是臨河地區的表現，已經一一解釋，所餘〈小雅〉與〈周頌〉中的河字，也得詳加說明。

〈周頌〉是宗廟之樂歌，其內容歌功頌德，應該所涉極廣，天下山川，亦其對象。但周初的〈周頌〉，不像春秋時的〈魯頌〉般一味誇耀，三十一篇中，連江字也無一個，海字更無踪跡，河字只有兩個，其中〈時邁〉篇的「懷柔百神，及河喬嶽」的河嶽，並非指一般的山川，詩意只是說除了安慰百神之外，並及黃河與高峻的太嶽。此處河嶽，都是專名，河指黃河，嶽指太嶽（即〈禹貢〉之岍山，亦名吳嶽，一名吳山，在今陝西隴縣西南，見屈著《詩經釋義》據馬瑞辰說），都是離宗周不太遠的山川；〈般〉篇的「嶞山喬嶽，允猶翕河」，也只是說周地高峻的太嶽等狹長的山脈，東西順延而會合於黃河。

〈雅〉是王朝的詩篇，可是〈大雅〉三十一篇中，無一河字。〈小雅〉七十四篇中，河字也僅二見。〈小旻〉的「不敢暴虎，不敢馮河」，是成語的引用，暴虎與馮河並舉，可知馮河是極危險的事，非指普通的河流而言，河字也是指北方唯一大川黃河。暴虎是徒手搏鬪猛虎，馮河則是徒步涉過黃河。

現在《詩經》裡二十七個河字，一個個的考察，二十六個都已證明是指黃河了。那末，剩下〈巧言〉篇的一個河字，不會例外，應該也是指黃河了。「居河之麋（湄）」，一定是指所刺的譖人居住在黃河水邊了。但這樣我們可以提出疑問的，〈小雅〉既是王朝的詩篇，宗周鎬京離黃河不太遠，但並不在河邊，東距黃河尚有三百餘里，這譖人應該住在鎬京附近的渭河（黃河支流）水邊才對，屈翼鵬先生曾說此詩像是東周初年作品，若說〈巧言〉是東周作品，那就可以解答上面所提出的疑問了。現在筆者代屈先生說明〈巧言〉是東周初年作品的理由：〈小雅〉的寫作年代，到東周初年為止，因為已證明有些詩是東周初年的作品。〈巧言〉篇既說這譖人住在黃河水邊，那就應該是東周的作品。因為東周天子居王城，王城就在黃河南岸。所以說這譖人是住在黃河水邊，是很合情理的。這樣《詩經》二十七個河字都指黃河，逐一考察過，都講得通，可以沒有問題了。

屈翼鵬先生曾花了大工夫，把先秦經籍中的河字，加以統計考證，斷定河字在先秦時代，是指黃河的專名，而非指一般河流的通稱。他說：「在可信的或比較可信的先秦經籍中，河字約共出現過四百次左右，像《周易》、《尚書》、《詩經》、《周禮》、《禮記》、《春秋經》、《左傳》、《孟子》、《逸周書》、《國語》、《山海經》、《墨子》、《荀子》、《韓非子》、《管子》、《慎子》、(《太平御覽》引)《呂氏春秋》、《穆天子傳》、《孫子》、《楚辭》等書中的河字，都是指黃河而言。」

屈先生判斷先秦地名以及和河字有關的名詞中的河字，沒有一處不是指黃河而言。並舉河內、河外、河東、河西、河北、河曲、河間、河伯等十八個與河字有關的先秦典籍中的詞類為證。只有《莊子・外物》篇「自制河以東」的河字，與黃河無關，而〈外物篇〉屬於《莊子・雜篇》，不是莊周本人的作品，只是先秦以後作品的附入。因而屈先生再考證把河字當作普通名詞用，當始自秦漢之際，遲至東漢時代，漸成一般的習慣。

屈先生的這一番考證，寫成近萬字的〈河字意義的演變〉一文，收在開明版《書傭論學集》中。筆者因單就《詩經》部分，不恥效顰，不嫌重複，再來詳予申論，以加深印象。

(原載《大陸雜誌》四八卷五期)

涇清渭濁辨

〈邶風・谷風〉：「涇以渭濁，湜湜其沚。」《毛傳》：「涇渭相入而清濁異。」《鄭箋》：「涇水以有渭，故見渭濁。」《朱傳》：「涇濁渭清。然涇未屬渭之時，雖濁而未甚見。由二水既合，而清濁益分，然其別出之渚，流或稍緩，則猶有清處，婦人以自比其容貌之衰久矣，又以新婚形之，益見憔悴，然其心則固猶有可取者，但以故夫之安於新婚，故不以我為潔而與之耳。」涇清渭濁，自古而然。但《毛傳》只說涇渭二水清濁不同，至《朱傳》而竟明言涇濁渭清，從此黑白顛倒了。直到清代考據學發達，都不能考證出《朱傳》的錯誤，陳奐撰《詩毛氏傳疏》，已在道光年間，中經乾隆帝御旨查勘涇渭清濁，仍引《漢書・溝洫志》：「涇水一石，其泥數斗。」而云：「是涇濁而渭清也。」其與《朱傳》歧異處，僅在《朱傳》以婦人自比涇濁，而陳奐以婦人自比渭清之不同耳。

但博聞的《詩經》學者，也有採錄乾隆帝涇清渭濁查勘的紀實，以糾正過去的錯誤的，日人竹添光鴻便在《毛詩會箋》中說：「乾隆帝涇清渭濁紀實云：涇以渭濁，朱注以為渭清涇濁，大失經義。夫以者何？因也。涇以渭濁，可知涇本清而因渭濁，如……伊洛以河渾，是伊洛本澄，入黃河而為渾流也。如是者原不可僂指數。定當謂涇之清因渭而濁為是。爰命陝西巡撫秦承恩，身至二河。自甘省入陝省之源，辨其清濁。承恩上言，涇水發源甘肅平涼縣笄頭山，東流至長武縣，入陝西境，又東至高陵縣入於渭。渭水發源甘肅渭源縣鳥鼠山，東流至隴州，入陝西境，又東至高陵縣與涇會。其地即〈禹貢〉之渭汭，今名上馬渡。查涇水一道約寬一二十丈不等，入陝後並支流一十有四。現在桃汛初過，水勢漸澄，其流與江漢諸川相似。渭水一道約寬七八十丈不等，入陝後並支流三十有三。現在桃汛雖過，水勢仍渾。其色與黃河不甚相遠。至合流處，則涇水在北，渭水在南，涇清渭濁，一望可辨。合流以後，全河雖俱渾濁，然近北岸數丈許，尚見清泚。過此七八里外，清濁始混而為一。兩河船戶，及傍岸居民僉稱：涇水係石子底，四時常清，惟春日雪消冰泮，及夏雨暴漲時，各處溪流匯集，衝激奔騰，以致河身渾濁，遂與渭水無別。十數日水退泥澄，仍復清駛如故。至秋冬間，更為澄清，水底石子一一可數。又間遇渭水盛漲，倒灌入涇、涇口內六七里亦皆渾濁。然傍岸處仍係清流。渭水係沙底，水挾沙行，四時常濁，從未見有清澈之日。涇河當水靜時，可以隨汲隨飲。渭河則無論四時，必須澄淨，然後可飲。臣隨遣人探試，涇水實係石子底，渭水實係沙底，並於二水急流處，各取水澄之。涇水一石，澄滓三升許；渭水一石，澄滓斗許。臣查勘既確，復又取詩意繹之。在作者明以潔清自喻，言涇水本清，自入渭以後，不得不合而為濁。然其清處自在。故下句接云：湜湜其沚。若本體既濁，安所得湜湜者耶？謹按：漢以前本無涇濁渭清之說，唐初傳本乃始欲以濁屬涇。竊撥其致誤之由，蓋亦有故。《漢書．溝洫志》：涇水一石，其泥數斗。夫一石之水，至有數斗之泥，誠不得不謂之濁。既以濁屬涇，自不得不以清屬渭。是以潘岳〈西征賦〉，即有清渭濁涇之句。而唐人解經，亦多因此而誤。不知《漢書》謂其泥數斗者，特舉當時所利而言，言其衝激之一時也。〈谷風〉謂湜湜其沚者，專取潔清自喻。言其澄澈之本然也。凡水皆暴漲時，無不立見渾濁。江漢且然，何獨於涇而加以濁名乎！《陝西通志》載明季修廣惠渠議，引古碑云：四月閉涇口，防濁水淤渠；七月啟涇口，引涇水灌地等語。可見涇水當四月後七月前，始間有濁時，餘則恆清。秦漢時河高渠下，引水甚易，故利其濁，不取其清。唐宋後，河下渠高，防有淤墊，則又引其清，而拒其濁。渠水為民間衣食之源，以時啟閉，垂諸貞石，千萬人所共遵守。以視經生之曲說雷同，文士之陳言勦襲者，洵為確然可據。至渭水之濁，前人固亦言之。然蘇轍詩如「袞袞河渭濁」，「尚有渭水帶沙渾」之句。轍少游秦中，其明言渭濁，見於吟咏者不一，斷非率爾操觚。又《寶雞縣志》有云：「邑南諸川，半發源於秦嶺。其注涇者，清則同清；注渭者，濁則同濁。」又渭自隴州石門來，逕縣南入岐山境。尋其原委，無所謂湜湜其沚者。而《詩》顧云涇以渭濁何也等語。雖一邑專志，未能於涇渭清濁之間，詳加考正。然以守土者，紀其本邑山川，亦明指渭水為濁，則其言益足徵矣云云。此說得諸目驗，為涇清渭濁定案。」

最近臺灣電視公司節目《分秒世界》以「涇渭清濁不同，是涇清還是渭清」為題，提出問答，

答案是渭清。於是引起《中央日報．副刊》涇渭清濁之辨的討論。其中本年（六十三年）二月十七、十八兩天所刊傅曄的〈涇渭混濁一千年〉一文最為詳密。略曰：

「筆者抗戰時期訪古臨潼，順道一遊涇渭合流處，所見者，涇水清，渭水濁。涇渭兩水由甘肅東流入陝西，灌注關中平原。涇水兩岸近山，故水清。渭水自寶雞以下，兩岸沃野平疇，一望無際，故水濁。涇渭匯集於高陵縣城南，由於流向一致，流速相當，乃有清濁中分，齊頭奔競，同流不合污之奇妙景觀。漢李廣將軍墓在合流之舌形半島上，清涇濁渭分流南北兩邊。事隔三十年，迄今印象清晰，歷歷猶在目前。仍恐一己記憶有誤，當翻閱手邊辭典四種，其中註釋涇清渭濁者二，註釋涇濁渭清者二，各占半數。復遍訪臺北書肆，得有辭典類及成語類工具用書凡六十四種，其中註釋涇清渭濁者三十二，註釋涇濁渭清者亦三十二，又是各占半數。同一書店出版之書籍中，有註涇清渭濁者，亦有註涇濁渭清者。又有某書原註涇濁渭清，修訂版本，改為涇清渭濁。而某書原版涇清渭濁，修訂版本改為涇濁渭清。清乎？濁乎？莫衷一是。至此，筆者已失自信，不敢有所主張。然孰清孰濁，應有定論，否則一般讀者何去何從？若遇考試，考生如何作答？閱卷者如何評分？

「涇渭一詞，典出《詩經》。〈邶風〉：『涇以渭濁。』涇因渭而濁，涇清明矣。《毛傳》：『涇渭相入而清濁異。』其次序排列，涇先而渭後，可作涇清渭濁解。《鄭箋》：『涇水以有渭，故見渭濁。』亦明示涇清渭濁。可證歷周秦漢，清屬涇而濁屬渭。

「涇濁渭清之說始於晉。潘岳〈西征賦〉：『北有清渭濁涇。』至唐代，杜甫多類似詩句，〈橋陵詩〉：『飄飄凌濁涇。』〈奉贈韋左丞〉：『回首清渭濱。』〈自京赴奉先縣詠懷〉：『北轅就清渭。』〈留花門〉：『沙苑臨清渭。』〈秦州雜詩〉：『清渭無情極。』〈秦州見勑目薛三璩〉：『旅泊窮清渭。』等句，均甚肯定濁涇清渭。杜工部久寓長安，多次橫渡涇渭，杜句自易被學者採信。再加孔穎達疏：『涇水以有渭故見濁。』似已確定涇濁渭清之說。因此，朱嗣卿《初學編》：『分涇渭之清濁。』及蘇轍詩：『袞袞河渭濁。』均未受到一般重視。

「宋朱熹作《詩集傳》：『涇濁渭清，然涇未屬渭之時，雖濁而未甚見，由二水既合，而清濁益分。』朱文公一代宗師，極受文人尊敬，自元迄清，《朱傳》被奉為模式讀本，流傳之廣，影響之深，眾所週知。於是涇濁渭清成為既定之『事實』。朱子生長江南，宦遊之地限於南宋一隅，無緣一履秦土，對涇渭作地理之考證。然朱子治學認真，必有所本，是否依據前人詩賦？抑或唐宋時代北方自然地理有所改變，涇渭清濁互易？

「清初大儒仇兆鰲仍主張涇濁渭清。至乾隆朝，有涇渭二水清濁之爭論。當時地理學尚未發達，參考資料僅限於少數古籍，難以遽然斷定清濁。乾隆帝命陝西巡撫秦承恩窮二河之源辨其清濁。承恩上言：『(下同前《毛詩會箋》引言此略)。』

「秦承恩封疆大吏，親赴上馬渡察考，具實上奏，當得皇帝信任。乾隆批曰：『涇以渭濁，朱註以為渭清涇濁，大失經義。夫以者何？因也。涇以渭濁，可知涇本清，而因渭濁。伊洛以河

渾，是伊洛本澄，入黃河而為渾流也。定當謂涇之清，因渭而濁為是。』清代中葉尚乏新聞傳播事業，乾隆結論與承恩上言均無普遍之傳聞，以至道光年間陳奐撰《詩毛氏傳疏》：『《漢書・溝洫志》云：「涇水一石其泥數斗」，是涇濁而渭清。涇與渭相入，涇自濁耳。』及至王先謙撰《詩三家義集疏》：『《漢書》：「涇水一石其泥數斗。」是涇濁也。』仍從〈溝洫志〉及朱傳。

「〈溝洫志〉係漢代地理權威記載，研究漢代地理必讀書籍。惟關於『涇水一石其泥數斗』句，愚意以為不應重視，更不可奉為圭臬。〈溝洫志〉涇水段全文：『太始二年，趙中大夫白公復奏穿渠引涇水，首起谷口，尾入櫟陽，注渭中袤二百里，溉田四千五百頃，因名曰白渠，民得其饒，歌之曰：「田於何所？池陽谷口。鄭國在前，白渠在後，舉臿為雲，決渠為雨，涇水一石，其泥數斗。且溉且糞，長我禾黍，衣食京師，數萬之口。」言此兩渠之饒也。』『涇水一石，其泥數斗。』既係出之歌謠，即非官方文書，未經衡量，數斗兩字當有若干誇張成份。果真涇水一石，半數為泥，其水如何暢其流？更無論舟楫灌溉之利矣。」

傅氏又云：「涇渭混濁由來已久，而且兩說各有所本，筆者不才，焉敢堅持己見。然而文章千古事，不當長此不清不濁，亦不當長此亦清亦濁。謹以拋磚引玉之心情，就教於國學前輩、地理專家，與陝西長老。希能獲得定論，庶不致以訛傳訛，清濁之莫辨也。」

次日讀者劉錫晉、李秉欽等均投書〈中副〉，以親眼所見，證實涇清渭濁。劉錫晉說：「筆者抗戰時期，在陝西多次渡渭，因公經常往返西安咸陽，又得經過渭河；亦嘗到過涇水上游，也曾旅遊涇渭祇隔數里的下游，不論是在何處所見，都是涇水一清見底，渭河泥沙汙濁。」這是最肯定的答案。

另外楊敦禮也曾就此問題，撰〈乾隆的求證精神〉一文，發表於《中央・副刊》。

民國六十三年四月於臺北

《三百篇》中倫理詩舉例

《詩經》是我國最古老最可靠的一部詩歌總集。從這裡面，我們可以看到兩千多年以前人們的生活概況，體會到他們的思想感情，也認識了我們的祖先創業的艱難以及抵禦外侮，保衛國土的奮勇戰鬪……這些，給了我們多少的鼓舞和自信，而引以自豪。至於《三百篇》高度的寫作技巧，美妙的和諧韻律，更使我們身為今日的中國人，足以自傲而又感到慚愧，更不要說《三百篇》具有陶冶我們的性情，增進品德修養的最大功效了。而其中我最欣賞的還是《三百篇》中所表現的那種人際關係的祥和氣氛，這種氣氛，瀰漫在詩篇裡，使我們讀了，會感到那是一個安祥而有秩序的社會。而形成這種秩序的，就是人際關係的正當維繫和具體表現。孔子就說：「《詩》可以興，可以觀，可以群，可以怨；邇之事父，遠之事君。」（《論語．陽貨》）「邇之」指家庭，家庭中本有夫婦、父子、兄弟三倫，講家庭的組織，本應開始於夫婦關係的建立，但父子兄弟為血緣關係的骨肉之親，是無從變動的，而夫婦關係，不得已時尚可有所更改的。所以這家庭的三倫，孔子舉父子一倫為代表。而從小孩說起，也是先有父母，再有兄弟，長大以後，才結婚而有夫婦。

「遠之」則指國家社會。國家社會亦有君臣、朋友二倫，孔子也舉較重要的君臣一倫為代表。

茲就《三百篇》中有關五倫的詩篇，各舉數例，以見一斑。

夫婦為人倫之始，所以在此，我先從夫婦一倫說起，在《詩經》裡，雖然也有些自由戀愛的詩篇，但在那個時代，男女的結為夫婦，必須經由媒人說合，稟告父母，由父母來主婚，才算是正式的婚姻。請看〈齊風・南山〉篇第三、四兩章：

> 蓺麻如之何？衡從其畝；取妻如之何？必告父母。（下略）
>
> 析薪如之何？匪斧不克；取妻如之何？匪媒不得。（下略）

又〈豳風・伐柯〉篇第一章：

> 伐柯如何？匪斧不克；取妻如何？匪媒不得。

即使是自由戀愛，除應稟告父母，徵得同意外，也必須經由媒人的一道手續，才能正式結為夫婦。如〈衛風・氓〉篇中的男女主角是自由戀愛而結合的，女方最初不肯立即答允情人的求婚而託辭說：「匪我愆期，子無良媒。」可見在那時男女結合為夫婦，媒人之重要。

除了稟告父母，媒人說合之外，卜筮也是需要的，如〈衛風・氓〉篇：「爾卜爾筮，體無咎言。」

在《三百篇》中，固然也有描述棄婦之悲苦的詩篇如〈邶風・谷風〉、〈衛風・氓〉、〈王風・中谷有蓷〉等，這似乎是自古以來女人就難免的最大悲哀，然而卻有更多描述夫婦和樂的樂章，更有描述男子愛情專一和妻子賢慧的詩篇。而這些詩篇中的主人翁，足為後世已婚男女的最好楷模。描寫夫婦和樂的詩篇如〈王風・君子陽陽〉：

君子陽陽，左執簧，右招我由房。其樂只且！（一章）

君子陶陶，左執翿，右招我由敖。其樂只且！（二章）

朱熹說這是前篇〈君子于役〉久役不歸的丈夫居然回來了，便和他的太太大跳一支舞來樂一下。他的太太便又做了這首詩，記下她久別重聚的歡樂心聲。屈翼鵬先生則省為「此蓋夫婦和樂之詩」。

我們再看另一篇描寫夫婦和樂的詩篇〈鄭風・女曰雞鳴〉：

女曰：「雞鳴」，士曰：「昧旦」。「子興視夜」。「明星有爛。將翺將翔，弋鳧與鴈」。（一章）

「弋言加之，與之宜之。宜言飲酒，與子偕老。琴瑟在御，莫不靜好」。（二章）

這一對夫婦相敬如賓，互相體貼，情調雖然與前篇不同，前者比較是活潑而律動的，此篇比較是輕快而柔和的，而表達出夫婦和諧幸福的氣氛則一。

描寫男子愛情專一的詩篇如〈鄭風．出其東門〉：

出其東門，有女如雲。雖則如雲，匪我思存。縞衣綦巾，聊樂我員。（一章）

出其闉闍，有女如荼。雖則如荼，匪我思且。縞衣茹藘，聊可與娛。（二章）

方玉潤評此詩曰：「此詩亦貧士風流自賞，不屑屑與人尋芳逐艷。一旦出遊，睹此繁華，不覺有概於心，以為人生自有伉儷，雖荊釵布裙，自足為樂，何必妖嬈艷冶，徒亂人心乎？故東門遊女雖則如雲，而又如荼，終無人繫我心懷。」天下男子如果都能如此愛情專一，不會見異思遷，就可減少多少婚姻的悲劇，也就不會有那些「但見新人笑，那聞舊人哭」的不幸棄婦了。

至於描寫妻子賢慧的詩篇如〈齊風．雞鳴〉：

「雞既鳴矣，朝既盈矣」。「匪雞則鳴，蒼蠅之聲」。（一章）

「東方明矣，朝既昌矣」。「匪東方則明，月出之光」。（二章）

「蟲飛薨薨，甘與子同夢，會且歸矣，無庶予子憎」！（三章）

即使在今天有鬧鐘的幫助，如果丈夫有什麼事需要特別早起準時到達，賢慧的妻子仍然要時刻警醒，唯恐丈夫誤事。更何況在那個時代，既沒有鬧鐘，而上朝是絕對不能遲到的，所以為了使丈夫安心睡眠，有充分的休息，白天好有精神辦公，只有做妻子的時時提高警覺，以便及時喚醒丈夫了。我們看這篇詩裡所寫的這位妻子，整夜都在提心弔膽，乍寐乍覺，不敢安寢，以致誤以蠅聲為雞鳴，以月光為天亮。而最後說出她「甘與子同夢」的真心話，真是情境真切，如在眼前，有這樣一位賢慧的妻子，身為公務員的丈夫，怎能不克勤克儉，盡忠職守呢？當然更不會有貪贓枉法的事情發生了。

再如〈鄭風・緇衣〉篇：

> 緇衣之宜兮，敝，予又改為兮。適子之館兮，還，予授子之粲兮。（一章）
>
> 緇衣之好兮，敝，予又改造兮。適子之館兮，還，予授子之粲兮。（二章）
>
> 緇衣之蓆兮，敝，予又改作兮。適子之館兮，還，予授子之粲兮。（三章）

讀了這詩，我們眼前好像已看到一個奉公守法生活清苦的公務員，有一位賢淑能幹的妻子，她能在丈夫收入不豐的情況下勤儉持家，盡量使丈夫生活舒適，精神愉快。這樣，無論她丈夫在工作上如何煩難，在人事上如何受氣，回到家中卻可得到無上的溫暖與安慰，一天的疲累也就消除無遺了。（註：此詩詩義係採自愚夫婦合撰《詩經欣賞與研究》初集中之〈緇衣〉篇，並請參閱普賢撰〈詩經的研讀與欣賞〉一文。）

又有描寫夫婦感情彌篤的詩篇，如〈衛風・伯兮〉：

伯兮朅兮，邦之桀兮。伯也執殳，為王前驅。（一章）
自伯之東，首如飛蓬。豈無膏沐？誰適為容！（二章）
其雨其雨！杲杲日出。願言思伯，甘心首疾。（三章）
焉得諼草？言樹之背。願言思伯，使我心痗。（四章）

這個妻子一方面以其丈夫氣概英武，出征在外能給天子執殳前驅為榮，一方面也難免相思之苦。初則蓬頭散髮，不施膏沐，懶於打扮；繼而相思到頭也痛了，終於心病難除，欲忘不能，只好以相思度日了。

又如〈唐風・葛生〉是一篇感情真摯的悼亡詩。描寫喪偶之痛，深切感人。

葛生蒙楚，蘞蔓于野。予美亡此，誰與？獨處！（一章）
葛生蒙棘，蘞蔓于域。予美亡此，誰與？獨息！（二章）
角枕粲兮，錦衾爛兮。予美亡此，誰與？獨旦！（三章）
夏之日，冬之夜。百歲之後，歸于其居。（四章）
冬之夜，夏之日。百歲之後，歸于其室。（五章）

全詩始終充滿了無限的哀傷與悲慟，最後更以日夜冬夏顯示歲月的流轉，亡者已矣，生者何堪？

從此有生之年盡是相思之日。這反映出其夫婦平時的繾綣鶼鰈之情，而也就更增加悲傷的氣氛了。

這些詩篇中所描寫的夫婦，都給後世立下了良好的楷模。國家社會的基本單位是家庭，家庭的組成是肇始於男女的結合為夫婦。所以夫婦是組織家庭最重要的分子。夫婦感情的和諧，影響整個家庭的幸福，尤以人口單純的小家庭為然。而幸福的家庭就可養育出身心健康的子女，因而也就可構成健全的社會。有了健全的社會，國家哪會不興盛進步？

有夫婦之後才有父子，當然也包括母女在內，《三百篇》中也不乏描寫親情孝思之作。如〈小雅‧蓼莪〉：

蓼蓼者莪，匪莪伊蒿。哀哀父母，生我劬勞！（一章）

蓼蓼者莪，匪莪伊蔚。哀哀父母，生我勞瘁！（二章）

缾之罄矣，維罍之恥。鮮民之生，不如死之久矣！無父何怙？無母何恃？出則銜恤，入則靡至。（三章）

父兮生我，母兮鞠我，拊我畜我，長我育我，顧我復我，出入腹我。欲報之德，昊天罔極！（四章）

南山烈烈，飄風發發。民莫不穀，我獨何害？（五章）

南山律律，飄風弗弗。民莫不穀，我獨不卒？（六章）

這是一篇孝子悼念父母的詩，至情的流露，備極哀痛，幾於一字一淚。而其中第四章的九個我字，表現了九種不同的意相，雖說是孝子懷念父母的種種恩德，也正反映了父母對子女的愛護是無微不至。晉朝有位學者王裒，父親被司馬昭所殺，他每讀此詩，輒流涕不止，以致他的學生就不敢再在他面前讀此詩。而姚際恆說：「勾人淚眼，全在此無數我字，何必王裒！」

〈邶風・凱風〉是一篇為人子者感謝慈母的養育深恩，自責無所成就，不能安慰老母的詩：

凱風自南，吹彼棘心。棘心夭夭，母氏劬勞。（一章）

凱風自南，吹彼棘薪。母氏聖善，我無令人。（二章）

爰有寒泉？在浚之下。有子七人，母氏勞苦。（三章）

睍睆黃鳥，載好其音。有子七人，莫慰母心。（四章）

在此詩裡，把慈母的撫育子女，比作和煦的南風，吹得幼苗茁長。子女成長了，慈母也勞瘁得白髮蕭蕭，老態龍鍾了。此詩對為人子者，尤其是那些不知學好不肯上進的子女，不啻是暮鼓晨鐘，一個很好的警惕。

又由〈唐風・鴇羽〉及〈小雅・四牡〉等詩，更可看到為人子者，雖是出征在外，仍時時以奉養父母為念：

〈鴇羽〉

肅肅鴇羽，集于苞栩。王事靡盬，不能蓺稷黍。父母何怙？悠悠蒼天，曷其有所！（一章）

肅肅鴇翼，集于苞棘。王事靡盬，不能蓺黍稷。父母何食？悠悠蒼天，曷其有極！（二章）

肅肅鴇行，集于苞桑。王事靡盬，不能蓺稻粱。父母何嘗？悠悠蒼天，曷其有常！（三章）

〈四牡〉

（一、二章略）

翩翩者鵻，載飛載下，集于苞栩。王事靡盬，不遑將父。（三章）

翩翩者鵻，載飛載止，集于苞杞。王事靡盬，不遑將母。（四章）

駕彼四駱，載驟駸駸。豈不懷歸？是用作歌，將母來諗。（五章）

本來，「誰言寸草心，報得三春暉？」在這些詩中，所寫父母的恩情固然海樣深，而子女的孝思也至為可感。雖然，仍不能報答父母恩情於萬一！

兄弟一倫，也是《詩經》中所特別強調的。如〈小雅．常棣〉篇：

常棣之華，鄂不韡韡。凡今之人，莫如兄弟。（一章）

死喪之威，兄弟孔懷。原隰裒矣，兄弟求矣。（二章）

脊令在原，兄弟急難。每有良朋，況也永歎。（三章）

兄弟鬩于牆，外禦其務。每有良朋，烝也無戎。（四章）

喪亂既平，既安且寧。雖有兄弟，不如友生。（五章）

儐爾籩豆，飲酒之飫。兄弟既具，和樂且孺。（六章）

妻子好合，如鼓瑟琴。兄弟既翕，和樂且湛。（七章）

宜爾室家，樂爾妻帑。是究是圖，亶其然乎！（八章）

詩中第一章只是一個虛冒，以鄂柎相輔，引起兄弟的關係，泛言兄弟之重要。以下各章則次第敘述死生之間、急難之間、私鬪之間、共安樂之間、與室家之間兄弟相親之狀。有些事情，朋友是幫不上忙的，兄弟卻是名正言順，責無旁貸，別人也沒話可說；有些事情，朋友雖可幫忙，但又各處一方，遠水不救近火，不如兄弟之就在跟前。所以朋友雖好，而近者永歎，遠則時久，均無濟於事。處家庭中，尤其是從前的大家庭，只是和妻子的感情好而兄弟不和，則不易維持一家的和樂。因為夫妻的感情是自己的事，而兄弟卻關係著整個家庭。兄弟感情融洽，一家之中就可減少或化解很多糾紛，甚至沒有糾紛。因為妻子順從丈夫，丈夫與兄弟們都很融洽，妯娌之間也就不敢有所齟齬而能和睦相處；子女們都服從父親的管教，堂兄弟堂姐妹之間自然也就少有爭吵。

由此可見在一個大家庭中，兄弟感情的重要。朋友妻子是以人合，而兄弟卻是以天合。以人合者雖親而實疏；以天合者，雖離而實合。夫妻如果感情不好可以離婚則形同路人；而兄弟雖天各一方，卻是關係不變，親情仍在。

又如：〈小雅・頍弁〉之宴兄弟，詩中有「豈伊異人？兄弟匪他。蔦與女蘿，施于松柏。」「豈伊異人？兄弟具來。蔦與女蘿，施于松上。」等句，〈常棣〉篇以鄂柎之相互連綴扶持而成其光明比喻兄弟手足之親，相關連理；此篇則以菟絲、蔦蘿之蔓生於松柏，有寄託依附之意比喻兄弟之間，相互扶持。

〈斯干〉是一篇新屋落成，頌禱祈吉的詩。第一章就提出「兄及弟矣，式相好矣，無相猶矣。」說明一家所住房屋雖好，仍以兄弟和好為要。

〈鄭風・揚之水〉、〈魏風・陟岵〉末章，均可看出兄弟親情之可貴，前者雖係兄弟不睦，欲求和好之詩，然正因手足情重，而不忍心輕易為外人所破壞。如詩中說：「終鮮兄弟，維予與女。無信人之言，人實迋女。」又說：「終鮮兄弟，維予二人。無信人之言，人實不信。」此當係為弟者年幼無知，輕信人言，其兄規勸之辭。細讀此詩，可以使我們體會到一股兄長愛護幼弟之情洋溢其間。〈陟岵〉末章「陟彼岡兮，瞻望兄兮。兄曰：『嗟予弟行役，夙夜必偕。上慎旃哉，猶來無死。』」寥寥數句，已可使我們體會到兄弟遠離，彼此之間互相懸念關切之情。

〈鄭風・將仲子〉第三章有云「豈敢愛之？畏我諸兄。仲可懷也，諸兄之言，亦可畏也。」

可看出在家庭中兄長受弟妹敬畏之一斑。〈唐風・杕杜〉篇且道出無兄弟者孤苦無助之情，以反映兄弟情誼之可貴。詩云：「獨行踽踽，豈無他人？不如我同父。嗟行之人，胡不比焉？人無兄弟，胡不佽焉？」而〈邶風・谷風〉有「宴爾新昏，如兄如弟」的詩句，更以兄弟之情以喻新婚宴爾的甜蜜了。

君臣應列於兄弟一倫之後，並非說在一個國家中，君臣不如以上三倫的重要，而是以構成五倫的先後次序而言，君臣一倫應排在第四位。

〈小雅・鹿鳴〉可說是描述君臣和樂的代表作。我們看原詩：

呦呦鹿鳴，食野之苹。我有嘉賓，鼓瑟吹笙。吹笙鼓簧，承筐是將。人之好我，示我周行。（一章）

呦呦鹿鳴，食野之蒿。我有嘉賓，德音孔昭：「視民不恌，君子是則是傚。」我有旨酒，嘉賓式燕以敖。（二章）

呦呦鹿鳴，食野之芩。我有嘉賓，鼓瑟鼓琴。鼓瑟鼓琴，和樂且湛。我有旨酒，以燕樂嘉賓之心。（三章）

〈詩序〉云：「〈鹿鳴〉，燕群臣嘉賓也，既飲食之，又實幣帛筐篚，以將其厚意，然後忠臣嘉賓得盡其心焉。」詩中充滿一片祥和融洽的氣氛，君上宴請臣下，不但有美酒佳餚以及悅耳的音樂，更贈送臣下幣帛，只為的是「示我周行」。《朱傳》云：「君臣之分，以嚴為主；朝廷之禮，以敬為主。然一於嚴敬，則情或不通，而無以盡其忠告之益。故先王因其欲食聚會而制為燕饗之禮，以通上下之情。」蓋君臣之間，由於名分的關係，為臣者怕獲嬰逆鱗之罪，有些話不敢在朝廷上正經其事的提出，在上者深知此意，故借宴飲以通上下之情。所以我們看，在那個時代，君上之對臣下，實在是親切真誠，優禮有加，在此情況下，為臣者又怎能不竭忠盡智，暢所欲言呢！

此外如〈天保〉詩是臣祝福於君，祝其君「受天百祿」，祝其君「萬壽無疆」，最後祝其君「如月之恆，如日之升；如南山之壽，不騫不崩；如松柏之茂，無不爾或承。」其他如〈蓼蕭〉、〈湛露〉，是天子燕諸侯之詩；〈魚藻〉為諸侯頌美天子之詩。〈彤弓〉為天子賜有功諸侯；〈瞻彼洛矣〉為天子會諸侯於東都以講武事，而諸侯美天子之詩；〈裳裳者華〉為天子美諸侯之辭，以答〈瞻彼洛矣〉；〈桑扈〉為天子燕諸侯，〈鴛鴦〉為諸侯所以答〈桑扈〉（此段所舉各詩原文從略）。

由以上各詩均可看出《詩經》時代君臣的關係是相對待的。在上者能善待其下，在下者自會盡忠以答在上之恩。如〈吉日〉詩：

吉日維戊，既伯既禱。田車既好，四牡孔阜。升彼大阜，從其群醜。（一章）

吉日庚午，既差我馬。獸之所同，麀鹿麌麌。漆沮之從，天子之所。（二章）

瞻彼中原，其祁孔有。儦儦俟俟，或群或友。悉率左右，以燕天子。（三章）

既張我弓，既挾我矢；發彼小豝，殪此大兕。以御賓客，且以酌醴。（四章）

〈詩序〉云：「〈吉日〉，美宣王田也。能慎微接下，無不自盡以奉其上焉。」

孟子曰：「君之視臣如手足，臣之視君如腹心；君之視臣如犬馬，臣之視君如國人；君之視臣如土芥，臣之視君如寇讎。」所以君臣的關係是相對的，而在《詩經》時代，已為後世立下君臣關係的最好楷模。君臣之間能如此對待，國家焉有不治之理！

最後說到五倫中的最後一倫——朋友。《三百篇》中描述朋友之誼的詩篇雖不多見，但也有一篇很好的代表作〈伐木〉：

伐木丁丁，鳥鳴嚶嚶；出自幽谷，遷于喬木。嚶其鳴矣，求其友聲。相彼鳥矣，猶求友聲，矧伊人矣，不求友生？神之聽之，終和且平。（一章）

伐木許許，釃酒有藇。既有肥羜，以速諸父。寧適不來，微我弗顧。於粲洒掃，陳饋八簋。既有肥牡，以速諸舅。寧適不來，微我有咎。（二章）

伐木于阪，釃酒有衍。籩豆有踐，兄弟無遠。民之失德，乾餱以愆。有酒湑我，無酒酤我，坎坎鼓我，蹲蹲舞我。迨我暇矣，飲此湑矣。（三章）

詩以鳥鳴起興，即有同聲相應之雅。接著就以物情興朋友之好，是說一個人雖喬遷於高位，不可忘其朋友。因為朋友之間，是要互相牽引上進的。而交友之道，要在謹慎地選擇，互相地尊重。而且凡事要盡其在我，所謂躬自厚而薄責於人。最後「迨我暇矣，飲此湑矣。」是以宕筆作結。表示友誼並不因此次宴飲的結束而終止，友誼是要持之以恆，歷久彌堅的。宋人真德秀評此詩說：「玩其詩，只見為人之求友，而不為君之求臣。蓋先王樂道忘勢，但見有朋友相須之義，而不見有君臣相臨之分故也。」〈詩序〉云：「〈伐木〉，燕朋友故舊也。自天子至于庶人，未有不須友以成者，親親以睦，友賢不棄，不遺故舊，則民德厚矣。」

中華文化復興的倫理、民主、科學三綱領中，以我國固有倫理道德為基本，輔以民主的發展，科學的發達，試作《詩經》倫理篇，以見《三百篇》中有關表現五倫樂章之所在。

六十五年四月

（原載《中華文化復興月刊》）

《詩經》時代嫁娶季節平議

《詩經》有一字解釋之異，而全篇詩義迥然不同者，〈邶風．燕燕〉「之子于歸」句的「歸」字即其例。這「歸」字《鄭箋》解釋為「歸宗」，就成為衛莊姜送妾戴媯大歸於陳之詩。即〈小序〉所謂：「〈燕燕〉，衛莊姜送歸妾也。」而崔述解這歸字為「出嫁」，就把這篇〈詩序〉推翻，而另成一篇詩義。蓋女子既嫁，自夫家回娘家歸省父母，謂之歸寧；其因故不克居於夫家，被送回娘家，不再返回夫家的叫「歸宗」，亦稱「大歸」。

宋朝朱熹是勇於反對〈小序〉的，當時王質已疑〈小序〉的不當，解此詩為「當是國君送女弟適他國之詩」，但朱熹仍訓此歸字為「大歸」，等於《鄭箋》的「歸宗」，於是《詩集傳》〈燕燕〉篇的詩義，也就無所更張，仍襲〈小序〉之意，說是：「莊姜無子，以陳女戴媯之子完為己子。莊公卒，完即位，嬖人之子州吁弒之，故戴媯大歸于陳，而莊姜送之作此詩也。」可是崔述看出這「歸」字絕對應該解釋為女子適人的『出嫁』，即〈召南．江有汜〉「之子歸」句《鄭箋》訓為「婦人謂嫁曰歸」之義。於是他在《讀風偶識》中提出異義說：「《詩》之稱『之子于歸』者，皆指女子之嫁者言之，未聞有稱大歸為「于歸」者。恐係衛女嫁於南國，而其兄送之之詩，絕不類莊姜戴嬀事也。」的確，《詩經》中所有各篇「之子于歸」句，〈周南・桃夭〉、〈漢廣〉，〈召南・鵲巢〉，〈豳風・東山〉等篇，都指女子出嫁而言，證據確切。〈燕燕〉篇何得獨異？於是憑這一字異解的有力證據，王、崔二氏全篇迥然不同的詩義得以確立。於是使筆者與外子文開所寫這篇的《詩經》欣賞，不得不棄毛朱而採王崔之說了。

更有一字解釋之異，而使整個局面改觀的，那〈邶風・匏有苦葉〉「士如歸妻，迨冰未泮」句的「泮」字即其例。《毛傳》：「泮，散也。」《鄭箋》：「歸妻，使之來歸於己，謂請期也。冰未散，正月中以前也。二月可以昏矣。」此鄭玄以仲春二月為嫁娶之候也。但聞一多《詩經通義》〈匏有苦葉〉篇卻訓此泮字為合。（半聲字訓分，亦訓合。例如判字為半分而合者。）他說：「迨冰未泮，乃就秋言之。舉凡詩中所記，若瓠枯落，渡頭水深，並雉雊雁鳴，皆秋日河冰未合以前景象。審如傳說，以冰泮為解凍，則與詩中物候相左矣。」並主張春秋時代，以春秋二季為嫁娶之正時，為太古之遺風。這就不但聞氏解〈匏有苦葉〉全篇詩義不同，且使《詩經》時代嫁娶季節的認識，為之改變也。

聞一多證實《詩經》時代以春秋二季為嫁娶之正時是這樣的：「《大戴禮記・夏小正》『二月，綏多女士。』某氏傳曰：『綏，安也，冠子娶婦之時也。』《周禮・媒氏》『中春之月，令會男女，於是時也，奔者不禁。』鄭注曰：『中春陰陽交，以成昏禮，順天時也。』《白虎通義・嫁娶》篇亦曰「嫁娶必以春何？春者，天地交通，萬物始生，陰陽交接之時也。」據此，疑自古昏姻本以春為正時，故詩中所見昏期，春日最多。〈野有死麕〉篇曰「有女懷春，吉士誘之。」〈七月〉篇曰「春日遲遲，采蘩祁祁，女心傷悲，殆及公子同歸。」此明著春日者。〈東山〉篇曰「倉庚于飛，熠燿其羽；之子于歸，皇駁其馬。」〈燕燕〉篇曰「燕燕于飛，差池其羽；之子于歸，遠送于野。」〈桃夭〉篇曰「桃之夭夭，灼灼其華；之子于歸，宜其室家。」亦皆春日物候。其以秋為昏期者才兩見，本篇與〈氓〉篇「秋以為期」是也。〈綢繆〉篇之三星，毛以為參，十月始見。鄭以為心，三月始見。參為晉星，唐亦晉地，或毛說為長。然亦難定，今姑不計。）〈北風〉篇曰「北風其涼，雨雪其雱。」又曰「惠而好我，攜手同車。」蓋親迎之詩（詳〈泉水〉篇女子有行條）。此則冬日為昏期者，特全書只此一見耳。總上所述，春最多，秋次之，冬最少。其所以如此，殆有故焉。

「初民根據其感應魔術原理，以為行夫婦之事，可以助五穀之蕃育，故嫁娶必於二月農事作始之時行之。鄭注《周禮》所謂『順天時』，《白虎通》所謂『天地交通，萬物始生，陰陽交接之時』，皆其遺說也。次之，則初秋亦為一部分穀類下種之時，故嫁娶之事，亦或在秋日。然終不若春之盛，則以自農事觀點言之，秋之重要本不若春也。《管子．幼官》篇曰『春三卯，十二始卯，合男女。秋三卯，十二始卯，合男女。』《管子》書雖非古，然此所記春秋合男女之俗，要不失為太古之遺風，以其但言春秋，不及冬時故也。迨夫民智漸開，始稍知適應實際需要，移婚期以就秋後農隙之時。試觀冬行婚嫁之例，如〈北風〉篇所紀者，《三百篇》中僅此一見，知其時祇偶一行之，不為常則。降至戰國末年，去古已遠，觀念大變，於是嫁娶正時，乃一反舊俗，而嚮之因農時以為正者，今則避農時之為正。《荀子．大略》篇曰『霜降逆女，冰泮殺止。』《家語．本命》篇申其義曰『霜降而婦功成，嫁娶者行焉，冰泮而農業起，昏禮殺於此。』此所謂冰泮者，乃斥冰解而言。蓋『冰泮殺止』為相傳古語，本謂嫁娶正時至冰合而止，今以冰合為冰解者，乃曲解舊術語以迎合新事實耳。此誠古今社會之一大變也。」

聞一多就根據〈唐風．綢繆〉篇「三星在天」句下《毛傳》的「三星，參也。在天，謂始見東方也。三星在天，可以嫁娶矣。」而參星十月始見，故《毛傳》以冬令為婚期。而對毛、鄭之歧說下結論說：「毛、鄭於各詩之婚時，解說互歧。毛主嚴冬冰盛之時，說本《荀子》；鄭主仲春解凍之後，制準《周官》。흡較論之，鄭優於毛。獨本篇所紀，時在初秋，《荀子》《周官》二說俱無所施。然則以本篇論之，毛固自失之，鄭亦未為得也。」聞一多「《詩經》時代嫁娶正時」之說，筆者已在《詩經欣賞》初集〈匏有苦葉〉篇予以評介。但聞一多只提出毛主嚴冬，鄭主仲春，未及此後《詩經》學者不同的主張。蓋此後魏王肅專找鄭玄錯處，特撰《毛詩義駁》、《毛詩問難》等書，以攻鄭氏。鄭玄的門人孫炎，就撰《毛詩注》為鄭氏辯護。同時王基亦持鄭義，撰《毛詩駁》五卷以申鄭難王。到晉朝孫毓撰《毛詩異同評》十卷，評毛、鄭、王肅三家異同，而朋於王。陳統則撰《難孫氏毛詩評》四卷，《毛詩表隱》二卷，以難孫申鄭。其他主鄭駁王的，更有馬昭等

人；中王駁鄭的尚有孔晁等人，如此連續著互相辯難，各有勝義。必有涉及嫁娶季節者。這許多的書雖均已失傳，而馬國翰曾致力於輯逸，其《玉函山房輯佚書》《目耕帖》應可參考。結果於其《目耕帖》中，得束皙《五經通論》中〈論嫁娶之候〉一篇，乃引自《周禮・地官媒氏》疏及杜佑《通典・嘉禮》者。剖析精詳，並論及王肅、馬昭、孔晁、張融諸家主張。茲照錄於下：

「鄭玄議嫁娶必以仲春之月。王肅以為秋冬嫁娶之時也，仲春期盡之時矣。孫卿云：『霜降逆女，冰泮殺止。』《孔子家語》云：『群生閉藏於陰而生育之始，故聖人因時以合偶男女，天數霜降而婦功成，嫁娶者行焉。冰泮而農桑起，昏禮殺於此焉。』又云：『冬合男女，春班爵位，皆謂順也。』馬昭非肅曰：『《周禮》仲春令會男女。〈殷頌〉：「天命元鳥，降而生商。」〈月令〉：「仲春，元鳥至之日祀於高禖」元鳥孚乳之月，以為嫁娶之候。』孔晁答曰：『《周官》云：「凡娶判妻入子皆書之」。此謂霜降之後，冰泮之時，正以禮婚者也。次言「仲春令會男女，奔者不禁」，此婚期盡，不待備禮。「元鳥至，祀高禖」，求男之象，非嫁娶之候。』昭又難曰：『《詩》云：「有女懷春，吉士誘之」；「春日遲遲，女心傷悲」；「嘒彼小星，三五在東」；「綢繆束芻，三星在隅」；「我行其野，蔽芾其樗」；「倉庚于飛，熠燿其羽」。凡此皆興於仲春，嫁娶之候。』晁曰：『「有女懷春」，謂女無禮，過時故思；「春日遲遲」，蚕桑始起，女心悲矣；「嘒彼小星」，喻妾侍從夫；「蔽芾其樗」，行遇惡人；「熠燿其羽」，喻嫁娶盛飾：皆非仲春嫁娶之候。元據期盡之教，以為正婚則奔者不禁過於是月。』昭又曰：『肅窮無經，引秋以為期，此乃淫奔之時矣。』張融曰:『《易》,泰卦六五,帝乙歸妹,以祉元吉。舊說六五爻辰在卯,春為陽中,萬物生育,嫁娶大吉也。《春秋》:魯迎夫人,四時通用。《家語》限以冬,不符《春秋》,非孔子言也。三代嫁娶,以仲春為期盡之言,且婚姻而合德天地,配合陰陽會通之數,合於春女與公子同歸之志,符於南山採薇之歌,協於我行蔽芾之歎,同於行露厭浥之節,驗於〈夏小正〉綏多士女之制不殊。咸泰之卦,暢於《周禮》仲春之令矣。』束晳《五經通論》:『春秋二百四十年,魯女出嫁,夫人來歸,大夫逆女,天王娶后,自正月至十二月,悉不以得時失時為褒貶,何限於仲春季秋以相非哉?夫春秋舉秋毫之善,貶纖介之惡。故春狩於郎,書時禮也;夏城中邱,書不時也。此人間小事,猶書得時失時,況婚姻人倫端始,禮之大者,不譏得時失時不善者也?若婚姻季秋,期盡仲春,則隱二年冬十月,夏之八月,未及季秋;伯姬歸於紀,周之季春,夏之正月也。桓九年春,季姜歸於京師,莊二十五年六月,夏之四月也,已過仲春。伯姬歸於紀,或出盛時之前,或在期盡之後,而經無貶文,三傳不譏何哉?凡詩人之興,取義繁廣,或舉譬類,或稱所見,不必皆可以定時候也。又按〈桃夭〉篇序,美婚姻以時,蓋謂盛壯之時,而非日月之時,故「灼灼其華」,喻以盛壯,非謂嫁娶當用桃夭之月。其次章云:「其葉蓁蓁,有蕡其實」;之子于歸」,此豈在仲春之月乎?又〈摽梅〉三章,注曰:夏之向晚;「迨冰未泮」,正月以前;「草蟲喓喓」,末秋之時。或言嫁娶,或美男女及時,然詠各異矣。《周禮》以仲春會男女之無夫嫁者,蓋一切相配合之時,而非常人之節。《曲禮》曰:「男女非有行媒,不相知名,故日月以告君,齋戒以告鬼神」。若萬姓必在仲春，則其日月有常，不得前卻，何復日月以告君乎？夫冠婚笄嫁，男女之節。冠以二十為限，而無春秋之期；笄以嫁而後設，不以日月為斷，何獨嫁娶當繫於時月乎？王肅云：「婚姻始於季秋，止於仲春」，不言春不可以嫁也。而馬昭多引《春秋》之證，以為反詩於難，錯矣，兩家俱失，義皆不通。通年聽婚，蓋古正禮也。」

讀本文，知王肅亦本《荀子》，「冬合男女」，則申毛非鄭者也。馬昭本《周禮》，則申鄭非王，孔晁又申王駁馬，馬孔二人，反覆駁難答辯，而張融始以《春秋》證婚期，謂魯迎夫人，四時通用；並斥《家語》不符《春秋》，非孔子之言。於是束皙詳論《春秋》舉秋毫之善，貶纖介之惡，而二百四十年間，魯女出嫁，夫人來歸，大夫逆女，天王娶后，自正月至十二月，悉不以得時失時為褒貶。並特舉莊二十五年六月，為夏之四月，《詩．摽梅》三章乃夏之向晚，不但春秋冬三季可婚，夏季亦可成夫婦。故束氏之結論曰：「通年聽婚，蓋古正禮也。」

於是《詩經》時代嫁娶季節，由於《毛傳》以〈綢繆〉之三星為參，十月始見，參為晉星，唐亦晉地，以證冬令之婚期，而〈邶風〉篇亦冬婚詩。束皙以〈摽梅〉之三章，頃筐塈之，謂夏已晚，仍可成婚，則嫁娶之期，四季均可，可為定論。而聞一多所論雖有未當，且不知春秋時代四時聽婚，《詩經》中亦有夏婚，是其疏失；但其論《詩經》以春婚最多，秋婚次之，追論初民婚期與農作之關係，以為春秋合男女之俗，乃太古之遺風，其說亦持之有故，言之成理也。

六十一年八月於北投致遠新村

（原載《幼獅月刊》）

有關《詩經》比較研究的意見

比較文學會議於六十五年一月十日下午三時假臺大考古館舉辦六十四學年度第二次學術講演，由楊牧教授（本名王靖獻）主講「《詩經》的比較研究」，本人曾發表幾點意見。由於連日晝夜侍候外子湯藥飲食，非常睏乏，所以那天精神很壞，喉嚨有些沙啞，恐怕大家不容易聽清楚。因此，現在把當時所講加以整理，追記於後：

今天聽了王教授的演講，獲益良多。本人在本校中文系承乏《詩經》的講授有年，對《詩經》特別關心，特別有興趣。而對《詩經》的比較研究，也有點小小意見。所以在此借題發揮，目的是在拋磚引玉，希望在座諸位同學，對這方面有興趣的，不妨找其中的一個項目，加以研究，必定會有可觀的成績的。

現在我先說一說剛才王教授講《詩經》中的倉庚和黃鳥是一種鳥，事實上二者是兩種鳥：前者是黃鶯，後者是黃雀。本人有一篇〈黃鳥倉庚考辨〉短文，發表在《孔孟學報》，對此有詳細的辨證。

今天王教授所講「《詩經》的比較研究」，主要是由於西洋詩歌中口傳文學多相同句，而對《詩經》也作了一次相同語句和辭彙的專門探討。當我看到這個講題時，覺得它實在很大。但王教授所講的，只是著重在《詩經》的相同語句和辭彙方面，而對於《詩經》其他方面的比較，未曾涉及，似乎是大題小做了。關於《詩經》的相同句，本人在三民書局出版的《詩經相同句及其影響》一書中，有詳細的彙輯統計與比較研究，並且知道《詩經》的相同句影響所及，形成了我國文學中的一種特殊詩體，即集句詩。關於集句詩，本人也有一本《集句詩研究》最近在學生書局出版。

至於《詩經》的比較研究，個人認為可大別為三項：

㈠《詩經》本身各方面的比較研究

㈡《詩經》與其他作品的比較研究

㈢《詩經》與其他作品關係的研究

就第一項而言，又可分為五方面來講：

⑴《詩經》的文字和文法的比較研究：

舉例：胡適在〈談談詩經〉的一篇講演的結論就說：「總而言之，你要懂得《詩經》的文字和文法，必須要用歸納比較的方法。」文法方面，可舉他對「之子于歸」等成語的比較研究為例。他說：「上古文法裡，這種文法是倒裝的。」于字等於焉字，作「於是」解。「于歸」就是「歸焉」。所以「之子于歸」就是「之子歸焉」；「黃鳥于飛」就是「黃鳥飛焉」。比較一下《詩經》

中所有「于歸」「于飛」的句子，都是這樣。例如「燕燕于飛」、「鳳凰于飛」、「鴻雁于飛」都是「燕子在那兒飛」、「鳳凰在那兒飛」、「鴻雁在那兒飛」的意思。

文字方面，他更寫了一篇〈三百篇言字解〉以為範例。他將《詩經》中言字作歸納比較的研究，把鄭康成等將言字作「我」字解的慣例推翻了，而歸納出言字在《詩經》中除作「言語」講以外的三種用法來：

(甲)言字位置在兩個動詞之間作「而」字解：如〈小雅・彤弓〉「彤弓弨兮，受言藏之」等於「受而藏之」。

(乙)作然後之意的「乃」字解：如〈周南・葛覃〉「言告師氏，言告言歸」等於「乃告師氏，乃告乃歸」。

(丙)作代名詞「之」字解：如〈邶風・終風〉「寤言不寐，願言則嚏」，他說上言字宜作而字解，下言字作之字解。猶言「寤而不寐，思之則嚏」也。又如〈小雅・巷伯〉「謀欲譖言」即「謀欲譖之」。

(2)《詩經》所用句子的比較研究：

《詩經》中有相同的句子，就有相同的意義的。據此作比較研究，往往可用以判斷詩篇內容的異同（按此點與剛才王教授所講有相似之處）。

舉例：《詩經》各篇相同句「之子于歸」都指女子出嫁，而〈邶風・燕燕〉篇的「之子于

歸」，《毛詩》《鄭箋》卻解「于歸」為「大歸」，以符合〈詩序〉說是「衛莊姜送歸妾（戴媯）」。反序的朱熹《詩集傳》，竟也襲用了〈詩序〉。崔述《讀風偶識》根據這點，指出這篇「恐係衛女嫁於南國，而其兄送之之詩，絕不類莊姜戴媯事也。」才將鄭玄、朱熹的錯誤予以糾正。

(3)《詩經》中篇與篇的比較研究：

例如日人白川靜將〈王風〉、〈鄭風〉、〈唐風〉三篇〈揚之水〉作比較研究，得出三篇詩是同一習俗同一母題下產生的作品，那就是水占習俗所產生的悲或喜不同情調的表現。

(4)《詩經》中〈風〉〈雅〉〈頌〉同類與異類作品的比較研究：

例如上舉三篇〈揚之水〉，就是同類〈風〉詩三篇作品的比較，這是就其相同點來作比較研究。就相異點來比較，也可見出十五〈國風〉不同的風格和各地民情風俗的相異之處來。而同稱為〈頌〉的〈周〉、〈魯〉、〈商〉三頌，其不同的風格，更為顯著而易於比較。至於像比較〈大雅〉與〈小雅〉的相異點與比較〈小雅〉與〈國風〉的相同點，則是異類作品的比較。

(5)《詩經》中其他方面的比較研究：

例如疊句的多寡與用法等。《詩經》中有疊句一二二組之多，平均每三篇就有疊句一組而有餘，如以其位置用法來分，有章首疊、章中疊、章末疊及啣尾疊等。又有隔開一句相疊的稱隔句疊，而一章中有兩組以上疊句的為多組疊。

由統計比較之下，知《詩經》疊句在民謠體的十五〈國風〉中最為發達，有七十二組，次之為〈小雅〉，三十組。而疊句之位置，以章中疊之六十二組為最多，章首三十二組次之，隔句十六組又次之，章末四組最少，啣尾之七組均在〈大雅〉中，而〈大雅〉詩無章首疊，是為〈大雅〉之特色。這些疊句，對後代詩詞曲疊句的影響很大（以上資料根據本人所寫〈詩詞曲疊句欣賞與研究〉一書）。

又如《詩經》賦比興的比較研究：蔣善國的《三百篇演論》中論賦比興，將比興作綜合分析，分成狹義的與廣義的兩種。而比較研究之下，知廣義的比興價值較高。他又分析賦比興三者的關係，綜合為十二種。

本人曾撰八萬字的〈《詩經》興義的歷史發展〉作興義的各種比較研究。例如將胡廣、何楷、姚際恆、傅恆四家對《三百篇》各章所標興詩製成比較表，以比較其異同而歸納成興詩三式。高葆光的〈詩賦比興正詁〉，也對賦比興三體有所比較研究。

就第二項而言，《詩經》與其他作品的比較研究亦可分出二種不同的方向：

(1)與本國作品的比較研究：

舉例：《詩經》與《楚辭》的比較研究：其重點可作北方文學與南方文學的比較，現實主義與浪漫主義的比較等。

其餘如《詩經》有三〈頌〉，《楚辭》有〈橘頌〉，均為頌體。而三〈頌〉已各不相同，〈橘頌〉又是另一風格（以詠物方式象徵人格）。

(2)與外國作品的比較研究：

舉例：本人與外子在《詩經欣賞與研究》第一冊中，即有將《舊約・雅歌》、印度《吠陀經》和《詩經》〈國風〉、〈周頌〉等作比較研究，以比較其異同之處。

就第三項而言——《詩經》與其他作品關係的研究：

兩種作品的關係研究，也在比較文學範圍之內，本人就曾寫過一本《中印文學關係研究》，由中國婦女寫作協會出版。(後又輯入商務印書館出版的《中印文學研究》一書中。) 比較研究之下，知道中國文學中有些小說像《中山狼》、《杜子春》等是從印度文學作品中脫化出來的。

有關《詩經》與其他作品的關係研究，就可舉《詩經》與《易經》爻辭的關係為例。本人曾在《詩經欣賞與研究》第一冊中，就爻辭與《詩經》文句作比較研究，指出二者有相似的韻文。因此《詩經》句法可溯源於爻辭。其中最相似的範例是：

《易經》爻辭〈明夷・初九〉：「明夷于飛，垂其翼。君子于行，三日不食。」

《詩經・小雅・鴻雁》首章：「鴻雁于飛，肅肅其羽。之子于征，劬勞于野。」

所謂比較文學，有的題目中雖然沒有「比較」二字，而其內容卻是作比較研究。如胡適先生的〈三百篇言字解〉以及我個人的《中印文學關係研究》都屬此類。

而且我們作文學的比較研究，不只是比較其相同相似之點，也應該比較其相異相差之處。因為有的文學，二者之間，同中固然會有異，而異中也會有同。例如《詩經・邶風・柏舟》與《楚辭・離騷》相比，即有很多相同之處，都是寫仁人不遇，遭讒憂思之作。但〈柏舟〉是現實主義，故最後一句只說「靜言思之，不能奮飛」；而〈離騷〉是浪漫主義，所以寫屈原飛到天空遨遊。又如〈小雅・大東〉篇寫天空星象，其想像之豐富，比喻的奇妙，簡直不輸於《楚辭》的浪漫主義。前者（〈柏舟〉）是相同中的相異；後者（〈大東〉）是相異中的相同。

以上所說，都是我個人的幾點淺見。借此機會提供在座各位同學作參考。如有不當之處，還請在座諸位先生多多指教。

（原載《東方雜誌》復刊九卷十二期）

中國第一位女詩人許穆夫人

一、許穆夫人的身世

《詩經》是中國最早的一部詩歌總集，共輯周初至春秋中期以後的詩三百零五篇。其中被推測為女子之作的不少。可是確實可靠，正式記載在史籍中的，卻只有許穆夫人的〈載馳〉一篇，是以許穆夫人被稱為中國第一位女詩人。

許穆夫人是衛國的女兒，嫁給許國穆公為夫人，故稱為許穆夫人。衛國姓姬，她嫁給穆公，所以也稱穆姬。春秋時，衛國的公室，最為淫亂，所以許穆夫人的身世，也很複雜。現在先介紹許穆夫人的身世如下：

衛宣公烝其庶母夷姜，生太子伋，伋長，宣公為其娶齊女為妻。齊女貌美，宣公作新臺於河上邀之，據為己妻，是為宣姜。而另外給太子伋娶了媳婦。宣姜生了兩個兒子，大的名壽，小的

名朔。太子伋的母親夷姜逝世後，宣姜和她的小兒子朔便一起在宣公面前說太子伋的壞話。宣公奪了太子伋的老婆做自己的夫人，本來心裡有毛病，於是設計派太子伋到齊國去，教邊界的盜賊攔路殺了他。而宣姜的大兒子壽則勸太子不必送死，太子不願違父命，結果弄成壽去代死，而太子伋自白於盜，遂一起犧牲，演成兄弟爭死的壯烈悲劇。

伋和壽既死，宣公便以朔為太子。宣公卒，太子朔立，是為惠公。惠公為讒殺太子伋之故不得民心，四年亂起，惠公奔齊。衛人立太子伋之弟黔牟為君。黔牟八年，齊襄公率諸侯伐衛，復納惠公。惠公的母親宣姜本來是齊人，答應嫁給宣公的兒子的卻給宣公占了去。宣公死了，齊人便使黔牟之弟昭伯（即公子頑，亦宣公之子）強烝於宣姜，生二子三女。最小的女兒便是許穆夫人穆姬。所以惠公和穆姬，是同母所生，但穆姬又是惠公的姪女，惠公卒，子赤立，就是以喜歡鶴，讓鶴乘軒（大夫車）出名的懿公。懿公是宣姜的孫子，而又是穆姬的堂房哥哥。

穆姬的大姊嫁給齊國，稱齊子。齊桓公有六個如夫人，六人中有大小兩個衛姬，大衛姬就是穆姬的大姊齊子。穆姬的二哥名申（即衛戴公），三哥名燬（即衛文公），四姊嫁宋桓公，是為宋桓夫人，稱桓姬，生子襄公，所以也稱宋襄公母。

二、許穆夫人寫〈載馳〉詩的經過

穆姬幼年即蜚聲列國，後來許國齊國都來求婚，穆姬自己便反對答應許國。她說：「諸侯之有女，所以繫援于大國也。許小而遠，齊大而近，使邊疆有寇戎之事，赴告大國，妾在，不猶愈乎？」（《列女傳》引）她眼光的遠大，愛國的熱忱，可見一斑。結果她卻被嫁給許國。衛在河北，鄭在河南，許更在鄭國之南，姜姓，僅係一男爵之小國，即今河南省許昌縣。她的丈夫名新臣，即許穆公。她婚後約十年，當周惠王十七年（公元前六六〇年）冬，狄入衛，懿公不得民心，與狄人戰於熒澤而敗，死之。衛都朝歌淪陷。十二月，宋桓公迎衛之遺民七百三十人渡河。立穆姬的二哥申為戴公，廬於衛之下邑漕。不久戴公卒，三哥燬繼立，是為文公。穆姬聞祖國覆亡，哀痛異常，但以許地遠力弱，無法援救，乃於次年（公元前六五九年）春驅車赴漕，歸唁衛侯，計劃求援於大國。許大夫前往阻之，責以父母歿不得歸寧之義，穆姬遂作此有名的〈載馳〉一詩。《春秋左氏傳．閔公二年》載其事曰：「冬十二月，狄人伐衛，懿公好鶴，有乘軒者，將戰，國人受甲者，皆曰：『使鶴，實有祿位，余焉能戰？』及狄人戰于熒澤，衛師敗績，遂滅衛。初惠公之即位也少，齊人使昭伯烝於宣姜，不可，強之。生齊子、戴公、文公、宋桓夫人、許穆夫人。文公為衛之多患也，先適齊。及敗，宋桓公逆諸河，宵濟。衛之遺民男女七百有卅人，益之以共滕之民為五千人，立戴公以廬于曹。（註：曹即漕，衛下邑）許穆夫人賦〈載馳〉。」杜預注：「〈載馳〉詩，〈衛風〉也（〈邶〉、〈鄘〉、〈衛〉三風皆衛詩，〈載馳〉為〈鄘風〉十篇之末篇）。許穆夫人痛衛之亡，思歸唁之，不可，故作詩以言志也。」其後齊桓公卒使武孟（即穆姬大姊齊子所生公子無虧）帥師戍漕，又合諸侯復衛國於楚邱。（公元前六五八年）文公得以復興衛國。

三、〈載馳〉詩欣賞

原詩	今譯
載馳載驅，	飛馳著車子鞭打著馬，
歸唁衛侯。	慰問衛侯回娘家。
驅馬悠悠，	快馬加鞭趕遠路，
言至于漕。	趕到漕邑我故土。
大夫跋涉，	許國大夫跋涉來攔阻，
我心則憂。	使我憂愁焦急又憤怒。

既不我嘉，
不能旋反。
視爾不臧，
我思不遠？
既不我嘉，
不能旋濟。
視爾不臧，
我思不閟？
陟彼阿丘，
言采其蝱。
女子善懷，
亦各有行。
許人尤之，
眾稺且狂！

你們都說我不對，
也不能使我心轉回。
比起你們那壞辦法，
我的思慮不更遠大？
你們不贊成我的行動，
也不能使我轉回程。
比起你們那壞方針，
我的思慮豈不更謹慎？
登上那阿丘解愁苦，
阿丘上邊採貝母。
莫說娘兒們多憂又多慮，
娘兒也有娘兒的路。
許國人責怪我不該歸寧，
真是幼稚糊塗又神經！

我行其野，　　我經歷祖國的大好河山，
芃芃其麥。　　到處是茂盛的麥田。
控于大邦，　　解國難只有向大邦去控訴，
誰因誰極。　　誰和我親善誰就來救援。
大夫君子，　　大夫呀！君子呀！
無我有尤，　　不要再和我為難，
百爾所思，　　你們縱千思又百慮，
不如我所之。　都沒有我的主張更完善。

《載馳》一詩的內容，自來有各種解釋，然以全詩文字及前後語氣觀察，應以我們現在這種解釋較恰當。第一章「歸唁衛侯」，自是許穆夫人自述歸唁，如果是許國大夫則不能說「歸」了。而下文的「大夫跋涉」，則是指許國大夫。因於禮許穆夫人不應歸寧，故奔跑來攔阻，致引起許穆夫人的憂愁焦急憤怒。因此時衛已為狄所滅，許國小，力不能救，然尚拘於禮俗不許許穆夫人回去設法營救宗國，實不該也。第一章語氣平和，對許國君臣尚未有責備之意。第二章語氣就較憤激，並示其歸衛營救宗國意志之堅決。所謂「大行不顧細謹」，此時救國要緊，不應再講究禮俗了。第三章語氣更為憤激，簡直是破口大罵了。意謂「我有深沉的憂鬱，也有正當的想法，你們許國人竟來責怪我，簡直幼稚、可笑、糊塗！」第四章就具體提出她的辦法來，意謂「如果你們不相信我的想法是正當的，那麼試問你們誰有比我更好的主意？既然沒有，那麼為何還要責怪我？」「我行其野，芃芃其麥」應第一章的「言至于漕。」且看到祖國的大好河山，豐富物產，更興發愛國思想，而不容許落入他人之手，所以更要積極設法救援。「芃芃其麥」係春景，故判此詩為狄滅衛次年春之作。「大夫君子」應第一章的「大夫跋涉」，因有許國大夫的攔阻，所以才使她發出以下的議論，最後說：「你們不要再攔阻我了，不要再和我為難了……」全詩語氣一貫，一氣呵成，組織完密，令人無懈可擊。而許穆夫人之有思想有決斷，熱愛祖國，意志堅決，更為一般男子愧！其後果然賴齊桓公之助而復國，可見夫人之有眼光也。

四、結語

衛國因宣公的淫亂，發生兄弟爭死的悲劇；因懿公的好鶴，遭到了亡國的慘禍。但卒賴許穆夫人兄弟姊妹五人的關係和努力，得以復興衛國。許穆夫人雖則識高才大，但在這衛國的救亡運動中，限於環境，奔走呼號而無從施其力。她的滿腔憂憤，發而為詩，留下了〈載馳〉這篇有名

的傑作，令我們在二千六百年後的今天讀了，還深受感動，馬上有心弦上的共鳴，賦與無限的同情，並想見其人，對她發生至高的崇敬。清朝《詩經》學者方玉潤評此詩曰：「〈載馳〉沉鬱頓挫，感慨唏噓，實出眾音之上。」可見它在《三百篇》中地位是極高的。

〈衛〉詩中〈河廣〉一篇，相傳係穆姬的姊姊宋桓夫人之詩。而另有寫衛女思歸的〈泉水〉、〈竹竿〉兩篇，據明人何楷的推斷，清人魏源的考證，則也是許穆夫人的作品。〈泉水〉、〈竹竿〉二詩技巧亦很高。許穆夫人詩三篇充分表現了她的人格和才華。許穆夫人不愧是中國第一位享有盛名的女詩人。

（原載《東方雜誌》復刊三卷十一期）

《詩經》興義的歷史發展

一、引言

《詩經》有六義，興義為六義之一，興義的歷史發展，可分為六個階段：

㈠**春秋至東漢** 自孔子對學生說：「《詩》可以興」，又說：「興於《詩》，立於禮，成於樂。」提出了興字和《詩經》的特別關係。戰國時完成的《周禮》中，太師教六詩，又以興為六詩之一。《毛詩．大序》亦以六詩為六義，於是有興義的名稱。毛亨撰《詩故訓傳》，獨標興詩，東漢末年，鄭玄箋《毛詩》，同時又為《周禮》六詩作註，於是興義的理論與實際作業都粗具規模，是為《詩經》興義發展的第一階段。

㈡**魏晉六朝** 漢人解經，特重政教，魏晉六朝，唯美文學興起，始有文筆之分，以詩賦美文，屬之文學，而應用之文，別稱之曰筆。於是文學理論批評家，對《詩經》興義，另有理論之發展，

是為《詩經》興義發展的第二階段。

㈢**隋唐五代**　隋唐是我國經典義疏總結集時代，孔穎達等奉敕撰《五經正義》，頒之學官。《詩經》採《毛傳》、《鄭箋》，對毛、鄭興義加以疏釋。並附陸德明《經典釋文》之〈毛詩音義〉，於是毛、鄭興義，遂成正統，而晚唐五代學者，對興義就難有重大的建樹了，是為《詩經》興義發展的第三階段。

㈣**宋元時代**　宋元兩朝，是《詩經》學上由反傳統而至建立新傳統的時代。宋朝鄭樵反對《詩經》毛序，並倡「詩之本在聲，而聲之本在興」之說，以反對毛、鄭興喻的傳統，朱熹既採鄭樵的主張，而仍襲興詩兼比取義的毛、鄭傳統，不背他的理義之學。至元朝科舉取士，《詩經》採用朱熹《詩集傳》，朱子興義遂成毛、鄭以後的新傳統。宋代蘇轍、王應麟等亦自創興義新說，元代劉玉汝對朱子興義亦有所闡廢，是為《詩經》興義發展的第四階段。

㈤**明清時代**　明清時代在《詩經》學史上是漢學復興，宋學衰落的時代。學者多反《朱傳》，對興義除遵守毛、鄭者外，各有主張，亦或折中於毛朱之間，是為《詩經》興義發展的第五階段。

㈥**民國以來**　民國以來是對我國古代典籍，加以重新研討，以發揚固有精神，復興中華文化的時代。在這種時代潮流裡，《詩經》的興義，學者們也加以熱烈的討論，得到了許多新的發展，至今仍在延續中，是為《詩經》興義發展的第六階段。

本文將就此六階段，每一階段詳述各人對《詩經》興義的理論或實際作業，最後再作一簡要的綜述以為本文的結束。

二、《詩經》興義發展第一階段——春秋至東漢

《詩經》興義發展的第一階段，起自春秋時孔子，以迄於東漢鄭玄、劉熙。

(一)孔子以興字說詩

《詩經》完成於且流行於春秋時代，也由於孔子的採用《詩經》為教學生的課本而更受人重視。孔子曾以興字說詩，他說：「《詩》可以興。」（《論語・陽貨》）又說：「興於《詩》，立於禮，成於樂。」（《論語・泰伯》）於是《詩經》與興字，發生了特別的關係。

《說文》：「興，起也。」興字有起發起始之義。所以《詩》可以興者，可以興發人情志也；興於《詩》者，君子的教育，始於《詩》也。這是《詩經》最早的興義。但孔安國、邢昺卻從另一角度解釋：《魯詩》、《毛詩》同傳自荀卿，魏何晏《論語集解》「《詩》可以興」句下引漢代習《魯詩》的孔安國的話解說：「孔曰：『興，引譬連類。』」宋邢昺疏云：「《詩》可以興者，《詩》可以令人引譬連類以為比興也。」這樣清楚地指出了孔子「可以興」的話與六義比興的關係，而毛公傳《詩》標「興也」各篇，亦以「喻」「猶」「若」「如」等字說明之，是以箋《毛詩》

而兼習三家詩的鄭玄也以「喻勸」來解釋六義的興，毛、鄭興義也正與孔安國的「引譬連類」相仿。

(二)〈詩序〉六義中的興義說明

《詩經》的正式有興義的名稱，始於《毛詩・大序》的六義。〈詩序〉中述六義曰：

《詩》有六義焉：一曰〈風〉，二曰賦，三曰比，四曰興，五曰〈雅〉，六曰〈頌〉。

但序中只解釋何謂〈風〉〈雅〉〈頌〉，對賦比興，沒有隻字加以說明。直到唐朝孔穎達作《五經正義》，才在《毛詩正義・大序》疏中，引《周禮》鄭玄的六詩注文來解釋六義，始有賦比興三義的說明。

《周禮・春官》載太師的職掌曰：

教六詩：曰〈風〉，曰賦，曰比，曰興，曰〈雅〉，曰〈頌〉。

六詩排列的次序和〈詩序〉六義完全相同。鄭玄注《周禮》六詩都有解釋，並附鄭眾之說於後，以為參考。鄭注曰：

〈風〉言賢聖治道之遺化；賦之言鋪，直鋪陳今之政教善惡；比見今之失，不敢斥言，取比類以言之；興見今之美，嫌於媚諛，取善事以喻勸之；〈雅〉正也，言今之正者以為後世法；〈頌〉之言誦也，容也，誦今之德，廣以美之。鄭司農云：「……曰比，曰興。比者，比方於物也；興者，託事於物。」

合二鄭之義言之，則「興者，見今之美，嫌於媚諛，取善事以喻勸之，其方法為託事於物也。」所謂「託事於物」，即「託物起興」也。此興義最早之說明，已在東漢。

(三)劉熙《釋名》的釋六義

約與鄭玄同時，有劉熙撰《釋名》八卷，其卷六〈釋典藝〉釋六義云：「興物而作謂之興，敷布其義謂之賦，事類相似謂之比，(缺〈風〉)言王政事謂之雅，稱〈頌〉成功謂之頌。」後世雖少稱引，但其釋興義則簡單而無弊病。所謂「興物而作」，明白地說，即「感物而作」也。晉摯虞以興為「有感之辭」，或即淵源於此。

(四)《毛傳》、《鄭箋》對興義的實際作業

興義表現於實際作業的，首推毛亨於《毛詩詁訓傳》中將三百零五篇中的興詩標以「興也」。

總計分別在十五〈國風〉、大小〈雅〉、三〈頌〉中所標「興也」多達一百十餘篇。其所標「興也」兩字，大多在首章次句之下，極少數標在首句、或三句四句之下的。「興也」之上的一兩句，即詩中發興之句，我們稱之為「興句」，其下相應之句，我們稱之為「應句」。《毛傳》在「興也」之下，應句之上，也間或對興義有所說明。其後鄭玄為《毛傳》作箋，於《毛傳》標興的各篇，大多又追加說明。我們研究興義，當從這實際作業中去分析、歸納出毛鄭理論之所在。

茲彙錄《毛傳》興詩各篇，作成「《毛傳》、《鄭箋》興詩釋義表」於下：

《毛傳》、《鄭箋》興詩釋義表

編號	篇名	《毛傳》「興也」在首章幾句下	興句原文	《傳》、《箋》對興義之說明
【周南】				
1.	關雎	二	關關雎鳩，在河之洲	〔傳〕后妃說樂君子之德，無不和諧，又不淫其色，慎固幽深，若雎鳩之有別焉。〔箋〕○
2.	葛覃	三	葛之覃兮，施于中谷，維葉萋萋	〔傳〕○〔箋〕此因葛之性以興焉。興者，葛延蔓于谷中，喻女在父母之家，形體浸浸日長大也，葉萋萋然，喻其容色美盛。
3.	卷耳	二（憂者之興也）	采采卷耳，不盈頃筐	〔傳〕○〔箋〕○

4.	樛木	二	南有樛木，葛藟纍之	〔傳〕〇〔箋〕興者，喻后妃能以意下逮眾妾，使得其次序則眾妾上附事之，而禮義亦俱盛。
5.	桃夭	二	桃之夭夭，灼灼其華	〔傳〕〇〔箋〕興者，喻時婦人皆得以年盛時行也。
6.	漢廣	四	南有喬木，不可休息，漢有游女，不可求思	〔傳〕〇〔箋〕興者，喻賢女雖出游流水之上，人無欲求犯禮者，亦由貞潔使之然。（溥言註：僅前二句為興句，後二句已為應句，即「興也」應標在第二句下）
7.	麟之趾	二	麟之趾，振振公子	〔傳〕〇〔箋〕興者，喻今公子亦信厚，與禮相應，有似於麟。（溥言註：僅首句為興句，次句已為應句）
【召南】				
8.	鵲巢	二	維鵲有巢，維鳩居之	〔傳〕〇〔箋〕鵲之作巢，冬至架之，至春乃成，猶國君積行累功，故以興焉。興者，鳲鳩因鵲成巢而居有之，而有均一之德，猶國君夫人來嫁，居君子之室，德亦然。
9.	草蟲	二	喓喓草蟲，趯趯阜螽	〔傳〕〇〔箋〕草蟲鳴，阜螽躍而從之，異種同類，猶男女嘉時，以禮相求呼。
10.	行露	三（章末）	厭浥行露，豈不夙夜，謂行多露	〔傳〕〇〔箋〕〇（溥言註：僅首句為興句，「興也」應改在首句下）

11.	摽有梅	二	摽有梅，其實七兮	〔傳〕○〔箋〕興者，梅實尚餘七未落，喻始克也。謂女二十，春盛而不嫁，至夏則衰。
12.	江有汜	一	江有汜	〔傳〕○〔箋〕興者，喻江水大，汜水小，然而並流，似嫡媵宜俱行。
13.	何彼襛矣	二	何彼襛矣，唐棣之華	〔傳〕○〔箋〕興者，喻王姬顏色之美盛。
【邶風】				
14.	柏舟	二	汎彼柏舟，亦汎其流	〔傳〕○〔箋〕興者，喻仁人之不見用，而與群小人並列。
15.	綠衣	二	綠兮衣兮，綠衣黃裡	〔傳〕○〔箋〕今綠衣反以黃為裡，非其禮制也，故以喻妾上僭。
16.	終風	二	終風且暴，顧我則笑	〔傳〕○〔箋〕興者喻州吁之為不善，如終風之無休止。（溥言註：僅首句為興句）
17.	凱風	二	凱風自南，吹彼棘心	〔傳〕○〔箋〕興者，以凱風喻寬仁之母，棘猶七子也。
18.	雄雉	二	雄雉于飛，泄泄其羽	〔傳〕○〔箋〕興者，喻宣公整其衣服而起，奮訊其形貌，志在婦女而已，不恤國之政事。
19.	匏有苦葉	二	匏有苦葉，濟有深涉	〔傳〕○〔箋〕○

20.	谷風	二	習習谷風，以陰以雨	〔傳〕陰陽和而谷風至，〔喻〕夫婦和則室家成，室家成而繼嗣生。〔箋〕○
21.	旄丘	二	旄丘之葛兮，何誕之節兮	〔傳〕諸侯以國相連屬，憂患相及，如葛之蔓延相連及也。〔箋〕○
22.	泉水	二	毖彼泉水，亦流于淇	〔傳〕○〔箋〕泉水流而入淇，猶婦人出嫁於異國。
23.	北門	二	出自北門，憂心殷殷	〔傳〕○〔箋〕興者，喻已仕於闇君，猶行而出北門，心為之憂殷殷然。
24.	北風	二	北風其涼，雨雪其雱	〔傳〕○〔箋〕興者，喻君政教酷暴，使民散亂。
【鄘風】				
25.	柏舟	二	汎彼柏舟，在彼中河	〔傳〕○〔箋〕舟在河中，猶婦人之在夫家，是其常處。
26.	牆有茨	二	牆有茨，不可掃也	〔傳〕○〔箋〕國君以禮防制一國，今其宮內有淫昏之行者，猶牆之生蒺藜。
【衛風】				
27.	淇奧	二	瞻彼淇奧，綠竹猗猗	〔傳〕猗猗，美盛貌。〔喻〕武公質美德盛，有康叔之餘烈。〔箋〕○
28.	竹竿	二	籊籊竹竿，以釣于淇	〔傳〕釣以得魚，如婦人待禮以成為室家。〔箋〕○

29.	芄蘭	一	芄蘭之支	〔傳〕○〔箋〕興者，喻幼稚之君，任用大臣乃能成其政。
30.	有狐	二	有狐綏綏，在彼淇梁	〔傳〕○〔箋〕○
【王風】				
31.	揚之水	二	揚之水，不流束薪	〔傳〕○〔箋〕興者，喻平王政教煩急，而恩澤之令不行於下民。
32.	中谷有蓷	二	中谷有蓷，暵其乾矣	〔傳〕○〔箋〕興者，喻人居平安之世，猶鵻之生於陸；遇衰亂凶年，猶鵻之生於谷中，得水則病將死。
33.	兔爰	二	有兔爰爰，雉離于羅	〔傳〕爰爰，緩意。鳥網為羅，言為政有緩有急，用心之不均。〔箋〕○
34.	葛藟	二	緜緜葛藟，在河之滸	〔傳〕○〔箋〕興者，喻王之同姓，得王之恩施，以生長其子孫。
35.	采葛	三（章末）	彼采葛兮，一日不見，如三月兮	〔傳〕○〔箋〕興者，以采葛喻臣以小事使出。（溥言註：僅首句為興句，二三兩句為應句）
【鄭風】				
36.	山有扶蘇	二	山有扶蘇，隰有荷華	〔傳〕言高下大小，各得其宜也。〔箋〕興者，扶胥之木生于山，喻忽置不正之人于上位也。荷華生于

				隰，喻忽置美德于下位，此言其用臣顛倒，失其所也。
37.	蘀兮	二	蘀兮蘀兮，風其吹女	〔傳〕○〔箋〕興者，風喻號令也，喻君有政教，臣乃行之。言此者，刺今不然。
38.	風雨	二	風雨淒淒，雞鳴喈喈	〔傳〕○〔箋〕興者，喻君子雖居亂世，不變改其節度。
39.	野有蔓草	二	野有蔓草，零露漙兮	〔傳〕○〔箋〕○
【齊風】				
40.	東方之日	三	東方之日兮，彼姝者子，在我室兮	〔傳〕○〔箋〕興者，喻君不明。（溥言註：應改首句為興句）
41.	南山	二	南山崔崔，雄狐綏綏	〔傳〕國君尊嚴，如南山崔崔然。雄狐相隨，綏綏然無別，失陰陽之匹。〔箋〕興者，喻襄公居人君之尊，而為淫泆之行，其威儀可恥惡如狐。
42.	甫田	二	無田甫田，維莠驕驕	〔傳〕○〔箋〕興者，喻人君欲立功致治必勤身修德，積小以成高大。
43.	敝笱	二	敝笱在梁，其魚魴鰥	〔傳〕○〔箋〕興者，喻魯桓微弱，不能防閑文姜，終其初時之婉順。

【魏風】				
44.	園有桃	二	園有桃，其實之殽	〔傳〕○〔箋〕〔喻〕魏君薄公稅，省國用，不取於民，〔如〕食園桃而已。不施德教，民無以戰，其侵削之由由是也。
【唐風】				
45.	山有樞	二	山有樞，隰有榆	〔傳〕國君有財貨而不能用，如山隰不能自用其財。〔箋〕○
46.	揚之水	二	揚之水，白石鑿鑿	〔傳〕○〔箋〕興者，喻桓叔盛強，除民所惡，民得以有禮義也。
47.	椒聊	二	椒聊之實，蕃衍盈升	〔傳〕○〔箋〕興者，喻桓叔晉君之支別耳，今其子孫眾多，將日以盛也。
48.	綢繆	二	綢繆束薪，三星在天	〔傳〕男女待禮而成，若薪芻待人事而後束也。三星在天，可以嫁取矣。〔箋〕○
49.	杕杜	二	有杕之杜，其葉湑湑	〔傳〕○〔箋〕○
50.	鴇羽	二	肅肅鴇羽，集于苞栩	〔傳〕○〔箋〕興者，喻君子當居安平之處，今下從征役，其為危苦，如鴇之樹止然。
51.	有杕之杜	二	有杕之杜，生于道左	〔傳〕○〔箋〕興者，喻武公初兼其宗族，不求賢者與之在位，君子不歸，似乎特生之杜然。

52.	葛生	二	葛生蒙楚，蘞蔓于野	〔傳〕葛生延而蒙楚，蘞生蔓於野，喻婦人外成於他家。〔箋〕○
53.	采苓	二	采苓采苓，首陽之巔	〔傳〕采苓細事也，首陽幽辟也。細事喻小行也；幽辟喻無徵也。〔箋〕興者，喻事有似而非。
【秦風】				
54.	車鄰	二（次章）	阪有漆，隰有栗	〔傳〕○〔箋〕興者，喻秦仲之君臣，所有各得其宜。
55.	蒹葭	二	蒹葭蒼蒼，白露為霜	〔傳〕白露凝戾為霜，然後歲事成，（猶）國家待禮然後興。〔箋〕興者，喻眾民之不從襄公政令者，得周禮以教之則服。
56.	終南	二	終南何有，有條有梅	〔傳〕○〔箋〕興者，喻人君有盛德，乃宜有顯服，猶山之木有大小也。此之謂戒勸。
57.	黃鳥	二	交交黃鳥，止于棘	〔傳〕黃鳥以時往來，得其所，（猶）人以壽命終，亦得其所。〔箋〕興者，喻臣之事君亦然，今穆公使臣從死，刺其不得黃鳥止于棘之本意。
58.	晨風	二	鴥彼晨風，鬱彼北林	〔傳〕先君招賢人，賢人往之駛疾，如晨風之飛入北林。〔箋〕○
59.	無衣	二	豈曰無衣，與子同袍	〔傳〕○〔箋〕○

【陳風】				
60.	東門之池	二	東門之池，可以漚麻	〔傳〕〇〔箋〕興者，喻賢女能柔順君子，成其德教。
61.	東門之楊	二	東門之楊，其葉牂牂	〔傳〕言男女失時，不逮秋冬。〔箋〕興者，喻時晚也，失仲春之月。
62.	墓　門	二	墓門有棘，斧以斯之	〔傳〕〇〔箋〕興者，喻陳佗由不覩賢師良傅之訓道，至陷于誅絕之罪。
63.	防有鵲巢	二	防有鵲巢，邛有旨苕	〔傳〕〇〔箋〕興者，喻宣公信多言之人，故致此讒人。
64.	月　出	一	月出皎兮	〔傳〕〇〔箋〕興者，喻婦人有美色之白皙。
65.	澤　陂	二	彼澤之陂，有蒲與荷	〔傳〕〇〔箋〕興者，蒲以喻所說男之性，荷以喻所說女之容體也。正以陂中二物興者，喻淫風由同姓生。
【檜風】				
66.	隰有萇楚	二	隰有萇楚，猗儺其枝	〔傳〕〇〔箋〕興者，喻人少而端慤，則長大無情慾。
【曹風】				
67.	蜉　蝣	二	蜉蝣之羽，衣裳楚楚	〔傳〕〇〔箋〕興者，喻昭公之朝，其群臣皆小人也，徒整飾其衣裳，不知國之將迫脅，君臣死亡之無日，如渠略然。

68.	鳲鳩	二	鳲鳩在桑，其子七兮	〔傳〕〇〔箋〕興者，喻人君之德，當均一於下也。以刺今在位之人，不如鳲鳩。
69.	下泉	二	冽彼下泉，浸彼苞稂	〔傳〕〇〔箋〕興者，喻共公之施政教，徒困病其民。
【豳風】				
70.	鴟鴞	三	鴟鴞鴟鴞，既取我子，無毀我室	〔傳〕〇〔箋〕興者，喻此諸臣乃世臣之子孫，其父祖以勤勞有此官位土地，乃若誅殺之，無絕其位，奪其土地。
71.	九罭	二	九罭之魚，鱒魴	〔傳〕〇〔箋〕設九罭之罟，乃後得鱒魴之魚，言取物各有器也。興者，喻王欲迎周公之來，當有其禮也。
72.	狼跋	二	狼跋其胡，載疐其尾	〔傳〕〇〔箋〕興者，喻周公進則躐其胡，猶始欲攝政，四國流言，辟之而居東部也。退則跲其尾，謂後復成王之位而老，成王又留之，其如是，聖德無玷缺。
【小雅】				
73.	鹿鳴	二	呦呦鹿鳴，食野之苹	〔傳〕鹿得蓱，呦呦然鳴而相呼，懇誠發乎中，以興嘉樂賓客，當有懇誠相招呼以成禮也。〔箋〕〇
74.	常棣	二	常棣之花，鄂不韡韡	〔傳〕〇〔箋〕興者，喻弟敬事兄，兄以榮覆弟，恩義之顯，亦韡韡然。

75.	伐木	二	伐木丁丁，鳥鳴嚶嚶	〔傳〕○〔箋〕丁丁嚶嚶，相切直也，言昔日未居位，在農之時，與友生於山岩伐木，為勤苦之事，猶以道德相切正也。嚶嚶，兩鳥聲也，其鳴之志，似與友道然，故連言之。
76.	杕杜	二	有杕之杜，有睆其實	〔傳〕杕杜猶得其時蕃滋，（而）役夫勞苦，不得盡其天性。〔箋〕○
77.	南有嘉魚	二（第三章）	南有樛木，甘瓠纍之	〔傳〕○〔箋〕（喻）君子下其臣，故賢者歸往也。
78.	南山有臺	二	南山有臺，北山有萊	〔傳〕○〔箋〕興者，山之有草木以自覆蓋，成其高大，喻人君有賢臣以自尊顯。
79.	蓼蕭	二	蓼彼蕭斯，零露湑兮	〔傳〕○〔箋〕興者，蕭，香物之微者，喻四海之諸侯亦國君之賤者；露者，天所以潤萬物，喻王者恩澤不為遠國則不及也。
80.	湛露	二	湛湛露斯，匪陽不晞	〔傳〕○〔箋〕興者，露之在物湛湛然，使物柯葉低垂，喻諸侯受燕爵，其儀有似醉之貌，諸侯旅酬之，則猶然。唯天子賜爵則貌變，肅敬承命，有似露見日而晞。
81.	菁菁者莪	二	菁菁者莪，在彼中阿	〔傳〕君子能長育人材，如阿之長莪菁菁然。〔箋〕○

82.	采芑	三	薄言采芑，于彼新田，于此菑畝	〔傳〕○〔箋〕興者，新美之喻和治其家，養育其身也。
83.	鴻鴈	二	鴻鴈于飛，肅肅其羽	〔傳〕○〔箋〕鴻鴈知辟陰陽寒暑，興者，喻民知去無道，就有道。
84.	沔水	二	沔彼流水，朝宗于海	〔傳〕○〔箋〕興者，水流而入海，小就大也。喻諸侯朝天子，亦猶是也。
85.	鶴鳴	二	鶴鳴于九皐，聲聞于野	〔傳〕○〔箋〕興者，喻賢者雖隱居，人咸知之。
86.	黃鳥	三	黃鳥黃鳥，無集于穀，無啄我粟	〔傳〕黃鳥宜集木啄粟者，喻天下室家，不以其道而相去，是失其性。〔箋〕○
87.	斯干	二	秩秩斯干，幽幽南山	〔傳〕○〔箋〕興者，喻宣王之德如澗水之源，秩秩流出無極已也。國以饒富，民取足焉，如於深山。
88.	節南山	二	節彼南山，維石巖巖	〔傳〕○〔箋〕興者，喻三公之位，人所尊嚴。
89.	小宛	二	宛彼鳴鳩，翰飛戾天	〔傳〕〔喻〕行小人道，責高明之功，終不可得。〔箋〕○
90.	小弁	二	弁彼鸒斯，歸飛提提	〔傳〕○〔箋〕興者，喻凡人之父子兄弟，出入宮庭，相與飽食，亦提提然樂，傷今太子獨不。

91.	巷伯	二	萋兮斐兮，成是貝錦	〔傳〕〇〔箋〕興者，喻讒人集作己過以成於罪，猶女工之集采色以成錦文。
92.	谷風	二	習習谷風，維風及雨	〔傳〕風雨相感（猶）朋友相須。〔箋〕興者，風而有雨則潤澤行，喻朋友同志則恩愛成。
93.	蓼莪	二	蓼蓼者莪，匪莪伊蒿	〔傳〕〇〔箋〕興者，喻憂思，雖在役中，心不精識其事。
94.	大東	二	有饛簋飧，有捄棘匕	〔傳〕〇〔箋〕興者，喻古者天子施予之恩於天下厚。
95.	瞻彼洛矣	二	瞻彼洛矣，維水泱泱	〔傳〕〇〔箋〕興者，喻古明王恩澤加於天下，爵命賞賜以成賢者。
96.	裳裳者華	二	裳裳者華，其葉湑兮	〔傳〕〇〔箋〕興者，華堂堂於上，喻君也。葉湑然於下，喻臣也。明王賢臣，以德相承而治道興，則讒遠矣。
97.	桑扈	二	交交桑扈，有鶯其羽	〔傳〕〇〔箋〕興者，竊脂飛而往來有文章，人觀而愛之，喻君臣以禮法威儀升降於朝廷，則天下亦觀視而仰樂之。
98.	鴛鴦	二	鴛鴦于飛，畢之羅之	〔傳〕〇〔箋〕而言興者，廣其義也。獺祭魚而後漁，豺祭獸而後田，此亦皆其將縱散時也。
99.	頍弁	二	有頍者弁，實維伊何	〔傳〕〇〔箋〕〇

100.	車舝	二	間關車之舝兮，思孌季女逝兮	〔傳〕○〔箋〕○
101.	青蠅	二	營營青蠅，止于樊	〔傳〕○〔箋〕興者，蠅之為蟲，汙白使黑，汙黑使白，喻佞人變亂善惡也。言止于藩，欲外之令遠物也。
102.	采菽	二	采菽采菽，筐之筥之	〔傳〕○〔箋〕○
103.	角弓	二	騂騂角弓，翩其反矣	〔傳〕○〔箋〕興者，喻王與九族不以恩禮御待之，則使之多怨也。
104.	菀柳	二	有菀者柳，不尚息焉	〔傳〕○〔箋〕興者，喻王有盛德，則天下皆庶幾願往朝焉，憂今不然。
105.	采綠	二	終朝采綠，不盈一匊	〔傳〕○〔箋〕○
106.	黍苗	二	芃芃黍苗，陰雨膏之	〔傳〕○〔箋〕興者，喻天下之民如黍苗然，宣王能以恩澤育養之，亦如天之有陰雨之潤。
107.	隰桑	二	隰桑有阿，其葉有難	〔傳〕○〔箋〕興者，喻時賢人君子不用而野處，有覆養之德也。正以隰桑興者，反求此義，則原上之桑，枝葉不能然，以刺時小人在位，無德於民。

108.	白華	二	白華菅兮，白茅束兮	〔傳〕興者，喻王取於申，申后禮儀備，任妃后之事，而更納褒姒，褒姒為孽，將至滅國。
109.	緜蠻	二	緜蠻黃鳥，止于丘阿	〔傳〕鳥止於阿。〔喻〕人止於仁。〔箋〕興者，小鳥知止於丘之曲阿靜安之處而託息焉，喻小臣擇卿大夫有仁厚之德而依屬焉。
110.	苕之華	二	苕之華，芸其黃矣	〔傳〕○〔箋〕興者，陵苕之幹，喻如京師也。其華，猶諸夏也。故或謂諸夏為諸華，華衰則黃，猶諸侯之師旅罷病將敗，則京師孤弱。
【大雅】				
111.	緜	三	緜緜瓜瓞，民之初生，自土沮漆	〔傳〕○〔箋〕興者，喻后稷乃帝嚳之冑，封於邰。其後公劉失職，遷于豳，居沮漆之地，歷世亦緜緜然。至大王而德益盛，得其民心而生王業，故本周之生，云于沮漆也。（溥言註：此篇僅首句為興句）
112.	棫樸	二	芃芃棫樸，薪之槱之	〔傳〕○〔箋〕○
113.	卷阿	二	有卷者阿，飄風自南	〔傳〕惡人被德化而消，猶飄風之入曲阿也。〔箋〕興者，喻王當屈體以待賢者，賢者則猥來就之，如飄之入曲阿然，其來也為長養民。

114.	桑柔	四	菀彼桑柔，其下侯旬，將采其劉，瘼此下民	〔傳〕○〔箋〕興者，喻民當被王之恩惠。群臣恣放，損王之德。
【周頌】				
115.	振鷺	四	振鷺于飛，于彼西雝，我客戾止，亦有斯容	〔傳〕○〔箋〕興者，喻杞宋之君有絜白之德來助祭於周之廟，得禮之宜也。其至止亦有此容，言威儀之善如鷺然。（溥言註：此篇僅首二句為興句）

以上《毛傳》標「興也」的興詩共一一五篇，其中〈卷耳〉一篇特標為「憂者之興也。」此一一五篇中，於首章次句下標「興也」以兩句為興句的為常規，計九十九篇。其餘首章一句下標「興也」，以一句為興句的三篇；首章三句下標「興也」，以三句為興句的八篇；首章四句下標「興也」，以四句為興句的三篇；其中「興也」二字已在章末的三篇，即以三句為一章的兩篇（〈行露〉、〈采葛〉）；《毛傳》將「興也」標在次章二句下的有〈車鄰〉一篇；標在三章二句下的有〈南有嘉魚〉一篇為特例。

宋王應麟《詩經考異》：「鶴林吳氏論詩曰：『興之體，足以感發人之善心，毛氏自〈關雎〉而下總百十六篇，首繫之興：〈風〉七十，〈小雅〉四十，〈大雅〉四，〈頌〉二，注曰：興也，而

比賦不稱焉。』」但今此表列〈風〉〈雅〉〈頌〉三類詩篇中，《毛傳》所標「興也」的詩計十五〈國風〉共七十二篇，〈小雅〉三十八篇，〈大雅〉四篇，〈周頌〉一篇。合計只有一一五篇，其數不符。即使將〈魯頌・有駜〉一篇《毛傳》有「以興絜白之士」之句也算進去，成一一六篇，而〈國風〉〈小雅〉興詩之數還是不符，恐怕是吳氏計算錯了。

考王應麟所稱鶴林吳氏，係南宋寧宗嘉定年間進士，撰有《鶴林集》四十卷。近人朱自清著《詩言志辨》，他說：「《毛詩》注明『興也』的共一百十六篇，占全詩三〇五篇百分之三十八。」他的統計數字，〈國風〉七十二，〈小雅〉三十八，〈大雅〉四，都和上表相同，只〈頌〉二，較上表多一篇，蓋〈魯頌・有駜〉篇無「興也」字樣，僅有「以興」二字，他也計算進去之故。

我們考察《毛傳》對以上一一五篇興詩的說明僅十餘篇，這十餘篇說明中，只有〈小雅・鹿鳴〉篇用「以興」兩字來說明燕樂嘉賓與興句「呦呦鹿鳴，食野之苹」的關係，都是懇誠相招呼的，二者有「相似之處」，所以可用鹿鳴相呼食苹來興起招宴賓客的詩情。而其餘各篇就都不用興字來說明，逕代以「若」「如」「喻」「猶」等字了。計用「如」字的有〈旄丘〉、〈竹竿〉、〈南山〉、〈山有樞〉、〈晨風〉、〈菁菁者莪〉等六篇；用「若」字的有〈關雎〉、〈綢繆〉兩篇；用「喻」字的有〈葛生〉、〈采苓〉及〈小雅・黃鳥〉三篇；用「猶」字的有〈大雅・卷阿〉一篇。而有些篇《毛傳》雖有興義的說明而省去「喻」「猶」等字者，或代以「言」字者。《毛傳》代以言字的，有〈兔爰〉、〈山有扶蘇〉、〈東門之楊〉等篇，《毛傳》省卻「喻」「猶」等字而溥言加以括弧補入

「喻」字的有〈南有嘉魚〉、〈小宛〉、〈緜蠻〉和〈邶風・谷風〉等篇；補入「猶」字的有〈秦風・黃鳥〉、〈蒹葭〉和〈小雅・谷風〉等篇。而〈小雅・杕杜〉，卻是役夫「不如」杕杜之意，溥言就代為補入一個「而」字。

這樣，綜觀《毛傳》以篇首（或章首）一兩句（或三句四句）為興句，而以「猶」「若」等喻意說明之，則《毛傳》所標興詩有兩個要點，即：(1)興句必在篇首（或章首），(2)興義與喻意有關。《詩經》經文有興字的共十六篇，〈大雅・大明〉「維予侯興」，《毛傳》云：「興，起也。」此地就以上兩點合言之，即興詩是以詩篇開頭興句的喻意來「起興」的。

三〇五篇有賦比興之作法，《毛傳》標「興也」者一一五篇，占其百分之三十七點七，則興詩已超過三分之一。而此一一五篇興詩中，十五〈國風〉得七十二篇，〈小雅〉得三十八篇，〈大雅〉四篇，三〈頌〉一篇，則其百分比為〈國風〉最高占六二點六，〈小雅〉次之占三三，〈大雅〉又次之占三點四，三〈頌〉最低占一。而各就其本身篇數而言，〈國風〉一六〇篇得七二，為百分之四四；〈小雅〉七十四篇得三十八，為百分之五一；〈大雅〉三十一篇得四，為百分之一三；三〈頌〉四十篇得一，為百分之七點五。則〈國風〉比例反不若〈小雅〉之高矣。但以大、小〈雅〉合併計之，一〇五篇得興詩四十二，僅占百分之四十，〈雅〉之興詩仍不若〈風〉之百分之四四為高。此興詩在三百零五篇中所占分量及在各單位中各占比例之大概也。

《鄭箋》於《毛傳》興詩的有說明者，大多即不箋興義；《毛傳》的無說明者，則大多皆有

興義的說明。《傳》、《箋》均有興義說明的，只有〈南山〉、〈采苓〉等極少數幾篇；傳、箋均無興義說明的，也只〈國風〉之〈卷耳〉、〈行露〉、〈有狐〉、〈野有蔓草〉、〈杕杜〉，〈小雅〉之〈頍弁〉、〈車舝〉、〈采菽〉、〈采綠〉，〈大雅．棫樸〉等十餘篇。而《鄭箋》說明興義，大多用「興者喻」三字開頭，有時「興者」與「喻」分開，有時略去「興」字，只用「喻」字，有時僅用「猶」字代「喻」字。鄭玄在《周禮．天官．司裘》「大喪，廞裘，飾皮車」的注文中，以為「詩之興」是「象飾而作之」。所以箋詩，即用「喻」「猶」以說明興義。這樣《鄭箋》老是用「興者喻」三字開頭，《毛傳》於〈唐風．葛生〉、〈采苓〉，〈小雅．黃鳥〉等篇，以喻字說明興義，再與鄭玄興為喻勸的理論配合，我們可稱毛、鄭的興義為興喻之說。

但鄭玄注六詩釋興為「見今之美，嫌於媚諛，取善事以喻勸之。」而「見今之失，不敢斥言，取比類以言之」的比，都是比喻，僅以一美一刺分別興比，在詩箋中未能貫澈其注六詩之言，顯出了他已曲從〈詩序〉和《毛傳》，興詩美刺兼具了。例如〈何彼襛矣〉箋云：「興者，喻王姬顏色之美盛」固為美，而〈北風〉箋云：「興者，喻君政教酷暴，使民散亂」，則是刺衛君政教之失。這樣既然興兼美刺，則比興難辨了。

《毛傳》獨標興詩，對於興義與比義的分別沒有說明；鄭玄雖有說明而不周密，自己又破壞了。因此後人不得不對興與比另立新義，以求界說分明。即宗仰毛、鄭者，亦不得不對毛、鄭作業，予以補充說明。

《毛傳》的只在篇首標「興也」，可以解釋為其餘各章，也都是興，所以不用一一標出。如〈周南・樛木〉篇首章「南有樛木，葛藟纍之」固為興句，所以標「興也」，次章章首「南有樛木，葛藟荒之」，三章章首「南有樛木，葛藟縈之」，都只換了一個字，其義相似，當然也是興句，就不用再標「興也」了。甚至〈小雅・南有嘉魚〉篇，就因〈周南・樛木〉篇已標興詩，這裡〈南有嘉魚〉也是興詩，四章頭兩句都是興句，第三章的興句「南有樛木，甘瓠纍之」，正與〈樛木〉篇興句類似，所以竟破例，將「興也」兩字，標在第三章興句之下了。〈秦風・車鄰〉的「興也」標在次章興句「阪有漆，隰有栗」之下，情形亦相仿。蓋〈唐風・山有樞〉是興詩，其三章興句「山有漆，隰有栗」和〈車鄰〉次章「阪有漆，隰有栗」，只差一字，所以也就將「興也」兩字，標在此地了。

《毛傳》標興既有〈車鄰〉、〈南有嘉魚〉兩篇破例，不將「興也」兩字標於首章而改標次章、三章，而興義的說明，又以〈鹿鳴〉篇的逕用「以興」兩字最為直截，而《毛傳》所標「興也」，〈行露〉、〈采葛〉兩篇在首章第三句之下，已在章末。所以許多人認為〈魯頌・有駜〉篇，《毛傳》於首章章末傳曰：

> 振振，群飛貌；鷺，白鳥也。以興絜白之士。

也用「以興」兩字。那末，〈有駜〉篇也是興詩，一定傳文原來也有「興也」兩字，後來傳寫時遺

漏了。溥言細加研判，此詩確是興詩。「振振鷺，鷺于下」兩句固為「興句」，篇首的「有駜有駜，駜彼乘黃」兩句，也是「興句」。觀此處《箋》云：「此喻僖公之用臣」句可知。只因〈周頌・振鷺〉篇《毛傳》標為興詩，即以白鷺喻人之絜白，所以這裡〈有駜〉的「興也」，也標在章末「振振鷺」等句之下。嚴格說來，〈有駜〉的首章，是應該分為兩章的。「有駜有駜」首四句為一章，自「振振鷺」以下五句另為一章。以下各章亦都分析為四句五句各一章。

這樣，《毛傳》所標興詩，應該是一一六篇了。

同樣的，《鄭箋》在〈邶風・燕燕〉篇篇首「燕燕于飛，差池其羽」句下，《箋》云：

差池其羽，謂張舒其尾翼，興戴嬀將歸，顧視其衣服。

又在〈小雅・四月〉篇篇首「四月維夏，六月徂暑」句下，《箋》云：

徂猶始也，四月立夏矣，至六月乃始盛暑，興人為惡亦有漸，非一朝一夕。

這兩篇箋文都有興字，乃興義的說明，所以也被人認為是《毛傳》的興詩，其原來的「興也」兩字，也偶然的失落了。

這樣，《毛傳》所定興詩，又應該是一一八篇了。

可是，問題又來了，《毛傳》於〈漢廣〉篇標「興也」兩字於首章第四句章末，但讀此四句：

南有喬木，不可休息。漢有游女，不可求思。

只有前兩句是借喻的「興句」，以下游女，已是喻意所指之句，不是「興句」了。此詩「興也」兩字是應標在「不可休息」句下的。〈周頌．振鷺〉篇，不該標「興也」於第四句下，而應標在第二句下。《毛傳》對於所標「興也」的位置，既可隨便移於次章三章，又可隨便移下兩句，未免太隨便了。而且〈行露〉、〈采葛〉兩篇「興也」標於章末，沒有了應句，是根本不通的，這兩篇只有第一句是興句，二三兩句就是應句了。〈麟之趾〉亦只第一句是興句，「興也」標在第二句之下，也是錯的，第二句「振振公子」已是應句了。依溥言的考察，《詩經》興詩中的興句，以二句為常規，一句為少數變例，三句已為絕無僅有的特例。

而且，《毛傳》對何者為興詩，何者非興詩，似乎也無一定的標準。例如〈國風〉中有三篇〈揚之水〉，《毛傳》對〈王風〉〈唐風〉各一篇都標為興詩，而對〈鄭風〉一篇，則未標「興也」。但〈王風．揚之水〉的興句：「揚之水，不流束薪」，與「揚之水，不流束楚」，卻完全與〈鄭風．揚之水〉相同。要是興，兩篇都該是興；要是比，兩篇都該是比，不應一標「興也」而一不加標，以為不是興詩。再如〈召南．殷其靁〉，首章前二句「殷其靁，在南山之陽」，絕似興句，《毛傳》不標「興也」。《鄭箋》雖說：「雷以喻號令，於南山之陽喻其在外也。」但不像比詩，若釋為興詩，則很通順了。又如〈秦風．無衣〉，以「豈曰無衣，與子同袍」為興句，則與其下「王于興師，脩我戈矛，與子同仇。」應有興喻的關係，而《毛傳》只說「上與百姓同欲，則百姓樂致其死。」《鄭箋》只說康公不與民同欲。連一個「喻」「猶」字樣都用不上。換句話說，興句與下文，無喻意可言，別說不是興，連比都無從比起。那末，只有賦講得通了。又如〈豳風・鴟鴞〉篇，全篇只是周公以鳥自比，以鴟鴞比武庚，「既取我子」比管蔡，鬻子比成王。《毛傳》卻標興詩。〈小雅〉的〈黃鳥〉，〈大雅・桑柔〉的首章，也都只是比體而已。所以《毛傳》的標興各篇，很多是有問題的。

還有，《毛傳》以首章標興統括以下各章，也是有問題的。因為大多興詩，固然各章疊詠，也就每章開頭都是興句，但有些詩篇是有很大的變化的。例如〈豳風・九罭〉篇四章，前三章都有興句，而第四章卻直接歌詠前三章興句以下所詠及的「袞衣」和「公歸」，則絕非興句。如此首章的「興也」，是只能統括二三兩章，第四章另作別論了。〈邶風・旄丘〉、〈泉水〉兩篇各四章，更是僅首章有興句，其餘各章都找不出興句來。大、小〈雅〉中《毛傳》所標興詩，更多類此的篇章。所以如果說《毛傳》只要首章有興句，就稱興詩，則〈車鄰〉、〈南有嘉魚〉的「興也」不應標於次章三章；如果首章標「興也」就統括了以下各章，則事實上是統括不了的。

以上溥言就《毛傳》、《鄭箋》對興詩各篇的實際作業予以歸納分析，獲知其至少有下列四項缺點：(1)比興界限不清，呈混淆現象。此由於《毛詩》未標比詩，《鄭箋》比刺興美說，站不住腳，自破樊籬，曲從《毛傳》，僅以比喻說明興義所致。(2)《毛傳》所標興也，不能確切在興句之下，往往包括非興句在內（這是從《周禮》六詩的興，轉變為〈大序〉六義的興所留下的痕跡，以後當另予析論）。(3)《毛傳》僅於首章標興也，難於統括以下各章之為興式。(4)《毛傳》所標興詩，尚有遺漏，而所標各篇，亦有不能說明其為興詩者。

鄭玄興義理論既有缺點，《毛傳》、《鄭箋》對興詩的實際作業又呈現了很多問題，於是就有人猜想《詩經》三百篇僅是六詩中的〈風〉〈雅〉〈頌〉，而賦比興另有其詩篇，久已失傳了（說見後）。《毛傳》不該在現存的三百篇〈風〉〈雅〉〈頌〉中去找興詩。但溥言以為，一般主張以〈風〉〈雅〉〈頌〉為《詩》之三經，賦比興為《詩》之三緯是對的。賦比興只是作詩所用的三種方式，是該從現存的《三百篇》中去探求的，毛公獨標興詩，是賦比易明，興義獨隱之故，是未可厚非的。

三、《詩經》興義發展第二階段——魏晉六朝

《詩經》興義發展的第二階段，包括魏晉六朝。在這階段，對毛、鄭的缺失，有所修正。留有文獻可考的，有摯虞〈文章流別論〉、劉勰《文心雕龍．比興》篇、鍾嶸《詩品．序》文等。魏晉六朝學者，鑒於鄭玄比刺興美說的站不住腳，而鄭眾以「比方於物」「託事於物」解比興，雖略有顯隱之別，但二者含義極近，仍是畛域難分。於是試以「理」「情」分別比興，比以理智為主，興則以情感為主。

向。

㈠摯虞〈文章流別論〉

晉摯虞〈文章流別論〉云：「比者，喻類之言；興者，有感之辭也。」已指出興主情感之趨向。

㈡劉勰《文心雕龍・比興》篇

梁劉勰《文心雕龍・比興》篇云：「比者，附也；興者，起也。附理者切類以指事，起情者依徵以擬議。起情故興體以立，附理故比例以生。比則畜憤以斥言，興則環譬以託諷。」這裡已經清楚指明，興以起情而立，比以附理而生。

又論比興所表現的特性及其實例則云：「觀夫興之託諭，婉而成章，稱名也小，取類也大。〈關雎〉有別。故后妃方德（〈關雎〉篇），尸鳩貞一，故夫人象義（〈鵲巢〉篇），義取其貞，無從于夷禽；德貴其別，不嫌於鷙鳥；明而未融，故發注而後見也。且何謂比？蓋寫物以附理，颺言以切事者也。故金錫以喻明德（〈淇奧〉篇），珪璋以譬秀民（〈卷阿〉篇），螟蛉以類教誨（〈小宛〉篇），蜩螗以寫號呼（〈蕩〉篇），澣衣以擬心憂，席卷以方志固（〈邶・柏舟〉篇），凡斯切象，皆比義也。至如麻衣如雪（〈蜉蝣〉篇），兩驂如舞（〈大叔于田〉），若斯之類，皆比類者也。」蓋以雎鳩起興，僅取其雌雄之有別；以尸鳩興，僅取其均壹之德。由此一點而情有所感，非人與物的對比，與比義之主要是在理智上的對比不同。劉勰以為比興雖同是譬喻，但比是附於理智以說明之，興是引起情感來表達之。他既說興詩以起情而立，故可稱為「興以情立」說。

㈢鍾嶸《詩品・序》

至於梁鍾嶸《詩品・序》云：「文已盡而意有餘，興也；因物喻志，比也。」他的「意有餘」似亦指情感而言，但沒有劉勰般說的清楚了。

此外梁許懋撰有《風雅比興義》十五卷，見其本傳，稱其為《詩》學之自出新裁者。但《隋書・經籍志》未收錄，可惜其書失傳，他對比興的理論，已無從查考了。

四、《詩經》興義發展第三階段——隋唐五代

《詩經》興義發展的第三階段，包括隋唐與五代。有陸德明的《經典釋文》，孔穎達等的《毛詩正義》，賈公彥的《周禮疏》，皎然的《詩式》，齊己的《風騷旨格》，與王夢簡的《詩要格律》等。

隋唐一統，到了經典義疏集大成時代。現存《毛詩正義》，在《毛傳》、《鄭箋》之後，又附加了隋陸德明完成的《經典釋文》的音義，和唐初孔穎達等的疏文。

㈠陸德明《經典釋文》釋興

〈關雎〉篇《毛傳》興也以下，繼《鄭箋》而後為《經典釋文》：「興，虛應反，沈許甑反。案興是譬喻之名，意有不盡，故題曰興。他皆放此。」是隋唐時陸德明承《毛傳》、《鄭箋》，逕認興為譬喻，再採《詩品．序》意加「意有不盡」一句而已。因為唐初陸德明尚存，且曾被封為男爵，《經典釋文》即題唐陸德明撰。但據其自序，此書撰於癸卯，乃陳後主至德元年（公元五八三年），至遲到隋代已完成，故唐初孔穎達可以將其釋文列入《五經正義》也。

㈡孔穎達等《毛詩正義》的六義疏文

《孔疏》於《毛詩．大序》六義疏文引鄭玄注《周禮》六詩文後加以補充說明曰：「賦云舖陳今之政教善惡，其言通正變兼美刺也。比云見今之失，取比類以言之，謂刺詩之比也。興云見今之美，取善事以勸之，謂美詩之興也。其實美刺俱有比興者也……賦者，直陳其事於無所避諱，故得失俱言；比者，比託於物，不敢正言，似有所畏懼，故云見今之失，取比類以言之；興者，興起志意，讚揚之辭，故云見今之美，以喻勸之。〈雅〉既以齊正為名，故云以為後世法。鄭之所註，其意如此。詩皆用之於樂，言之者無罪。賦則直陳其事，於比興云不敢斥言，嫌於媚諛者，據其辭不指斥，若有嫌懼之意，其實作文之體，理自當然，非有所嫌懼也。六義次第如此者，以

《詩》之四始以〈風〉為先，故曰：〈風〉，風之所用。以賦比興為之辭，故於〈風〉之下即次賦比興，然後次以〈雅〉〈頌〉。〈雅〉〈頌〉亦以賦比興為之，既見賦比興於〈風〉之下，明〈雅〉〈頌〉亦同之。鄭以賦之言鋪也，鋪陳善惡，則詩文直陳其事，不譬喻者，皆賦辭也。鄭司農云：「比者，比方於物」，諸言「如」者，皆比辭也。司農又云：「興者，託事於物」，則興者，起也。取譬引類，起發己心，詩文諸舉草木鳥獸以見意者，皆興辭也。賦比興如此次者，言事之道，直陳為正，故《詩經》多賦，在比興之先。比之與興，雖同是附託外物，比顯而興隱，當先顯後隱，故比居興先也。《毛傳》特言興也，為其理隱故也。……然則，〈風〉〈雅〉〈頌〉者，詩篇之異體；賦比興者，詩文之異辭耳，大小不同，而並得為六義者，賦比興是詩之所用，〈風〉〈雅〉〈頌〉是詩之成形。用彼三事，成此三事，是故同稱為義，非別有篇卷也。」

《孔疏》對於《鄭箋》知其有矛盾失實處，故一則曰：「其實美刺俱有比興者也。」二則曰：「其實作文之體，理自當然，非有所嫌懼也。」說明賦比興即在《三百篇》中，則曰：「〈風〉〈雅〉〈頌〉者，詩篇之異體；賦比興者，詩文之異辭耳，大小不同，而並得為六義者，賦比興是詩之所用，〈風〉〈雅〉〈頌〉是詩之成形。用彼三事，成此三事……非別有篇卷也。」說明《毛傳》之特標「興也」，為其理隱。並對賦比興予以補充說明云：「詩文直陳其事不譬喻者，皆賦辭也。」「諸言『如』者，皆比辭也。」「詩文諸舉草木鳥獸以見意者，皆興辭也。」孔疏比興之別，雖已舉具體「如」字及「草木鳥獸」以明之，但對於劉勰之說只採了「興者，起也」一句，而對

以「情」「理」別比興，未加理會，對《毛傳》之興句必在章首，亦不加注意，比興糾纏之結，仍未解開，所解興義，仍不圓滿。

㈢賈公彥《周禮》六詩疏文

至於賈公彥之疏《周禮》六詩鄭注，只說：「賦之言鋪，直鋪陳今之政教善惡者，凡言賦者，直陳君之善惡，更假外物為喻，故云鋪陳者也；云比見今之失，不敢斥言，取比類以言之；興見今之美，嫌於媚諛，取善事以喻勸之者，謂若〈關雎〉興后妃之類是也。」他將比興合疏，義更含糊，但指出賦亦用外物為喻，確有見地，似係駁斥《毛詩》孔疏的「詩文不譬喻者皆賦辭」之說。

㈣皎然《詩式》比興的區別

另於唐僧皎然《詩式》中對比興的區別，說是：「取象曰比，取義曰興。」乃是瞎子摸象，只摸到象的一部分而已。

㈤齊己《風騷旨格》的釋六義

唐僧齊己《風騷旨格》中釋六義說：「一曰〈風〉，高齊日月方為通，動合乾坤始是心。二曰賦，風和日暖方開眼，雨潤煙濃不舉頭。三曰比，丹頂西施頰，霜毛四皓鬚。四曰興，水諳彭澤潤，山憶武陵深。五曰〈雅〉，捲簾當白晝，移榻對青山。又：遠道擎空缽，深山踏落花。六曰〈頌〉，君恩到銅柱，蠻款入交州。」以象徵為說明，更是教人參公案來禪悟了。

㈥王夢簡《詩要格律》

至於五代王夢簡的《詩要格律》，他提出六義注重在示人以諷詠政治的方法，他說：「興，起意有神勇銳氣，不失其正也。」只是以政治的觀點，對興詩作批評，究竟什麼是興，他就不談了。

最後溥言試將《毛傳》興詩，作一草木鳥獸興辭的統計：

孔子說學《詩》也可以「多識於鳥獸草木之名」，三國人陸璣遂將「鳥獸草木」四項，依詩中出現次數的多寡，並加上「蟲魚」二項，撰寫《毛詩草木鳥獸蟲魚疏》二卷。現在唐朝《毛詩》孔疏說：「詩文諸舉草木鳥獸以見意者，皆興辭也。」確指草木鳥獸與興詩的密切關係，四類項目依陸璣排列順序，而不及蟲魚二類。後來宋人鄭樵更強調其關係說：「鳥獸草木乃發興之本」。到底《毛傳》一一五篇興詩中，以鳥獸草木四類為興辭的有幾篇？其多寡順序如何？蟲魚二類，是否也是興辭中的重要項目？溥言為統計方便起見，一詩之有兩類者，舉一類以代表，分類統計的結果，知道草類二十九篇，木類二十六篇，鳥類十八篇，的確依序為重要項目，而獸類僅六篇，已不甚重要，不如天象地文的二十一篇較為重要。蟲魚兩項，合計只有五篇，更不如人為文物的

十篇為多了。溥言以為孔穎達的話，應於「草木鳥獸」下，加「天象地文」四字，才較為適當。

茲為便於讀者查考，製成分類統計表於下：

《毛傳》興辭草木鳥獸分類統計表

(一)草類（29）

〔國風18〕(1)葛（葛覃）(2)卷耳（卷耳）(3)匏葉（匏有苦葉）(4)葛（旄丘）(5)綠竹（淇奧）(6)竹（竹竿）(7)芄蘭（芄蘭）(8)蓷（中谷有蓷）(9)葛藟（葛藟）(10)葛（采葛）(11)蔓草——露（野有蔓草）(12)莠（齊甫田）(13)葛（葛生）(14)苓（采苓）(15)蒹葭（蒹葭）(16)蒲荷（澤陂）(17)萇楚（隰有萇楚）(18)茨（牆有茨）

〔小雅10〕(19)臺萊（南山有臺）(20)蓼蕭（蓼蕭）(21)莪（菁菁者莪）(22)芑（采芑）(23)莪蒿（蓼莪）(24)菽（采菽）(25)綠（采綠）(26)黍苗——雨（黍苗）(27)菅茅（白華）(28)苕（苕之華）

〔大雅1〕(29)瓜瓞（緜）

〔周頌0〕

(二)木類（26）

〔國風17〕(1)樛木——葛藟（樛木）(2)桃（桃夭）(3)喬木（漢廣）(4)梅（摽有梅）(5)唐棣（何

彼襛矣）(6)蘀（蘀兮）(7)扶蘇（山有扶蘇）(8)桃（園有桃）(9)樞、榆（山有樞）(10)椒（椒聊）(11)薪（綢繆）(12)杜（唐杕杜）(13)杜（有杕之杜）(14)漆、栗（車鄰）(15)條、梅（終南）(16)楊（東門之楊）(17)棘（墓門）

〔小雅7〕(18)木——鳥（伐木）(19)常棣（常棣）(20)杕杜（杕杜）(21)樛木——甘瓠（南有嘉魚）(22)華葉（裳裳者華）(23)菀柳（菀柳）(24)隰桑（隰桑）

〔大雅2〕(25)棫樸（棫樸）(26)桑（桑柔）

〔周頌0〕

(三)鳥類（18）

〔國風9〕(1)雎鳩（關雎）(2)鵲、鳩（鵲巢）(3)雉（雄雉）(4)鴇——苞栩（鴇羽）(5)黃鳥——棘（秦黃鳥）(6)晨風——林（晨風）(7)鵲巢——苕（防有鵲巢）(8)鳲鳩（鳲鳩）(9)鴟鴞（鴟鴞）

〔小雅8〕(10)鴻雁（鴻雁）(11)鶴（鶴鳴）(12)黃鳥（黃鳥）(13)鳴鳩（小宛）(14)鸒（小弁）(15)桑扈（桑扈）(16)鴛鴦（鴛鴦）(17)黃鳥（緜蠻）

〔大雅0〕

〔周頌1〕(18)鷺（振鷺）

(四)獸類（6）

〔國風5〕⑴麟（麟之趾）⑵狐（有狐）⑶兔——雉（兔爰）⑷狐（南山）⑸狼（狼跋）

〔小雅1〕⑹鹿（鹿鳴）

〔大雅0〕

〔周頌0〕

㈤雜類（36）

(甲)**蟲魚（5）**

〔國風4〕⑴草蟲、阜螽（草蟲）⑵魴鱮（敝笱）⑶蜉蝣（蜉蝣）⑷鱒魴（九罭）

〔小雅1〕⑸青蠅（青蠅）

〔大雅0〕

〔周頌0〕

(乙)**天象地文（21）**

〔國風14〕⑴露（行露）⑵江汜（江有汜）⑶終風（終風）⑷凱風——棘（凱風）⑸風雨（谷風）⑹泉水（泉水）⑺北風、雨雪（北風）⑻揚之水——薪（王揚之水）⑼風雨——雞（風雨）⑽日（東方之日）⑾揚之水——白石（唐揚之水）⑿池——麻（東門之池）⒀月（月出）⒁下泉——苞稂（下泉）

〔小雅6〕⒂露、陽（湛露）⒃流水、海（沔水）⒄干、南山（斯干）⒅南山（節南山）⒆

風雨（谷風）⒇洛水（瞻彼洛矣）

〔大雅1〕(21)卷阿、飄風（卷阿）

〔周頌0〕

㈢文物（**10**）

〔國風5〕⑴柏舟（邶柏舟）⑵衣（綠衣）⑶門（北門）⑷柏舟（鄘柏舟）⑸衣、袍（秦無衣）

〔小雅5〕⑹貝錦（巷伯）⑺簋飧、棘匕（大東）⑻弁（頍弁）⑼車舝（車舝）⑽角弓（角弓）

〔大雅0〕

〔周頌0〕

【合計】(A)草木鳥獸（79）——國風（49）小雅（26）大雅（3）周頌（1）

(B)雜　類（36）——國風（23）小雅（12）大雅（1）周頌（0）

【總計】《毛傳》興也（115）——國風（72）小雅（38）大雅（4）周頌（1）

五、《詩經》興義發展第四階段——宋元兩代

興義發展的第四階段，包括宋元兩代。其間宋代是興義在熱烈討論中呈現異彩的時代，而元代則是因襲停滯的時代。

(一)宋代學者對《詩經》六義不同的見解

宋代《詩經》學自歐陽脩開啟懷疑舊說之端起，大家對於《詩經》六義，亦遂各抒己見，並互相辯難，其中興義歧見亦甚多。

(甲)程頤論六義

《二程全書》中程頤論六義曰：「《詩》之六體隨篇求之，有兼備者，有偏得其一二者。〈風〉之為言風動之意，〈雅〉者正言其事，〈頌〉者稱美之詞。自其四始而言之，則必有一國之政事者，然後謂之〈風〉。自其詩之體而論之，則《三百篇》之中，有所謂諷諭之言者，皆可謂之〈風〉也。如〈文王〉曰：『咨，咨女殷商』之類是也。自其四始言之，則必正言天下之事者，然後謂之〈雅〉。自其詩之體而論之，則《三百篇》之中，有所謂正言其事者，皆謂之〈雅〉也。如『憂心悄悄，慍于群小，覯閔既多，受侮不少。』之類是也。自其四始而言之，則必其形容天子之盛德，然後謂之〈頌〉。自其詩之體而言之，則《三百篇》之中，有所謂稱頌聖人之盛德，皆可謂之〈頌〉，如「于嗟麟兮」，「于嗟乎騶虞」之類是也。〈風〉也，〈雅〉也，〈頌〉也，皆分在於《三百篇》之中。故學《詩》者不當泥四始之辨，故必求之六義也。興者，感發之意；比者，直比之而已，如「螓首蛾眉，齒如瓠犀」是也；賦者，鋪陳其事，如「東宮之妹，邢侯之姨」之類是也。」

(乙)李樗、黃櫄《毛詩集解》

《毛詩》李、黃《集解》，對程子《詩》之六體可隨篇求之，一篇之中，或兼備六體，或得其一二之說，李樗（迂仲）予以認同，而黃櫄（實夫）則持反對態度。黃氏之言曰：「程氏言《詩》六體，隨篇求之，迂仲之說亦然，謂凡有感動之意者，皆可謂之『風』，而不必以〈國風〉為風；凡正陳其事者，皆可謂之『雅』，而不必以大、小〈雅〉為雅；凡有稱美之辭者，皆可謂之『頌』，而不必以三〈頌〉為頌。信如此說，則六義亂矣。夫有感動之意者，可以為興，不可以為〈風〉；正陳其事者，可以為賦，而不可以為〈雅〉；稱美之辭，則或賦或比，當觀其辭意之所之，而不可以為〈頌〉。〈頌〉者，告神之樂章也。〈大序〉之論〈風〉〈雅〉〈頌〉已詳且明，惟賦比興，則說者不一……然皆未甚明白，竊嘗推廣之曰：賦者，直陳其事之謂也；比者，託物而喻之謂也；興者，因物而感之謂也。『受命作周』之詩，其事確；『東宮之妹』之句，其辭實，此之謂賦。如『柔荑』『瓠犀』以喻莊姜之美，『如山如阜，如岡如陵』，以喻福祿之多，此之謂比。如『雨之濛

矣』，行者之心，淒然以悲；『鸛其鳴矣』，居者之懷，慨然以歎，此之謂興。以是三者，而會〈風〉〈雅〉〈頌〉之旨，在學者自求之。鄭氏謂〈七月〉之詩，其〈風〉〈雅〉〈頌〉之三體，分其一章二章為〈風〉，三章五章六章之半為〈雅〉，半為〈頌〉，尚何足為詩之體乎？鄭氏徒見《周禮・籥章氏》之職，有吹〈豳〉詩〈雅〉〈頌〉之說，而為之附會耳。」

(丙)王質《詩總聞》

王質《詩總聞》則以《周禮》既稱太師教六詩，則賦比興當另有其詩篇，他說：「當是賦比興之詩皆亡，〈風〉〈雅〉〈頌〉三詩獨存。」這是因漢張逸曾問賦比興之詩，而引起王氏的猜度。當然，季札觀樂時，僅有〈風〉〈雅〉〈頌〉，而無賦比興，但這並非賦比興此時已亡佚，而是賦比興從來未另有詩篇之故也！

(丁)朱熹的三經三緯

至於孔穎達以〈風〉〈雅〉〈頌〉三詩為體，賦比興三詩為用之說，至朱熹而以三經三緯釋之。《朱子語類・八十》曰：「三經是〈風〉〈雅〉〈頌〉，是做詩的骨子；賦比興卻是裡面橫串底，故謂之三緯。」又曰：「〈風〉〈雅〉〈頌〉乃是樂中之腔調，如言仲呂調、大石調、越調之類。大抵〈風〉是民庶所作，〈雅〉是朝廷之詩，〈頌〉是宗廟之詩。〈風〉〈雅〉〈頌〉，聲樂部分之名；賦比興，則所以製作〈風〉〈雅〉〈頌〉之體也。三經而三緯之，則凡詩之節奏指歸，皆不待講說而直可吟咏以得之矣。」

㈡宋代學者對《詩經》興義不同的解釋

㈠蘇轍的觸動說

關於興義的解釋，蘇轍《詩集傳》之詩論，始以當時有所觸動而無取義者為興。他說：

夫興之為言，猶曰其意云爾；意有所觸乎當時，時已去而不可知，故其類可意推而不可以言解也。「殷其靁，在南山之陽」，此非有所取乎雷也，蓋必當時之所見而有動乎其意，……此其所以為興也。嗟夫，欲觀於詩，其必先知比興，若夫「關關雎鳩，在河之洲」，若誠有取於其摯而有別，是以謂之比而非興也。

這樣，他否定了毛、鄭以〈關雎〉摯而有別為興，〈殷其靁〉非興之舊說。

㈡鄭樵的興聲無義說

鄭樵《六經奧論》，更詳論興詩之「不可以義理求」，及「詩之本在聲，聲之本在興」的見解：

凡興者，所見在此，所得在彼；不可以事類推，不可以義理求……興在鴛鴦，則「鴛鴦在梁」，可以美后妃；興在鳲鳩，則「鳲鳩在桑」，可以美后妃也。……如必曰關雎，然後可以美后妃，他無預焉，不可以語詩也。

夫詩之本在聲，而聲之本在興；鳥獸草木乃發興之本。

這是本之他《通志‧樂略‧正聲》序論：「嗚呼！詩在於聲，不在於義」的主張。前面溥言根據孔穎達《毛詩正義》中「詩文諸舉草木鳥獸以見意者，皆興辭也。」的話，製成《毛傳》興辭草木鳥獸分類統計表」，予以檢驗，檢驗結果，應於「草木鳥獸」下，加「天象地文」四字。現在溥言對鄭樵的「詩之本在聲，而聲之本在興；鳥獸草木乃發興之本」，亦擬代加「蓋興為聲中之天籟，且有狀聲疊字為其鳥獸等之天籟錄音也」一句，以說明「鳥獸草木」與「聲之本在興」的關係。

我們查考以「鳥獸草木」發興的詩，當以用狀聲疊字來表現它們所發的天籟之聲，構成興辭的為代表。舉例言之，〈國風〉首篇〈關雎〉，首句「關關雎鳩」的「關關」二字，就是狀雎鳩鳥和鳴聲的疊字，而〈小雅〉首篇〈鹿鳴〉首句「呦呦鹿鳴」的「呦呦」二字，則是狀鹿獸得食相呼聲的疊字。〈鄭風‧風雨〉的「風雨瀟瀟，雞鳴膠膠」，更連用狀風雨聲的「瀟瀟」，與狀雞鳴聲的「膠膠」兩組疊字，以為天籟錄音也。

㈣王昭禹的《周禮詳解》

在蘇轍之後，朱子之前，除鄭樵外，尚有王昭禹者，他在所著《周禮詳解》中，對賦比興，也有比孔疏較為扼要的解釋。他說：

> 有述事而陳之，謂之賦；以其所類而況之，謂之比；以其感發而比之，謂之興。

毛、鄭之解興，確實如此，比與興之別，是在「類況」與「感發」一點上的不同而已。

(丁)朱熹的興義綜合

朱子近繼蘇、鄭之說，遠承《毛傳》、《鄭箋》，綜合而成他的興義。他在《詩集傳》中，寫下他賦比興理論的發例說：

> 賦者，敷陳其事而直言之者也。……後凡言賦者放此。(〈葛覃〉篇首章傳文)
>
> 比者，以彼物比此物也。……後凡言比者放此。(〈螽斯〉篇首章傳文)
>
> 興者，先言他物，以引起所詠之辭也。……周之文王，生有聖德，又得聖女姒氏以為之配，……言其相與和樂而恭敬，亦若雎鳩之情摯而有別也。後凡言興者，其文意皆放此。(〈關雎〉篇首章傳文)

這是他不取蘇、鄭之說，而遠承《毛傳》、《鄭箋》，以「若雎鳩之情摯而有別」(《毛傳》：「若雎鳩之有別」)連接淑女與雎鳩，成其相比的關係的。

但他又於〈小星〉篇首章傳文中說：

> 因所見以起興，其於義無所取，特取「在東」「在公」兩字之相應耳。

〈小星〉次章亦云：

> 興亦取「與昴」「與裯」二字相應。

這又確立了單純以聲之「趁韻」為興的範例。這種興，與〈關雎〉的有所取義者不同，僅借來引起下面的詩句。被借的外物，並不含有若何意義。〈小星〉「在東」，與夙夜「在公」，只是「於聲」的趁韻，而「於義無所取」，不可深求。我們若「以事類推」，「以義理求」，反易墮入曲解的陷阱。這裡，朱子又是近繼鄭樵的興義而來。〈關雎〉與〈小星〉所標同樣是「興也」，而事實上便區分為兼比義的〈關雎〉，與不兼比義的〈小星〉兩類了。而朱子標〈殷其靁〉為興，則又是近繼蘇轍之說而來。只是朱子未明言「應句」乃自「興句」有所觸發而來，似乎他是不著重這一點的。

朱子於《毛詩．大序》之傳文中，釋六義之〈風〉賦比興〈雅〉〈頌〉，也有類似的說明：

> 風、雅、頌者，聲樂部分之名也。「風」則十五〈國風〉，「雅」則大、小〈雅〉，「頌」則三〈頌〉也。賦比興，則所以製作〈風〉〈雅〉〈頌〉之體也。賦者，直陳其事，如〈葛覃〉〈卷耳〉之類是也。比者，以彼狀此，如〈螽斯〉〈綠衣〉之類是也。興者，託物興詞，如〈關雎〉〈兔罝〉之類是也。蓋眾作雖多，而其聲音之節，製作之體，不外乎此。故太師之教國子，必使之以是六者，三經而三緯之。則凡詩人節奏指歸，皆將不待講說，而直可吟咏以得之矣。六者之序，以其

篇次，〈風〉固為先，而〈風〉則有賦比興矣，故三者次之，而〈雅〉〈頌〉又次之。蓋以是三者為之也。然比興之中，〈螽斯〉專於比，而〈綠衣〉兼於興。〈兔罝〉專於興，而〈關雎〉兼於比。此例中又自有不同者，學者亦不可以不知也。

這裡除朱子自定其賦比興之區分外，大體本之於孔疏「因彼三事，成此三事」之說。但賦比興區分之例，大多不從《毛傳》，如改定《毛傳》〈葛覃〉、〈卷耳〉、〈綠衣〉之興為賦，為比；而改定〈兔罝〉之非興為興，六例竟改其四。而比、興之二例，朱子又區分有比兼興、興兼比與不兼之二種。

《朱子語類》書中八十、八十一兩卷中，也載有關賦比興區分之言好幾條。對於《集傳》中未說清楚之處，多所補充。玆摘錄數則於下，俾便得更多的認識：

(1)所謂六義者，〈風〉〈雅〉〈頌〉乃是樂章之腔調，如言仲呂調、大石調、越調之類。至比興賦又別。直指其名，直敘其事者賦也。本要言其事而虛用兩句鉤起，因而接續去者，興也。引物為況者，比也。立此六義，非特使人知其聲音之所當，又欲使歌者知作詩之法度也。

(2)三經是〈風〉〈雅〉〈頌〉，是做詩的骨子；賦比興卻是裡面橫串底，故謂之三緯。

(3)問《詩傳》說六義以「托物興辭」為興，與舊說不同，曰：覺舊說費力失本指，如興體不一，或借眼前物事說將起，或別自將一物說起，大抵只是將三四句引起。如唐詩尚有此等詩體，如青青河畔草，青青水中蒲，皆是別借此物，興起其辭，非必有感有見於此物。也有將物之無，興起自家之所有；將物之有，興起自家之所無。前輩都理會這箇不分明，如何說得詩本指。

(4)興之為言起也。言興物而起其意。如青青陵上柏，青青河畔草，皆是興物詩也；如藁砧今何在，何當大刀頭，皆是比詩體也。

(5)《詩》所以能興起人處，全在興。如「山有樞，隰有榆」，別無意義，只是興起下面「子有車馬」，「子有衣裳」耳。……興只是興起，謂下句直說不起，故將上句帶起來說，如何去上句討義理。

(6)問「汎彼柏舟，亦汎其流」，注作比義，看來與「關關雎鳩，在河之洲」，亦無異。何彼以為興？曰：他下面便說淑女，見得是因彼興此，此詩才說柏舟，下面更無貼意，見得其義是比。

(7)問比興。曰：說出那物事來是興，不說出那物事是比。如「南有喬木」，只是說箇「漢有游女」，「奕奕寢廟，君子作之」，只說箇「他人有心，予忖度之」。〈關雎〉亦然，皆是興體，比底只是從頭比下來，不說破。興比相近，卻不同。

(8)問《詩》中說興處多近比。曰：然。如〈關雎〉〈麟趾〉相似，皆是興而兼比，然雖近比，其體卻只是興。且如「關關雎鳩」本是興起，到得下面說「窈窕淑女」，此方是入題，說那實事。蓋興是以一箇物事貼一箇物事說，上文興而起，下文便接說實事。如「麟之趾」，下文便接「振振公子」，一箇對一箇說，蓋公本是箇好底人，子也好，孫也好，族人也好。譬如麟，趾也好，定也好，角也好。及比則卻不然，便入題了。如比那一物說，便是說實事。如「螽斯羽，詵詵兮；宜爾子孫，振振兮。」「螽斯羽」一句，便是說那人了。下面「宜爾子孫」，依舊是就「螽斯羽」上說，更不用說實事。此所以謂之比。大率詩中比興皆類此。

(9)比是以一物比一物，所指之事常在言外。興是借彼一物，以引起此事，而其事常在下句。但比意雖切而卻淺，興意雖闊而味長。

(10)《詩》之興全無巴鼻（振錄云：多是假他物舉起，全不取其義），後人詩猶有此體。如「青青陵上柏，磊磊澗中石。人生天地間，忽如遠行客。」又如「高山有涯，林木有枝。憂來無端，人莫之知！」「青青河畔草，綿綿思遠道。」皆是此體。

綜觀朱子所論之興有二：一為兼比以取義之興，如〈關雎〉、〈麟趾〉，乃語義相應者；一為不兼比不取義單純之興，如〈小星〉、〈兔罝〉、〈山有樞〉、〈殷其靁〉，僅語相應而已。至於比興之區別，在興體有「興句」與「應句」分兩截，朱子所謂興於下文方入題，而比體則一開頭便入題，說所比之事物，就是說被比之事物，通常不分兩截。又，興體興起之方式不一：有借眼前事說起者；有別將一物說起，其詞非必有感有見於此物者；有將物之所無，興起自家之所有者，有將物之所有，興起自家之所無者。因其有義相應與語相應之別，故不專主鄭樵聲本的興義；因其興詞非必有感有見於此物者，故不專主蘇轍觸動之說。

至於上舉《語類》中語第三條朱子所說興之方式，都未舉例。茲為覓例以證明之，「有將物之

無，興起自家之所有；將物之有，興起自家之所無」，後者如〈小弁〉首章云：「弁彼鸒斯，歸飛提提；民莫不穀，我獨于罹」；前者如〈檜風・隰有萇楚〉首章：「隰有萇楚，猗儺其枝；夭之沃沃，樂子之無知」，及次章「樂子之無家」，末章「樂子之無室」。樂萇楚之無知無家無室，即苦己之有知有家有室也。這兩種興都是反襯法。反襯法的興可以〈鄘風〉的〈相鼠〉為代表：「相鼠有皮，人而無儀；人而無儀，不死何為？」我們其實不必說「物無己有」「物有己無」，範圍放大些，而說「以有興無」（例〈相鼠〉）「以無興有」（例〈萇楚〉）就行了。例如〈黍離〉篇亦以黍稷之有興宮室之無也。而又可總稱之曰「反興」。〈雄雉〉篇以雄雉自得興君子之不自得，亦反興也。而朱子說：「興體不一，或借眼前物事說將起，或別自將一物說起，……別借此物興起其辭，非必有感有見於此物也。」這話體會得很細到。溥言亦舉〈小雅・鹿鳴〉篇以證明之：「呦呦鹿鳴，食野之苹；我有嘉賓，鼓瑟吹笙……」《朱傳》說：「以鹿鳴起興，而言其禮意之厚如此。」不如《毛傳》的說得清楚。《毛傳》云：「呦呦然鳴而相呼，懇誠發乎中，以興嘉樂賓客，當有懇誠相招呼以成禮也。」但是我們想，這宮廷詩人在宮廷宴會上所作燕群臣嘉賓之詩時，怎能聽到而且看到荒野之地的鹿鳴食苹？所以據溥言的判斷，只是「別借此物，興起其辭，非有感有見於此物也。」換言之，這只是宮廷詩人採用民間歌謠興體的方式，給此詩裝上「呦呦鹿鳴，食野之苹」的興句，以裝點門面，並非有感有見於此物的得自天籟的原始之興。而是因要詠宴會，而構想出野地鹿鳴相呼食苹之景，以載在章首仿製成興體，並非先有所見聞於鹿鳴，而聯想到燕饗賓客來。所以溥言在與外子文開合撰的《詩經欣賞與研究》初集的六義表中，舉鹿鳴為興的戴帽式。這真是《詩經》中以託物興辭為興的最好例證。

(戊)呂祖謙的比興之辨

呂祖謙在《讀詩記》中也說：

> 興與比相近而難辨：興之兼比者，徒以為比，則失其意味矣；興之不兼比者，誤以為比，則失之穿鑿矣。

於是興又分為單純的興，與兼比的興兩種。當然比毛鄭的籠統以譬喻說興，較為細密。

(己)王應麟的觸物起情說

但較後的王應麟《詩經考異》，只發揮蘇轍觸動為興之說。且主賦比興皆係情之表達方式，卻不同意呂氏三緯難辨之說。他引李仲蒙之言曰：

> 敘物以言情謂之賦，情盡物也；索物以託情謂之比，情附物也；觸物以起情謂之興，物動情也。

卻也是能把握原則之言，尤其對興之解釋極為扼要，「觸物」兩字，更揭出了興義關鍵之所在。

(三)朱熹、嚴粲對興義的實際作業

朱熹既稱賦比興為《詩》之三緯，對三者有精細的區分，且一篇之中，可以各章之為賦為比為興，各各不同。《毛傳》之僅標興也於首章，不能統攝以下各章。故朱著《詩集傳》，對每章詩分別標明其為賦為比為興。而賦比不若興之有興句與應句之分，故賦比興均標於各章之末，以求一律。但一章之中，又可能賦而又興，興而又比，甚至如〈小雅．頍弁〉之賦而興又比者，故不特標興標比標賦，且有「賦而興也」「興而比也」「比而興也」以及「賦而興又比也」、「賦其事以起興也」等之兼備者出現，實際作業之情形，遂趨於複雜。例如朱子既認為賦而興，為先賦後興，興句可在章中，則一章之中，有兩組興句與應句之複合章亦未始不可，遂將〈關雎〉已由鄭玄分為五章者，仍合為三章，第三章遂成兩組興句應句之複合章。

朱子《詩集傳》既出，其及門弟子輔廣所撰《童子問》及三傳弟子王柏所撰《詩疑》等，固對《朱傳》所標三緯無異義，其不宗朱之《詩經》學者嚴粲、林岊等，亦受朱子影響而對《毛傳》所標興詩有所更張。惟嚴粲《詩緝》，仍承《毛傳》獨標興詩，僅於二〈南〉各篇兼標比賦；林岊《毛詩講義》，則僅於二〈南〉各篇之有所見者分標賦比興。

茲據《朱傳》、《嚴緝》製成「興詩比較表」，並附註林岊所標，以見三家之異同。

《朱傳》、《嚴緝》興詩比較表

篇名	《毛傳》興也編號附朱傳所增	章數	《朱傳》所標	嚴粲《詩緝》所標	附註
【周南】					
關雎	1（鄭改5）	3	全興也	首章興也次章賦也	首章嚴云：凡興也者，皆兼比，興之不兼比者特表之。次章云：唯二〈南〉舉賦比以見例，餘無疑者不書。　林岊《毛詩講義》此篇未標賦比興。
葛覃	2	3	全賦也①	首章興之不兼比者也	《嚴緝》大多標賦比興於首章後，以下此表略「首章」字樣。　林岊云：此篇皆賦，亦興也。凡此表○內所記數字為毛興而朱嚴改標賦比者數目。
卷耳	3	4	全賦也②	興之不兼比者也	林岊云：首篇皆興也。（按首篇疑為篇首之誤）
樛木	4	3	全興也	興也	林岊云：比也。
螽斯		3	全比也	比也	林岊云：比也。
桃夭	5	3	全興也	興也	林岊云：比也。
兔罝	朱1	3	全興也	賦也	林岊云：賦也。此表《朱傳》所增興詩編號加朱字以識別之。
芣苢		3	全賦也	賦也	林岊云：興也，托芣苢而言也。
漢廣	6	3	全興而比也	興也	林岊云：比也。

汝墳		3	1 2 賦 3 比	賦也	林書此篇未標賦比興。
麟趾	7	3	全興也	興也	林書係從《永樂大典》中輯出，此篇《永樂大典》失載。
【召南】					
鵲巢	8	3	全興也	興也	林書此篇未標賦比興。
采蘩		3	全賦也	賦也	林未標賦比興。
草蟲	9	3	全賦也③	興也	林云：比也。
采蘋		3	全賦也	賦也	林此篇《永樂大典》缺卷。
甘棠		3	全賦也	賦也	林未標賦比興。
行露	10	3	2 3 興 1 賦	興也	林未標賦比興。
羔羊		3	全賦也	賦也	林未標賦比興。
殷其靁	朱2	3	全興也	*興之不兼比者也	嚴自註：傳不言興，今從朱氏。此表凡嚴不從毛從朱者均以*號記出。林未言賦比興。
摽梅	11	3	全賦也④	興也	林此篇《永樂大典》缺卷。
小星	朱3	2	全興也	*興也	嚴自註：傳不言興，今從朱氏。林未標賦比興。

江汜	12	3	全興也	興也	林比也亦興也。
野麕	朱4	3	1 2 興 3 賦	比也	林缺卷。
何穠	13	3	全興也	興也	林比也。
騶虞		2	全賦也	賦也	林未標賦比興。
【邶風】					
柏舟	14	5	1 5 比⑤ 2 3 4 賦	興也	林岊自此篇起不再標賦比興。
綠衣	15	4	全比也⑥	興也	
燕燕	朱5	4	1 2 3 興 4 賦	*興也	嚴自註云：傳不言興，今從朱氏。
日月		4	全賦也		《嚴緝》自此以下不再標賦比，此表亦不再將毛、朱標興以外篇名列入。
終風	16	4	全比也⑦	興也	
凱風	17	4	2 3 4 興 1 比	興也	
雄雉	18	4	1 2 興 3 4 比	興也	
匏葉	19	4	1 2 4 比⑧ 3 賦	興也	

谷風	20	6	4 6 興 1 3 比 5 賦 2 賦而比也	興也	
旄丘	21	4	1 興 2 3 4 賦	興之不兼比者也	
簡兮	朱6	3（朱4）	4 興 1 2 3 賦	*興也	嚴自註云：傳不言興，今從朱氏。《毛傳》三章章六句，《朱傳》改為四章首三章四句末章六句。
泉水	22	4	1 興 2 3 4 賦	興也	
北門	23	3	1 比⑨ 2 3 賦		此篇《毛傳》標興，《嚴緝》未標興也（1）。
北風	24	3	全比也⑩	興也	
新臺	朱7	3	3 興 1 2 賦		
【鄘風】					
柏舟	25	2	全興	興也	
牆茨	26	3	全興	興也	
鶉奔	朱8	2	全興		

相鼠	朱9	3	全興		
【衛風】					
淇奧	27	3	全興	興也	
氓	朱10	6	3比而興 6賦而興 1 2 3賦 4比也		
竹竿	28	4	全賦也⑪		此篇《毛傳》標興，《嚴緝》未標興也（2）。
芄蘭	29	2	全興	興也	
有狐	30	3	全比也⑫	興也	
【王風】					
黍離	朱11	3	全賦而興也		
揚水	31	3	全興	興也	
谷推	32	3	全興	興也	
兔爰	33	3	全比⑬	興也	
葛藟	34	3	全興	興也	
采葛	35	3	全賦⑭	興也	
【鄭風】					

扶蘇	36	2	全興	興也	
擇兮	37	2	全興	興也	
風雨	38	3	全賦⑮	興也	
揚水	朱12	2	全興	*興也	
蔓草	39	2	全賦而興也	興也	
溱洧	朱13	2	全賦而興也		
【齊風】					
東日	40	2	全興	興也	
南山	41	4	3 4興 1 2比	興也	
甫田	42	3	全比⑯	比也①	嚴自註云：毛氏以為興，今從朱氏。
敝笱	43	3	全比⑰	興也	
【魏風】					
葛屨	朱14	2	1興 2賦		
汾洳	朱15	3	全興		
園桃	44	2	全興		此篇《毛傳》興也，《嚴緝》未標賦比興（3）。
【唐風】					

山樞	45	3	全興	興也	
揚水	46	3	全比⑱	興也	
椒聊	47	2	全興而比也	興也	
綢繆	48	3	全興	興也	
杕杜	49	2	全興	興也	
鴇羽	50	3	全比⑲	興也	
有杕	51	2	全比⑳	興也	
葛生	52	5	1 2 興 3 4 5 賦	興也	
采苓	53	3	全比㉑	興也	
【秦風】					
車鄰	54	3	2 3 興 1 賦	次章興也	
蒹葭	55	3	全賦㉒	興也	
終南	56	2	全興	賦也②	
黃鳥	57	3	全興	興也	
晨風	58	3	全興	興也	
無衣	59	3	全賦㉓		此篇《毛傳》興也，《嚴緝》未標賦比興（4）。

【陳風】					
東池	60	3	全興	興也	
東楊	61	2	全興	興之不兼比者也	
墓門	62	2	全興	興也	
防巢	63	2	全興	興也	
月出	64	3	全興	興也	
澤陂	65	3	全興	興也	
【檜風】					
萇楚	66	3	全賦㉔	興也	
匪風	朱16	3	3興 1 2賦		
【曹風】					
蜉蝣	67	3	全比㉕	興也	
候人	朱17	4	1 2 3興 4比	*興也	此篇《嚴緝》從朱未註明。
鳲鳩	68	4	全興	興也	
下泉	69	4	全比而興也		此篇《毛傳》興也，《嚴緝》未標賦比興（5）。

【豳風】					
鴟鴞	70	4	全比㉖		此篇《毛傳》興也，《嚴緝》未標賦比興（6）。
東山	朱18	4	4賦而興也 1 2 3賦		
九罭	71	4	1 2 3興 4賦	興也	
狼跋	72	2	全興	興也	
【小雅】					
鹿鳴	73	3	全興	興也	
四牡	朱19	5	3 4興 1 2 5賦	第三章 *興也	此篇嚴從朱於第三章標興。
皇華	朱20	5	1興 2 3 4 5賦	*興也	此篇嚴從朱於首章標興。
常棣	74	8	1 3興 餘賦	興也	
伐木	75	6（朱3）	全興	興也	
采薇	朱21	6	1 2 3 4興 5 6賦		

杕杜	76	4	全賦㉗	興之不兼比者也	
魚麗	朱22	6	1 2 3 4 興 5 6 賦		
嘉魚	77	4	全興	首章興也 第三章興也	
有臺	78	5	全興	興也	
蓼蕭	79	4	全興	興也	
湛露	80	4	全興	興也	
菁莪	81	4	1 2 3 興 4 比	首章興也 末章興也	此篇嚴首章後標興，末章又標興蓋不同意朱子末章標比也。
采芑	82	4	1 2 3 興 4 賦	興也	
鴻雁	83	3	1 2 興 3 比	興也	
沔水	84	3	全興	興也	
鶴鳴	85	2	全比㉘	興也	
黃鳥	86	3	全比㉙	興也	
斯干	87	9	全賦㉚		此篇《毛傳》標興也，《嚴緝》未標賦比興（7）。

節南	88	10	1 2 興 餘賦	興也	
正月	朱23	13	4 7 興 9 10 11 比 餘均賦	*第四章興也	此篇《毛傳》未標興，《嚴緝》第四章標興，蓋從朱子。
小宛	89	6	1 3 4 5 興 2 6 賦	興也	
小弁	90	8	1 2 3 4 5 6 興 7 賦而興 8 賦而比	興也	
巧言	朱24	6	4 興而比 5 興 餘均賦		
巷伯	91	7	7 興 1 2 比 餘均賦		此篇《毛》標興，《嚴緝》標賦比興（8）。
谷風	92	3	1 2 興 3 比	興也	
蓼莪	93	6	5 6 興 1 2 3 比 4 賦	興也	

大東	94	7	1 3興 餘均賦	興之不兼比者也	
四月	朱25	8	5賦 餘7章均興		
無將	朱26	3	全興		
瞻洛	95	3	全賦㉛		此篇《毛傳》標興，《嚴緝》未標賦比興(9)。
裳華	96	4	1 2 3興 4賦	興也	
桑扈	97	4	1 2興 3 4賦		此篇《毛傳》興，《嚴緝》未標賦比興(10)。
鴛鴦	98	4	全興	興之不兼比者也	
頍弁	99	3	全賦而興又比也		此篇《毛傳》興，《嚴緝》未標賦比興(11)。
車舝	100	5	2 4 5興 1 3賦	次章興	此篇《嚴緝》蓋從朱子於次章之後始有「興王宮之貴宜有賢女居之也」之句，而不標「興也」。
青蠅	101	3	2 3興 1比		此篇《毛傳》興，《嚴緝》未標賦比興(12)。

魚藻	朱27	3	全興	*興也	此篇《毛傳》未標興，《嚴緝》從朱子也。
采菽	102	5	1 2 4 5興 3賦	第四章興也 第五章興也	此篇《嚴緝》四五兩章標興不同意毛朱首章興也。
角弓	103	8	1興 2 3 4賦 5 6 7 8比	興也	
菀柳	104	3	3興 1 2比	興也	
采綠	105	4	全賦㉜	興也	
黍苗	106	5	1興 餘賦		此篇《毛》興，《嚴緝》未標賦比興(13)。
隰桑	107	4	1 2 3興 4賦	興也	
白華	108	8	全比㉝	興也	
緜蠻	109	3	全比㉞	興也	
苕華	110	3	1 2比㉟ 3賦	興也	
何草	朱28	4	1 2 4興 3賦		

【大雅】

緜	111	9	1比㊱ 餘均賦	興也	
棫樸	112	5	1345興 2賦	興也	
旱麓	朱29	6	12356興 4賦	*興也	此篇《毛傳》未標興，《嚴緝》蓋從朱子。
有聲	朱30	8	8興 餘均賦		
行葦	朱31	毛八章 朱改為四章	1興 234賦	*興也	
鳧鷖	朱32	5	全興	*興也	
泂酌	朱33	3	全興		
卷阿	113	10	78興 9比 餘均賦	興也	
抑	朱34	12	9興 餘均賦		

桑柔	114	16	9 12 13興 1比 餘均賦	興也	
瞻卬	朱35	7	7興 餘均賦		
【周頌】					
振鷺	115	1	賦也㊲	興也	朱子認為〈頌〉全為賦體，〈魯頌〉為〈頌〉之變，故有興。
【魯頌】					
有駜	朱36	3	全興		此篇《毛傳》不標興也，而在首章末傳文中云「振振，群飛貌；鷺，白鳥也，以興絜白之士」故或指為《毛傳》之興詩，但《毛傳》興句均在章首，如此為興詩，則自振振鷺以下應另立一章方符毛例。《朱傳》則以首章「有駜」兩句為興，以「振振鷺」為敘事。
泮水	朱37	8	8興 4 5 6 7賦 1 2 3賦其事以起興也。		

以上《毛傳》興詩一百十五篇，加《朱傳》所增三十七篇，共得興詩一百五十二篇。惟《朱傳》又減去《毛傳》興詩三十七篇，改標為比或賦等，故《朱傳》興詩亦不過一百十五篇。其中全篇各章為興的純興詩，則僅五十二篇而已。《嚴緝》標興之詩一百十三篇，均在毛朱範圍內，計《嚴緝》改標《毛傳》興詩二篇，為：自行改標賦者一篇，從朱子改標比者亦一篇；《毛傳》未標興也，《嚴緝》改從《朱傳》改為興者十三篇；《毛傳》標興而《嚴緝》未標賦比興者十三篇。

上述《朱傳》興詩一一五篇，其對《毛傳》之增減，包括全興及僅一章為興而言，其中〈國風〉《毛傳》七十二篇，《朱傳》減了二十六篇而增列十八篇，成為六十四篇，〈小雅〉《毛傳》三十八篇，《朱傳》減去九篇而增列十篇，成為三十九篇，〈大雅〉《毛傳》四篇，《朱傳》減去一篇，而增列七篇，成為十篇，三〈頌〉《毛傳》僅〈周頌〉一篇，《朱傳》減此〈周頌〉一篇，而增列〈魯頌〉二篇，成為二篇。〈周頌〉自《毛傳》有興一篇，改為無興而全為賦，〈商頌〉則依《毛傳》仍無興，而全為賦。興詩總數一一五篇與《毛傳》相等。而篇數之多寡仍以〈國風〉為最多占百分之五六，〈小雅〉次之占百分之三三，〈大雅〉又次之占百分之九，三〈頌〉最少占百分之二。但在四單位自身中之成分、高低，雖仍以〈小雅〉最高，〈國風〉次之，〈大雅〉又次之，三〈頌〉最低，但其百分比卻升降更大。計〈國風〉自百分之四四降為百分之四一，〈小雅〉自百分之五一升為百分之五三，〈大雅〉自百分之十三升為百分之三二，三〈頌〉自百分之一，升為百分之二。而大、小〈雅〉合併計之，三經中〈雅〉詩一〇五篇得興四九，占百分之四七，亦較〈風〉

詩之百分之四一為高也。

溥言試將《朱傳》興詩一一五篇中興式考察之，共得六種：(1)興也，(2)興而比也，(3)比而興也，(4)賦而興也，(5)賦而興又比也，(6)賦其事以起興也。六式之中，「賦而興又比」僅〈小雅・頍弁〉一篇；「賦其事以起興」僅〈魯頌・泮水〉之前三章；「比而興」僅〈下泉〉一篇及〈衛風・氓〉之第三章；「賦而興」亦不過〈王風・黍離〉、〈鄭風・野有蔓草〉、〈溱洧〉三篇，及〈衛風・氓〉之第六章，〈豳風・東山〉之末章，〈小雅・小弁〉之第七章；「興而比」則亦僅〈周南・漢廣〉，〈唐風・椒聊〉，及〈小雅・巧言〉之第四章，其餘均為「興也」。其間如標為賦而興的〈黍離〉、〈溱洧〉，實在是賦其事以起興，可歸併在(4)賦而興項下，而「比而興」的〈下泉〉末章「芃芃黍苗，陰雨膏之；四國有王，郇伯勞之」，與〈小雅・黍苗〉首章「芃芃黍苗，陰雨膏之；悠悠南行，召伯勞之」，簡直像疊詠的兩章。而〈下泉〉末章標為比而興也；〈黍苗〉首章卻標為興也。豈不(3)比而興也與(1)興也，又極難分，而(3)比而興也，似又可歸併於(1)興也項下？但據朱子自己說，〈關雎〉、〈麟趾〉等篇的「興也」，皆是興而兼比；而〈小星〉〈兔罝〉等篇的「興也」，為不兼比不取義的興。呂祖謙亦論及興有兼比不兼比的兩種，嚴粲更於《詩緝》中標〈葛覃〉、〈卷耳〉、〈殷其靁〉等八篇，均不標「興也」而標為「興之不兼比者也」。則(1)興也，似乎又應區分出「興也」與「興而兼比」兩項來。這《朱傳》的興式六項，大有可議之處，且留待以後再加討論。

嚴粲與朱子之釋興，其歧異之點，加以考察，自有可述者。我們知朱子《詩集傳》所標「興也」之詩，其實可分為兼比以取義之興，與不兼比不取義之興兩種。嚴粲從之，於《詩緝》中，即標有「興也」與「興之不兼比者也」。而於〈關雎〉首章標「興也」，並云：「凡興也者，皆兼比，興之不兼比者特表之。」但《詩經》中完全無意味的興，非常之少。嚴粲所謂興之兼比者，固然有較明顯的意味，即所謂興之不兼比者，實際上還是有感情上之意味，例如〈周南・葛覃〉第一章，乃通常之所謂寫景，所以《朱傳》標為「賦也」，而《嚴緝》則曰：「興之不兼比者也。述后妃之意若曰：葛生覃延，而施移於谷中，其葉萋萋然茂盛。當是時，有黃鳥集於叢生之木，聞其鳴聲之和喈喈然，我女工之事將興矣。」蓋嚴粲認為「即景生情」的，尤其是「景中有情」的寫景都是興。餘如〈周南・卷耳〉，〈小雅・杕杜〉等篇《朱傳》均不從《毛傳》之「興也」，改標為「賦也」，而《嚴緝》都標為「興之不兼比者也」也是詩中所表現為即景生情之故，並非恪遵《毛傳》之故。試觀《毛傳》〈北門〉、〈竹竿〉篇標興，《嚴緝》均未從之。〈齊風・甫田〉毛標興，《嚴緝》則從朱子標比，並自注云：「毛氏以為興，今從朱氏」，而〈曹風・候人〉、〈小雅・皇皇者華〉、〈魚藻〉等篇，毛皆不標興，而《嚴緝》均從《朱傳》標為「興也」。則《嚴緝》之從毛不從朱者，亦自有其與朱不同之見解也。

(四)元代劉玉汝對《朱傳》興義的闡發

元代《詩經》學，已成為朱子學派的天下。但各《詩經》學者，大多僅演述朱子之學，尺寸不失，故少有發揮。劉瑾《詩傳通釋》，梁益《詩傳旁通》，朱公遷《詩經疏義》，梁寅《詩演義》，類多如此。惟劉玉汝《詩纘緒》十八卷，對於朱子《集傳》比興，獨有發明。《四庫全書提要》云：

其大旨專以發明朱子《集傳》，故名《纘緒》。體例與輔廣《童子問》相近，凡《集傳》中一二字之斟酌，必求其命意所在。或存此說而遺彼說，或宗主此論而兼用彼論，無不尋繹其所以然。至論比興之例，謂有取義之興，有無取義之興，有一句興通章，有數句興一句，有興兼比，賦兼比之類。明用韻之法，如曰隔句為韻，連章為韻，疊句為韻，重韻為韻之類。論〈風〉〈雅〉之殊，如曰：有腔調不同之類。於朱子比興叶韻之說，皆反覆體究，縷析條分。雖未必盡合詩人之旨，而於《集傳》一家之學，則可謂有所闡明矣。

茲將劉氏對《朱傳》興義有所闡發修正或增補者摘錄於下：

(1)〈關雎〉篇：興有二例：有無取義者，有有取義者。傳前以彼此言者，無取義也；後言摯而有別，和樂恭敬者，兼比也。兼比即取義之興也。

末章託興，惟取辭字相應以起詞。語錄有順潔之說，然本章無此意，傳亦不言得取此義。〈大序〉傳言〈關雎〉興兼比者，祇言首章耳。

(2)〈桃夭〉篇：〈月令〉二月桃始華，《周禮》仲春會男女。詩人因所見桃華以起興，此專指首章言。次末二章則因首章言華，遂取實與葉以申所詠，不必皆實見矣。蓋桃始華，所見者也。當此之時，安有實與葉哉？《詩》之話興多如此。如〈黍離〉之苗穗實亦然。

(3)〈兔罝〉篇：此詩全篇興體也，全篇興與各章興之例不同。蓋以全篇為興也。詩人以文王人才之眾多，偶見兔罝之人，遂託兔罝以興其人才之可用，復以此人與文王之人才眾多。詩中所興者，兔罝之人耳。文王人才眾多之意，猶在一篇所言之外，故曰全篇興。觀傳猶字可見。蓋猶者，謂兔罝之人猶如此，則文王人才之眾多可知。此又興之一體，不可不知也。《詩》中有此體者，惟此與〈隰有萇楚〉二篇而已。或曰如此則當為比，曰比者，以彼物狀此物，蓋二物也。若此詩則以此事興此事，非有二事也。故只當為興不可以為比也。

(4)〈漢廣〉篇：傳曰：「興而比」，竊謂當曰「興又比」。蓋興有兼比者，〈關雎〉是也。傳止曰「興也」。比兼興者，〈綠衣〉是也，傳亦止曰「比也」。至〈下泉〉比兼興，乃發例曰「比而興」，〈野有蔓草〉、〈溱洧〉、〈黍離〉、〈頍弁〉，賦兼興，則發例曰：「賦而興」，蓋興在賦比中，非賦比外別有興，故其例如此，〈頍弁〉賦而興後比，則曰「賦而興又比」，是比在賦興外者，當曰「又比也」。今〈漢廣〉比在興後，則當用〈頍弁〉例曰「興又比也」。若曰「興而比」，則與「比而興」、「賦而興」者不辨矣。故〈漢廣〉、〈椒聊〉、〈巧言〉之四章，皆當曰「興又比」，〈氓〉之三章、末章，當云：「比又興」「賦又興」云。

(5)〈殷其靁〉：行役遇雨為最苦，家人因聞雷聲觸景興詞，而念君子之勞。三章一意，而惟易其韻者，念之深也。

(6)〈小星〉：興取字相應。前〈漢廣〉已然，傳於此發例，後當以此類推之。

(7)〈凱風〉：《詩》有章四句而三句興或三句比者，比興之一例也。凱風吹棘，辭同而一比一興，比興之所以異，二章最可觀。後三章興，又自不同，棘薪無令，借彼發此，言彼則如彼，此則如此，是平說。〈寒泉〉、〈黃鳥〉，借彼形此，言彼猶然，而此乃不然，是抑揚說。此興之取義者，又有此二例，他可類推。

(8)〈雄雉〉：雄雉之自得，本以興君子之不自得，然下文不言，而君子不自得之意，隱然於其中。取興以興意，又是一體。

(9)〈匏有苦葉〉：此詩分各章而論：則首章取比，言人有當然之理；次章取比，言世有不然之人；三章則直陳婚姻之正禮；末章則取比，兼言其一然一否者以結之。此則四章各一意也。若合一篇而論，則首次二比，乃為第三章之興。而一然一否以興之者，所以見第三章之言為寓刺也。末章又取比以終第三章之事。

此詩以正禮刺淫亂，以二比為興，又以一比終之。其前後興比，皆一然一否，又《詩》之一體。

(10)〈旄丘〉：此篇所賦皆由感物而起，故所興雖為一章之興，而實一篇之興。蓋《詩》有為一章起興者，有為一篇起興者，不可不知也。

(11)〈泉水〉：首章之興，乃一篇之興，與〈旄丘〉同。

(12)〈鶉之奔奔〉：取二物為興，二章皆用，而互言之，又是一體。

(13)〈相鼠〉：興以彼形此者，傳以猶字言，他皆倣此。

(14)〈淇奧〉：凡詩人所作，先有咏事之意，偶觸所見以興辭，故後章有所興，隨下所咏易其韻，亦有所咏因上所興而見其意者，《詩》有此體，可以此詩類推之。

(15)〈黍離〉：以〈黍離〉為賦者，謂故宗廟宮室全不見，而所見惟此耳。然不言所不見，惟言所見，則故都興亡盛衰之感，皆在黍離二語，而有無限悲愴之情矣，故因以興下文行邁心憂之意。

(16)〈中谷有蓷〉：此亦當云賦而興，賦者謂賦旱暵之蓷，興謂以彼之暵乾脩濕，興此之仳離嘅泣，其例當與〈黍離〉同。上一句皆不易，下句之乾、脩、濕、嘆、歗、泣，由淺而深，取興之意多，故止言興歟？

(17)〈溱洧〉：此與前篇（〈野有蔓草〉）皆賦而興，即賦其事以起興也。賦無興者，說見〈漢廣〉。

(18)〈汾沮洳〉：興特取二彼字相應，所謂托興，興與辭全不相涉者，此尤易見也。

(19)〈園有桃〉：此所興與所詠尤不相干，不過託此起辭，與前篇（〈汾沮洳〉）同。

以上如〈黍離〉為《朱傳》「賦而興也」的闡發，〈關雎〉為「兼比之興」的闡發，〈漢廣〉為傳文之修正，〈匏有苦葉〉則為傳文的增補了。而分析興之方式，別為一體者，亦復不少。惟分析愈精細，而辨別愈難，紛爭愈多，此所以引起後人之置比興而不言也。

六、《詩經》興義發展第五階段——明清兩代

(一)興義理論的發展

興義發展第五階段，包括明清兩代。《詩經》學自元代成為朱子學派的天下後，到明初永樂年間翰林學士胡廣等奉敕撰纂《詩傳大全》而《朱傳》定於一尊，但亦自此學者有轉而宗毛、鄭者，亦有自出新意者出。李先芳撰《讀詩私記》，即以毛、鄭為宗，郝敬《九經解》中於《詩》恪遵序說，季本《詩說解頤》，姚舜牧《詩經疑問》，均別出新意。豐坊更撰《子貢詩傳》、《申培詩說》等偽書，以求壓倒朱子、毛、鄭。其間郝敬即駁《朱傳》〈關雎〉興義：「興者先言他物，以引起所詠之辭也」曰：「先言他物與彼物比此物有何差別？」而何楷《詩經世本古義》，更於《三百篇》各章，另標賦比興，蓋均以與朱子立異為尚。而時亦不同於《毛傳》，例如〈螽斯〉，《朱傳》標比，《毛傳》亦不標興，而何獨標興，並云：「愚按蕃育之最多者，莫如螽斯，故詩借以興子孫，非咏其母。或以螽斯比后妃，不倫甚矣，戴岷隱亦如此說。」

清代政府維持朱子，康熙六十年，亦有《欽定詩經傳說彙纂》之敕撰。惟乾隆二十年，即又敕撰《欽定詩義折中》，折中於毛、鄭與朱子之間。前者採用《朱傳》之三緯，而後者參考毛、朱，另定各章興比賦。清代《詩經》學者，反朱風氣更盛，大多尊漢學，重考證，絕少宗朱者。如惠周惕《詩說》之兼主毛朱，楊名時《詩經劄記》之參酌於〈小序〉、《朱傳》之間，范家相《詩瀋》之斟酌於《毛傳》、《朱傳》之間，虞惇《讀詩質疑》之七分從〈小序〉，三分從《朱傳》，顧鎮《虞東學詩》之調停〈毛序〉、《朱傳》者，已屬少數。陳啟源《毛詩稽古編》、朱鶴齡《詩經通義》，即以毛、鄭為主，而力斥朱子廢序之非者。馬瑞辰《毛詩傳箋通釋》，專釋《毛傳》、《鄭箋》。專門闡述《毛詩》的有胡承珙的《毛詩後箋》、龍起濤的《毛詩補正》。宗《毛傳》而不宗《鄭箋》的有陳奐的《詩毛氏傳疏》。宗三家詩的有魏源的《詩古微》，王先謙的《詩三家義集疏》。而更有反朱又反毛的崔述的《讀風偶識》、姚際恆的《詩經通論》、方玉潤的《詩經原始》等突出於其間。這許多討論《詩經》及為《詩經》作通釋著作中，論及興義的有陳啟源、惠周惕、姚際恆、胡承珙、方玉潤、魏源、陳奐等不同的見解。

茲分述於下：

㈠陳啟源《毛詩稽古編》

陳啟源在《毛詩稽古編》文義目下說：「詩人興體假象於物，寓意良深。凡託興在是，則或美或刺，皆見於興中。故必研窮物理，方可與言興。學《詩》所以重多識也，朱子論興獨異，是謂興有兩意：有取所興為義者；有全不取其義，但取其一二字者。夫全不取義，何以備六義之一乎？即如〈關雎〉之次章本賦也，而《集傳》目為興。究其所謂興者，止取左右流之、寤寐求之兩之字相應耳。其釋〈召南〉之〈小星〉取兩在字，兩與字為興。〈王風・揚之水〉取兩之字，兩不字為興，皆此類也，不近兒戲乎！甚有經文本無其字，而《集傳》代為補出使其句法相應者，如〈鄭風・揚之水〉、〈魏風・園有桃〉、〈唐風・綢繆〉、〈小雅・常棣〉之類，不勝詘指。是六義不在詩而在《集傳》矣，尤可笑也。元儒有朱克升者，著《詩傳疏義》，最推重《集傳》，謂能以虛詞助語發明詩蘊，殆指斯類而言，然吾之不能無疑於《集傳》，亦正此。又案蘇子由謂興者，是當時所見而動乎其意，非後人可得而知，如〈關雎〉之類乃比而非興，噫！誤矣！朱子雖不純用其語，而所云全不取義者，實蘇語為之厲階。」

又云：「毛公獨標興體，朱子兼明比、賦。然朱子所刊為比者，多是興耳。比、興雖皆託喻，但興隱而比顯，興婉而比直，興廣而比狹。劉舍人論比體，以金錫、圭璋、澣衣、席捲之類當之。然則比者，以彼況此，猶文之譬喻，與興絕不相似也。朱子釋詩新例，凡興義之明白者，即判為比。如〈螽斯〉、〈綠衣〉、〈匏有苦葉〉諸篇，本興也，而以比目之。由是比、興二體疑溷而難分。故釋興體，反欲推而遠之，使離去正意而全不取義之說出矣。」

又云：「興、比皆喻而體不同。興者，興會所至，非即非離，言在此意在彼，其詞微其旨遠；比者，一正一喻，兩相譬況，其詞決其旨顯，且與賦交錯而成文，不若興語之用以發端多在首章也。如我心匪石、螓首蛾眉、毳衣如菼、如山如阜、金玉爾音、如跂斯翼、价人維藩、敦琢其旅之類皆比也，而《集傳》概以為賦。夫詩中顯然之比體既溷之於賦中，更欲於興體中分立比體，取本同者而彊求其異，不得不爭同異於毫芒之間，如〈凱風〉篇以首章為比，次章為興；〈小雅・谷風〉篇以前二章為興，末章為比；〈青蠅〉篇以首章為比，二三章為興。支離穿鑿，〈風〉〈雅〉掃地矣。反謂先儒不識興、比，何以服其心乎？」

(乙)惠周惕《詩說》

惠周惕《詩說》云：「興比賦合而成詩，自《三百篇》以至漢唐其體猶是也。毛公傳詩，獨言興，不言比賦，以興兼比賦也。人之心思必觸于物而後興，即所興以為比而賦之，故言興而比賦在其中。毛氏之意未始不然也。然《三百篇》惟〈狡童〉、〈褰裳〉、〈株林〉、〈清廟〉之類，直指其事，不假比興。其餘篇篇有之。傳獨于詩之山川草木鳥獸起句者始為之興，則幾于偏矣。詩或先興而後賦，或先賦而後興（如〈簡兮〉至卒章始云山有榛，隰有苓之類是也），是其篇法錯綜變化之妙。毛氏獨以首章發端者為興，則又拘于法矣。文公傳詩，又以興比賦分為三，無乃失之愈遠乎？」

(丙)姚際恆《詩經通論》

姚際恆《詩經通論》云：「《詩》有賦、比、興之說，由來舊矣，此不可去也。蓋有關於解詩之義，以便學者閱之即得其解也。賦義甚明，不必言。惟是興、比二者，恆有游移不一之病。然在學者亦實無以細為區別，使其釐然歸一也。第今世習讀者一本《集傳》，《集傳》之言曰：「興者，先言他物，以引起所詠之辭也。比者，以彼物比此物也。」語鄭鶻突，未為定論。故郝仲輿駁之，謂「先言他物」與「彼物比此物」有何差別，是也。愚意當云，興者，但借物以起興，不必與正意相關也；比者，以彼物比此物也。如是，則興、比之義差足分明。然又有未全為比，而借物起興與正意相關者，此類甚多，將何以處之？嚴坦叔得之矣。其言曰：「凡曰興也，皆兼比；其不兼比者，則曰興之不兼比者也。」然辭義之間，未免有痕。今愚用其意，分興為二：一曰「興而比也」，一曰「興也」。其興而比也者，如〈關雎〉是也。其云「關關雎鳩」，似比矣；其云「在河之洲」，則又似興矣。其興也者，如〈殷其靁〉是也。但借雷以興起下義，不必與雷相關也。如是，使比非全比，興非全興，興或類比，比或類興者，增其一途焉，則興、比可以無淆亂矣。其比亦有二：有一篇或一章純比者；有先言他物而下言所比之事者，亦比之，一曰比也，一曰比而賦也。如是，則興比之義瞭然，而學者可即是以得其解矣。若郝氏直謂興、比、賦非判然三體，每詩皆有之，混三者而為一，邪說也。」

又云：「興、比、賦尤不可少者，以其可驗其人之說詩也，古今說詩者多不同，人各一義，則各為其興、比、賦。就愚著以觀，如〈卷耳〉舊皆以為賦，愚本《左傳》解之，則為比。〈野有死麕〉，舊皆以為興，無故以死麕為興，必無此理，則詳求三體，正是釋詩之要。愚以贄禮解之，則為賦。如是之類，詩旨失傳，既無一定之解，則興、比、賦亦為活物，安可不標之以使人詳求

說詩之是非乎！」

㈩胡承珙《毛詩後箋》

胡承珙《毛詩後箋》〈關雎〉篇云：「呂東萊《讀詩記》曰：『首章以雎鳩興，後二章皆以荇菜興。』此說是也。后妃即淑女，有供荇菜之職，故因荇菜之可流，以興淑女之可求；下文采謂采取，芼謂擇取。古者，昏禮納采，即納其采擇之禮。以此託興，意味深長，若以供荇菜為直賦其事，意義淺矣。毛於首章標明興體，故次章略之。全詩例皆如此。范氏《詩補傳》，嚴氏《華谷詩緝》，皆以荇菜為賦，誤矣。」

又〈螽斯〉篇云：「此詩《傳》、《箋》皆不言興，《正義》引《鄭志》之文以此為興，《朱傳》則以為比。若以為興，則經文上二句言螽斯，下二句言后妃；爾者，爾后妃也。以為比，則四句皆指螽斯；爾者，爾螽斯矣。或謂詩上二句但言螽斯之羽詵詵而眾多，以興后妃之不妒忌而妾媵和耳，未見子孫眾多義，何得下文便指后妃之子孫眾多乎？當從《集傳》作比。承珙案：此說非也，何氏《古義》謂蕃育之最多者，莫如螽斯，故詩借以興子孫，非以比后妃也。戴岷隱亦如此說。今玩經文，每上二句形容螽斯和集眾多之意已盡，下二句自當從《毛傳》指人。《後漢書》荀爽對策曰：配陽施，祈螽斯，謂祈如螽斯之多子耳。詩人因子孫眾多，而歸其所自於后妃，但曰宜爾子孫，使人自思其所以宜者何故，而未嘗明言，故序又以不妒忌申之。《韓詩外傳》引此詩亦曰：賢母使子賢也。傳箋以為爾后妃者，其義諦矣。」

(戊)方玉潤《詩經原始》

方玉潤《詩經原始》云：「賦比興三者，作詩之法，斷不可少。然非執定某章為興，某章為比，某章為賦。更可笑者，賦而興，興而比之類，如同小兒學語，句句強為分解也。夫作詩必有興會，或因物以起興，或因時而感興，皆興也。其中有不能明言者，則不得不借物以喻之，所謂比也。或一二句比，或通章比，皆相題及文勢為之，亦行乎其所不得不行已耳，非判然三體可以分晰言之也。學者不知古詩，但觀漢魏諸作，其法自見。故編中興比也之類，概行刪除。唯於旁批略為點明，俾知用意所在而已。至賦體，逐章皆是，自無煩贅。」

(己)魏源《詩古微》

魏源《詩古微》宗三家詩而斥毛、鄭，並根據三家詩遺說，駁擊蘇轍、鄭樵的興詩全無取義的見解。他說：「《淮南子》曰：『〈關雎〉興於鳥，而君子美之，取其雌雄不乘居也。〈鹿鳴〉興於獸而君子大之，取其得食而相呼也。』《說苑》曰：『鳲鳩之所以養七子者一心也。君子之所以理萬物者一儀也。』《韓詩章句》曰：『詩人傷其君子，有惡疾求已不得，發憤而作。以是興芣苢雖臭惡，我猶采而未已。』又《韓詩》以漢廣游女，興之子。以羔羊素絲五紽，興潔白之性，柔屈之行，進退有度數。以蝃蝀，興邪色乘陽。以東方之日，興所悅者之美。以夫栘之鄂柎，興兄弟恩榮相覆。以振鷺辟雍，興學士之潔白。此三家詩以取義為興。」

(庚)陳奐《詩毛氏傳疏》

陳奐《詩毛氏傳疏》〈關雎〉篇《毛傳》疏云：「興也者，詩託〈關雎〉以為興也。序云：『詩有六義：二曰賦、三曰比、四曰興。』《周禮》太師教六詩，其次第與〈詩序〉同。鄭玄注云：『賦之言鋪，直鋪陳今之政教善惡。』鄭司農眾注云：『比者，比方於物；興者，託事於物。』《禮記．樂記》云：『人生而靜，天之性也；感於物而動，性之欲也。物至知知，然後好惡形焉。』蓋好惡動於中而適觸於物，假以明志謂之興；而以言乎物則比矣，而以言乎事則賦矣。要迹其志之所自發，情之不能已者，皆出於興。故孔子曰：『《詩》可以興。』凡託鳥獸草木以成言者，皆興也。賦顯而興隱；比直而興曲。傳言興凡百十有六篇，而賦比不之及，賦比易識耳。余友長洲吳毓汾說。」

(二)何楷、姚際恆、傅恆對興義的實際作業

明、清兩代對興義實際作業有所建樹的，當推明何楷於崇禎十三年（公元一六四〇年）完成的《詩經世本古義》，清姚際恆於康熙四十四年（公元一七〇五年）完成的《詩經通論》及傅恆、來保、孫嘉淦等奉敕撰纂，於乾隆二十年（公元一七五五年）完成的《欽定詩義折中》三書。三書於每章之下，均有出於《折中》之興比賦的標識。

至於明永樂中胡廣等奉敕所撰《詩傳大全》，清康熙六十年王鴻緒等奉敕所撰完成於雍正五年的《詩經傳說彙纂》二書，各章所標興比賦，均照錄朱子《集傳》原文，無發展可言。

茲即以胡廣《詩傳大全》、何楷《世本古義》、姚際恆《詩經通論》、傅恆《詩義折中》四書各章所標興詩製成比較表於下：

篇名	興詩編號	章數	《大全》所標	《古義》所標	《通論》所標	《折中》所標	四書異同
【周南】							
關雎	1	3（姚論5）	全興①	全興①	1245興而比 3賦①	1245興 3賦①	《大》、《古》同，餘各異（分章異）
葛覃	毛興	3	全賦	全賦	全賦	全賦	同
卷耳	毛興	4	全賦	1賦 234比而賦	1比 234賦	全比而賦	各異
樛木	2	3	全興②	全興之比又賦②	全興而比②	全比而賦	各異
螽斯	3	3	全比	全興③	全比	全比	《古》異，餘同（《毛傳》未標興）①
桃夭	4	3	全興③	全興④	全興而比③	全興②	《通》異，餘同

兔罝	5	3	全興④	全賦	全賦	全賦	《大》異，餘同（《毛傳》未標興）②
芣苢	6	3	全賦	全興而比⑤	全賦	全賦	《古》異，餘同（《毛傳》未標興）③
漢廣	7	3	全興而比⑤	全興而比⑥	1興而比④ 2 3賦而比	全興而比③	《通》異，餘同
汝墳	8	3	1 2賦 3比	1 2興而賦 3興之比又賦⑦	1 2賦 3比而賦	1 2賦 3比而賦	《通》、《折》同，餘異（《毛傳》未標興）④
麟趾	9	3	全興⑥	全比中有賦	全比而賦⑤	全興④	《大》、《折》同，餘異
【召南】							
鵲巢	10	3	全興⑦	全興⑧	全興而比⑥	全興⑤	《通》異，餘同
草蟲	11	3	全賦	1興⑨ 2 3賦	全賦	全賦	《古》異，餘同
行露	12	3	2 3興 1賦⑧	1比 2 3比而賦	1比 2 3比而賦	全比	《古》、《通》同，餘異

殷靁	13	3	全興⑨	全興之比又賦⑩	全興	全比而賦	《大》、《通》同，餘異（《毛傳》未標興）⑤
摽梅	14	3	全賦	全興而賦⑪	全興而比⑦	全興⑥	各異
小星	15	2	全興⑩	全興⑫	全興⑧	全興⑦	同（《毛傳》未標興）⑥
江汜	16	3	全興⑪	全興之比⑬	全興而比⑨	全興⑧	《大》、《折》同，餘異
野麕	17	3	1 2 興 3 賦⑫	1 2 比而賦 3 賦	全賦	全賦	《通》、《折》同，餘異（《毛傳》未標興）⑦
何襛	18	3	全興⑬	1 2 賦中有比 3 興⑭	全興而比⑩	全興⑨	《大》、《折》同，餘異
【邶風】							
柏舟	毛興	5	1 5 比 2 3 4 賦	1 比而賦 2 3 4 賦 5 比	1 5 比而賦 2 3 4 賦	1 5 比而賦 2 3 4 賦	《通》、《折》同，餘異
綠衣	毛興	4	全比	1 2 比 3 4 比而賦	全比而賦	全比	《大》、《折》同，餘異

燕燕	19	4	123興⑭ 4賦	123興 4賦⑮	123興而比 4賦⑪	123興⑩ 4賦	《大》、《古》、《折》同，《通》異（《毛傳》未標興）⑧
日月	20	4	全賦	全興⑯	全興而比⑫	全賦	《大》、《折》同，餘異（《毛傳》未標興）⑨
終風	毛興	4	全比	全比	全比而賦	全比	《大》、《古》、《折》同，《通》異
凱風	21	4	234興⑮ 1比	全興⑰	12興而比 34興⑬	全興⑪	《古》、《折》同，餘異
雄雉	22	4	12興⑯ 34比	12興⑱ 34賦	12興⑭ 34賦	12比 34賦	《古》、《通》同，餘異
匏葉	毛興	4	124比 3賦	全比	124比 3賦	全比	《大》、《通》同，《古》、《折》同
谷風	23	6	46興 13比 5賦 2賦而比⑰	1346比而賦 5賦 2賦而比	1346比而賦 2賦而比 5賦	1346比而賦 2賦而比 5賦	《古》、《通》、《折》同，《大》異
旄丘	24	4	1興 234賦⑱	1興 23賦 4比而賦⑲	1興 23賦 4比而賦⑮	1興 234賦⑫	《大》、《折》同，《古》、《通》同

簡兮	25	4（古3）	4興 123賦⑲	12賦 3興⑳	123賦 4興⑯	123賦 4興⑬	同（分章異《毛傳》未標興）⑩
泉水	26	4	1興 234賦⑳	14興 23賦㉑	1興而比⑰ 234賦	1興 234賦⑭	《大》、《折》同，餘異
北門	毛興	3	1比 23賦	全賦	全賦	全賦	《古》、《通》、《折》同，《大》異
北風	27	3	全比	12興㉒ 比	全比而賦	全比	《大》、《折》同，餘異
新臺	28	3	3興 12賦㉑	12賦而比 3比而賦	12興而比⑱ 3比而賦	12賦 3比	各異（《毛傳》未標興）⑪
【鄘風】							
柏舟	29	2	全興㉒	全興㉓	全興而比⑲	全興⑮	《大》、《古》、《折》同，《通》異
牆茨	30	3	全興㉓	全比	全比而賦	全興⑯	《大》、《折》同，《古》、《通》異
鶉奔	31	2	全興㉔	全興㉔	全興而比⑳	全興⑰	《大》、《古》、《折》同，《通》異（《毛傳》未標興）⑫

蝃蝀	32	3	1 2比 3賦	1 2興而賦㉕ 3賦	1 2比而賦 3賦	1 2比而賦 3賦	《通》、《折》同，餘異（《毛傳》未標興）⑬
相鼠	33	3	全興㉕	全比	全比而賦	全興⑱	《大》、《折》同，《古》、《通》異（《毛傳》未標興）⑭
【衛風】							
淇奧	34	3	全興㉖	全興㉖	全興㉑	全興⑲	同
碩人	35	4	全賦	1 2 3賦㉗ 4興	全賦	全賦	《大》、《通》、《折》同，《古》異（《毛傳》未標興）⑮
氓	36	6	1 2 5賦 3比而興 4比 6賦而興㉗	1 2 5賦㉘ 3 6賦而興 4賦而比	1 2賦 3 4 5 6比而賦	1 2 5賦⑳ 3比而興 4比而賦 6賦而興	《大》、《折》小異，《古》、《通》各異（《毛傳》未標興）⑯
竹竿	毛興	4	全賦			全賦	同
芄蘭	37	2	全興㉘	全比	全興而比㉒	全興㉑	《大》、《折》同，餘異

河廣	38	2	全賦	全賦	全賦	1興 2賦㉒	《折》異，餘同（《毛傳》未標興）⑰
伯兮	39	4	124賦 3比	3興 124賦㉙	3興 124賦㉓	124賦 3比	《大》、《折》同，《古》、《通》同（《毛傳》未標興）⑱
有狐	40	3	全比	全興㉚	全興㉔	全比	《大》、《折》同，《古》、《通》同
【王風】							
黍離	41	3	全賦而興㉙	全賦而興㉛	全興㉕	全賦而興㉓	《通》異，餘同（《毛傳》未標興）⑲
揚水	42	3	全興㉚	全比	全興而比㉖	全興㉔	《大》、《折》同，餘異
谷摧	43	3	全興㉛	全興㉜	全興㉗	全興㉕	同
兔爰	毛興	3	全比	全比	全比而賦	全比	《通》小異，餘同
葛藟	44	3	全興㉜	全興而比㉝	全興㉘	全興㉖	《古》小異，餘同
采葛	45	3	全賦	全比	全興㉙	全比	《古》、《折》同，《大》、《通》各異

丘麻	46	3	全賦	全興㉞	全興㉚	全賦	《古》、《通》同，《大》、《折》同（《毛傳》未標興）⑳
【鄭風】							
扶蘇	47	2	全興㉝	全興㉟	全比而賦	全興㉗	《通》異，餘同
擇兮	48	2	全興㉞	全比而賦	全比而賦	全比	《古》、《通》同，餘異
東墠	49	2	全賦	全賦	全興㉛	全賦	《通》異，餘同（《毛傳》未標興）㉑
風雨	50	3	全賦	全興㊱	全興㉜	全比	《古》、《通》同，餘異
揚水	51	2	全興㉟	全比	全興而比㉝	全興㉘	《大》、《折》同，餘異（《毛傳》未標興）㉒
蔓草	52	2	全賦而興㊱	全興之比又賦㊲	全興㉞	全比	各異
溱洧	53	2	全賦而興㊲	全賦	全賦	全賦	《大》異，餘同（《毛傳》未標興）㉓

【齊風】							
東日	54	2	全興㊳	全興	全興㉟	全興而賦㉙	《折》小異，餘同
南山	55	4	1 2比 3 4興㊴	1比而賦 2賦 3 4比	全比而賦	1 2比 3 4興㉚	《大》、《折》同，餘異
甫田	毛興	3	全比	1比而賦 2 3比	1 2比而賦 3非比然未詳	全比	《大》、《折》同，餘異
盧令	56	3	全賦	1 2賦而興 3興㊴	全賦	全賦	《古》異，餘同（《毛傳》未標興）㉔
敝笱	57	3	全比	全興㊵	全比而賦	全比	《大》、《折》同，餘異
【魏風】							
葛屨	58	2	1興㊵ 2賦	全賦	1興㊱ 2賦	全賦	《大》、《通》同，《古》、《折》同（《毛詩》未標興）㉕
汾洳	59	3	全興㊶	全興㊶	全興㊲	全興㉛	同（《毛傳》未標興）㉖

園桃	60	2	全興㊷	全比	全興㊳	全興㉜	《古》異，餘同
伐檀	61	3	全賦	全比而賦	全興㊴	全比	各異（《毛傳》未標興）㉗
【唐風】							
山樞	62	3	全興㊸	全興㊷	全興㊵	全興㉝	同
揚水	毛興	3	全比	全比而賦	全比而賦	全比	《大》、《折》同，《古》、《通》同
椒聊	63	2	全興而比㊹	全比而賦	全比而賦	全興而比㉞	《大》、《折》同，《古》、《通》同
綢繆	64	3	全興㊺	全賦之興㊸	全興㊶	全賦	《大》、《通》同，餘異
杕杜	65	2	全興㊻	全興㊹	全興㊷	全興㉟	同
鴇羽	66	3	全比	全興而比㊺	全興㊸	全興㊱	《通》、《折》同，餘異
有杕	67	2	全比	全興之比㊻	全興㊹	全比	《大》、《折》同，餘異
葛生	68	5	1 2興㊼ 3 4 5賦	全賦	1 2興㊺ 3 4 5賦	全賦	《大》、《通》同，《古》、《折》同
采苓	69	3	全比	全比	全興㊻	全比	《通》異，餘同

【秦風】							
車鄰	70	3	1賦 23興㊽	1賦 23興㊼	1賦 23興㊼	全賦	《折》異，餘同
蒹葭	71	3	全賦	全興㊽	全興㊽	全比	《大》、《折》異，餘同
終南	72	2	全興㊾	全興㊾	全興㊾	全興㊲	同
黃鳥	73	3	全興㊿	全興㊿	全興㊿	全興㊳	同
晨風	74	3	全興(51)	全興(51)	全興(51)	1比 23興㊴	《折》異，餘同
無衣	75	3	全賦	全賦	全興(52)	全賦	《通》異，餘同
【陳風】							
東池	76	3	全興(52)	全興(52)	全興(53)	全興㊵	同
東楊	77	2	全興(53)	全賦	全興(54)	全賦	《大》、《通》同，《古》、《折》同
墓門	78	2	全興(54)	全興之比而賦(53)	全比而賦	全比	各異
防巢	79	2	全興(55)	全興(54)	全比而賦	全比	《大》、《古》同，餘異
月出	80	3	全興(56)	全賦	全賦	全賦	《大》異，餘同

澤陂	81	3	全興(57)	全興(55)	全興(55)	全興㊶	同
【檜風】							
萇楚	82	3	全賦	全興(56)	全比	全賦	《大》、《折》同，餘異
匪風	83	3	1 2賦 3興(58)	1 2賦 3比	1 2賦 3興(56)	1 2 3興㊷	《古》異，餘同（《毛傳》未標興）㉘
【曹風】							
蜉蝣	84	3	全比	1 2興而比 3興(57)	全興(57)	1比 2 3興㊸	各異
候人	85	4	1 2 3興 4比(59)	1賦 2 3 4興而比(58)	1 2 3興(58) 4比	1賦 2 3 4比	《大》、《通》同，餘異（《毛傳》未標興）㉙
鳲鳩	86	4	全興(60)	全興(59)	全興(59)	全比	《折》異，餘同
下泉	87	4	全比而興(61)	1 2 4比而賦 3賦而比	全比而賦	全比	各異
【豳風】							
鴟鴞	毛興	4	全比	1比而賦 2 3 4比之賦	全比	全比	《古》異，餘同

篇名	編號	章數					
東山	88	4	1 2 3賦 4賦而興(62)	全賦	全賦	全賦	《大》異，餘同（《毛傳》未標興）㉚
九罭	89	4	1 2 3興 4賦(63)	1興而比(60) 2 3興 4賦	1 2 3興(60) 4賦	1 2 3興㊹ 4賦	《古》異，餘同
狼跋	90	2	全興(64)	全比而賦	全比而賦	全比	《古》、《通》同，餘異
【小雅】							
鹿鳴	91	3	全興(65)	全興(61)	全興(61)	1 3興㊺ 2賦	《折》異，餘同
四牡	92	5	1 2 5賦 3 4興(66)	1 2 5賦 3 4興(62)	1 2 5賦 3 4興(62)	1 2 5賦 3 4興㊻	同（《毛傳》未標興）㉛
皇華	93	5	1興 2 3 4 5全賦(67)	1興(63) 2 3 4 5賦	1興 餘賦(63)	1興 餘賦㊼	同（《毛傳》未標興）㉜
常棣	94	8	1 3興 餘賦(68)	1興 3比(64) 2 4 5 6 7 8賦	1興 3興而比 餘賦(64)	1 3興㊽ 餘賦	《大》、《折》同，餘異

伐木	采薇	出車	杕杜	魚麗	嘉魚	有臺	蓼蕭	湛露	菁莪
95	96	97	98	99	100	101	102	103	104
3（毛6）	6	6	4	6	4	5	4	4	4
全興[69]	1234興 56賦[70]	全賦	全賦	123興 456賦[71]	全興[72]	全興[73]	全興[74]	全興[75]	123興 4比[76]
全興[65]	12356賦 4興[66]	12346賦 5興而賦[67]	12興 34賦[68]	123興 456賦[69]	全興[70]	全興[71]	全興[72]	全興[73]	123興 4比[74]
1興而比[65] 23興	全賦	全賦	12興 34賦[66]	全賦	12賦 34興[67]	全興[68]	全興[69]	全興[70]	123興[71] 4比而賦
全興[49]	1234興[50] 56賦	全賦	12興[51] 34賦	123興[52] 456賦	全興[53]	全興[54]	全興[55]	全興[56]	
《通》異，餘同	《古》、《折》同，餘異（《毛傳》未標興）[33]	《古》異，餘同（《毛傳》未標興）[34]	《大》異，餘同	《通》異，餘同（《毛傳》未標興）[35]	《通》異，餘同	同	同	同	《大》、《古》同，餘異

篇名	編號	章數					
采芑	105	4	123興 4賦(77)	123興 4賦(75)	123興 4賦(72)	123比而賦 4賦	《折》異，餘同
鴻雁	106	3	12興(78) 3比	全比而賦	全比而賦	全興(57)	《古》、《通》同，餘異
沔水	107	3	全興(79)	全比而賦	全興(73)	全比	《大》、《通》同，餘異
鶴鳴	毛興	2	全比	全比	全比	全比	同
黃鳥	108	3	全比	全興(76)	全興(74)	全興(58)	《大》異，餘同
我行	109	3	全賦	全賦	全賦	全興而比(59)	《折》異，餘同（《毛傳》未標興）㊱
斯干	毛興	9	全賦	全賦	全賦	全賦	同
節南	110	10	12興(80) 餘賦	12興(77) 餘賦	12興(75) 餘賦	12興 餘賦(60)	同
正月	111	13	47興 91011比 餘賦(81)	45711比而賦 9賦而比 10比 餘賦	47興(76) 910比 11比而賦 餘賦	47興 91011比 3賦而比 5比而賦 餘賦(61)	各異（《毛傳》未標興）㊲

篇名	編號	章數					
小宛	112	6	1345興 26賦(82)	14興而比 26賦 35比(78)	145興 3興而比 26賦(77)	134興 26賦 5比而賦(62)	各異
小弁	113	8	7賦而興 8賦而比 餘興(83)	7賦而比 8比而賦 餘興(79)	1345興 2賦 6興而比 7賦而比 8比而賦(78)	146興 258比 37賦(63)	各異
巧言	114	6	4興而比(84) 5興 餘賦	136賦(80) 2興 4賦而比 5比而賦	4興而比 5興 1236賦(79)	5比而賦 4賦而比 餘賦	《大》、《通》同，餘異（《毛傳》未標興）(38)
巷伯	115	7	12比 7興 餘賦(85)	12比 3456賦 7比而賦	12比而賦 7興 3456賦(80)	12比 3456賦 7興(64)	《大》、《折》同，餘異
谷風	116	3	12興(86) 3比	全比而賦	全興(81)	全興(65)	《通》、《折》同，餘異
蓼莪	117	6	123比 4賦	12比 3比而賦	123比而賦	123比 4賦	《大》、《折》同，餘異

	大東	四月	無將	鼓鐘	瞻洛	裳華	桑扈
	118	119	121	121	毛興	122	123
	7（古6）	8	3	4	3	4	4
56興(87)	13興(88) 餘賦	5賦 餘興(89)	全興(90)	全賦	全賦	123興(91) 4賦	12興(92) 34賦
4賦 56興而比(81)	3興而比(82) 餘賦	23賦而興(83) 456興而比 178賦	全興而比(84)	123賦而興 4賦(85)	全賦	123興(86) 4賦	12興(87) 34賦
4賦 56興(82)	1興(83) 3興而比 餘賦	123賦 4568興(84) 7比	全興(85)	全賦	全賦	全興(86)	12興(87) 34賦
56興(66)	3比 餘賦	568興(67) 餘賦	全興(68)	全賦	全賦	123興(69) 4賦	12比 34賦
	各異（分章異）	各異（《毛傳》未標興）(39)	《古》異，餘同（《毛傳》未標興）(40)	《古》異，餘同（《毛傳》未標興）(41)	同	《通》異，餘同	《折》異，餘同

鴛鴦	124	4	全興(93)	1 2 興(88) 3 4 賦	全興(88)	1 2 比 3 4 賦	《大》、《通》同，餘異
頍弁	125	3	全賦而興(94) 又比	全賦而比	全興而比(89)	全賦而比	《古》、《折》同，餘異
車舝	126	5	2 4 5 興(95) 1 3 賦	1 3 賦 2 4 5 興(89)	1 3 賦 2 4 5 興(90)	1 3 賦 2 4 比 5 比而賦	《折》異，餘同
青蠅	127	3	1 比 2 3 興(96)	全興(90)	全興而比(91)	全比	各異
魚藻	128	3	全興(97)	1 3 興(91) 2 賦	全興(92)	全興(70)	《古》異，餘同（《毛傳》未標興）(42)
采菽	129	5	3 賦 餘興(98)	3 賦 餘興(92)	3 賦 餘興(93)	3 賦 餘興(71)	同
角弓	130	8	1 興(99) 2 3 4 賦 餘比	1 7 8 興(93) 2 3 4 賦 5 6 比	1 興(94) 2 3 4 賦 5 6 7 8 比	1 興(72) 2 3 4 賦 5 6 7 8 比	《大》、《通》、《折》同，《古》異
菀柳	131	3	1 2 比 3 興(100)	1 2 興(94) 3 興而比	1 2 興(95) 3 興而比	全比	《古》、《通》同，餘異
采綠	毛興	4	全賦	全賦	全賦	全比	《折》異，餘同

篇名	編號	章數					
黍苗	132	5	1興[101] 餘賦	1興[95] 餘賦	1興[96] 餘賦	1興[73] 餘賦	同
隰桑	133	4	123興[102] 4賦	123興[96] 4賦	123興[97] 4賦	123比 4賦	《折》異，餘同
白華	134	8	全比	全興[97]	全比而賦	全比	《大》、《折》同，餘異
緜蠻	135	3	全比	全興[98]	全興[98]	全比	《大》、《折》同，《古》、《通》同
苕華	136	3	12比 3賦	1興而賦 2賦而興 3比[99]	全興[99]	12比 3賦	《大》、《折》同，餘異
何草	137	4	124興 3賦[103]	4興[100] 餘賦	全興[100]	12興 3賦 4比	各異（《毛傳》未標興）[43]
【大雅】							
緜	138	9	1比 餘賦	1比 餘賦	1比而賦 餘賦	1興[75] 餘賦	《大》、《古》同，餘異

棫樸	旱麓	有聲	行葦	鳧鷖	泂酌
139	140	141	142	143	144
5	6	8	4（毛8）	5	3
2賦 餘興(104)	4賦 餘興(105)	8興(106) 餘賦	1興(107) 2 3 4賦	全興(108)	全興(109)
1 3賦之興(101) 2賦 4興 5比而賦	1 2賦之興 3興之比 4賦 5興而賦 6興(102)	5 8興(103) 餘賦	1興(104) 2 3 4賦	全興而賦(105)	全興(106)
1興(101) 餘賦	4賦 餘興(102)	8興(103) 餘賦	1興(104) 2 3 4賦	全興(105)	全興(106)
1 5比 3 4興 2賦(76)	1 2 3興(77) 4賦 5 6比	全賦	1比 2 3 4賦	全比	全比
各異	《大》、《通》同，餘異（《毛傳》未標興）㊹	《大》、《通》同，餘異（《毛傳》未標興）㊺	《折》異，餘同（《毛傳》未標興）㊻	《大》、《通》同，餘異（《毛傳》未標興）㊼	《折》異，餘同（《毛傳》未標興）㊽

篇名	編號	章數					
卷阿	145	10	7 8興(110) 9比 餘賦	1興而賦 7 8賦之興 9賦之比 餘賦(107)	1興 7 8比而賦 9比 餘賦(107)	7 8興(78) 9比 餘賦	《大》、《折》同，餘異
抑	146	12（古10）	9興(111) 餘賦	9比而賦 餘賦	全賦	8賦而比 9興餘賦(79)	各異（分章異，《毛傳》未標興）㊾
桑柔	147	16	1比 9 12 13興 餘賦(112)	1比 9興 12興之比 6 13比而賦 5 7賦中有比 餘賦(108)	1 6 12 13比而賦 9興 餘賦(108)	9 12 13興(80) 1比 5賦而比 餘賦	各異
瞻卬	148	7	7興(113) 餘賦	7興而賦 餘賦(109)	全賦	7興(81) 餘賦	《大》、《折》同，餘異（《毛傳》未標興）㊿
【周頌】							
振鷺	149	1（古、通2）	賦	1興中有比 2賦(110)	1比而賦 2賦	興(82)	各異（分章異）
【魯頌】							

有駜	150	3	全興[114]	1 2賦而興 3賦[111]	全興[109]	1 2賦而興 3賦[83]	《大》、《通》同，《古》、《折》同（《毛傳》未標興）[51]
泮水	151	8	1 2 3賦其事以起興 8興 4 5 6 7賦[115]	1 2 3興 8興而比 餘賦[112]	2 3興 8興而比 餘賦[110]	1 2 3興而比 8比 餘賦[84]	各異（《毛傳》未標興）[52]

觀此四書興詩比較表，可以清楚地理解明、清兩代興義實際作業的情況。表中最早的胡廣《詩傳大全》，全部承襲朱子《詩集傳》的作業，三〇五篇得興詩一一五篇，其中純興詩，即一篇中各章都標興也的，計五二篇，占興詩中三分之一弱，其他三書所標興詩，均少於《大全》；何楷《世本古義》興詩一一二篇，其中純興詩計四〇篇；姚際恆《詩經通論》興詩一一〇篇，其中純興詩計五一篇；傅恆《詩義折中》興詩八四篇，其中純興詩計三九篇。四書興詩總編號為一五一號。此一五一篇中，有五二篇為新增，即《毛傳》未標興也的，所以與《毛傳》同為興詩者僅九十九篇。《毛傳》興詩共一一五篇，除此九十九篇外，尚有興詩十六篇，此四書均未遵《毛傳》標為興詩。故《毛傳》獨標興也的十六篇，加上此四書興詩總篇數一五一號，則《詩經》三〇五篇，涉及興式的共為一六七篇。

朱熹《詩集傳》不從《毛傳》所標興也者三十七篇，現在此表四書均不從毛興者僅十六篇，則何、姚、傅三書中不從《朱傳》而仍從《毛傳》者，為二十一篇。《朱傳》所標興詩一一五篇中，亦有《毛傳》標興也的三十七篇，今此表一五一篇中，《毛傳》未標興也的五十二篇，則何、姚、傅三書，於《朱傳》之外，又將《毛傳》未標興也的十五篇也標作興詩了。換言之，元代以來，《朱傳》雖成權威之書，而明清時代的何楷、姚際恒也不從《朱傳》，而傅恆之書，亦為折中於毛、朱之作，不肯以《朱傳》為主也。查看此表，胡廣《大全》依《朱傳》從《毛傳》標為興詩而何、姚、傅三書均不從之者，有〈兔罝〉、〈行露〉、〈野有死麕〉、〈溱洧〉、〈東山〉等篇，而何楷《古義》不從毛、朱，獨標興詩的也有〈螽斯〉、〈芣苢〉、〈草蟲〉、〈蝃蝀〉、〈碩人〉、〈出車〉等篇，姚際恆《通論》獨標興詩的也有〈東門之墠〉、〈伐檀〉、〈鼓鐘〉等篇。就是傅恆《折中》，以折中毛、朱為務，竟也有〈河廣〉、〈我行其野〉兩篇獨標興體。則此三書對興詩之認識，都有獨自意見也。

至於《毛傳》興詩，胡、何、姚、傅四書均標為純賦者，有〈葛覃〉、〈竹竿〉、〈斯干〉、〈瞻彼洛矣〉四篇，《毛傳》興詩而四書均標為比者，僅〈鶴鳴〉一篇。蓋《三百篇》中賦比興三者，賦詩最多，興詩次之，而以比詩為最少。

此表中四書全篇各章純標為興，而又同於《毛傳》之興詩者，有〈中谷有蓷〉、〈山有樞〉、〈杕杜〉、〈終南〉、〈黃鳥〉、〈東門之池〉、〈澤陂〉、〈南山有臺〉、〈蓼蕭〉、〈湛露〉等十篇，《毛傳》未標興而四書認為純興者，則有〈小星〉、〈淇奧〉、〈汾沮洳〉三篇，兩者合計，共得純興詩

十三篇。即此表中一五一篇興詩中，複合之興詩占絕大多數，四書共同承認之純興詩僅得十三篇而已。

我們再看《朱傳》所標興式，有⑴興也⑵興而比也⑶比而興也⑷賦而興也⑸賦而興又比也⑹賦其事以起興也等六種，而何楷古義又增⑺興而賦⑻興之比⑼興之比又賦⑽興之比而賦⑾賦之興⑿興中有比等六種。三緯中僅興之一項，已名目繁雜，達十二種之多，使人難予辨別；而同一詩篇，各人所標之賦比興，往往完全不同，此表中四書異同欄，各異之語即達十數篇，例如〈伐檀〉一篇，僅三章，而《大全》標賦，《通論》標興，《折中》標比，《古義》比而賦，雖皆單純，而各異其趣，使人無所適從，難怪方玉潤要主張不標三緯也。

現在溥言試將胡廣、何楷、姚際恒、傅恒四家的興式分別加以考察：

胡廣的《詩傳大全》，完全照錄《朱傳》所標，分為六項：⑴興也⑵興而比也⑶比而興也⑷賦而興也⑸賦而興又比也⑹賦其事以起興也。

何楷《世本古義》則分為九項：⑴興也⑵興而比也⑶賦而興也⑷興而賦也⑸興之比也⑹興之比又賦也⑺興之比而賦也⑻賦之興也⑼興中有比也。

姚際恒《詩經通論》則承襲嚴粲《詩緝》兼比不兼比的兩分式，改稱為⑴興也⑵興而比也。

傅恒《詩義折中》五式，則去《朱傳》之⑸⑹而襲用其⑴興也⑵興而比也⑶比而興也⑷賦而興也及⑸另標何楷《古義》「興而賦也」以〈東方之日〉篇實之，而併《朱傳》〈泮水〉首三章之

「賦其事以起興也」於「(2)興而比也」項下。〈頍弁〉一篇則剔出興詩範圍，改從何楷標為賦而比，〈下泉〉一篇也改標比也，使(3)比而興一項，僅剩〈氓〉之第三章。

當然，四家興式粗分與細分各有利弊，《詩經》一章之中，也可能係賦比興混合組成，然興詩即為興句加賦句（即應句）所組成，傅氏之(7)興而賦式，即可併入興式；其(9)興之比又賦及(10)興之比而賦，均可併入興而比式。是以似有將四家十二式加以比較整理，減少其興式名稱之可能。

茲將胡廣（朱傳）、何楷、姚際恆、傅恆四家興式，整理列表比較於下：

胡氏《大全》（朱傳）、何氏《古義》、姚氏《通論》、傅氏《折中》四書興式比較表

編號	興式名稱	大全舉例	古義舉例	通論舉例	折中舉例	整理意見
(1)	興也	〈關雎〉、〈麟趾〉兼比，〈小星〉、〈兔罝〉不兼比	〈關雎〉、〈小星〉、〈泮水〉一二三章	〈小星〉、〈殷其靁〉	〈桃夭〉、〈麟趾〉、〈鵲巢〉、〈小星〉、〈振鷺〉	依姚際恆主張僅以〈小星〉等不兼比者屬此式，〈關雎〉等改標興而比。但考察四家全篇興詩，均不言有比之成分者僅〈小星〉、〈東方之日〉、〈汾沮洳〉、〈唐・山有樞〉、〈杕杜〉，〈秦・終南〉、〈黃鳥〉，〈陳・澤陂〉、〈東門之池〉及〈小雅・南山有臺〉、〈蓼蕭〉、〈湛露〉、〈魚藻〉等十餘篇耳。

(2)	興而比也	〈漢廣〉、〈椒聊〉及〈巧言〉第四章	〈漢廣〉、〈葛藟〉、〈候人〉、〈鴇羽〉	〈關雎〉、〈樛木〉、〈桃夭〉、〈鵲巢〉	〈漢廣〉、〈椒聊〉、〈頍弁〉及〈泮水〉一二三章	以〈關雎〉、〈麟趾〉等為主，並以〈漢廣〉等之興又比附屬之。
(3)	比而興也	〈下泉〉及〈氓〉第三章	缺	缺	〈氓〉第三章	取消〈下泉〉、〈氓〉第三章，均予參考何、姚改標為比。
(4)	賦而興也	〈黍離〉、〈溱洧〉及〈氓〉第六章、〈東山〉第四章	〈黍離〉、〈有駜〉及〈氓〉之三六兩章	缺	〈黍離〉及〈氓〉第六章、〈有駜〉首二章	將賦其事以起興併入此式。
(5)	賦而興又比也	〈頍弁〉	缺	缺	缺	取消。〈頍弁〉參考何、姚、傅予以改標。
(6)	賦其事以起興也	〈泮水〉一、二、三章	缺	缺	缺	取消。併入賦而興也。
(7)	興而賦也	缺	〈摽梅〉、〈鳧鷖〉及〈蝃蝀〉之一二兩章	缺	〈東方之日〉	取消。分別予以改標。

(8)	興之比也	缺	〈江有汜〉、〈有杕之杜〉及〈旱麓〉第三章	缺	缺	取消。分別予以改標。
(9)	興之比又賦也	缺	〈樛木〉、〈殷其靁〉及〈汝墳〉第三章	缺	缺	取消。分別予以改標。
(10)	興之比而賦也	缺	〈墓門〉	缺	缺	取消。〈墓門〉予以改標。
(11)	賦之興也	缺	〈綢繆〉及〈旱麓〉一二兩章	缺	缺	取消。分別予以改標。
(12)	興中有比也	缺	〈振鷺〉	缺	缺	取消。〈振鷺〉予以改標。

上表整理意見，興詩可歸併成三式，即(1)興也(2)興而比也(3)賦而興也。而(2)(3)兩式可各分甲乙兩種，列表以明之。

興詩三式表

興詩三式

- (1)興也——不兼比的〈小星〉、〈殷其靁〉、〈山有樞〉等篇（以「嘒彼小星，三五在東」「殷其靁，在南山之陽」「山有樞，隰有榆」為興句）。
- (2)興而比也
  - (甲)兼比的〈關雎〉、〈桃夭〉等篇（以「關關雎鳩，在河之洲」「桃之夭夭，灼灼其華」為興句，兼比夫婦之和諧，新娘之少好）。
  - (乙)興而又比的〈漢廣〉、〈椒聊〉等篇（以「南有喬木，不可休息」「椒聊之實，蕃衍盈升」為興句，又以「漢之廣矣」四句「椒聊且，遠條且」一句為比）。
- (3)賦而興也
  - (甲)賦其事以起興的〈黍離〉、〈野有蔓草〉等篇（「彼黍離離，彼稷之苗」「野有蔓草，零露漙兮」本為直賦其事，而又為興句）。
  - (乙)賦而又興的〈氓〉第六章、〈東山〉第四章等（先賦其事，而中間又以「淇則有岸，隰則有泮」「倉庚于飛，熠燿其羽」為興句，並下接應句）。

觀此表，可知凡有「興句」「應句」之配合，方成為興詩，而興句可兼比意，可無比意；可括物起興，觸物起興，以至〈鹿鳴〉之托物起興，〈揚之水〉之套句起興。但各人見解不同，其所定興式，即亦可因之而不同。觀夫四家所標歧異之大，可以概見。故此表所舉之例，亦可兩屬，例如〈小星〉篇，未嘗不可指其為「賦其事以起興」的第三式「賦而興也」。

《續修四庫全書提要》載有清林國賡撰《毛詩興體說》一卷（光緒刊本及《學海堂四集》）、黃應嵩《毛詩興體說》一卷（傳抄本）。林、黃均廣東人，據《提要》所述，兩書大旨相同，論鄭玄注《禮》與《箋》詩興義之不同，及《傳》、《箋》興同而義異例等甚為詳備。經細查中央圖書館等藏書均無此二書，諒其書流傳僅廣東一隅耳。

七、《詩經》興義發展第六階段——民國以來

民國成立六十多年以來，對於《詩經》興義討論與研究的文章相當多，既有歷史的探討，也有新的見解，可說是興義發展的第六階段。

民初新文化運動興起，對於《詩經》的研討，也成為熱門問題之一，自民國十二年顧頡剛在《小說月報》發表他有名的〈詩經的厄運與幸運〉一文，而掀起討論的高潮，顧頡剛輯為《古史辨》第三冊下編，起自民國前一年，迄民國二十年九月，共載胡適、錢玄同、周作人、俞平伯、劉大白、劉復、董作賓、朱自清、魏建功等二十人和他自己的討論《詩經》的文章共五十餘篇。

其中專論興義的有：顧頡剛的〈起興〉，鍾敬文的〈談談興詩〉，朱自清的〈關於興詩的意見〉，何定生的〈關於詩的起興〉等幾篇。劉大白的〈六義〉一文，討論的中心也是興義。此外，上海商務印書館出版蔣善國《三百篇演論》一書中的四始六義篇，也詳論到比興問題。

播遷來臺以後，在文化復興運動的號召下，《詩經》研究，又有新的發展。在香港，有徐復觀《中國文學論集》中的〈釋詩的比興〉，錢賓四先生〈讀詩經〉中第〈一四賦比興〉章。在臺灣，有高葆光《詩經新評價》附錄〈詩賦比興正詁〉等文，以及戴君仁先生的《梅園論學續集》中，都有興義的研討。但民國以來新撰的《詩經》注釋書，都已不再逐篇逐章的分別標明賦比興，所以無興義實際作業的代表作可舉。但也有在卷首的緒論中闡述興義的，例如屈萬里先生的《詩經釋義》，王靜芝先生的《詩經通釋》，而溥言與外子合撰的《詩經欣賞與研究》中，也曾對鄭樵、朱熹的興義有所修正。

至於清末民初有名的學者廖平，他的議論，也曾涉及比興問題，因為在戴君仁先生的文中有所論列，不再專列一節介紹。

茲分述上舉各文要點於下：

(一)顧頡剛的〈起興〉

顧氏首先以研究歌謠而悟《詩經》興詩的起興，只在協韻，而無所取義，發表他的〈起興〉

一文，他說：「幼讀朱熹《詩集傳》，我的心中很疑惑：雎鳩是情摯而有別的，君子與淑女是像牠們的，那麼，這明明是『比』而不是『興』了。朱熹所下賦興比的界說，賦和比都容易明白，惟獨興卻不懂得是怎麼一回事。看《詩集傳》中他所定為興詩的許多篇，還是一個茫然。

「如〈桃夭〉篇云：『桃之夭夭，灼灼其華。之子于歸，宜其室家。』他解釋道：『《周禮》仲春令會男女，然則桃之有華，正婚姻之時也。』那麼，這詩是說在桃花盛開時她嫁了，詠桃花以著嫁時，乃是直陳其事的賦詩。

「又如〈麟趾〉篇云：『麟之趾，振振公子。』他解釋道：『麟之足不踐生草，不履生蟲，振振，仁厚貌。』這詩既說仁厚的公子同麟趾一樣的愛物，又是一首以彼物比此物的比詩了。

「朱熹自己審定的許多興詩，不但不足以證成他的界說，反與其他的兩類相混，這如何可以使得我們明白呢！

「數年來，我輯集了些歌謠，忽然在無意中悟出興詩的意義：

「(1)螢火蟲，彈彈開。千金小姐嫁秀才……

「(7)陽山頭上竹葉青，新做媳婦像觀音……

「(8)陽山頭上花小籃，新做媳婦多許難……

「在這九條中，我們很可看出起首的一句和承接的一句是沒有關係的。例如新做媳婦的美，並不在于陽山頂上竹葉的發青；而新做媳婦的難，也不在于陽山頂上有了一隻花小籃。牠們所以

會得這樣成為無意義的聯合，只因「青」與「音」是同韻，「籃」與「難」是同韻。若開首就唱「新做媳婦像觀音」，覺得太突兀，不如先唱了一句「陽山頭上竹葉青」，得了陪襯，有了起勢了。至于說到「陽山」，乃為牠是蘇州一帶最高的山，容易望見，所以隨口拿來開個頭。……這在古樂府中也有例可舉……八百年前的鄭樵，早已見到這一層，他說：「凡興者，所見在此，所得在彼，不可以事類推，不可以理義求也……」

「我們懂了這一個意思，於是『關關雎鳩』的興起淑女與君子便不難解了。作這詩的人原只要說『窈窕淑女，君子好逑』，但嫌太單調了，太率直了，所以先說一句『關關雎鳩，在河之洲』。牠最重要的意義，只在『洲』與『逑』的協韻。至于鳩雎的情摯而有別，淑女與君子的和樂而恭敬，原是作詩的人所絕沒有想到的……

「在蘇州的唱本中，有兩句話寫盡了歌者苦悶和起興的需要：

山歌好唱起頭難，

起仔頭來便不難。」

（原載十四、六、七《歌謠周刊》第九十四號）

㈡鍾敬文的〈談談興詩〉

鍾氏在這篇文章中用寫信的方式，和顧頡剛討論興義，他說：

「你在文中引出鄭樵讀詩易法中的一段話，說他對於興義是極確切的解釋。其實朱熹這老先生在《集傳》裡也說了幾句很高明確當的話。

『「嘒彼小星，三五在東。肅肅宵征，夙夜在公：實命不同！」他對這詩解釋道：「因所見以興，其於義無所取，特取「在東」「在公」兩字之相應耳。」用這話說明興義，誰還來得更其精確？——鄭樵卻沒有說這樣無意義的結合，是由於要湊韻之故的要點。

「但在《詩集傳》裡，所謂興、比、賦的詩篇，是定得再淩亂糊塗沒有的。……其雜亂不可捉摸之處，真不下於那所謂〈風〉、〈雅〉、〈頌〉之區分呢？——《集傳》中尚有叫做什麼『賦而興也』，『比而興也』，『賦而興又比也』，『賦其事以起興也』等，更是分得糊塗無理的，可不用細說了。

「我以為興詩若要詳細點剖釋，那末，可以約分作兩種：

「1.只借物以起興，和後面的歌意了不相關的，這可以叫它做『純興詩』。

「2.借物以起興，隱約中兼略暗示點後面的歌意的，這可以叫它『興而帶有比意的詩』。

「第一例如〈燕燕〉，第二例如〈兔爰〉。……這種『純興』及『興而略帶比意』的表現法，在現在民歌中是非常地流行的。……起興與雙關語等，乃古今民歌中所特有而價值極大的表現法，在一般詩人詞客的作品裡是沒有踪跡可尋的。因民間的歌者，他純迫於感興而創作，詩人們則不免太講理解和有事於飾作了。且口唱的文學與紙寫的文學的區別，也是一個很有關係的要因。」

（原載十六、九、二五《文學週報》五卷八號）

㈢朱自清的〈關於興詩的意見〉及〈比興〉篇

朱氏這篇文章，也是用寫信的方式和顧頡剛討論興義的。他說：

「一、興詩之名，始見於《周禮》，只有興之名，別無可援據。《詩・大序》及《毛傳》所謂興，似皆本於《論語》中「《詩》可以興」一語。其義殆與我們所謂「聯想」相似；周豈明先生《談龍集》裡以為是一種象徵，頗為近理。《毛詩傳》裡說興詩太確切，太沾滯，簡直與比無異，或是為開示來學之故；《鄭箋》卻未免變本加厲了。其實照〈大序〉及《毛傳》所指明，興確是比之一種，不過涵義較為深廣罷了。《文心雕龍》說「比顯興隱」，正是這個道理。陳奐《毛詩傳疏》引他朋友的話，說《毛詩》之興共一百十六篇；弟本想作一綜合研究，人事倥傯，未能如願；以後還想做這種工夫。現在所談，只是假定「興」之原意，不與兄所說相同；雖然弟還相信兄說符於實際。早期的歌謠若有藝術可言，兄所說的「起興」必是最主要的。說「起興」一名，可借以說明古今歌謠的起句的確切價值與地位則可，說所謂興詩的本義應該如此也可；說「興」之一名原義應該如此，那就還待商榷了。

「二、就兄所說的「起興」而論，弟也略有想補充之處。兄以「山歌好唱起頭難」來說明「起興」的必要，是不錯的，但這究竟是怎麼一回事呢？弟以為由近及遠是一個重要的原則，所歌詠的事往往非當前所見所聞，這在初民許是不容易驟然領受的；於是乎從當前習見習聞的事指指點點地說起，這便是『起興』。又因為初民心理簡單，不重思想的聯繫而重感覺的聯繫，所以『起興』的句子與下文常是意義不相屬，即是沒有論理的聯繫，卻在音韻上（韻腳上）相關連著。如吳歌『陽山頭上花小籃，新做媳婦多許難』，『陽山』與『籃』皆習見之物，以興主文的『新做媳婦』一名；這裡不但首句與次句不相聯貫，即首句上下截亦顯係湊成，毫無理解。可是首句韻字『籃』與次句韻字『難』，音韻近似，便可滿足初民的聽覺，他們便覺得這兩句是相連著的了。這種『起興』的句子多了，漸漸會變成套句；《詩經》中常有相同的起興的句子，古今歌謠中也多，如客歌中『日落西山一點紅』之類。這因此種句子唱得久了，流行得廣了，要唱新歌的人也可借用，省得另起爐灶；反正只須跟著韻就行；唱慣了的句子，倒更容易入於耳出於口，更容易發生效用呢！這起興句的韻腳之重要，決不下於全句的內容。四言意少，常以兩句起興，韻在次句；七言歌謠，起興常只一句，所以必有韻。

「三、詩有賦、比、興之分，其實比興原都是賦。賦是直說；比是直說此事以譬彼事，而彼事或見於文中或否（如《詩經》中之〈鴟鴞〉、〈黃鳥〉）；興是直說此事，任意引起或象徵他事。無論比興，所直說的『此事』，原來必是當前習見習聞的事物。墨子論譬，說是『以其所知，喻其所不知』，這正是比興的作用；至於後來因藝術之美而用比，則當別論。所以比興與賦並無絕對的分別，只是說詩者的一種方便。」

朱氏既寫〈關於興詩的意見〉一文，又於《詩言志辨》一書中撰〈比興〉篇偏重於興義的溯源和流派，茲綜合地簡述其興義的溯源於下：

後世論《詩》奉為金科玉律的，包括三個重要的基本觀念：「《詩》言志」，「比興」，「溫柔敦厚的《詩》教」。《詩》教雖託為孔子的話，但似乎是《詩．大序》的引申義，它與比興相關最密。而《詩．大序》及《毛傳》所謂興，似乎皆本於《論語》中「《詩》可以興」一語，《詩》三百原多即事言情之作，當時義本易明，但毛、鄭解詩，有意深求，一律採用《左傳》所載《春秋》時賦詩引詩的方法去說解，以斷章之義為全章全篇之義，而說比興時尤然。《公羊》《穀梁》解《春秋經》，多用褒貶字，而〈詩序〉則用美刺字。《周禮》六教，〈風〉賦比興〈雅〉〈頌〉，似乎原來都是樂歌的名稱，比大概是變舊調唱新辭，興疑是合樂開始的新歌，鄭玄注《周禮》，就變成：比，斥今之失；興，勸今之美。《毛詩》、《鄭箋》若跟著孟子論〈北山〉、〈小弁〉、〈凱風〉般，注重全篇的說解，自是正路，但他們曲解孟子「知人論世」，並死守著孔子「思無邪」一義膠柱鼓瑟的「以意逆志」，於是乎就不是說詩，而是以詩證史了。《傳》、《箋》以詩證史的客觀標準，便是《詩經》中的國別與篇次，鄭氏根據了這些，系統的附會史料，便成了他的《詩譜》。但國別與篇次與詩義相關極少，不足為據，就在這種附會支離的局面下，產生了賦比興的解釋；而比興義去常情更遠，最為纏夾，而也最受人尊重。

(四)何定生的〈關於詩的起興〉

何氏此文就歌謠立論，主張興只是歌謠上與本意無關的一種趁聲，並批判古人所以弄不清起興，在以名教說詩之故。他說：

「簡簡單單一個起興罷了，就鬧得天昏地暗，我們就不說那渾沌一團的《毛詩正義》所講，教人看了莫明其妙；就像朱熹，他說：『興者，先言他物，以引起所詠之詞也。』這話還空洞；他在另一處說：『興者，託物興詞，如關雎、兔罝之類……』一舉例給我們就不得了了……。朱熹是個很明白『風』是什麼一回事的人，其他自〈檜〉以下，還用舉例？不是麼，就看聰明的姚際恆，姚氏不服《集傳》，評其說為『語都鶻突，未為定論』；引人家駁他的話，並自定界說曰：『郝仲輿駁之，謂「先言此物」(興)與「彼物比此物」(比)有何差別！』是也。愚意當云：『興者，但借物以起興，不必與意相關也。比者，以彼物比此物也。』這果然較朱為清楚矣；乃也在更進一步而細分之時，遂云：『其興而比也者，如〈關雎〉是也。其曰：「關關雎鳩」，似比矣；其云：「在河之洲」，則又似興矣』，令我人對于興比之意又模糊了。……」

「但，像朱熹等何以終要弄到一榻糊塗呢？這個原因很清楚而簡單的。他們不明白《詩經》是什麼。朱熹的頭腦清楚的多了，說「國風」是歌謠，又以敘述的態度來解淫詩。但他仍忘不了名教的大帽子！所以終不懂得詩。自來說詩的都沒有懂詩，以名教說詩；於是興也者，與此物以

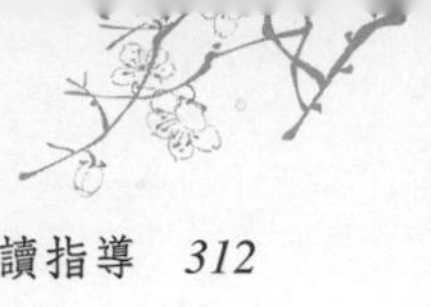

及於名教之謂也。故由雎鳩而至於「樂而不淫」，而會至于文王太姒，而會至于君臣上下，而會至于「王化之基」。我們看這，大家弄不清起興，其間一貫的原因是很可以明白了。雖也會說借物起興，「不必與正意相關」，「有全不取義」……等話，而畢竟忘不了名教的關係。於是，禽蟲草木也有仁、義、善、惡的關係，——乃至自然界也就「蝃蝀在東，乃天地之淫氣」，畢竟都是詩旨！……但詩之用禽蟲，我們可以說，是詩人親炙自然慣了，詠起詩來就不知不覺用自然的事物。

「蘇轍的『意有所觸乎當時』，固然進步得多了，但還太用力。《詩經》是一部『歌謠』，我們可以說，其關于景物所詠必多無意。《詩經》之詠物，常有暗示詩裡的抒情，像『中谷有蓷，暵其乾矣。有女仳離，嘅其歎矣。』嘅歎就同乾成為一種共鳴的意識。但，這也該小心些，不然，就會成為朱熹之續。

「我以為《詩》的興是最多的，——比就少了。要像〈碩鼠〉那樣明白，才能說是比。倘若是〈伐檀〉，則『坎坎伐檀兮，置之河之干兮，河水清且漣猗』三句，就仍是《詩經》的完全無意之興。歌謠是總以關于本詩沒有意的事物起句的；這稍常接觸兒歌民歌就可以知道。所以鄭樵有幾句話最好，他說：『夫詩之本在聲，而聲之本在興；鳥獸草木乃發興之本。』《詩經》的事實，不是告訴我們嗎？換韻……中國民族的第一部詩集，正和民間歌謠同其道理，純出自天籟。國人崇拜往古，以為古人是一切文化的頂點，因為國人的文化觀是退化的。但，這是錯誤的觀念，詩質是沒有所謂退進化，但詩形卻有由粗疏而進到精緊……故我們要下個『興』的定義，就是：『歌謠上與本意沒有干係的趁聲。』故天籟是描寫民間歌謠之沒來由地成就；而『興』則是《詩經》中的天籟之一種說話。我主張我們現在說詩，一些兒的興句中的禽蟲草木都不要加以推論。……

「要之：講詩已經要專管聲，興尤其絕對是聲！鄭漁仲（編按：即鄭樵，字漁仲）講雎鳩牛羊怎樣是天籟，我們仍不要管雎鳩、牛羊。並不是貼字形裡所包涵的什麼雎鳩、牛羊的聲音講！一樣是講聲，而說〈關雎〉的『洋洋盈耳』則對；說雎鳩的鳴聲關關，也只是鳴聲關關，絕不是涉什麼起興之義，涉及起興之義就錯！」

（原載十八、九、四《國立中山大學語言歷史學研究所週刊》第九集第九七期——摘錄）

(五)劉大白的〈六義〉

劉氏此文，先談六義次序之所以是〈風〉、賦、比、興、〈雅〉、〈頌〉，他的假設的解釋是：「作〈大序〉的人，依發音的同異，把六字分為兩類。」即以古代屬於幫紐的脣音字〈風〉、賦、比為一類，而以影紐曉紐的喉音字興、〈雅〉、〈頌〉為一類。

次談「興」就是一個起頭，一個由實感而來的起頭。他說：

「賦是敷陳，比是譬喻，這是不很發生疑問的。至於興，似乎比較地費解了。其實，簡單地講，興就是起一個頭，借著合詩人底眼耳鼻舌身意相接搆的色聲香味觸法起一個頭。換句話講，就是把看到聽到嗅到嘗到碰到想到的事物，借來起一個頭。這個起頭，也許合下文似乎有關係，也許完全沒有關係。總之，這個借來起頭的事物是詩人底一個實感而曾經打動詩人底心靈的。因為是實感，所以有時候有點像賦；因為曾經打動詩人底心靈，而詩人底情緒或思想受到它底影響，所以有時候有點像比。要知道，賦是所敷陳的事物，通過了詩人底情緒或思想而和它混合在一起的。例如〈卷耳〉〈甘棠〉，所敷陳的，是詩人底整個情緒或思想，不能把采卷耳和剪伐甘棠的事，從詩人整個的情緒或思想中分析出來而使它獨立。比是所用以譬喻的事物，和詩人底情緒或思想對列，而兩者之間有一點極相同的。例如：〈螽斯〉〈鵲巢〉，以〈螽斯〉和人對列相比，而多子孫這一點是相同的；以鳩和之子對列相比，居鵲巢和歸夫家這一點是相同的。至於興底意義，例如〈關雎〉、〈草蟲〉、〈汝墳〉、〈燕燕〉，詩人所要抒寫的只是淑女的好逑，未見君子時的憂心和既見時的心降，未見君子時的惄如調飢和既見君子時的不我遐棄，送之子時的瞻望和泣涕。但是他們覺得憑空說起有點太突然，所以借雎鳩在河洲，草蟲喓喓螽趯趯，遵汝墳伐條枚條肄，和飛燕差池其羽等實感來起一個頭。這幾件事物，既然打動了他們底心靈而被他們寫在詩裡了。有時候也自然合詩人本身有關係，或是合詩人所要抒寫的相類似。例如『遵汝』『墳伐』『條枚』『條肄』，是詩人本身所做的事，好像是賦，但是它合君子底未見和既見，毫無關係，所以只是興而不是賦。『燕燕于飛』合『之子于歸』，似乎有點相類似，好像是比；但是它們實在不是全同，所以只是興而不是比。」

（原載十五年秋冬間上海復旦大學《黎明》週刊）

㈥蔣善國《三百篇演論》第六章

蔣氏的《三百篇演論》寫成於民國十六年八月。第六章專論六義四始。首論四始，次論六義。主張六義為六種詩的，宋有王質，今有章炳麟。王氏《詩總聞》說：「當是賦比興三詩皆亡，〈風〉〈雅〉〈頌〉三詩獨存。」章氏《國故論衡》說：「孔子刪詩，求合〈韶〉〈武〉，賦比興不可歌，因以被簡。」主張六義為三經三緯的，起自《毛傳》，標興於〈風〉〈雅〉〈頌〉各篇。孔疏即說：「賦比興是詩之所用，〈風〉〈雅〉〈頌〉是詩之成形。用彼三事，成此三事，是故同稱為義，非別有篇卷也。」到了宋朝朱熹，就接在鄭樵的「〈風〉〈雅〉〈頌〉詩之體，賦興比詩之言」之後，也說：「〈風〉〈雅〉〈頌〉聲樂部分之名，賦、比、興則所以制作〈風〉〈雅〉〈頌〉之體」，而立三經三緯之名。另外近人廖平，以賦、比、興為〈國風〉中的小名，即〈樂記〉之商齊。他說：「十五國風，統名為〈風〉，別有四小名：〈周召〉為南，〈邶〉〈鄘〉〈衛〉為賦，〈王〉〈鄭〉〈齊〉為比，〈豳〉〈秦〉〈魏〉為興。」蔣氏評廖說為穿鑿，賦、比、興絕不是亡失，實係做詩的方法和義例，完全屬於藝術的，而以孔朱之說為是。

至於賦、比、興，蔣氏都有新界說。他說：「賦就是直陳事物的藝術；比就是以事物比事物，而所指的事物，常在言外。《三百篇》狹義的比也很多，但《三百篇》比的價值卻在于這種廣義的，興的定義，最為複雜。我以為興是借物以引起事，而物在先，事在後。如只說借物以引起事，

則限于狹義的興。廣義的興，是本來專言其事，而虛用兩句鉤起，而因接續下去的。

「賦、比、興三體，本來各有不同。以統篇數章皆一體的居多。統篇三章皆賦，如〈葛覃〉之類；皆比，如〈螽斯〉之類；皆興，如〈兔罝〉之類。一篇中各章異體的居少數。還有一章裡面兼比興或兼賦比的。分析出來，三者的關係，約有十二種：(1)賦之中兼比的，如「厭浥行露」「杲杲日出」之類。(2)賦之中兼興的，如「喓喓草蟲」「陟彼南山」「彼黍離離」之類。(3)興而兼比的，如「關關雎鳩」「麟之趾」「鳲鳩在桑」及〈漢廣〉之類。(4)比而興的，如〈綠衣〉及〈氓〉的三章之類。(5)比之比，如〈谷風〉全篇皆比，則「葑菲」「荼薺」「涇渭」「梁笱」皆比之比之類。(6)賦而興又比的，如〈頍弁〉之類。(7)賦其事以起興的，如〈泮水〉第三章之類。(8)一句興一篇的，如「緜緜瓜瓞」之類。(9)興之興的，如〈野有死麕〉的三章，以「林有」與「野有」，〈伐木〉以「丁丁」與「嚶嚶」，〈小宛〉以「中原有菽」與「螟蛉有子」之類。(10)兩層興一層的，如「沔彼流水……鴥彼飛隼……」之類。(11)一章興一章的，如「鳳凰鳴矣」一章之類。(12)一章之中兼賦比興的，如〈氓〉的三章「桑之未落，其葉沃若」比女之未老，她的容色光麗，是比。「于嗟鳩兮，無食桑葚；于嗟女兮，無與士耽。」鳩食桑葚則醉，女與士耽則淫。上二句是比，下二句是賦；上之所比，即是下之所賦；比喻彼物，興起此辭，上下喚應，是興。「士之耽兮，猶可說也；女之耽兮，不可說也。」直言事實是賦。

「賦、比、興是由于屬辭命義的不同而別的。賦是直陳事物，最易看出。難分別的，就是比、興兩樣；因為比、興是活句虛句，賦是實句。

「興有取所興為義的，乃以上句形容下句的情思，下句指言上句的事實；有全不取義的，則僅取一二字相應。廣義的興體上句虛，下句實，內容包括賦、比，所以孔子說《詩》，獨說『《詩》可以興』，『興于《詩》』興的範圍廣于比，然不是說興愈于比。」

蔣氏可說是繼元代劉玉汝《詩纘緒》之後，分析三緯最精而又能綜合評述的人了。最後他又介紹日人元貞公幹《九經談》的「興兼賦比」之說。其說曰：「後世之以花為花，以美人為美人，是賦也。以花喻美人，以美人喻花，是比也。故此二者則易得而知，而所謂興者，其名在此二者之外，而其實不出此二者之間……『參差荇菜，左右流之；窈窕淑女，寤寐求之。』『南有喬木，不可休思；漢有游女，不可求思。』……凡此類上二句是比，下二句是賦；以上二句之比，喚起下二句之賦，是興也。故興之名在于二者之外，而其實不出于二者之間，古來無知之者，非以其難知乎？雖然，得予之此解，而興之一字，昭然明白，雖兒童可得而知，則後之學詩者，或當以予解為正焉。」

蔣氏並為之立一公式如下：

比（前項）＋賦（後項）＝興

他對元貞公幹不以〈桃夭〉為興，只是賦比合體，因其上下不相喚應。並以狂態說出「王注出而易滅，朱傳行而比興熸」的話，都不予贊同。他說：「元貞公幹是偏重廣義興的，故狹義的

興，概皆否認，而反對無義的興。其實《三百篇》裡面廣義、狹義的興皆備，詩固有無義的興。試看近世的兒歌，比興備有，由不相聯貫的事物上而發表情感，何可勝數！」我們可進一步說：「其實無義的興是本來的，而兼比的興卻是發展的。」

㈦徐復觀的〈釋詩的比興〉

徐氏的《中國文學論集》中有〈釋詩的比興——重新奠定中國詩的欣賞基礎〉一篇，原載四十七年八月一日《民主評論》九卷十五期。現在溥言所據是臺灣學生書局六十三年十月出版的《中國文學論集》增補二版本。此文雖從《詩經》的傳注講起，但不僅限於《詩經》，而是以詩的本質為討論的中心，並及於興的演變發展。他說：

「賦比興是自然地產生出來的，是與詩的本質不可分的東西。大家公認最早說明詩之來源的『詩言志』（《尚書．舜典》）的『志』，乃是以感情為基底的志，而非普通所說意志的志。發而為詩的志，乃是喜怒哀樂愛惡欲的七情。情才是詩的真正來源，才是詩的真正血脈。情的本身無形象可見。詩人須通過語言和外在的事物，而賦以音節與形象。此時的語言，乃是情的語言；事物，乃是情化了的事物。語言的感情化，事物的感情化，乃詩所得以成立的根本因素。感情化的程度，實際即決定了作品成功的程度。……

「賦是感情的直接地形象，興和比，乃是感情的間接地形象。這種間接地形象，有時會過渡到直接地形象；有時則並不直接點出，而讓讀者自己去想像。朱元晦〔編按：即朱熹，字元晦〕以為屬於前者是興，屬於後者是比。他說：『上文興而起，下文便接說實事。……比則卻不入題了，……更不用說實事。』前者如〈關雎〉，後者如〈螽斯〉。（見《語類．八十》）但這和《詩經》許多篇什對照，很顯然是說不通的，所以他自己有時不能不自亂其例。問題是比興既都是間接地情象，則比興的分別到底何在？或者僅如孔穎達所說，『比顯而興隱』？或者如顧頡剛所說，比有意義（與主題有關）而興則除協韵外卻無意義？我以為問題既不如孔說的含糊，也不似顧說的簡單。我想除了賦體的直接情象以外，詩中間接的情象，是在兩種情景之下發生的：一是直感的抒情詩，由感情的直感而來；一是經過反省的抒情詩，由感情的反省而來。屬於前者是興，屬於後者是比。……

「我們應了解，凡經過理智所構建的，不僅條理較清，並且界劃也較明；（比）因其界劃較明，同時也即形成其內容的局限性。（興則）感情的觸發，其來無端，其去無迹，其形是若有若無，於是它總是慢慢消逝於渺冥茫漠之中，好像一縷輕烟，裊入晴空一樣，總是在盡與未盡之間，所以朱元晦會感到『比意雖切而卻淺，興意雖闊而味長』這是從容諷誦中所得出的很親切的體會。……

「如上所述，賦是就直接與感情有關的事物加以鋪陳。比是經過感情的反省而投射到感情無直接關係的事物上去，賦予此事物以作者的意識，目的，因而可以和與感情直接有關的事物相比擬。興是內蘊的感情，偶然被某一事物所觸發，因而某一事物便在感情的振蕩中，與內蘊感情直接有關的事物，融和在一起，亦即是與詩之主體融和在一起。這站在純理論的立場，通過《詩經》的作品，以探求詩的原型，是可以把它分別得清清楚楚的。興所用的事物，必須與詩的主題協調，乃是由感情自身的韻律以產生詩的形式，此與賦比中的協韵，毫無分別，與興的本質並不相干。假定認興所用的事物之本身，並沒有被詩人賦與以明確的意識和目的，而只由感情的氣氛、情調，以與主題相融和，便認定興除了協韵以外毫無意義，這是不了解詩之所以為詩，而是站在詩的範疇以外去要求詩的意義；這便使一切詩的活句都變成死句；既扼殺了興，扼殺了古今最好的詩；同時也會扼殺掉詩的生命。」

以上是徐氏從詩的本質來區別賦比興的摘要。以下略敘他關於興的演變發展的概要。他說：

「朱元晦的意思，在一首詩的結構中，興的事物在前，由興所引起的主題在後。這可以說是一種結構上的自然順序。但鍾嶸《詩品》卻說『文已盡而意有餘』；既是『文已盡』，當然不在一章的開端，而是在一章的結尾，這豈非與《詩經》的實例大有出入嗎？我覺得這種出入，僅是形式上的問題，而不是興的本質上的問題。並且這種形式上的出入，應當在詩的發展中來研究興體的演變，鍾嶸並非僅針對《詩經》來作評解，而係對一般的詩來作評釋。

「《詩經》上賦比興比較明顯地區別，是在詩發展的素樸階段中所形成的素樸地形式，作者並不一定有表現技巧上的自覺，所以出於『天籟』者為多。尤其是興的出現，正是天籟地，直感地抒情詩的產物。但隨著詩人對表現技巧的自覺加強，及學養的加深，於是素樸地形式，便會演變為複雜地形式，賦比興會以互相滲和融合的方式而出現。這種滲和融合，不僅表現在一篇一章之中，更有將三種要素凝鑄於一句之內。這是最高作品中最精采的句子，常是言在環中，意超象外，很難指明它到底是賦，是比，是興，而實際則是賦比興的渾合體。……這正是唐司空圖所說的「象外之象，景外之景」，使人得味於鹹酸之外。……

「僅以興體而論，其本身的形式，在《詩經》中已開始有了變例，出現於一章的中間，如〈王風．君子于役〉首尾是賦，而中間插入「日之夕矣，羊牛下來」，以引起「如之何勿思」，這是一章中間的興。古詩十九首的〈行行重行行〉的「浮雲蔽白日，遊子不顧返」，感情特別顯得盤鬱，而文氣也特別顯得跌宕，正是此詩中間的興。又如杜甫〈秋興〉八首的「信宿漁人還汎汎，清秋燕子故飛飛」，都是極明顯地在一首詩中間的興。這較之在一章之首的興，已深進了一層。

「若就純粹地興體說，它必發展到用在一首詩的結尾地方，才算發展完成，達到興在詩的作用中的極致，因而把抒情詩推進到了文藝的顛峰。這種變例，在《詩經》中已經出現。

「椒聊之實，蕃衍盈升。彼其之子，碩大無朋。椒聊且（沮之平聲），遠條且。（〈唐風．椒聊〉）

「『椒聊且，遠條且』兩句，實係興的變例。因為說到『碩大無朋』，意盡而情尚未盡；於是將此未盡之情，又投射向客觀的事物，使沾染上詩人未盡之情，以寄托詩人的咨嗟嘆息之聲。這是詩人未盡之情在那裡飄蕩，成為鍾嶸所說的「文已盡而意有餘」了。意有餘之「意」，絕不是「意義」的意，而只是「意味」的意。……

「在結尾的興，較之在章首的興，其氣息情味，總是特為深厚，能給讀者以更強的感動力。這是興的一大飛躍，也是詩的一大飛躍。古人常說成是『神來之筆』。所謂『神來』者，係未經意匠經營，而直接來自感情醇化以後的激蕩，因而不知其所以然而然的意思。這種興體，經常出現於最好地絕句，以構成絕句的無窮韵味。如王昌齡的〈從軍行〉：『琵琶起舞換新聲，總是關山離別情。撩亂邊愁聽不盡，高高秋月照長城。』高高秋月照長城，與『邊愁』無關，但是通過了有限而具體的長城，來流蕩著邊愁的無限。所以來到詩人的口邊筆下，只是一種偶然的儻來之物。他內在的感情，不知不覺與此客觀景象湊泊上了，並不能出之以意匠經營，此之謂神來之筆。這是一首最標準的絕句，也是興體發展的最高典型。」

(八)錢穆〈讀詩經〉的賦比興章

錢穆賓四先生的〈讀詩經〉一篇，民國四十九年八月發表於《新亞學報》第五卷第一期。錢先生以性情說詩，於賦比興之義，則稱道宋李仲蒙以情說詩為最善，而追溯於唐成伯璵，並主詩之比興，乃貫通乎藝術與道德，人文與自然的最高合一之妙趣者。

他說：

「今按：《周官》言六詩，《毛傳》言六義，甚滋後儒聚訟，今惟一本孔氏《正義》之說以為定。蓋詩自分〈風〉、〈雅〉、〈頌〉三體，而詩人之用辭以達其作詩之旨者，則又可分賦比興三類以為說也。……詩即史也，詩體本宜以賦為主，而時亦兼用比興者，孔氏曰：作文之體理自當爾，此言精美，可謂妙達詩人之意矣。蓋詩人之不僅直敘其事，而必以比興達之，此乃一種文學上之要求，而《詩三百》之所以得成其為中國古代最深美之文學作品者，亦正為其能用比興以遣辭。故孔氏之謂作文之體，理自當爾，乃彌見其涵義深允也。成伯璵云：賦比興是詩人制作之情，〈風〉〈雅〉〈頌〉是詩人所歌之用。蓋必有得於詩人制作之情，乃始可以悟及於作文之體理自當爾之深意也。……

「鄭氏言比興，誤在於每詩言之。如指某詩為賦，某詩為比是也，如此則將見詩之為興者特少。鄭氏似不知賦比興之用法，即在詩句中亦隨處可見，當逐句說之，不必定舉詩之一首而總說之也。每一詩中，苟其不用比興，則幾乎不能成詩，亦可謂凡詩則莫不有比興。蓋每一詩皆賦也，不僅敘事是賦，言志亦是賦。而每詩於其所賦中，則莫不用比興，此孔疏所謂作文之體理自當爾，所以為特出之卓見也……」

錢先生主張廣義的興，非但每首詩有比興，且一句可以兼具賦比興，興亦不必在章首。他說：「楊柳依依，雨雪霏霏之句，顯然是賦，然亦用比興，所以借以比興征人之心情也。」又說：「至論比興二者之分別，昔人亦多爭議。朱子曰：詩中說興處多近比，如〈關雎〉〈麟之趾〉皆是興而兼比，然雖近比，其體卻只是興。蓋朱子之意，謂若逐句看之，則「關關雎鳩」是比，「麟之趾」亦是比。若通其詩之全篇觀之，則又是興也。今按《淮南子》〈關雎〉興于鳥而君子美之，取其雌雄之不乘居也。〈鹿鳴〉興於獸而君子大之，取其得食而相呼也。此與朱子說可相通。而宋儒胡致堂極稱河南李仲蒙之說，謂其分賦比興三義最善。其言曰：敘物以言情謂之賦，情盡物也。索物以託情，謂之比，情附物者也。觸物以起情謂之興，物動情者也。故物有剛柔緩急榮悴得失之不齊，則詩人之情性亦各有所寓。非先辨乎物，則不足以考情性。情性可考，然後可以明禮義而觀乎詩矣。竊謂此說尤可貴者，乃在不失中國傳統以性情說詩之要旨。可與上引成伯璵之說謂賦比興是詩人制作之情者相發明。亦正以詩人之作，可以得人性情之真之正，故周公創以用之於政治，孔子轉以用之於教育，而皆收莫大之效也。

「然詩人之言性情，不直白言之，而必託於物起於物而言之者，此中尤有深義。竊謂《詩三百》之善用比興，正見中國古人性情之溫柔敦厚，凡後人所謂萬物一體、天人相應、民胞物與諸觀念，為儒家所鄭重闡發者，其實在古詩人之比興中，早已透露其端倪矣。故〈中庸〉曰：鳶飛戾天，魚躍于淵，君子之道察乎天地。此見人心廣大，俯仰皆是。詩情即哲理之所本，人心即天意之所在。《論語》孔子曰：知者樂水，仁者樂山。此已明白開示藝術與道德，人文與自然最高合一之妙趣矣。下至佛家禪宗亦云：青青翠竹，鬱鬱黃花，盡見佛性；是亦此種心智之一脈相承而來者。而在古代思想中，道家有莊周，儒家有易，其所陳精義，尤多從觀物比興來。故知《詩三百》多用比興，正見中國人心智中蘊此妙趣，有其甚深之根柢。故凡周情孔思，見為深切之至而又自然之至者；凡其所陳，亦可謂皆從觀物比興來。故比興之義在詩，抑不僅在詩，實當十分重視，尚不止如孔穎達所謂作文之體理自當爾而已也。」

錢先生對賦、比、興三者之中，尤重視興。詩人觀物起興，即所興以為比而賦之，而讀詩者又因於詩人之所觀所賦而別有所興，以啟發人之性靈，此即孔子《詩》教可以興、可以觀之深義。所以最後他說：「故賦、比、興三者，實不僅是作詩之方法，而乃詩人本領之根源所在也。此三者中，尤以興為要。古人云：登高能賦，乃為大夫；蓋登高必當有所興，有所興，自當即所興以為比而賦之。《周官》六義之說，本不可為典要，其說殆自孔子言《詩》可以興、可以觀而來。蓋觀於物，始有興。詩人有作，則皆觀於物而起興者；而讀詩者又因於詩人之所賦而別有所興焉，此《詩》教之所以為深至也。《易大傳》又有云：古者庖犧氏之王天下也，仰則觀象於天，俯則觀法於地，觀鳥獸之文與地之宜；近取諸身，遠取諸物，於是始作八卦，以通神明之德，以類萬物之情。《易傳》雖言哲理，然此實一種詩人之心智性情也。類萬物之情者即比，而通神明之德者則興也。學於《詩》而能觀能興，此詩之啟發人之性靈者所以為深至，而孔子之言，所以尤為抉發《詩三百》之最精義之深處所在。故《詩》之在六籍中，不僅與《書》《禮》通，亦復與《春秋》相通；後世集部，宜乎難超其範圍耳。」

㈨高葆光的〈詩賦比興正詁〉

高氏《詩經新評價》一書出版於民國五十四年五月，書後附錄其〈詩賦比興正詁〉等文。該文曾發表於《東海學報》，則此文大概是東海大學成立後所完成。茲概述其對於興義的論點如下：

「我們對於興，可以下個定義：興是假借與主題無關的事物，或一部份有關的事物，以引起詩句；或利用觸動作詩動機的事物作引，以增強詩內情趣的一種文學技術。

「依照興的質性，可以分為下列三大類：⑴假借與主題無關的事物，以引起詩句。⑵假借與主題一部份有關的事物，以引起詩句，並增加詩內的氣氛。⑶利用觸動作詩動機的事物，來引起詩句，以加強詩內的情趣。」

第一類興詩，他舉〈小雅．南山有臺〉、〈鄭風．山有扶蘇〉為例。他說：

「〈南山有臺〉是貴族們燕饗的詩。『南山有桑，北山有楊』，與燕饗的貴賓，毫無關係。詩人想要贊揚他們的豪舉，作成一首詩，以互相稱贊，於是借用眼前的事物，以引起詩句，起句與下句之『樂只君子，邦家之光』是並列的，同時為的是詩的音調好聽，所以借用桑楊二字，與光字相押，如同民歌的順口令……」

第二類興詩，他舉〈衛風．淇奧〉、〈鄘風．相鼠〉等篇為例。他說：

「〈淇奧〉是贊美衛武公能善自磨鍊自己，致成為道德崇高的人物。綠竹猗猗，與武公的自修並不相同。但綠竹是個堅貞之物，綠竹猗猗，亦可作為人有高大成就的象徵。詩人利用這一點的關係來引起詩句，並因綠竹枝葉的顫動，增加贊美武公的氣氛。詩人並不一定先看見綠竹，打動作詩的心弦；而是先有對於武公傾倒之心，當吟詩時，臨時利用聯想心理，假借綠竹興起，以調和彩色，而增加詩的美麗。起首二句，與下文各句是並列的。……」

第三類興詩，他舉〈鄘風・柏舟〉、〈王風・黍離〉、〈中谷有蓷〉為例。他說：

「〈鄘風・柏舟〉，舊說衛世子共伯早死，其未婚妻共姜，守節不渝，其母欲嫁之，共姜遂作此詩自誓。今經考證，已知其非是。大概是婚姻不自由時代的產物。這個女郎，願意與所愛結婚，母親從中作梗；她乃作此詩自誓，至死也要達到素志，詩句悽楚異常。她的內心，正在懷有愁恨，無術遣去的時候，忽然看見河中上下漂流的柏舟，古來舉行重要典禮，或者結婚，渡河時，天子造舟，諸侯維舟，大夫方舟，士特舟。這位女子看見柏舟在河內上下，聯想到她竟不能與所愛結婚，同時柏舟的漂蕩不定，也引起自身孤苦無依的感覺，更觸動她婚姻不自由的悲痛，乃唱出十分堅決的斷腸詩句。依照心理講起來，似乎起句與下二句有先後的次第；但依文字形式上看，仍然是並列的，與比不同。柏舟漂流，可以引詩，且增加詩的悽涼彩色。」

最後他說：「根據上述，足證興有三類。蘇轍、鄭樵等以為興無所取義，魏源以為興必有所取義，兩大壁壘的對立，實是對於興，未能完全瞭解的緣故。」

㈢戴君仁的〈賦比興的我見〉

戴氏的〈賦比興的我見〉一文，原載臺灣大學《文史哲學報》二十期，並輯入其六十三年十一月出版的《梅園論學續集》中。他自述此文是：「依據今文學家的看法，寫出一個前人所沒有談過的意見」的。

他說：「我是相信朱子比興之說的。」但「我覺得前人對六義的處理：〈風〉〈雅〉〈頌〉為一組，賦比興又為一組，根本成問題……依我推測，〈大序〉采《周禮》六詩而為《詩》之六義，《毛傳》乃以為六義的一部分是詩之作法，後世遂有『用』和『體』的二分法。六義和六詩，性質是不相同的。六詩當是說詩有六種歌唱的方式，在練習的時候應用，所以說「教六詩」。方式雖六，而著眼於歌唱這一點則一……」

「〈大序〉襲用《周禮》，廖平的《古學考》已指出了。他說：『孔子言《詩三百》者不一而足，今《詩三百》，是詩備也。劉歆憤博士以《尚書》為備一語，欲詆博士之詩不全，於是於《周禮》偽羼六詩，於〈風〉〈雅〉〈頌〉之外添出賦比興，其意不過三《易》百篇書序故智。然賦比興之說，古今無人能通，亦別無明證，此必出於偽說無疑。……《毛詩・序》首引六義《周禮》之文，傳又於詩下加「興也」字。此謝衛為劉歆弟子據《周禮》為說之切證也。』他說六詩是劉歆羼入《周禮》，賦比興是偽說，這些話不足信。但〈詩序〉的六義是從《周禮》取來的，則無問題。傅孟真氏也說：「六詩之說，純是《周官》作集，舉不相涉之六事，合成之以成秦漢之神聖數。」（《傅孟真集》第二冊：《詩經講義稿》）

「依我之見，六詩應解釋如下：(1)風：風即諷字。《說文》：「諷，誦也。」《周禮・大司樂》「以樂語教國子，興道諷誦言語。」鄭注：「倍文曰諷，以聲節之曰誦。」這是練習唱歌的第一步，先要背詞。(2)賦：《漢書・藝文志》：「傳曰：不歌而誦謂之賦。」那麼，賦就是徒口唱歌，不配合音樂。因誦是「以聲節之」，就是徒歌。所謂不歌而誦，是唱得有腔調，有節拍，而沒有配合樂器。《左傳》記列國君臣宴享常賦詩，大約都是口念詩句，和樂人配著音樂來歌唱是不相同的。最原始的歌，當即此種，或敲著一種東西以作節拍。秦人擊甕叩缶而呼烏烏，就是這種歌。(3)比：比當為合義，意謂合樂之歌。《漢書・食貨志》云：「孟春之月，群居者將散，行人振木鐸徇于路以采詩，獻之太師，比其音律，以聞于天子。」「比其音律」就是以詩辭配合音樂，這比徒歌進步了。(4)興：興字《說文》訓起，這是很通常的解釋。音樂始作，亦用興名。《禮記・仲尼燕居》：「兩君相見，揖讓而入門，入門而縣興；揖讓而升堂，升堂而樂闋；下管象舞，夏籥序興。」又云：「爾以為必行綴兆，興拜籥，作鍾鼓，然後謂之樂乎？」興與作同義，都是起發之意。古人作歌，有唱有和；《詩經》上說：「倡予和女」。《禮記・樂記》：「清廟之瑟，朱弦而疏越，壹唱而三歎。」鄭注：「倡發歌句也；三歎，三人從而歎之耳。」《大戴記・禮三本》：「清廟之歌，一唱而三歎也。」倡訓發歌句，亦是起意；奏樂起始，可以名興；唱歌起始，當亦可名興。(伴樂當亦同興。) 這是和歌的練習。

「至于〈雅〉〈頌〉二者，是最少問題的。〈雅〉〈頌〉俱為宴享祭祀之樂，〈雅〉為夏聲，〈頌〉是舞詩 (參看《傅孟真集：中國古代文學史講義》)，可能規模較大，內容較繁，所以要特別訓練，另立兩項。依我的臆測，六詩是一致的，都是歌唱的練習，所以上有「教」字。〈大司樂〉職云：『以樂語教國子，興道諷誦言語。』此『樂語』即是詩，『諷誦』即六詩之〈風〉賦。『興道』之道讀為導。(鄭注)『興導』謂領頭，與六詩之興同義。以樂語教國子而用興導之法，大約是教者先諷誦，而令學者習之，此與聲之相應一樣。六詩之興亦如此，唱者先歌，故謂之興。興導二字成詞，意較明顯；六詩皆用一字，故但謂之興，實即興導，亦即倡也。」

戴先生對教六詩的解釋，持之有故，言之成理，確實是一種很好的假設。溥言也一向主張大多二〈南〉以及其他〈國風〉是有唱有和的民歌。在我和外子文開合寫的《詩經欣賞》中，〈螽斯〉、〈桑中〉等篇，都有獨唱和眾聲合唱句子的標明。現在因戴先生的啟示，我想《毛傳》所標興詩，也許即因其興句 (即起句) 都是獨唱，而以下諸句為眾聲合唱而得名。

茲就《毛傳》所標興詩的基本形式三章疊詠者，分別其興句為獨唱舉數例如下：

(1)〈周南・樛木〉

南有樛木，葛藟纍之。(以上二句獨唱，《毛傳》在此標興也)

樂只君子，福履綏之。(以上二句合唱) ——一章

南有樛木，葛藟荒之。（以上二句獨唱）

樂只君子，福履將之。（以上二句合唱）——二章

南有樛木，葛藟縈之。（以上二句獨唱）

樂只君子，福履成之。（以上二句合唱）——三章

(2)〈周南·麟之趾〉

麟之趾，振振公子。（以上二句獨唱，《毛傳》在此標興）

于嗟麟兮！（以上一句合唱）——一章

麟之定，振振公姓。（以上二句獨唱）

于嗟麟兮！（以上一句合唱）——二章

麟之角，振振公族。（以上二句獨唱）

于嗟麟兮！（以上一句合唱）——三章

(3)〈召南·江有汜〉

江有汜。（以上一句獨唱，《毛傳》在此標興）之子歸，不我以。不我以，其後也悔！（以上四句合唱）——一章

江有渚。（以上一句獨唱）之子歸，不我與。不我與，其後也處！（以上四句合唱）——二章

江有沱。（以上一句獨唱）之子歸，不我過。不我過，其嘯也歌！（以上四句合唱）——三章

(4)〈周南・漢廣〉

南有喬木，不可休息；漢有游女，不可求思。(以上四句獨唱，《毛傳》此處標興）漢之廣矣，不可泳思！江之永矣，不可方思！(以上四句合唱) ——一章

翹翹錯薪，言刈其楚；之子于歸，言秣其馬。(以上四句獨唱）漢之廣矣，不可泳思！江之永矣，不可方思！(以上四句合唱) ——二章

翹翹錯薪，言刈其蔞；之子于歸，言秣其駒。(以上四句獨唱）漢之廣矣，不可泳思！江之永矣，不可方思！(以上四句合唱) ——三章

(5)〈小雅・黃鳥〉

黃鳥、黃鳥，無集于穀，無啄我粟！(以上三句獨唱，《毛傳》此處標興）此邦之人，不我肯穀。言旋言歸，復我邦族！(以上四句合唱) ——一章

黃鳥、黃鳥，無集于桑，無啄我粱！(以上三句獨唱）此邦之人，不可與明。言旋言歸，復我諸兄！(以上四句合唱) ——二章

黃鳥、黃鳥，無集于栩，無啄我黍！(以上三句獨唱）此邦之人，不可與處。言旋言歸，復我諸父！(以上四句合唱) ——三章

(6)〈王風・兔爰〉

有兔爰爰，雉離于羅。(以上二句獨唱，《毛傳》在此標興）我生之初，尚無為；我生之後，

逢此百罹，尚寐無吪！（以上五句合唱）——一章

有兔爰爰，雉離于罦。（以上二句獨唱）我生之初，尚無造；我生之後，逢此百憂。尚寐無覺！（以上五句合唱）——二章

有兔爰爰，雉離于罿。（以上二句獨唱）我生之初，尚無庸；我生之後，逢此百凶。尚寐無聰！（以上五句合唱）——三章

(7)〈小雅．瞻彼洛矣〉

瞻彼洛矣，維水泱泱。（以上二句獨唱，《毛傳》在此標興）君子至止，福祿如茨。韎韐有奭，以作六師。（以上四句合唱）——一章

瞻彼洛矣，維水泱泱。（以上二句獨唱）君子至止，鞞琫有珌。君子萬年，保其家室。（以上四句合唱）——二章

瞻彼洛矣，維水泱泱。（以上二句獨唱）君子至止，福祿既同。君子萬年，保其家邦。（以上四句合唱）——三章

以上七例，一句獨唱，二句獨唱，三句獨唱，四句獨唱均有。其中第七例，各章獨唱二句全相同。合唱則亦一句、二句、四句、五句不等（不限此四種，例如〈月出〉之合唱為三句，〈山有樞〉、〈采苓〉、〈蒹葭〉之合唱為六句，〈淇奧〉之合唱為七句，〈秦風．黃鳥〉之合唱又為十句），其中第二例第四例各章合唱之句全相同，確有唱和風味。所舉〈小雅〉二例，與〈國風〉殊難分

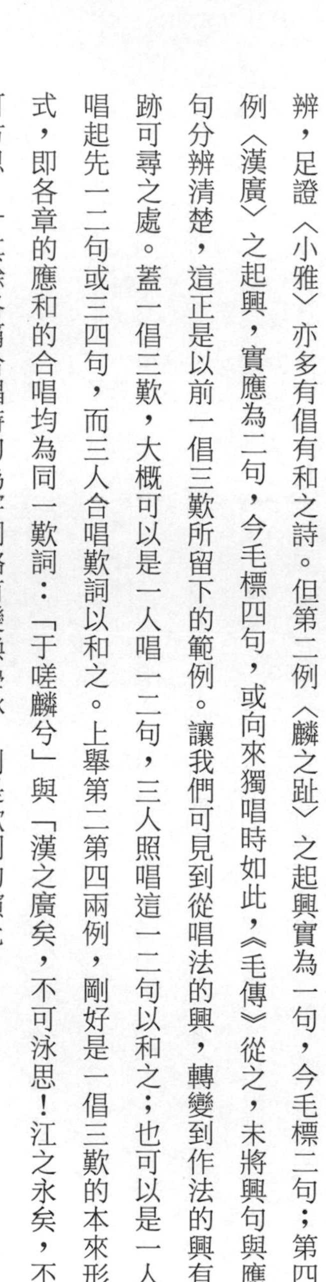

辨，足證〈小雅〉亦多有倡有和之詩。但第二例〈麟之趾〉之起興實為一句，今毛標二句；第四例〈漢廣〉之起興，實應為二句，今毛標四句，或向來獨唱時如此，《毛傳》從之，未將興句與應句分辨清楚，這正是以前一倡三歎所留下的範例。讓我們可見到從唱法的興，轉變到作法的興有跡可尋之處。蓋一倡三歎，大概可以是一人唱一二句，三人照唱這一二句以和之；也可以是一人唱起先一二句或三四句，而三人合唱歎詞以和之。上舉第二第四兩例，剛好是一倡三歎的本來形式，即各章的應和的合唱均為同一歎詞：「于嗟麟兮」與「漢之廣矣，不可泳思！江之永矣，不可方思！」其餘各篇合唱詩句為字詞略有變換疊詠，則是歎詞的演化。

至於第六例〈兔爰〉，自朱子《詩集傳》以來，皆改標比體。第七例〈瞻彼洛矣〉，自朱子《詩集傳》以來，皆改標賦體。此則各篇之是否興詩，可隨各人解釋，無一定標準，是以可以倡和者也不一定是興詩，而不是興詩，也有可以倡和者也。因為以前六詩的興，原不過是一倡三歎的一種唱法而已，而不是後來所謂三緯是詩的作法也。

(二)屈萬里《詩經釋義》的〈敘論〉

屈氏的《詩經釋義》出版於民國四十一年八月。他在卷首〈敘論〉的第五節「六義四始和正變之說」中述興義從鄭樵、朱子之說，而主張興不取義的。他說：「我們再鄭重地把朱子和鄭樵的話重述一遍，那就是『興者，先言他物，以引起所詠之詞』；『不可以事類推，不可以義理求也』。試把現在流行的歌謠作例，就容易明白了這個道理。」

於是他舉魯西歌謠兩首來證明。並說：「現在流傳的此類歌謠，固然比比皆是；而《詩經》一百六十篇〈國風〉之中，也大部分是類此的詩。明乎此，則知『關關雎鳩，在河之洲』，本來與『窈窕淑女，君子好逑』無關；說詩的人，一定要說雎鳩『鷙而有別』，『生有定偶』，用來比附君子淑女，既非事實，也不合詩人的本意。而許多活生生的詩歌，卻被這些郢書燕說弄得奄奄待斃，真是可惜。」

㈢王靜芝《詩經通釋》的〈緒論〉

王氏的《詩經通釋》出版於民國五十七年七月。他在卷首〈緒論〉的第七節「詩六義」中述興義云：

「興之為法，則較比為難明。先儒每解釋不清，雖指為興，而釋為比。每謂起興之語，即以象其後鋪敘之事，如〈關雎〉：

『關關雎鳩，在河之洲。窈窕淑女，君子好逑。』

「朱子云：『言其相與和樂之情，亦若〈關雎〉之情摯而有別也。後凡言興者，其文意皆放此云。』朱子先明言『興者，託物興辭。』而繼之卻謂和樂之情，亦若雎鳩。豈非適反其道？蓋託物興詞，已正合興之義。言先取雎鳩之鳴，在洲之和樂，因引起聯想，乃思及君子淑女之和樂。

比矣。

此即興也。若言君子淑女之和樂，若雎鳩之和樂，則先後顛倒，釋興若比矣。朱子釋興為『託物興辭』本為極洽之說。但對正文之釋，則又模糊矣。若《毛傳》則於始即未能明興之義，於〈關雎〉云：『后妃說樂君子之德，無不和諧，又不淫其色，慎固幽深，若雎鳩之有別焉。』此直為比矣。

「興之解釋，亦有謂興之作，無何可循之理者。鄭樵《六經奧論》云：『凡興者，所見在此，所得在彼，不可以事類推，不可以義理求也。』此說前半甚是。『所見在此，所得在彼』，即因事物之聯想而及於本題之事也。若謂『不可以事類推，不可以義理求』，則是於興仍有未明之語也。凡興，其起興之語，皆有關於本題，無一例外也。若〈關雎〉前已言之。若〈桃夭〉云：『桃之夭夭，灼灼其華；之子于歸，宜其室家。』桃之夭夭，灼灼其華二句則起興之語也。

「或謂桃之少好，其華鮮明，與之子出嫁，宜其室家，毫無關係。實則關係至深。蓋結婚之事，為姿彩鮮麗之事，青春少好之表現。故由〈桃夭〉以起興。桃之夭夭，灼灼其華，可聯想及少女青春，亦可表現結婚當時之姿彩。〈桃夭〉並不能直接釋為婚姻，此所以為興而不為比也。今假設易〈桃夭〉二句為風雨晦暝，落葉滿山之類言語。試一讀之，則結婚景象淒然可悲。明其不可易之理，則明其相關之義矣。凡興之作，無不類此。比興之不同，亦在此。

「比興之用，後世詩詞中隨地可見，如古詩十九首：『胡馬依北風，越鳥巢南枝。』說胡馬越鳥，實『比』遊子之處境及心情也。李白詩：『浮雲遊子意，落日故人情。』直道出『興』之作法。言見浮雲而『興』遊子意，見落日而『興』故人情。實則浮雲與落日固與遊子故人無直接關係也。然有聯想之關係，有觸景及情之關係，此即興也。溫庭筠〈菩薩蠻〉詞最後二句云：『新貼繡羅襦，雙雙金鷓鴣。』則完全是〈關雎〉之作法。〈關雎〉先言雎鳩雙雙在洲。而溫詞先敘事最後言『雙雙金鷓鴣』。其興起情感之聯想則一也。然〈關雎〉之興詞在先，而溫詞之興詞在後，是技巧之發展，至後世活用靈妙，毫不拘束，故幾乎不露形跡。實則古今詩詞仍不脫賦比興三法也。

「總之，比與興之間，可以清楚畫分，而不可混。比是以彼事物比作此事物，為類似之聯想。而興則以彼事物，由聯想而引起此一事物，為接近之聯想，非直接作比。興是先以興起之詞，引起敘事之詞。亦可謂先以一相關引起之語，引起賦體之鋪敘，二者合併則為興。比體則純是比，而不與賦體合併而成也。」

王氏又於六十一年出版的《經學通論》第四篇第六章論詩六義對興詩分為四類，並舉例說明，簡述如下：

(1)由見一物的聯想，而引起一事敘述的起興。

例如〈小雅・南山有臺〉：「南山有臺，北山有萊。樂只君子，邦家之基。」由上二句南山北山草木之盛，引起下二句君子能久能盛之思，以為祝福之詞。

又舉〈豳風・東山〉：「我徂東山，慆慆不歸；我來自東，零雨其濛。我東曰歸，我心西悲。

制彼裳衣，勿士行枚。蜎蜎者蠋，蒸在桑野。敦彼獨宿，亦在車下。」為將起興之詞，插在行文之間的例。朱熹（原定本章為賦）注中說：「又其在塗，則覩物起興。」這一章前八句都是賦體，敘述東征日久，今日歸來的情景。在此下忽然寫「蜎蜎者蠋，蒸在桑野」兩句，自然應是路上所見。但下接「敦彼獨宿，亦在車下」，忽然轉到題外，見桑野中蠋蟲在零雨其濛的情形下，聯想到自己在行路之中，遭遇冷雨寒風，團團獨宿在車下，甚為淒涼，所以這才是起興之詞（同樣第三章「有敦瓜苦，蒸在栗薪」亦是文中起興之例）。

(2)由一景的聯想而引起一事的敘述起興。

例如〈周南・桃夭〉：「桃之夭夭，灼灼其華。之子于歸，宜其室家。」

(3)由一事的聯想，引起主文敘述的起興。

例如〈王風・兔爰〉：「有兔爰爰，雉離于羅。我生之初，尚無為；我生之後，逢此百罹，尚寐無吪！」

(4)由一個事物之理的聯想，引起主文敘述的起興。

例如〈鄘風・牆有茨〉：「牆有茨，不可掃也。中冓之言，不可道也。所可道也，言之醜也。」

(三)糜文開、裴普賢的六義表和裴普賢的興詩研析

溥言與外子文開合撰《詩經欣賞與研究》出版於民國五十三年五月，我們在《詩經欣賞》的第一篇〈關雎〉就對興義有所敘述，我們修正鄭樵的「不可以事類推，不可以義理求」為「不必以事類推，不必以義理求。」因為雖不必推不必求，有時卻可推可求。推求出來了，欣賞這詩，就覺得格外意味深長。我們並改朱子的話來說明興詩的本義說：「興者，興起也。先引他物，以興起歌詠情緒之謂也。」我們又把興詩的僅以趁韻為起句的稱為「戴帽式」，以別於觸景生情的「聯想式」。蓋民間歌謠的〈國風〉多聯想式，是在大自然環境中，接觸草木鳥獸，有所見聞，而聯想到心中之事的，如聞雎鳩之和鳴而聯想到淑女之好逑；而〈小雅〉的貴族宴會之詩，亦多套用興詩形式的戴帽式。如〈鹿鳴〉詩不是聽到野外鹿鳴而聯想到宴請嘉賓的，反之，是要宴客唱詩而套用興詩形式，而在詩的頸上加上這隻「呦呦鹿鳴，食野之苹」的帽子的。我們於第十二篇〈清廟〉的欣賞中插入了「六義表」。

早於《詩經欣賞》的有溥言獨撰的《國學概述》，在馬尼拉《新閩日報》連載，後來將其中經學部分抽出，改名《經學概述》，在臺灣開明出版。後於《詩經欣賞》的有溥言與外子合撰的《中國文學欣賞》，在這兩書中，也都有《詩經》興義的敘述，但限於體例，對興義都未能予以詳密的研討。現在趁此機會，溥言除在前面已隨時將《毛傳》、《鄭箋》、朱子《詩集傳》的興義及以後學者對興義的發展予以分析研討外，這裡再就《詩經》興詩產生的過程，試作一次「興詩研析」。

第一，溥言以為興詩的產生與六義興字的產生應分開來各別探討。現在只談興詩的產生過程。

關於興詩產生過程的探討，自以顧頡剛、朱自清、何定生等的見解為高明。即興詩產生於初民的歌謠，純出天籟。這是一種原始的表現法，而也自有其藝術的價值。初民在想抒發他們的胸臆，唱出他們的歌謠來時，一時覺得無從唱起，於是即從身邊景物，就其所見所聞，拈來發為歌詞，唱上一兩句，作為一個開端，以引起他所要歌詠的情緒來，所以可稱為「拈物式」，拈物式的開端，主要在於前後趁韻，不在有所取義。因為他們是生長在大自然的環境中，所以其所見所聞，無非是鳥獸草木（包括蟲魚），天象（例如〈小星〉、〈月出〉）地文（例如〈泉水〉、〈揚之水〉）。鄭樵有兩句話，頗與此意符合，即：「詩之本在聲，而聲之本在興，鳥獸草木乃發興之本。」《詩經》中〈鄭風〉「山有扶蘇，隰有荷華。不見子都，乃見狂且！」就表現著這種原始的興詩產生形態。

《詩經》以「山有○隰有○」拈物起興的詩，都在〈國風〉中，三字句有〈唐風・山有樞〉篇的「山有樞，隰有榆」（首章）；「山有栲，隰有杻」（次章）；「山有漆，隰有栗」（三章）；〈秦風・車鄰〉的「阪有漆，隰有栗」（次章）。四字句有〈鄭風・山有扶蘇〉篇的「山有扶蘇，隰有荷華」（首章）；「山有橋松，隰有游龍」（次章）；〈秦風・晨風〉的「山有苞櫟，隰有六駮」（次章）；「山有苞棣，隰有樹檖」（三章）。〈秦風・終南〉篇略予變化，便成：「終南何有？有條有梅」（首章）；「終南何有？有紀有堂」（次章）。〈陳風・澤陂〉篇再予變化，便成：「彼澤之陂，有蒲與荷」（首章）；「彼澤之陂，有蒲與蕑」（次章）；「彼澤之陂，有蒲菡萏」（三章）。但只此六篇，並不算多。

在〈小雅〉中〈南山有臺〉一篇，也是這一形態變化出來的興詩。「南山有臺，北山有萊」（首章）；「南山有桑，北山有楊」（次章）；「南山有杞，北山有李」（三章）；「南山有栲，北山有杻」（四章）；「南山有枸，北山有楰」（六章）。

像這種興句，只就他們眼前的或熟習的許多自然景物，隨便拈來以為興辭，以組成完全不取義而只是趁韻的興詩，是最標準的原始型興詩。但《詩經》中非但不多，可說是很少。

另外〈召南・小星〉篇的「嘒彼小星，三五在東」（首章）；「嘒彼小星，維參與昴」（次章），朱子也說是無取義只取韻的興詩。與此相仿的有〈齊風・東方之日〉的「東方之日兮」（首章）；「東方之月兮」（次章）。其他可認為但求取韻全不取義的拈物式興詩，《詩經》中還可找到若干篇，而其總數，仍不過十多篇而已。

蔡慕暉所譯格羅塞的《藝術的起原》第九章，根據許多未開化民族歌謠的比較，作成結論說：「低級文明的抒情詩，其主要的性質是音樂的。詩的意義只不過占著次要的地位而已。」《詩經》中〈山有樞〉這一形態的拈物式興詩，就是這樣。但這只是《詩經》中極少數的原始型興詩，不能作為《詩經》興詩的代表。

我們可指出興詩開端趁韻的一兩句，也不一定是想要唱歌而隨便從身邊的景物中拈來。有時卻是被所見所聞的景物觸發出他們心中的情緒而方始發為歌詠的。這就是蘇轍說的「意有所觸乎

當時」的興詩。蘇轍所舉的例是：「〈殷其靁〉，在南山之陽。」這是詩人聽到雷聲，而觸發出他的歸思來，才有〈殷其靁〉詩篇之作。這就是所謂之「觸景生情」，可稱為「觸景式」的興詩。其他觸景式之例，溥言想以〈檜風．隰有萇楚〉為代表。詩人於苦痛之極，無可告訴時，適見路邊羊桃，枝葉美盛，柔潤光彩，搖曳生姿，於是觸動他的傷感，他對它的無知無識，無限的羨慕，發而為詩曰：「隰有萇楚，猗儺其枝。夭之沃沃，樂子之無知！」這種觸景式產生過程的興詩，才是進步的興詩，其藝術價值，較拈物式的為高。因為詩中有作者的情緒盪漾於其間，最能發揮出詩歌的本質來，以感染人，得到讀者的共鳴。這才是具有代表性的興詩。

觸景式的興詩，有可取義的，也有無取義的。〈殷其靁〉屬於後者，〈隰有萇楚〉就屬於前者。聞雷聲而觸動歸思，無所取義；見萇楚而觸動傷感，是羨慕它的無知無識，可以免卻無限的苦痛。《詩經》中〈王風〉之〈黍離〉、〈中谷有蓷〉、〈鄘風．柏舟〉等，都是觸景生情式的興詩。〈周南．關雎〉篇的：「關關雎鳩，在河之洲。窈窕淑女，君子好逑。」也是觸景式的興詩。本來「不必以事類推，不必以義理求」的，如加推求，也只是由雎鳩的和鳴，聯想到夫婦的和諧而已。這就是兼比之義了。但絕不可深求，深求而以為比「雎鳩之情，摯而有別」（朱傳）、「后妃之德不嫉妬」（《鄭箋》）只是曲解而已。

另外還有一種興詩產生的方式，是「套句式」。即當人們想唱歌時，難於開端，就利用已流行歌謠的開端一二句，套用得來，作為自己歌詠的開端。這在現今民間歌謠中的老是用「日落西山一點紅」「螢火蟲，亮澄澄」等相同或相仿之句來開端，就是例證。而《詩經》中的有三篇〈揚之水〉，三篇〈有杕之杜〉，也是必有「套句式」興詩的明證。

以上興詩產生的三種方式，以「觸景式」的開端的「興句」與其下的「應句」之間的聯想關係最為明顯，「拈物式」的聯想關係就比較薄弱，而套句式的聯想關係就極為模糊，可能是只求趁韻，而全無聯想的關係存在於兩者之間。

第二，《詩經》興詩，以篇數而論，雖以民間歌謠的〈國風〉最多，而朱子所謂朝廷之雅，尤其是〈小雅〉，亦復不少，其百分比且較〈國風〉興詩為高。這一點，頗值得注意。而且，溥言覺得《詩經・國風》中的許多詩，已不是素樸型的民間歌謠，和現在我們從民間蒐集得來的只流行於鄉閭下層社會的歌謠有些不同。因為〈國風〉中的詩篇，很多是智識分子甚至是政府官員的作品，其所表現的已不是原始性的民歌。而且〈國風〉因被政府當局及智識分子所重視，也同時在上層社會流行著。我們看〈國風〉一百六十篇中，非但到處有士的踪跡，而且〈魏風・園有桃〉，作者既自稱為士說：「謂我士也驕」「謂我士也罔極」，士是智識分子，可見這詩是智識分子所作。而〈邶風・北門〉有句云：「王事適我，政事一埤益我」，「王事敦我，政事一埤遺我」，這更是小公務員訴苦的詩。這兩篇，《毛傳》都標為興，那末，這種興詩，已是智識分子模仿原始興詩之作，我們就得和原始性的興詩分別開來加以考察。〈小雅〉中許多興詩以及〈大雅・魯頌〉裡面的少數興詩，我們更知道全是士大夫等的作品，其興詩的興句，雖也採用著鳥獸草木的景物，其中許多並非拈物，也非觸景，而只是模仿民間歌謠的興詩，套用成句，或從「應句」之事，倒想出「興句」的景物來，以完成興詩的形式。像〈小雅・鹿鳴〉的興句「呦呦鹿鳴，食野之苹」，並非作詩者的所見所聞，更非觸景生情，乃是宮廷詩人託物起興的倒想之作。「常棣之華，鄂不韡韡」亦然。而〈小雅・杕杜〉篇的「有杕之杜，其葉萋萋」，則其是套用〈唐風・杕杜〉篇的「有杕之杜，其葉菁菁」而已。像這種的套句式與託物式倒想的興詩，有點像猴子學人戴帽，我們可統稱之曰：「戴帽式」。就是〈國風〉中的〈淇奧〉，加以研析「綠竹猗猗」的興句，也不是拈物或觸景，而是從切磋琢磨的修養，倒想出綠竹的品格來而選作興句的託物式。溥言以為這種託物式的興詩，是詩人們的精心之作，有不可忽視的藝術價值，也是兼比之興的重鎮之所在。

那末，《詩經》中哪些興詩，不屬於原始型的呢？溥言的回答：《詩經》的興詩，大多不屬於原始型的。我們僅就興句考察，像〈邶風〉的〈北門〉：「出自北門，憂心殷殷！」它的興句雖似拈物式的，但已脫離了鳥獸草木，天象地文，我們就可判定不是屬於原始型而是屬於觸景式的了。而〈小雅〉、〈大雅〉中的興詩，像〈頍弁〉的「有頍者弁」，〈旱麓〉的「瑟彼玉瓚」那種貴族用品的興句，雖似亦為拈物式，而已遠離原始性的天籟拈物，而成為〈雅〉詩的貴族拈物，更表現出朝廷之詩的特色來。我們可以判定這是宮廷詩人模仿〈國風〉而後起的拈物式。

溥言從《詩經》興詩產生的過程來予以研析，大體說來，有拈物式、觸景式、套句式、託物式之別，而「觸景式」、「拈物式」可合稱之曰初起的興式；「套句式」、「託物式」則可合稱之曰後起的興式。就其藝術的技巧而言，「拈物式」、「套句式」較為低級，而「觸景式」、「託物式」則較為高級。茲列表於下，以便觀覽：

《詩經》興詩產生方式表

興詩產生方式	(1)拈物式——以〈山有樞〉、〈小星〉為例 (2)觸景式——以〈殷其靁〉、〈隰有萇楚〉為例	初起的興式
	(3)套句式——以〈揚之水〉、〈杕杜〉為例 (4)託物式——以〈鹿鳴〉、〈淇奧〉為例	後起的興式

這裡附帶再說一說《詩經》中的興詩究竟是取義與不取義的問題。顧頡剛、何定生是主張興詩不取義的，而鍾敬文則主張興詩有兩種，一種是不取義的純興詩，另一種則是暗示歌意的興而帶比的詩，《詩經》中的〈兔爰〉，即其例。現在流行的民歌中也有這種興詩。何定生雖強調興只是歌謠上與本意沒有干係的趁聲，歷來釋詩的人所以多把興詩解成比詩，在他們以名教說詩之故。但他也承認興詩之所詠之物，常有暗示詩意之處。「像『中谷有蓷，暵其乾矣。有女仳離，嘅其歎矣』，嘅歎就同乾成為一種共鳴的意識。」徐復觀也說：「假定認興所用事物之本身，並沒有被人賦與以明確的意識和目的，而只由感情的氣氛情調，以與主題相融和，便認定興除了協韵以外毫

無意義，這是不了解詩人所以為詩……扼殺了興，……」我們可以說，原始型的興句，可以是不取義的。但《詩經》中許多興詩，是強烈地暗示著詩中主題，即詩旨的。溥言同意鍾敬文的說法。

還有，朱自清說：「詩有賦比興之分，其實比興原都是賦。」溥言以為只有素樸的興才能與賦比清楚地辨別開來。《詩經》中已多複雜的興，這種興詩，已經與賦比混合應用了。所以朱子《詩集傳》中，每章所標，非但有「賦而興」「比而興」「興而比」「賦其事以起興」等二者兼備的名稱，且有「賦而興又比」三者混用的標明。而劉玉汝、高葆光更有章興章，句興篇等各種興式的列舉。興在後世詩詞中的應用，更可以活用得不露痕跡，使人難於探索，我們也可不予詳析。而像王昌齡的〈從軍行〉把興句「高高秋月照長城」倒裝在末尾，我們是可以承認的。但徐復觀把〈唐風・椒聊〉的章末兩句歎詞「椒聊且！遠條且！」大家認為是興而又比的，也認為是興句，那與興句之例不符，不很妥貼。若是感歎句可視作興句，那將泛濫得不可收拾。〈麟之趾〉的「于嗟麟兮！」〈騶虞〉的「于嗟乎騶虞！」都將被認為章末的興句了。至於興的活用於一句之中的，王靜芝舉李白詩：「浮雲遊子意，落日故人情」兩句為例，蓋言見浮雲而興遊子之意，見落日而興故人之情。浮雲落日，固與遊子故人無直接關係，如此觸景生情，正是興之方法也。

八、《詩經》興義發展的概要綜述

(1)從春秋到東漢是興義發展的第一階段，以毛亨、鄭玄為代表人物。《毛傳》、《鄭箋》表現的是興喻說，經隋唐陸德明的《經典釋文》、孔穎達的《毛詩正義》，而成為興義的傳統派。此後凡宗毛、鄭者多尊此說。如宋之呂祖謙、嚴粲，明李先芳、郝敬，清陳啟源、朱鶴齡、馬瑞辰、胡承珙、龍起濤皆是，而清代《詩毛氏傳疏》的作者陳奐，是傳統派的殿後人物。此派可稱為傳箋興喻派。

(2)魏晉六朝是興義發展的第二階段。這階段以劉勰、鍾嶸為代表人物。《文心雕龍》主張的興以情立說。發揮此說的有宋代王應麟，民國徐復觀等。此派可稱為興以情立派。

(3)隋唐五代是興義發展的第三階段，孔穎達等的《毛詩正義》是這階段的代表之作。《毛詩正義》出而毛鄭興喻說取得《詩經》學上的正統地位。

(4)宋元兩代是興義發展的第四階段，這階段以鄭樵、朱熹為代表人物，鄭樵主張興無取義，其本在聲，民國以來的歌謠趁聲說，即鄭說的發展。朱熹也採用鄭說，但他也承襲了《毛傳》、《鄭箋》的興喻傳統，他是綜合分析的創始人。他既撰《詩集傳》，將《三百篇》逐章分析，標明其賦比興的三緯，並將其綜合研究所得，在其《語類》中發表出來。發揮朱熹興義綜合分析的有元代劉玉汝的《詩纘緒》。以上鄭樵所立可稱為興聲無義派，朱子所立可稱為綜合分析派。

(5)明清兩代是興義發展的第五階段，這階段明以何楷，清以姚際恆為代表人物。他們採取朱熹綜合分析的路線來修正朱熹所顯現的缺失。民國以來，蔣善國、高葆光也可說是興義的綜合分析者。溥言亦曾綜合各家之說，試作興詩的剖析。

(6)民國以來是興義發展的第六階段，這階段以顧頡剛為代表人物。他以民間歌謠來證明《詩經》起興，只在趁聲而無取義。於是鄭樵的興聲無義說就再度流行，成為興義討論的中心。但民國以來，撰寫《詩經》注釋者，也不復有人逐章標註三緯，甚至無人專門研究一篇詩的三緯者，採取綜合分析路線以研究興詩者，也只採舉例分析式為止。

本章除綜述以上傳箋興喻派、興以情立派、興聲無義派及綜合分析派四派發展的概要外，並簡述興義的溯源，與《詩經》以後詩歌中的興詩舉例及對後世詩詞作興義分析之著作，讓讀者的腦中，對於《詩經》興義的發展，可以有一整個輪廓的顯現。

(一)《詩經》興義溯源

《詩經》興義始於《毛詩・大序》之有〈風〉、賦、比、興、〈雅〉、〈頌〉六義。而此六義又襲自《周禮》之太師教六詩。《周禮》於〈風〉、賦、比、興、〈雅〉、〈頌〉，僅稱六詩，至〈大序〉始改稱六義。考《論語》載孔子論《詩》，曾曰：「《詩》可以興。」(〈陽貨〉)又曰：「興於

《詩》，立於禮，成於樂。」〈泰伯〉而《周禮》之寫成，且後於《論語》，故六詩六義之有興字，可以溯源於春秋時代孔子的以興字說《詩》。

惟《周禮》既稱六詩而不名六義，六詩之與六義，其有區別乎？如有區別，其區別如何？

東漢鄭玄之注《周禮》，未言六詩與六義之區別。其箋《毛詩》，又箋詩而未箋序。毛公之《詩經詁訓傳》，於「故《詩》有六義焉：一曰〈風〉，二曰賦，三曰比，四曰興，五曰〈雅〉，六曰〈頌〉。」之下，無傳。至唐孔穎達等作《五經正義》，始為之疏曰：「太師上文未有詩字，不得徑云六義，故言六詩。各自為文，其實一也。」而主六義與六詩無別。並即以鄭玄注《周禮》六詩語採用來疏〈大序〉之六義。並分六義為兩組，以〈風〉〈雅〉〈頌〉為詩之異體，是詩之形成；以賦比興為詩之異辭，是詩之所用。而曰：「用彼三事，成此三事，是故同稱為義，非別有篇卷也。」

唐時《五經正義》既成，賈公彥更為《周禮》作疏，贊同《詩經》孔疏之說，故疏云：「釋曰：按詩上下惟有〈風〉〈雅〉〈頌〉，是詩之名也。但就三者之中有比賦興，故總謂之六詩也。」於是孔疏六義與六詩無別，賦比興即在〈風〉〈雅〉〈頌〉之中，非別有篇卷之說，成為六義的正統解釋。

至宋代，始有持異說者。王質在《詩總聞》中說：「當是賦比興三詩皆亡，〈風〉〈雅〉〈頌〉三詩獨存。」而民國戴君仁先生更有六詩為教《詩》的六個步驟的推測，以一倡三歎的倡和法為

興。但這都是六詩與六義有區別的主張，並非以為六詩的興，即六義的興義，並不關聯到六義的興義，自可另有解釋。

至於鄭玄注《周禮》六詩，賦比興雖有「直陳」「比類」「喻勸」之別，而其為「陳政教善惡」則一致。蓋漢代治詩，均視《三百篇》為諫書，說詩之重點，咸注目於政治之得失，道德之教訓也。況《周禮》六詩亦「以六德為之本」乎？鄭玄注六德曰：「所教《詩》必有知、仁、聖、義、忠、和」，亦與《禮記・經解》篇以「溫柔敦厚」為《詩》教相應和也。宋王昭禹《周禮詳解》，其解興雖與鄭玄不同，而別以「中、和、祇、庸、孝、友」為六德，其為「止乎禮義」則仍一致。

再說《詩經》興義大家追溯到《論語》載有孔子說的「《詩》可以興」「興於《詩》，立於禮，成於樂。」我們可作這樣的解釋。《說文》：「興，起也。」〈虞書〉：「詩言志」，則興者，興起人意志（包括感情、思想）也。孔子說的「《詩》可以興」，就是說學《詩》可以興起人的意志，以陶冶性情。而君子人格精神的修養，就要先從「興於《詩》」著手，使得感情思想有所啟發了，然後再從禮儀的訓練上來確立它，從音樂的薰陶上來完成它。《詩經》作法的興體，就是詩歌本身上用若即若離的興句來引起主題，以興起人意志的一種表現方式。《詩經》六義的所以有興義，就是沿著孔子說的興起的路線，來向詩歌本身上找出一種興起人意志的表現方式。

(二)興義四派發展概述

漢代興義實際作業有《毛傳》之於篇首一二三四句下所標「興也」及其釋文。《鄭箋》於《毛傳》「興也」下未有釋文者，補加說明，及已有釋文者重加申說。

《毛傳》所標「興也」共一百十五篇，其中違例〈秦風・車鄰〉標「興也」於次章章首次句下，〈小雅・南有嘉魚〉標「興也」於第三章章首三句下。此一一五興也標於首章首句下者計三篇，次句下者計九九篇，三句下者計八篇，四句下者計三篇，則《毛傳》以章首二句為興句，以下為應句者為常規。以章首一句三句四句為興句者為變例。考《詩經・大明》「維予侯興」，《毛傳》云：「興，起也。」《說文》興字亦曰：「起也。」則《毛傳》之興，有起始之義，即以起始之兩句為興也。但其所標興也之於三句下如〈召南・行露〉、〈王風・采葛〉，已在章末，則其興句與應句之分不明。且查〈國風・周南・漢廣〉「興也」在四句下，而細味之，首二句「南有喬木，不可休息」，確為起興之興句，其三四兩句「漢有游女，不可求思」，已為應句。〈麟之趾〉興也在次句下，而細味僅首句「麟之趾」為興句，次句「振振公子」已為應句。其他〈小雅〉、〈大雅〉、〈周頌〉所標興也地位之不當者，如〈車舝〉二句，〈緜〉三句，均應改標一句，〈振鷺〉四句，應改標一句，可以為例。

《毛傳》、《鄭箋》對「興也」的釋文，《毛傳》僅十餘篇，除〈鹿鳴〉篇用「以興」兩字外，大多只用「喻」「如」「若」「猶」等字來說明。《鄭箋》尤慣用「興者，喻……」以說明興句與應句的關係。這和他注《周禮》六詩以「喻勸」為興是一貫的。如此，我們可以歸結《毛傳》、《鄭箋》對興義的實際作業，有兩要點：即(1)《毛傳》以章首一句或二三句為興句，以下為應句，即以一章之起始為興。(2)《毛傳》、《鄭箋》以喻意釋興，故比興相似。鄭玄轉以善惡分別之，唐代孔疏又言「其實美刺俱有比興。」而陸德明更說「興是譬喻之名。」遂使後世比興混亂難別了。其後朱熹承襲其意，釋〈關雎〉等篇，僅標興也，而又特別說明，〈關雎〉是興之兼比者。民初蔣善國談興義，推崇日人元貞公幹的自以為啟千古幽秘云：「以上二句之比，喚起下二句之賦，是興」，並為立興之公式為：「比（前項）＋賦（後項）＝興。」其實唐僧皎然已說得很明白：「取象曰比，取義曰興」，而宋王昭禹說：「以其所類而況之，謂之比；以其感發而比之，謂之興」，說得更為詳密而確切，比興之辨，當以王說為允。

王昭禹之「感發而比之」，以興為「感發」乃承六朝人「起情興立」之說。

鄭玄注《虞書》「詩言志」云：「詩所以言人之志意也。」其注《周禮》六詩，則主比刺興美之說，均偏於義理，而《詩．大序》之「詩者，志之所之也，在心為志，發言為詩」，即本諸《虞書》之「詩言志」。而接下去說：「情動於中而形於言，言之不足故嗟歎之。嗟歎之不足，故永歌之。永歌之不足，不知手之舞之，足之蹈之也。」則為詩歌主情之說，乃以「情志」解「詩言志」也。六朝人鑒於鄭玄以義理解詩之「比刺興美」說之與實例不符，遂採詩歌主情說而以興為起情說詩。

晉摯虞〈文章流別〉云：「興者，有感之辭也」，此「感」字，已指感情之感發。梁劉勰《文心雕龍・比興》篇云：「起情故興體以立，附理故比例以生。」更明白說明興比之別，在起情與附理之不同。

至於梁鍾嶸用比興說《詩品》，以「文已盡而意有餘」為興，其「意有餘」，是說情意有餘，意味有餘，而不在乎意思有餘；遂啟後世詩主神韻之論。唐司空圖《二十四詩品》，能言意外之致，宋嚴羽《滄浪詩話》，更發揮其意云：「詩者，吟詠性情也。盛唐諸人，惟在『興趣』，羚羊掛角，無跡可求，故其妙處，透徹玲瓏，不可湊拍。如空中之音，相中之色，水中之月，鏡中之象，言有盡而意無窮。」所謂「興趣」，即興詩之趣味；所謂「言有盡而意無窮」，即鍾嶸之「文已盡而意有餘」。清王漁洋的「神韻說」，除引證嚴羽的話來解釋神韻，更引司空圖《詩品》：「不著一字，盡得風流」（含蓄）等語來作神韻的註解。他所舉神韻的實例，如李太白的〈夜泊牛渚懷古〉，孟浩然的〈晚泊潯陽望廬山〉，其超特處，即在李詩結尾「明朝掛帆去，楓葉落紛紛」，孟詩末聯「東林精舍近，日暮但聞鐘」的言已盡而意無窮之微妙境界。而當代文藝理論家朱光潛，也在他的《文藝心理學》一書中舉錢起〈湘靈鼓瑟〉詩的最後兩句：「曲終人不見，江上數峰青」來說神韻，以為是藝術的最高境界。（以上摘錄自外子文開《詩文舉隅》書中詩的神韻說）。這從《詩經》以首二句為興，發展到詩的「興趣」在末二句的「言已盡而意無窮」的詩論，可說是比興論的最大的也是意外的收穫。而「興趣」的可貴，在於通過「情境」的表達，以獲得無窮的意味。

到了宋朝，是朱熹《詩經》六義集大成的時代，而王應麟獨發揮六朝詩歌主情之論，兼採蘇轍觸興之說，而獨主賦比興皆係情之表達方式。他在《困學紀聞》中作〈詩經考異〉，引李仲蒙之言曰：「敘物以言情謂之賦，情盡物也；索物以託情謂之比，情附物也；觸物以起情謂之興，物動情也。」可惜他沒有更進一步討論，舉出具體的例證。但清末民初的日本學者竹添光鴻的《毛詩會箋》，卻襲用其說，並引〈樂記〉以為支持。他箋〈詩序〉六義的「四曰興」云：「箋曰：以彼起是也。索物以託情謂之比，情附物也；觸類以起情謂之興，物動情也。〈樂記〉云：人生而靜，天之性也；感於物而動，性之欲也。物至知，知然後好惡形焉。蓋好惡動於中，而適觸於物，假以明志謂之興。而以言乎物則比矣；以言乎事則賦矣。要迹其志之所自發，情之不能已者，皆出於興。故孔子曰：『《詩》可以興。』」只可惜他也缺乏具體的例證。

錢賓四先生也是屬於王應麟、李仲蒙主情一派的。他更發揮了詩人觀物起興，以啟發人之性靈，而為《詩》教，以及比興貫通乎六經的主張。

而當代學者徐復觀，更是興義主情說的殿後者。他在〈釋詩的比興〉一文中，除了承襲朱熹、劉勰、王應麟等之說，更參考西洋學者莫爾頓的《文學的近代研究》等書，發揮他興是詩中最勝義的理論說：「興是一種『觸發』，即《朱傳》的所謂『引起』。被它觸發的還是預先儲存的內在潛伏感情；觸發與被觸發之間，完全是感情的直接流注，而沒有滲入理智的照射。在感情的直接流注中，客觀的事物，乃隨著感情而轉動，其自身失掉了客觀的固定性。同樣的花，在歡樂的人看來是在笑，在愁苦的人看了是在哭（感時花濺淚）。到底是笑還是哭？不是在花的本身能求得理解，而是要從作者感情中去從容玩味。與所敘述的主題以外的事物，是在作者的感情中與詩的主題溶成一片；此『蕭森』到底是秋景呢？還是秋興呢？假定有人在此下一個兩者擇一的斷案，那便是蠢材了。這才是秋興的本色、本領，正因為如此，所以它在一首詩的構成中，成為與主題不可分的一部分；不像比所用的事物，以那比這，與主題還有一點間隙。因此，興對於詩的意味，就詩是感情的象徵的本性講，較之於比，實更為重大。」徐氏的〈釋詩的比興〉，雖從《詩經》談起，主要是論興與詩的本質之關係，重點已放在論詩之上，例如以上所引，他所舉論證為杜甫的〈秋興・八首之一〉的第二句，他又另舉〈秋興・八首之三〉的第三四兩句「信宿漁人還汎汎，清秋燕子故飛飛」為在詩的中段的興，王昌齡〈從軍行〉的末句「高高秋月照長城」為末尾的興。而他舉〈唐風・椒聊〉章末的「椒聊且，遠條且」為《詩經》章末之興的例，卻不很確切。所以我們只能把他此文作為嚴羽《滄浪詩話》一般談詩的論文來看，所談往往是與《詩經》比興的實際不貼切的。

宋代崛起的是鄭樵的起興無取義派。稍前於鄭樵的蘇轍興觸說，也有相似的主張，他說：「若夫『關關雎鳩，在河之洲』，如誠有取於其摯而有別，是以謂之比而非興也。」這與鄭樵的「凡興者，所見在此，所得在彼；不可以事類推，不可以義理求」，似乎相同。但蘇氏重點在「意有觸乎當時，時已去而不可知，故其類可意推，而不可以言解」與鄭氏的「不可以事類推」是有區別的。

而鄭氏的所以如此說，其重點在於他主張「詩在於聲，不在於義」，所以他說：「詩之本在聲，而聲之本在興，鳥獸草木乃發興之本。」興只是天籟之聲，有取於興句之聲而已。

朱熹《詩集傳》的反〈小序〉，為受鄭樵的影響，他對興義也承襲了鄭樵的理論。他在〈關雎〉篇的興義起例是：「興者，先言他物，以引起所詠之辭也。……後凡言興者，其文意皆放此云。」其在〈小星〉篇首章的傳文中說：「見星而往，見星而還，故因所見以起興，其於義無所取，特『在東』、『在公』兩字之相應耳。」次章的傳文亦云：「興亦取『與昴』『與裯』二字相應。」首章的興句「嘒彼小星，三五在東。」與應句的「肅肅宵征，夙夜在公。」的關係，只在「東」、「公」二字的趁韻，而無所取義。次章亦然，只在興句的「昴」字與應句的「裯」字趁韻。朱子這些話，不就是鄭樵的「不可以義理求」，「詩之本在聲，而聲之本在興」的主張嗎？這可以稱為「興詩趁韵說」。

到民國十四年顧頡剛發表他的〈起興〉一文，以民間歌謠說起興以後，起興無取義，只在趁韻之說，更極為流行。鍾敬文、朱自清、何定生、劉大白等撰文予以補充，屈萬里先生撰《詩經釋義》，也採用此說。

但朱熹不僅近襲鄭樵無取義之說，同時也遠承了毛鄭興喻的實例，他對興義實在是一個綜合分析的創始人。例如他於〈關雎〉為興義起例說：「興者，先言他物以引起所詠之辭也。」於〈小星〉，並明言「因所見以起興，其於義無所取。」這明明是近繼蘇、鄭無取義之說。但在〈關雎〉

的興義起例只說「引起所詠之辭」，並未說無取義，而於起例下卻說：「故作是詩，言彼關關然之雎鳩，則和鳴於河洲之上矣。此窈窕之淑女，則豈非君子之善匹乎？言其相與和樂而恭敬，亦若雎鳩之情摯而有別也。」這豈非又明明與蘇轍說的「若誠有取於其摯而有別，是以謂之比而非興也」相抵牾，與鄭樵的「不可以事類推，不可以義理求」不相符了嗎？其實朱熹是綜合兩說成其興義起例的。他既取毛、鄭興喻說以釋〈關雎〉，又取蘇、鄭無義說以釋〈小星〉。他是兩說並包的。所以他註〈大序〉的六義，就明白地說：「然比興之中，〈螽斯〉專於比，而〈綠衣〉兼於興；〈兔罝〉專於興，而〈關雎〉兼於比。此例中又自有不同者，學者亦不可不知也。」他的所以如此綜合兩說，是因為他分析《三百篇》中，有〈關雎〉〈麟之趾〉（《朱子語類》中舉〈麟之趾〉為興兼比）等兼比的興喻，也有〈小星〉〈兔罝〉〈山有樞〉（《朱子語類》中舉〈山有樞〉為無義之興）等無義的專興。但他在《詩集傳》中仍以兼比之興為之正格，不標〈關雎〉為興之兼比者，而仍與〈小星〉〈兔罝〉一樣，只標「興也」兩字，使後人一時分辨不出來也。

朱熹在《詩集傳》中又分析《三百篇》各章，將興式分為下列六種：(1)興也。（〈關雎〉、〈樛木〉、〈桃夭〉等篇）(2)興而比也（〈漢廣〉、〈椒聊〉等篇）(3)比而興也（〈下泉〉各章，〈氓〉第三章）(4)賦而興也（〈黍離〉各章，〈氓〉第六章，〈東山〉第四章）(5)賦而興又比也（〈頍弁〉各章）(6)賦其事以起興也（〈泮水〉一二三章）。

然則〈關雎〉為興之兼比者，〈漢廣〉〈椒聊〉為「興而比也」。這「興兼比」與「興而比」又

有何分別？我們自可在他的傳文中求得之。蓋〈關雎〉以雎鳩興淑女，而兼以雎鳩之摯而有別為比，〈漢廣〉則「以喬木起興，江漢為比。」是另以「漢之廣矣，不可泳思！江之永矣，不可方思」，四句比游女也。

朱熹分析興詩起興的方式不一，有借眼前事物說起者；有別將一物說起；其辭非必有感有見於此物者；有將物之無，興起自家之所有；將物之有，興起自家之所無。（見《朱子語類・八十一》）但他未舉實例。溥言考察〈小雅〉中如〈鹿鳴〉之興，即非有見聞有感於鹿鳴方以為興者，詳見前舉興詩研析。

元劉玉汝《詩纘緒》更對朱子興義，細加分析，而有所發明。例如〈關雎〉篇說：「末章託興，惟取辭字相應以起詞。〈大序〉傳言〈關雎〉興兼比者，祇言首章耳。」〈桃夭〉篇則說：「次末二章則因首章言華，遂取實與葉以申所詠，不必皆實見矣。」又如修正朱傳〈漢廣〉之「興而比」為「興又比」，〈氓〉末章之「賦而興」為「賦又興」。更以〈旄丘〉〈泉水〉首章之興為一篇之興。他分析興之方式，別為一體者，亦復不少。分析愈精細，辨別愈困難，說明愈紛繁。趨勢所至，今人只好放棄逐章標三緯的方式，而採取另寫討論比興的專論了。

明何楷撰《世本古義》，逐篇分章標明三緯，經其分析的結果，於《朱傳》六種興式外，又另立了六種興式的名稱，那是：⑴興而賦⑵興之比⑶興之比又賦⑷興之比而賦⑸賦之興⑹興中有比。

清姚際恆撰《詩經通論》，於卷首〈《詩經》論旨〉中先對賦比興作扼要的綜合論述。他修正朱子興的界說為：「興者，但借物以起興，不必與正意相關也。」並粗分興為二種：一種是「興而比也」，如〈關雎〉；一種是「興也」，如〈殷其靁〉。全書雖逐篇分章標三緯，但興式僅分「興而比也」、「興也」兩種，比式亦僅用「比也」、「比而賦也」兩種。蓋不欲細分而墮於煩瑣了。

傅恆等的《詩義折中》之各章標三緯，其於興式，僅承襲朱子所標六式中的(1)興也，(2)興而比也，(3)興而賦也，(4)賦而興也四式，而放棄其〈頍弁〉的「賦而興又比也」，〈泮水〉的「賦其事以起興也」二式，改標為「賦而比也」及「興而比也」。他們雖自稱其詩義僅折中於毛、朱兩派之間，而不注重於自己的獨立意見，但我們試加考察，傅恆等所標三緯，亦未嘗非綜合各家而又加以分析，以求自己之見解者，故《詩義折中》所標三緯之全不同於《毛傳》、《朱傳》、《大全》、《古義》與《通論》者，比比皆是。例如〈秦風・車鄰〉次章，《毛傳》、《朱傳》、《大全》、《古義》、《通論》各家，同標「興也」，而《詩義折中》獨標「賦也」；〈衛風・河廣〉首章，〈小雅・我行其野〉全篇三章，《毛傳》未標興，各家全標為「賦也」，而《詩義折中》獨標為「興也」，為「興而比也」。〈曹風・鳲鳩〉全篇四章，〈大雅・泂酌〉全篇三章，各家全標「興也」，〈鄭風・丰〉、〈小雅・采綠〉全篇各四章，各家全標「賦也」，《毛傳》於〈采綠〉標興也，於〈丰〉未標興〉而《詩義折中》於此四篇各章均獨標「比也」。〈樛木〉、〈野有蔓草〉二篇，各家都標為興詩，僅「興也」與「興而比也」，「賦而興也」等之不同，而《詩義折中》所標，卻非興詩，獨為「比也」「比而賦也」。餘如〈國風〉之〈新臺〉、〈蝃蝀〉等篇，〈小雅〉之〈小弁〉、〈大東〉、〈四月〉、

〈桑扈〉、〈隰桑〉等篇，〈大雅〉之〈棫樸〉、〈行葦〉、〈生民〉等篇及〈魯頌〉之〈泮水〉，《詩義折中》所標亦與各家不同。此足證《詩義折中》，名雖「折中」，其所表現於三緯者，實亦綜合分析之實行者也。

民國蔣善國《三百篇演論》中論賦比興，他將比興作綜合分析，都分成狹義的與廣義的兩種，而以廣義的比興價值為高。他又分析賦比興三者的關係綜合為十二種：⑴賦中兼比，以「厭浥行露」「杲杲日出」為例；⑵賦中兼興，以「喓喓草蟲」「陟彼南山」「彼黍離離」為例；⑶興兼比，以〈關雎〉、〈麟之趾〉為例；⑷比而興，以〈綠衣〉為例；⑸比之比，以〈谷風〉全篇皆比，則其中「葑菲」「荼薺」「涇渭」「梁笱」皆比之比為例；⑹賦而興又比，以〈頍弁〉為例；⑺賦其事以起興，以〈泮水〉首三章為例；⑻一句興全篇，以「緜緜瓜瓞」為例；⑼興之興，以〈伐木〉的「丁丁」與「嚶嚶」等為例；⑽兩層興一層，以「沔彼流水……鴥彼飛隼！……」為例；⑾一章興一章，以「鳳凰鳴矣」一章為例；⑿一章兼三緯，以〈氓〉的第三章為例。

高葆光《詩經新評價》附錄〈詩賦比興正詁〉，他綜合各家之說，對興下的定義是：「興是假借與主題無關的事物，或一部份有關的事物，以引起詩句；或利用觸動作詩動機的事物作引，以增強詩內情趣的一種文學技術。」而依照他興的定義，他又分析興的性質為三大類：⑴假借與主題無關的事物，以引起詩句，並舉〈小雅．南山有臺〉、〈鄭風．山有扶蘇〉為例；⑵假借與主題一部分有關的事物，以引起詩句，並增加詩內的氣氛。他舉〈衛風．淇奧〉、〈鄘風．相鼠〉為例；

(3)利用觸動作詩動機的事物，來引起詩句，以加強詩內的情趣。並舉〈鄘風・柏舟〉、〈王風〉之〈黍離〉、〈中谷有蓷〉為例。

最後他說：「根據上述，足證興有三類。蘇轍、鄭樵等以為興無所取義，魏源以為興必有所取義，兩大壁壘的對立，實是對於興未能完全瞭解的緣故。」

最後簡述溥言的對興詩產生方式的研析。溥言對《詩經》中興詩作產生方式的剖析，是建基於《詩經》學發展史上對各時代學者對興義學說的綜合分析而來。溥言對歷來興義學說，分為(1)傳箋興喻派(2)興以情立派(3)興聲無義派(4)綜合分析派已如上述，並於考察各當代實際作業時作比較分析的研究，例如《毛傳》、《鄭箋》對興義的實際作業，經溥言比較分析，歸納其所標「興也」以上之一二句為先言他物的起興之句，稱之曰興句，「興也」以下之句為所引起此事，即主題所詠之辭，稱之曰「應句」，以確定興詩的基本形式。又如分析《朱傳》分〈關雎〉為三章，則其第三章之興，實包含「參差荇菜，左右采之」與「參差荇菜，左右芼之」的兩組興句，一組在章首，一組在章中，已越出基本形式，而為興式的變化。這樣《朱傳》中〈氓〉篇末章中的「淇則有岸，隰則有泮」為興句，〈東山〉的末章以章中的「倉庚于飛，熠燿其羽」為興句，而均標為「賦而興也」才也合適。又朱子對《詩經》興詩分析，其起興的方式不一，有借眼前事物說起者，有別將一物說起，其辭非必有感有見於此物者。朱子未舉實例，溥言即將〈小雅・鹿鳴〉之呦呦，加以說明，以為例證。也因此，可以研判顧頡剛所提民間歌謠中但求趁聲的無義的素樸之興，在《詩經》中不多見。《詩經》中士大夫所作〈雅〉詩中後起之興，往往是先有主題，再構思興句以配合而成有義之興的。〈鹿鳴〉之因宴客而思索出鹿鳴呦呦呼伴食苹，非宮庭宴客時所見所聞，乃宮庭詩人思索得來，借託他物以起興，作為兼比之興句，以配合主人的宴客者。

又如溥言綜合分析各家興義的實際作業中所標興式，予以比較整理，而作「興詩三式表」。溥言對歷代興義發展，曾作種種的綜合分析的研究。最後溥言又綜合前人之說，對《詩經》興詩的產生方式試作剖析，歸納出有(1)「山有扶蘇」、「山有樞」等「拈物式」的原始性表現法，有(2)「殷其靁」、「隰有萇楚」等「觸景式」的聯想性表現法，有(3)「揚之水」、「有杕之杜」等「套句式」的成語性表現法，有(4)「呦呦鹿鳴」、「綠竹猗猗」等的「託物式」的戴帽性表現法。並指出〈小雅．頍弁〉的「有頍者弁」，〈大雅．旱麓〉的「瑟彼玉瓚」等興句，更是貴族式仿造性表現法了。

而歸納以上四種興詩的產生方式，(1)(2)兩種都屬基本的聯想作用，而(3)(4)兩種則都屬後起的戴帽作用，而取義與無義的區分，又是說詩的一種辨別。

(三)《詩經》以後詩歌中的興式舉例

以上把《詩經》興義發展的四派作一概要的綜述訖，剩下來得一提的是《詩經》興義在後世詩詞中的應用。

這可以分作兩方面來敘述。其一，是後世詩歌中《詩經》興式的留存；其二，是學者們移用

《詩經》比興的尺度來衡量後世的詩詞。

《詩經》的興式，本來是民間歌謠的一種特有的表現方式，而風行到士大夫等宮庭詩人中間去的。後世詩詞作家，很少採用這種方式。唐詩的律絕以及宋詞，只有興詩的活用，《詩經》的興式可說已經絕了踪迹。但民間歌謠如戰國時代《楚辭》中的〈九歌〉（主〈九歌〉為屈原作者，亦認〈九歌〉原為民歌），漢朝以來的樂府詩中，還是留存著這種民歌本色的興式，作家仿作的樂府中，也有這種形式的承襲。

茲依時代先後，檢舉自戰國至六朝詩歌中興式十二例於下，以見一斑：

(1)〈九歌・湘君〉

石瀨兮淺淺，飛龍兮翩翩。（以上興句，以下應句）交不忠兮怨長，期不信兮告余以不閒。

(2)〈九歌・湘夫人〉

沅有芷兮澧有蘭，（以上興句，以下應句）思公子兮未敢言。荒忽兮遠望，觀流水兮潺湲。

(3)〈九歌・少司命〉

秋蘭兮青青，綠葉兮紫莖。（以上興句，以下應句）滿堂兮美人，忽獨與余兮目成。

(4)〈大風歌〉／漢高祖

大風起兮雲飛揚，（以上興句，以下應句）威加海內兮歸故鄉；安得猛士兮守四方？

(5)〈飲馬長城窟行〉／樂府古辭

青青河畔草，（以上興句，以下應句）緜緜思遠道。遠道不可思，宿昔夢見之。夢見在我傍，忽覺在他鄉。他鄉各異縣，展轉不可見。枯桑知天風，海水知天寒。入門各自媚，誰肯相為言？客從遠方來，遺我雙鯉魚。呼童烹鯉魚，中有尺素書。長跪讀素書，書中竟何如？上有加餐食，下有長相憶。

(6)〈白頭吟〉／樂府古辭

皚如山上雪，皎若雲間月。（以上興句，以下應句）聞君有兩意，故來相決絕。今日斗酒會，明日溝水頭。躞蹀御溝上，溝水東西流。淒淒復淒淒，嫁娶不須啼。願得一心人，白頭不相離。竹竿何嫋嫋，魚尾何簁簁。男兒重意氣，何用錢刀為？

(7)〈豔歌行〉／樂府古辭

翩翩堂前燕，冬藏夏來見。（以上興句，以下應句）兄弟兩三人，流宕在他縣。故衣誰當補？新衣誰當綻？賴得賢主人，覽取為我組。夫壻從門來，斜倚西北眄。語卿且勿眄，水清石自見。石見何纍纍？遠行不如歸。

(8)〈古詩十九首〉之三

青青陵上柏，磊磊澗中石。（以上興句，以下應句）人生天地間，忽如遠行客。斗酒相娛樂，聊厚不為薄。驅車策駑馬，遊戲宛與洛。洛中何鬱鬱？冠帶自相索。長衢羅夾巷，王侯多第宅。兩宮遙相望，雙闕百餘尺。極宴娛心意，戚戚何所迫！

(9)〈雜詩·之一〉／曹植

高臺多悲風，朝日照北林。(以上興句，以下應句)之子在萬里，江湖迥且深。方舟安可極？離思故難任。孤雁飛南遊，過庭長哀吟。翹思慕遠人，願欲託遺音。形影忽不見，翩翩傷我心！

(10)〈明月篇〉／傅玄

皎皎明月光，灼灼朝日暉。(以上興句，以下應句)昔為春蠶絲，今為秋女衣。丹脣列素齒，翠彩發蛾眉。嬌子多好言，歡合易為姿。玉顏盛有時，秀色隨年衰。常恐新間舊，變故興細微。浮萍本無根，非水將何依？憂喜更相接，樂極還自悲。

(11)〈停雲〉／陶淵明

靄靄停雲，濛濛時雨。(以上興句，以下應句)八表同昏，平路伊阻。靜寄東軒，春醪獨撫。良朋幽邈，搔首延佇。(一章)

停雲靄靄，時雨濛濛。(以上興句，以下應句)八表同昏，平陸成江，有酒有酒，閒飲東窗。願言懷人，舟車靡從。(二章)

(12)〈河中之水歌〉／梁武帝

河中之水向東流，(以上興句，以下應句)洛陽女兒名莫愁。莫愁十三能織綺，十四采桑南陌頭。十五嫁為盧家婦，十六生兒字阿侯。盧家蘭室桂為梁，中有鬱金蘇合香。頭上金釵十二行，足下絲履五文章。珊瑚挂鏡爛生光，平頭奴子擎履箱。人生富貴何所望，恨不早嫁東家王。

以上十二例，無論其為不兼比的興，或兼比的興，總得要有明確的興句與應句，才是《詩經》興式的詩。其活用興義而不能明分興句與應句者，均所不取。至如李白〈送友人〉詩中的「浮雲遊子意，落日故人情」一聯，雖以「浮雲」與遊子的遠行，以「落日」與故人的懷念，但已把興句與應句凝縮在一句之中，則就成為興式的修辭格，不再在《詩經》興式討論的範圍內了。

(四)對後世的詩詞作興義衡量的著作

學者們移用《詩經》比興的尺度來衡量後世詩詞，從南宋《詩集傳》的作者朱熹撰《楚辭集註》開其端，他於屈原〈離騷經〉，按章加註賦比興。但多賦比，無標興者。蓋王逸謂：「〈離騷〉之文，依詩取興，引類譬諭，故善鳥香草以配忠貞，惡禽臭物以比讒佞，靈修美人，以媲於君，虙妃佚女以譬賢臣，虯龍鸞鳳以託君子，飄風雲霓以為小人」者，朱子皆以為比，而無「依詩取興」者也。自〈九歌〉以下，朱子已不一一按章標三緯，〈東皇太一〉，即僅於篇首註為「全篇之比。」其餘於各章之下，不標三緯間或加註比興，例如於〈湘君〉「石瀨兮淺淺」章下，註曰：「此章興而比也。」〈湘夫人〉「沅有芷兮澧有蘭」章下註曰：「此章興也」。「麋何為兮庭中」章下註曰：「比而賦也。」「登白蘋兮騁望」章下註曰：「賦而比也。」於〈少司命〉之「秋蘭兮麋蕪」章下則曰：「上四句興下二句」，「秋蘭兮青青」章下，則曰：「上二句興下二句。」(溥言所舉〈九歌〉興式三例，即從朱子)蓋朱子之註《楚辭》，按章標三緯，已屬虎頭蛇尾，亦由於《詩經》式興詩，少之又少也。

朱熹本來打算除《詩經》《楚辭》外，更自虞夏以來之詩，至魏晉詩人陶淵明為止編為一書；自晉宋間顏謝以後，下及唐初又編為一書；自唐初沈宋以後定著律詩，下及朱子當時，又另編一書。但此三書，都未編成。元人劉履，繼承朱子遺意，編了一套《風雅翼》，其中的《選詩補註》，就《昭明文選》中詩，加以刪補，用朱子傳詩註《楚辭》成法分註賦比興。但四言詩有時還分章來說，五言詩就僅以篇為單位。劉履《風雅翼》包括《選詩補註》與《選詩補遺》。《四庫提要》評其「以漢魏篇章強分比興，尤未免刻舟求劍。附合支離。」所論極是。

清人陳沆撰《詩比興箋》，專說漢魏至唐朝比興的詩。但各詩並不分別註明比興，只注重在以史證詩，而又只混言比興，興與比總是分不開來，其實只是《詩・大序》的比而已。

至於以比興論詞的，也始於南宋。羅大經《鶴林玉露》四論辛棄疾〈菩薩蠻・書江西造口壁〉云：「南渡之初，虜人追隆祐太后御舟至造口，不及而還。幼安自此起興。鷓鴣之句，謂恢復之事行不得也。」又陳鵠《耆舊續聞》二論蘇軾在黃州所作〈卜算子〉詞，以為「揀盡寒枝不肯棲」是取興鳥擇木之意。

到了清朝，張惠言撰《詞選》，更發揮光大，以毛、鄭說詩方法論詞。他在《詞選》目錄敘中說：「詞者，蓋出於唐之詩人，採樂府之音以制新律，因繫其詞，故曰詞。傳曰：意內而言外，謂之詞，其緣情造端，興於微言，以相感動。極命風謠里巷男女哀樂，以道賢人君子幽約怨悱不

能自言之情，低徊要眇以喻其致。蓋《詩》之比興變〈風〉之義，騷人之歌，則近之矣。」並云：「今第錄此二卷，義有幽隱，並為指發，幾以塞其下流，導其淵源，無使風雅之士，懲於鄙俗之音，不敢與詩賦之流，同類而風誦之也。」

他既說詞是「《詩》之比興變〈風〉之義」以抬高詞的地位，而所選四十四家的一百十六首詞中，「義有幽隱，並為指發。」今觀其所選，絕少興義的指發。其有所指發的如溫庭筠〈更漏子〉第一首後說：「驚塞雁三句，言懽戚不同，興下夢長君不知也。」

溫氏原詞如下：

柳絲長，春雨細，花外漏聲迢遞。驚塞雁，起城烏，畫屏金鷓鴣。

香霧薄，透簾幙，惆悵謝家池閣，紅燭背，綉簾垂，夢長君不知。

他以「驚塞雁，起城烏，畫屏金鷓鴣」為興句，「夢長君不知」為應句，已無《詩經》興式的原來面目了。

辛棄疾「書江西造口壁」之〈菩薩蠻〉，及蘇軾黃州所作〈卜算子〉二詞，亦在張氏入選作品中，原詞錄下：

〈卜算子〉

缺月挂疏桐，漏斷人初定，時有幽人獨往來，縹緲孤鴻影。
驚起卻回頭，有恨無人省，揀盡寒枝不肯棲，寂寞沙洲冷。

〈菩薩蠻〉
鬱孤山下清江水，中間多少行人淚。西北是長安，可憐無數山。
青山遮不住，畢竟東流去。江晚正愁余，山深聞鷓鴣。

陳鵠說蘇軾「揀盡寒枝不肯棲」為取興，但此句不像《詩經》的興句，或應句，張惠言只說：「鮦陽居士云：缺月，刺明微也；漏斷，暗時也；幽人，不得志也；獨往來，無助也；驚鴻，賢人不安也；回頭，愛君不忘也；無人省，君不察也；揀盡寒枝不肯棲，不偷安於高位也；寂寞沙洲冷，非所安也。此詞與〈考槃〉詩極相似。」全篇句句是比，不提興意，僅指似變〈風〉〈考槃〉耳，溥言也認為此詞只是蘇東坡自比孤鴻的作品。

張氏於辛棄疾〈菩薩蠻〉，即引羅大經《鶴林玉露》所載「幼安因此起興，鷓鴣之句，謂恢復行不得也」之語為指發。則羅、張之意，似僅為因造口之地而興恢復之事，不必實指興句與應句。但鄭騫先生《詞選》，謂此詞非言恢復事，係幼安平寇有功，原冀回朝晉用，「聞鷓鴣之句，謂還朝晉用行不得也。」然其主題雖異，而為「行不得」則一。溥言以為此詞如必明指興句應句，似可視作自首句「鬱孤山下」一路直賦，至末二句先寫應句「江晚正愁余」，再補寫興句「山深聞鷓

鴣」為結，而成《詩經》興式「賦而興也」的活用之作。但溥言又覺解作興句「山深聞鷓鴣」之下，隱沒了「滋味更何堪」之類的應句，就成為「言已盡而意無窮」格外高超的興詩了。我們可以說王昌齡〈從軍行〉的末句「高高秋月照長城」，也是以興句作結的詩，在這「高高秋月照長城」的興句之下，同樣把「不見家園與家人」之類的應句隱沒了，成為「不著一字，盡得風流」的好詩。

六十四年四月改寫於北投致遠新村

（本文係由獲得六十三年度國科會之補助論文改寫而成）

〈陳風・東門之池〉新解

陳國民間歌舞之風很盛，以跳舞出名的有子仲家的姑娘（〈東門之枌〉）；以唱歌出名，當推姬家漂亮的三小姐。請看，下面就是青年男子慕戀姬三姐貌美擅歌的歌詞：

原詩

東門之池，①
可以漚麻。②
彼美叔姬，③
可與晤歌。④

東門之池，
可以漚紵。⑤

今譯

東門外頭護城河，
可以用來泡蔴科。
那位姬家漂亮三姑娘，
可以和她對答唱山歌。

東門城河河水滑，
可以用來泡苧蔴。

彼美叔姬，　那位姬家漂亮三姑娘，
可與晤語。　可以和她面對說情話。

東門之池，　東門城河河水深，
可以漚菅。⑥　可把菅草泡又浸。
彼美叔姬，　那位姬家漂亮三姑娘，
可與晤言。　可以和她促膝來談心。

【注釋】①池：《毛傳》：「城池也」即城外護城河。《水經注・潁水》注言，陳城之東門內有池。水中有故臺處，詩所謂東門之池也。馬瑞辰曰：「此蓋後人見詩詠東門之池，因於陳之東門內鑿池以附合之，非《毛傳》城池之謂矣。」②漚：歐去聲，久漬。③叔姬：姬姓第三女。今本叔作淑。陸德明《釋文》：「叔音淑」，是陸氏所據本作叔。陳奐據以訂正為叔。或以為叔是淑的假借字，高本漢以「彼美孟姜」句例，定為：「彼美叔姬。」④晤歌：相對唱歌。或即今日一倡一和對答式的對口山歌之類。鄭玄箋：「晤猶對也。」《朱傳》：「晤猶解也。」高本漢採鄭說，以晤作面對面講。⑤紵：即苧，蔴屬。⑥菅：音奸。草名，似茅而滑澤，可作繩索。

【評解】〈東門之池〉，是〈陳風〉十篇的第四篇。這詩的形式，正是一篇三章，每章四句，每句四字的《詩經》基本形式四十八字詩。內容是對美女叔姬才華風度的讚許。叔姬的特點是能言語擅唱歌。言語而曰「晤言」「晤語」，就不是演講，發表議論，應該是和人應酬時的對答如流，周旋中節。唱歌而曰「晤歌」，就不是獨唱，應該是與人面對而唱，唱的是一倡一和對答式的對口歌。那非但要嗓子好，而且要有出口成章，隨機應變的本領。可是這詩以漚麻為興，以晤語續晤歌，就不是單純地讚許一個人的解言擅歌了。漚麻的目的在織成布，和一位美女由對口唱歌，進而面對私語，那便是戀愛進程的懸想了。所以我們推斷這篇〈東門之池〉，是青年男子慕戀貌美擅歌的叔姬之詩。全詩重心只在慕戀叔姬的貌美擅歌，不在叔姬的解言善辯，而在可與晤語晤言。晤語晤言是談情說愛之謂，情調就完全不同了。

因為〈東門之池〉剛編在〈衡門〉的下一篇，所以姚際恆以為是〈衡門〉的續篇。他說：「玩『可以』『可與』字法，疑即上篇之意，娶妻不必齊姜、宋子，即此叔姬，可與晤對咏歌耳。」衡門貧士說：「豈其取妻，必齊之姜！」「豈其取妻，必宋之子！」當然闊氣的貴族女子，未必是貧士理想的配偶。在當時陳國的社會風氣，我們可以說：「要像貌美擅歌的叔姬，才是眾所慕戀的對象。」但此詩作者，未必就是衡門貧士，不過因為兩詩都詠婚姻之事，所以編在一起而已。

【古韻】第一章：池、麻、歌，歌部平聲。
第二章：紵、語，魚部上聲。
第三章：菅、言，元部平聲。

〈鄘風・桑中〉新解

桑中、上宮、淇水之上，都是衛國仕女郊遊娛樂之地。這一篇衛國的民謠，就是以郊遊為背景的有和聲的男女對答山歌。

原詩	今譯
爰采唐矣？①	（女聲問）你到那兒去採蒙菜啊？
沬之鄉矣。②	（男聲答）我到沬邦的鄉下採啊。
云誰之思？③	（女聲問）你想追的是誰家姑娘啊？
美孟姜矣。④	（男聲答）漂亮大姐她姓姜啊。
期我乎桑中，⑤	（眾聲合唱）她約我在桑中，
要我乎上宮，⑥	她邀我去上宮，
送我乎淇之上矣。	她送我送到淇水上啊。

爰采麥矣？⑦
沫之北矣。
云誰之思？
美孟弋矣。⑧
期我乎桑中，
要我乎上宮，
送我乎淇之上矣。

爰采葑矣？⑨
沫之東矣。
云誰之思？
美孟庸矣。⑩
期我乎桑中，
要我乎上宮，
送我乎淇之上矣。

（女聲問）你到那兒把小麥採啊？
（男聲答）我到那沫邦北門外啊。
（女聲問）你想追的是誰家姑娘啊？
（男聲答）弋家大姐頂漂亮啦。
（眾聲合唱）她約我在桑中，
　　她邀我去上宮，
　　她送我送到淇水上啊。

（女聲問）你到哪兒採蕪菁啊？
（男聲答）我到沫邦東門東啊。
（女聲問）你想追的是誰家姑娘啊？
（男聲答）庸家大姐我看上啦。
（眾聲合唱）她約我在桑中，
　　她邀我去上宮，
　　她送我送到淇水上啊。

【注釋】①爰：舊訓於，或於是。古今民歌多問答式，此詩第三句問，第四句答。爰若訓為「在何處」，則第一、二句亦為一問一答。證以〈國風・邶風・擊鼓〉：「爰居？爰處？爰喪其馬？」〈凱風〉「爰有寒泉？在浚之下。」四個爰字均可訓為「在何處」，則〈國風〉爰字可另得一新解。蓋爰乃「於焉」之合音也。「於焉」即「在那裡」，問與答可兩用。唐：蒙菜，或以為即女蘿，一名菟絲。孫炎曰：「菟絲不可為菜。」按二、三章所採麥、葑皆可食之物，則唐非菟絲矣。②沬：衛邑名，即妹邦，在衛都朝歌南七十里地，今屬河南淇縣境。③之：是。④孟姜：姜姓之長女。⑤桑中：地名。⑥要：音邀，約；上宮或稱上宮臺，或以為樓，蓋有建築之名勝地。⑦采麥：麥葉初盛時，採之搗成青汁，注入米粉，用以製青色餅糰。⑧孟弋：弋姓之長女。⑨葑：蕪菁。⑩孟庸：庸姓之長女。

【評解】〈桑中〉是〈鄘風〉十篇的第四篇，共九十九字。篇三章，章四句，句四字，這是《詩經》的基本形式。每章章尾附以相同的「期我乎桑中，要我乎上宮，送我乎淇之上矣」三句，則是顧炎武所稱的章餘。這詩每章四句，都是一問一答，再問再答的句法，正是〈小放牛〉一類民歌對答風格的代表。就是朱熹所說：「凡《詩》所謂風者，多出於里巷歌謠之作，所謂男女相與詠歌，各言其情者也。」而顧炎武所稱章餘之句，則是歌謠的和聲。最足代表民間歌謠的一種風格。是女聲問一句，男聲答一句，男女對答之際，間以眾聲之齊唱相和。我們推求〈桑中〉一篇的風格，就是〈國風〉中男女對答又有和

聲的一個榜樣。

周代社會的禮俗，男女婚姻，固然要經過媒妁之言的一套手續，但未婚男女，並不禁止交往，男女可以一同郊遊（〈鄭風．溱洧〉），一同唱歌談天（〈陳風．東門之池〉），所謂吉士也可公然追求懷春的少女（〈召南．野有死麕〉），也不妨到戀愛成熟，再請媒人來議婚（〈衛風．氓〉），男子年逾三十，女子年逾二十，更可免除媒妁的俗套，逕自同居（〈召南．摽有梅〉）。這篇〈鄘風．桑中〉，只是朱熹所說「男女相與歌詠」的一支歌謠，而以約女友郊遊為其背景。

〈邶〉〈鄘〉〈衛〉都是衛國地區的詩，桑中、上宮、淇上，都是衛人郊遊之地。衛人自朝歌到桑中、上宮、淇水之上去郊遊，等於現在臺北的人去玩野柳、金山、淡水。今天有一個男青年可以誇口說：「中國小姐她住基隆，約我在野柳相見。玩過野柳，邀我一起去金山游泳，我取道淡水回臺北；她答應送我到淡水河邊才分手。」而事實上約會卻落了空。明天他又可誇口說：「這回是和商展小姐約好了去玩野柳、金山、淡水。」結果又是落了空。於是旁人取笑他說：「還有毛衣公主也會陪你去玩呢！」如果有人用此題材，仿照男女對唱的〈大拜年〉，編一支時代歌曲〈野柳去〉，那末，把〈桑中〉做藍本，戲謔的情調也就活現了。

〈桑中〉詩先扮演男女一問一答，再以大家的合唱來取笑作樂，詩中孟姜、孟弋、孟庸，正等於今日的中國小姐、商展小姐、毛衣公主，是當時眾所矚目的美女。〈桑中〉詩就是這樣帶有戲謔情調的一支道地民謠。

漢儒以《詩經》為諫書，把《詩經》當作政治課本讀，篇篇要附會上史事或政事，這篇〈桑中〉無史事可指，《毛詩・序》便說：「〈桑中〉，刺奔也。衛之公室淫亂，男女相奔，至於世族在位，相竊妻妾，期於幽遠，政散民流而不可止。」朱熹雖反對毛序並知〈國風〉只是里巷歌謠，男女相與詠歌言其情者，這篇正是這樣的代表作，但他對這篇仍襲用序意，而且更指〈桑中〉即桑間，因附會〈桑中〉為亡國之音。他說：「〈樂記〉曰：『鄭衛之音，亂世之音也，比于慢矣。桑間濮上之音，亡國之音也。其政散，其民流，誣上行私而不可止也。』按桑間即此篇，故〈小序〉亦用〈樂記〉之語。」朱傳並以此詩為奔者所自作。姚際恆《詩經通論》，始指出毛序和《朱傳》附會的不當。他說：「〈小序〉《毛詩》每篇篇首的序，朱熹稱之為小序，姚際恆則將每篇之序第一句稱為小序，第二句以下稱大序）謂刺奔是，〈大序〉謂『男女相奔，至於世族在位相竊妻妾，期於幽遠，政散民流而不可止。』按《左傳・成二年》『巫臣盡室以行，申叔跪遇之曰：「夫子有三軍之懼而又有〈桑中〉之喜，宜將竊妻以逃者也。」』〈大序〉本之為說。《左傳》所言〈桑中〉固是此詩，然傳因巫臣之事而引此詩，豈可反據竊妻之事以說此詩，大是可笑。其曰『政散、民流而不可止』，亦本〈樂記〉語。按〈樂記〉云：『鄭衛

之音，亂世之音也，比于慢矣。桑間濮上之音，亡國之音也。其政散，其民流，誣上，行私而不可止也。』桑間亦即指此詩。濮上用《史記》衛靈公至濮水，聞琴聲，師曠謂紂亡國之音事，故以為亡國之音。其實此詩在宣惠之世，國未嘗亡也，故曰『其政散』云云。〈樂記〉之文紐合二者為一處，本屬亂拈，不可為據。今〈大序〉又用〈樂記〉，尤不可據。朱仲晦但知執序用〈樂記〉之說，便謂桑間即此詩，並不詳其源委若何，故及之。」又說：「《集傳》謂此詩其人自言，必欲實其為淫詩而非刺淫。夫既有三人，必歷三地，豈此一人者于一時而歷三地，要三人乎？大不可通。」

姚氏揭發〈詩序〉之係雜湊《左傳》、〈樂記〉而成，不足採信。但他還是承認了〈詩序〉的「刺奔」（即刺淫）和「桑中」之即「桑間」。鄭玄註〈樂記〉「桑間濮上」云：「濮水之上，地有桑間者，亡國之音，於此水出也。昔殷紂使師延作靡靡之樂，已而自沉於濮水。後師涓過焉，夜聞而寫之，為晉平公鼓之。是之謂也。」則「桑間濮上」，指桑間地方的濮水之上，並非「桑間」與「濮上」為二地或二事，與〈桑中〉詩無關。故劉瑾以朱熹指桑間即此〈桑中〉詩為非，嚴粲亦曰：「詩記謂《詩》皆正樂，此〈桑中〉，非桑間濮上之音。」桑間與桑中實係異地異事，一為師延為殷紂作靡靡之樂之地，在濮水之上；一為詩中所詠男女約會之地，在淇水附近。

我們以為「刺奔」或「刺淫」之說均不可取。我們前面已說過，周代社會對未婚男女的交往是許可的，先戀後媒，既屬平常，逾齡未婚男女的相奔，亦禮所不禁，所以男女郊遊，實在不用譏刺。方玉潤《詩經原始》雖襲姚際恆「〈桑中〉刺淫」之說，但若干處亦有可取者，其言曰：「《集傳》以為奔者所自作，蓋其意以為刺人之詩，不應曰期我要我送我，又自陷其身於所刺之中。」又曰：「詩人不過代詩中人為之辭耳，詩中人亦非真有其人，真有其事，特賦詩人虛想。所思之人，亦不外此姜之孟、弋之孟與庸之孟耳。而此姜與弋與庸，則尤在神靈恍惚，夢想依稀之際。即所謂期我要我送我，又豈真姍姍其來，冉冉而逝乎？」總之，此不過造此歌謠者，憑當時風俗，借追求美女者之口吻，對其失戀，加以戲謔，譏笑其痴心妄想，癩蝦蟆想吃天鵝肉耳。故此詩非刺奔刺淫，乃刺自誇美女期我要我送我者之妄想耳。試觀《焦氏易林》（陳喬樅以《易林》本於《齊詩》義。据胡適先生考定此書係崔篆所著成於漢建武初年，非焦延壽作），可得佐證。〈蠱之・謙〉曰：「采唐沫鄉，徼期桑中，失心不會，憂心忡忡。」〈師之・噬嗑〉曰：「采唐沫鄉，要我桑中、失期不會，憂思約帶。」〈臨之・大過〉、〈无妄之・恆〉、〈巽之・乾〉同。可證詩中期我要我送我之語，實屬夢想。而〈艮之〉解曰：「三十无室，寄宿桑中，上宮長女，不得來同，使我失期。」則更可證〈桑中〉所賦係逾齡未婚者之事，禮不禁其奔，〈詩序〉之言「刺奔」為不當也。

我們引用姚際恆、方玉潤的話來否定〈桑中〉篇的〈毛序〉、《朱傳》，更由《易林》

的文庫中，找到了〈桑中〉篇可靠的釋義。我們從「爰」字的新訓，「期我」「要我」「送我」的新解，恢復了〈桑中〉篇「里巷歌謠」「男女相與詠歌」的風詩本來面目，因此得以一掃「刺奔」「刺淫」以及「淫詩」「亡國之音」等舊說，讓我們對桑中詩，採用了新的觀點來作新的欣賞，得到了比較圓滿的結果。雖然我們多花了一些工夫，多費了一些篇幅，也是值得的了。

【古韻】第一章：唐、鄉、姜，陽部平聲；中、宮，中部平聲。
第二章：麥、北、弋，之部入聲；中、宮，中部平聲。
第三章：葑、東、庸，東部平聲；中、宮，中部平聲。

〈召南・何彼襛矣〉新解

齊國國君以娶了周平王的女兒王姬為榮，現在他們所生的女兒嫁到召南地方去，就用王姬嫁來時的花車去送親，來擺闊。南國詩人就做詩來諷刺說：新娘既艷若桃李，車服之盛又眩耀生光，只可惜缺少了些肅敬雍和氣氛了啊！

原詩	今譯
何彼襛矣！①	怎麼那樣的茂盛！
唐棣之華。②	唐棣花兒開得濃。
曷不肅雝？③	怎不端莊而和易？
王姬之車。④	王姬的花車好神氣。
何彼襛矣！	怎麼那樣的茂盛！

華如桃李。　　艷如姚李好姿容。
平王之孫，⑤　這是平王的外孫女，
齊侯之子。⑥　就是齊侯的掌上珠。
其釣維何？⑦　要用什麼去釣魚？
維絲伊緡。⑧　用的是絲線組成縷。
齊侯之子，　　哦！你齊侯的掌上珠，
平王之孫。　　你平王的外孫女。

【註釋】①襛：音農，ㄋㄨㄥˊ，《石經》作穠。高本漢說：「這是錯字，由《說文》引《詩》而來。《太平御覽》、《白帖》和《文選注》引《毛詩》均作『穠』。」朱熹《集傳》逕作「穠」，韓「襛」作「茙」（音戎）。農旁之字均有厚義：濃為露厚、醲為酒厚、穠則植物之厚，即花葉盛多、襛為衣厚。作「襛」，應為「穠」之假借字。「茙」即茸，亦茂盛意。②華：古花字。唐棣，即棠棣，一名雀梅，亦名薁李、郁李、車下李，各處山中皆有之，其華或白或赤，六月中實熟，大如李，可食。③肅：敬。雝：同雍，和。④王姬：周王之女姓姬，故稱王姬，以別於諸侯之姬姓。王姬之車：周代貴族嫁女，均以車馬相送。

男家依禮留其車而將馬返還女家，王姬之車特別華貴，僅下王后一等，故詩中特表出之。⑤平王：周幽王之子名宜臼。舊訓「平」為「正」，釋平王為「周文王」，非是。平王之孫：周平王的兒子的子女，周平王女兒的子女，都可稱平王之孫，所以這孫字，包括孫兒、孫女、外孫、外孫女在內。⑥齊侯：指齊國國君而言。周封諸侯分公侯伯子男五等，例如宋，子姓公爵；魯，姬姓侯爵；秦，嬴姓伯爵；楚，羋姓子爵；許，姜姓男爵；齊國則姜姓侯爵。但諸國國君通稱曰諸侯，而本國人對其國君則稱公。齊侯之子：齊國國君的子女。所謂子，包括男子子，女子子在內。〈衛風・碩人〉篇「齊侯之子」，即指齊莊公之女莊姜。⑦維：語詞。⑧伊：是。緡：音敏，ㄇㄧㄣˇ，《毛傳》：「緡，綸也。」釣竿之線，為絲之組合成綸者。

【評解】〈何彼襛矣〉是〈召南〉十四篇的第十三篇，分三章，章四句，句四字，全篇共三十六字。文開在〈詩經基本形式及其變化〉一文中，將此詩列為《詩經》三環相連（即三章疊詠）的基本形式之一。清人陳僅（餘山）更就此詩三章疊詠分析之。因其中間一章，上半章與前章配合，下半章與後章配合，特稱為合錦體（見所著《詩誦》卷一）。

鄭玄《詩譜》，據〈詩序〉，將〈周南〉〈召南〉二十五篇列為正〈風〉，以別於〈國風〉其他十三單位的變〈風〉，而定其年代為文武之世。其中二十三篇作於文王之世，僅兩篇作於武王之世，武王之世兩篇均在〈召南〉，一篇是〈甘棠〉，還有一篇就是這〈何

彼穠矣〉。因為他們以為這篇是武王嫁女王姬之詩。而詩的內容，正〈風〉都是美詩，毛、鄭以為此詩是「美王姬」。

〈詩序〉：「何彼穠矣，美王姬也。雖則王姬，亦下嫁於諸侯。車服不繫其夫，下王后一等，猶執婦道，以成其肅雝之德也。」《毛傳》云：「平，正也。武王女，文王孫，適齊侯之子。」

宋人始疑此為東周之詩。朱熹《詩集傳》曰：「舊說：平，正也。武王女，平王孫，適齊侯之子。或曰：平王，即平王宜臼；齊侯，即襄公諸兒。事見春秋。未知孰是。」蓋鄭樵已先朱子指詩中平王為東周之平王。

至清代，則此詩為東遷後詩，已成定論。崔述《讀風偶識》曰：「〈何彼穠矣〉，明言平王之孫，其東遷後詩無疑。」姚際恆《詩經通論》亦云：「此篇，或謂平王指文王；或謂即春秋時平王。凡主一說者，必堅其辭，是此而非彼。然愚按主春秋時平王說者居多。亦可見人心之同然也。」

至晚清，方玉潤更看出詩中「曷不肅雝」一句，非美而為刺。所以他在《詩經原始》中說：「〈何彼穠矣〉，諷王姬車服漸侈也。此詩果如《集傳》諸家所云『美王姬之下嫁，不敢挾貴以驕其夫家而又能敬且和』？曰未能也。詩不云乎？『何彼穠矣！』是美其色之盛極也。『曷不肅雝？』是疑其德之有未稱耳。」

王姬下嫁齊國事，《春秋經》凡二見：一在魯莊公元年（公元前六九三年），即周莊王四年，齊襄公諸兒五年；一在魯莊公十一年（公元前六八三年），即周莊王十四年，齊桓公小白三年。《春秋經》兩次均書曰：「冬，王姬歸于齊。」屈翼鵬先生《詩經釋義》注：「二者未詳孰是。」且以為：「或別有其事，而《春秋》未書。」

考《春秋・莊公元年》經曰：「夏，單伯逆王姬。秋，築王姬之館于外。王姬歸于齊。」《公羊》、《穀梁》，均以單伯為魯大夫，奉王命去王城迎王姬來魯為之主婚。因為天子嫁女於諸侯，必使同姓諸侯主之。《左傳》則以單伯為天子卿，單為其采地。故經文「逆」字作「送」字。時魯莊公喪服期中，為齊侯來親迎不便以禮接待，故築舍於城外以館王姬。竹添進一郎《左傳會箋》，以為單為王畿內地名，成王封少子臻於單邑，因氏焉，單伯為周之世卿，王姬是周桓王之女。

又，《春秋・莊公十一年》經曰：「冬，王姬歸于齊。」《左傳》：「冬，齊侯來逆恭姬。」杜注：「齊桓公也。」《會箋》未指此王姬為誰之女，而僅謂恭為其謚。莊公元年之王姬為周桓王之女，則此王姬似為周莊王之女。桓王之女為平王之曾孫女，此則平王之玄孫女，按《詩經》用字之例，凡孫輩以下之後裔，均可稱之為孫，如〈魯頌・閟宮〉稱太王為「后稷之孫」，稱魯僖公為「周公之孫」等，故此平王之孫，可指平王之曾孫女或玄孫女。

那末，〈何彼穠矣〉詩中所詠，究竟是魯莊公元年即齊襄公五年前王姬歸於齊的事呢？還是魯莊公十一年即齊桓公三年後王姬歸於齊的事呢？大家說詩中齊侯指齊襄公，那末王姬下嫁於齊侯之子，據《詩經原始》等書明白說是《春秋．莊公十一年》之事，應該是後王姬——即恭姬——下嫁於齊桓公的事件。

可是還有兩個問題沒有解決：第一，後王姬歸於齊，來迎恭姬的齊侯，是齊桓公。桓公雖是齊侯僖公之子而非襄公子，且莊公十一年時桓公已即位為齊侯，究與詩中「齊侯之子」不合；當然如果說是莊公元年的前王姬歸於齊，經傳未明言歸於齊侯，也可解作歸於當時齊侯襄公諸子之一。第二，此詩既詠王姬下嫁齊國，何以不列於〈齊風〉，也不列於〈王風〉，卻會輯入〈召南〉？這姚際恆有解釋說：「東周之詩，何以在二〈南〉乎？章俊卿曰：『為詩之時，則東周也；採詩之地，則〈召南〉也。于〈召南〉所得之詩，列于東周，此不可也。』亦為有見。」這是說東周之詩，本應列於〈王風〉，但因此詩採自〈召南〉，所以列入〈召南〉。

以上兩個解答，都很勉強，正如《毛傳》解平王為平正之王一樣不順。因為前王姬歸於齊，大家認為是下嫁給齊襄公，現在說是下嫁給襄公的兒子，毫無佐證。即使我們承認以詩補經傳之不足，但此詩之作者，不可能是〈召南〉之人；其腔調，不可能是〈召南〉之音。〈召南〉在王城之西南（〈召南〉地望見《詩經欣賞與研究》〈甘棠〉篇），而單伯送王姬赴魯，乃自王城東行。〈召南〉之人未見送親行列，何得而歌詠其事？最可能作詩之人是東都王畿東部百姓，或單伯的隨從，或就是周之世卿單伯本人。這些人所做的詩，都應屬〈王風〉，其腔調也當然是東部王畿之音，絕無輯入〈召南〉之理。

在這樣的困惑之下，有人找到此詩另一個解釋出來了。那是《儀禮・士昏禮》賈公彥疏云：「〈何彼襛矣〉篇曰：『曷不肅雝，王姬之車』，言齊侯嫁女，以其母王姬始嫁之車遠送之。」下云：「鄭〈箴膏肓〉言之。」筆者按：〈箴膏肓〉為鄭玄作品。東漢今文家《公羊》學大師何休，與其師羊弼，追述李育作「難《左氏》四十事」之意，作《公羊解詁》，又作《公羊墨守》、《左氏膏肓》、《穀梁廢疾》，以伸《公羊》而絀《左氏》《穀梁》二傳。於是古文學家鄭玄乃作〈廢墨守〉、〈箴膏肓〉、〈起廢疾〉以難之。鄭玄箋《毛詩》，於〈何彼襛矣〉篇亦遵序傳無異議。但他曾習今文，亦知三家詩義，今云此詩詠齊侯嫁女，以其母王姬始嫁之車遠送之，其義與《毛詩》不合，故魏源等主三家詩者，以為此係三家詩之說。王先謙且採入其所著《詩三家義集疏》書中。而主毛的馬瑞辰也在他的《毛詩傳箋通釋》中證成其說。

馬氏之考證，可供參考。其說云：「『平王之孫，齊侯之子。』傳：『平，正也。武王女，文王孫，適齊侯之子。』瑞辰按：詩中凡疊言為某之某者，皆指一人言，未有分指兩人者。如〈碩人〉詩：『齊侯之子，衛侯之妻，東宮之妹，邢侯之姨』，言莊姜也。

〈韓奕〉詩：「汾王之甥，蹶父之子」，言韓姞也。〈閟宮〉詩：「周公之孫，莊公之子」，言僖公也。正與此詩句法相類。不應此詩獨以「平王之孫」指王姬，「齊侯之子」為齊侯子娶王姬也。且首章「王姬之車」箋訓「之」為「往」，則與上文「唐棣之華」「之」字異讀。又以王姬往車為不詞，故增釋經文謂「王姬往乘車」，非詩義也。二章傳云：「王姬適齊侯之子」，三章《正義》又云：「齊侯之子，求平王之孫」，於經文外增一「適」字「求」字，亦非詩義。惟《儀禮》疏引鄭君〈箴膏肓〉曰：「齊侯嫁女，以其母始嫁之車遠送之。」謂此詩為齊侯嫁女之詩，則詩所云：「齊侯之子」，謂齊侯之女子，猶〈碩人〉詩「齊侯之子」，〈韓奕〉詩「蹶父之子」皆謂女子也。詩所云：「平王之孫」，乃平王外孫。言平王之外孫，則於詩句不類，故省而言之曰孫。猶〈閟宮〉：「周公之孫」，不言曾孫，而但言孫也。詩二句皆指齊侯女子言，於經文正合。惟齊侯嫁女之詩，不應附〈召南〉，竊謂平王既訓為平正之王，則齊侯亦當訓為齊一之侯。猶《易》康侯之指諸侯言也。」

其言僅末段平王仍訓平正之王，齊侯改訓齊一之侯為不足取。姚際恆之言曰：「說者曰：『平王』猶言『寧王』；按《周書》辭多詰曲，故其稱名亦時別；《詩》則凡稱人名皆顯然明白，不可以《書》例《詩》，『平正之王，齊一之侯』益不通，不辯。」

顧炎武《日知錄》也斷然說：「說者必欲以是西周之詩，於時未有平王，乃以平為平正之王，齊為齊一之侯。與《書》言寧王義同。此妄也。」

查宋人楊簡《慈湖詩傳》云：「平王，猶言寧王也。」乃承襲已失傳之王安石《三經新義》而來。而黃實夫在《毛詩李黃集解》中更引申王說而謂：「《書》稱文王為寧王，則平王，平正之王也。《易》稱賢諸侯，則齊侯，齊一之侯也。」

今考《尚書・大誥》篇寧字屢見，與下一字相連而成「寧王」、「寧武」、「寧考」等名稱，前人謂此即指「文王」、「文武」、「文考」，故以寧王為文王之別稱。寧，安也。謂文王能安天下也。但清人吳大澂研究周代鐘鼎文，文字作[illegible]，寧字作[illegible]，字形十分相似，因而在他所著《字說》中斷定〈大誥〉的「寧」字，原文實係「文」字，所以「寧王」「寧武」「寧考」等詞，實在只是「文王」「文武」「文考」的誤讀。這樣，根本推翻了文王別稱寧王之說。而《易・晉卦》卦辭「康侯」為「賢諸侯」之說，也無所立足。王弼注「康，美之名」。近人根據周代銅器康侯鼎，及河南浚縣出土的銅器康侯斧、爵、罍，以及奇形刀上的銘文（見《雙劍誃吉金圖錄》），已證知〈晉卦〉之康侯，即始封於康，後封於衛的康叔。此康為地名，非美其為賢諸侯也！然則引據寧王康侯以證平正之王，齊一之侯，其不能成立，自不必辯矣。

今人汪中先生之解釋更為巧妙，他訓平為伻（使），訓齊為妻，平、齊均為動詞。他說：「平王之孫，齊侯之子者，謂遣王朝之孫，妻侯國之子也。」（見所著《詩經朱傳斛補》如此曲解，更勝一籌矣。

王氏《詩三家義集疏》發揮〈箴膏肓〉之言以詳解此詩亦多足取者，其言曰：「案如三家說是『齊侯之子』為齊侯所嫁之女，『平王之孫』，周平王外孫女也。平王女王姬先嫁於齊，留車反馬。今所生之女嫁西都畿內諸侯之國，其所自出，故以其母王姬始嫁之車送之。詩人見此車而貴之，知其必有肅雝之德，故深美之也。魏源云：『傳以平王為文王，王姬為武王女文王孫，適齊侯之子。武王元妃邑姜，若女適齊侯之子，無論丁公乙公，皆違《春秋傳》譏取母黨之例。且《詩三百》篇皆稱文王，不應此獨稱平王。不見它經傳也。或謂平王崩於魯隱三年，《春秋》惟莊三年、十一年兩書王姬歸於齊。（筆者按三年誤，應為元年）齊襄取王姬，立已五年；齊桓取王姬，立已三年，尚稱齊侯之子，亦乖「君薨稱世子，既葬稱子，逾年稱君」之例。唯〈箴膏肓〉得之。平王四十九年以前未入春秋，安知無王姬適齊，而所生之女別適他國者？齊女所嫁，當是西畿諸侯虞、虢之類，其詩采於西都畿內，既不可入東都王城之風，又不可入〈齊風〉，故從〈召南〉陝以西之地而錄其風爾。』」這就是鄭樵所主張：「『何彼襛矣』為詩之時，則東周也；采詩之地，則〈召南〉也。」的證成。

魏、王二氏之言除仍以此詩為美王姬有肅雝之德不可取外，齊侯女所嫁之地，與其說西畿，不如逕云為〈召南〉區域異姓諸侯國（如鄧、穀之類）為順。這樣，我們取鄭玄〈箴膏肓〉之言，鄭樵東周之時，與方玉潤刺詩之說相配合，而成〈何彼穠矣〉的新解。於是正〈風〉美詩，二〈南〉盛世的樊籠都摒除，全詩就貼切而通順，問題都圓滿地合理解決，無懈可擊了。

此詩首、次兩章都是讚美口吻，只「曷不肅雝」一句嵌骨頭話，便讓人體味出語語帶有譏刺之意。因為為人最忌有驕氣，更何況一個新娘而有驕縱之態？「曷不肅雝」句，正微微透露出這位新娘有挾貴以驕人的氣燄。三章以絲緡喻婚姻，又微露夫婦之道以為警告，可見全詩的一貫含蓄，詩人的忠厚之心，讀者細加玩味，當能覺察此詩的妙處。

詩中以釣到魚隱喻獲得幸福的婚姻，以兩股細絲組合成緡（釣絲）喻夫婦的和諧相處。夫婦的幸福生活，就靠這合作無間的一線之牽來尋求。這是詩人勸告新娘不要以貴盛驕其夫家的委婉表達。

清雍、乾時人牛運震，年代早於方玉潤，其所著《詩志》八卷（刊行於嘉慶五年），已定此篇為刺詩。首章曰：「此以唐棣之穠，興王姬之不肅雝也。不說王姬不肅雝，說王姬之車，曷為不肅雝，離合其詞，諷意深婉。」又曰：「後二章不更提肅雝，只將平王孫、齊侯子顛倒咏歎，言如此貴冑，而可以不肅雝乎？諷意悠然，高遠之極！」其結語曰：「二〈南〉何妨有刺！」此詩《毛傳》標為興體，朱傳三章都標為興式，姚際恆三章都標興而比。

【古韻】第一章：穠、雝，中部平聲；華、車，魚部平聲。

第二章：矣、李、子，之部上聲。

第三章：緡、孫，文部平聲。

〈曹風・下泉〉新解

王子朝之亂，曹國人民被徵調到王畿內去勤王，戍守在城外狄泉地方，盼望著能早日把天子再送進京師王城中去，眼見泉流所經，只有野草叢生，一片荒涼，不禁嘆息著思念起想望重新進入的王城來，而編出這淒涼的歌兒來唱。同時勤王軍的統帥郇伯對他們的慰勞，成為一股心頭的暖流，讓他又轉變歌調唱出讚美的詞兒來。

原詩	今譯
洌彼下泉，①	那下流的泉水碧波清，
浸彼苞稂。②	浸潤得那涼草叢叢生。
愾我寤嘆，③	唉！我呀在嘆息，
念彼周京。④	思念王城那周京。

洌彼下泉，　那下流的泉水好明淨，
浸彼苞蕭。⑤　浸潤得那蓬蒿好茂盛。
愾我寤嘆，　唉！我呀在嘆息，
念彼京周。⑥　思念那周室大京城。

洌彼下泉，　那下流的泉水清瀏瀏，
浸彼苞蓍。⑦　浸潤那叢生的艾蓍。
愾我寤嘆，　唉！我呀在嘆息，
念彼京師。　思念那王城大京師。

芃芃黍苗，⑧　黍苗蓬勃長得好，
陰雨膏之。⑨　又有陰雨遍地澆。
四國有王，⑩　四方諸侯來勤王，
郇伯勞之。⑪　還有郇伯來慰勞。

【注釋】①洌：音列，ㄌㄧㄝˋ，《說文》：洌，水清也。而《毛傳》訓寒。阮元《校勘記》，唐《石經》等均作洌。《釋文》：洌，音列，寒也。《正義》云：字從冰，相臺本據改為洌。今以訓水清為順，仍作從水之洌。下泉：泉自高處下流，何楷《詩經世本古義》以昭公二十三年「天王居狄泉」，狄泉即此詩下泉。②苞：豐，見《爾雅・釋詁》疏：「苞者，草木叢生也。」馬瑞辰以為叢生茂盛意，高本漢證實之。稂：音郎，ㄌㄤˊ，童粱，莠草之屬。《鄭箋》：稂當作涼，涼草，蕭蓍之屬。何楷以稂為狼尾草，與莠之狗尾草相類。③愾：音慨，ㄎㄞˋ，嘆息之聲。寤：語詞。④周京：周之京都，指王城而言。⑤蕭：《毛傳》：蕭，蒿也。《爾雅》：「蕭，荻。」邢疏引陸璣《義疏》云：「今人所謂荻蒿也，或云牛尾蒿。」⑥京周：即周京，倒文以協韻。⑦蓍：音尸，草，類蒿，古人以其莖為占筮之用。⑧芃：音彭，ㄆㄥˊ，芃芃：生長茂盛之貌。⑨膏：潤。⑩四國：四方諸國。有王：有王事，謂王子朝作亂，諸侯勤王。⑪郇音尋，ㄒㄩㄣˊ，郇伯：晉卿荀躒。《毛傳》：「郇伯，郇侯也。諸侯有事，二伯述職。」《鄭箋》：「郇侯，文王之子，為州伯，有治諸侯之功。」孔疏：「『諸侯有事，二伯述職。』謂東西大伯，分主一方，各自述省其所職之諸侯者。〈僖二十四年〉《左傳》說富辰稱：畢、原、酆、郇，文之昭也。知郇伯是文王之子也。時『為州伯有治諸侯之功』，為牧下二伯，治其當州諸侯也。以經傳考之，武王成王之時，東西大伯，唯有周公、召公、太公、畢公為之，無郇侯者，知為牧下二伯也。」王先謙《詩三家義集疏》以郇伯為晉卿荀躒。其疏「郇伯勞之」句云：

「愚案《易林》云：『荀伯遇時，憂念周京』者，《左傳・昭二十二年》十月，荀躒與籍談帥師納王于王城。〈二十三年〉七月，知躒與趙鞅帥師納王。荀氏在晉為名卿，納王之事，身著勤勞，詩美其遇王室危亂之時，能以周京為憂念，故言黍之芃芃然盛者，以陰雨能膏澤之；今四國尚知有王事者，以郇伯能勞來之也。《左・桓九年》傳，荀侯伐曲沃。《漢志》臣瓚注汲郡古文：晉武公滅荀以賜大夫原氏黯。今河東有荀城，古荀國。《水經注》：汾水又西逕荀城，古荀國也。又云：涑水又西逕郇城。《詩》云：郇伯勞之，蓋其故國也。是郇侯即荀侯，封國在冀州之境。若為州伯，止治其當州諸侯，未必遠及兗州之曹，曹人何由思之？然則傳箋二說，皆在疑似間。（《竹書・昭王六年》錫郇伯命，正紀年乘間作偽處）不若齊義之信而有徵也。經云郇伯而齊作荀伯者，或《齊詩》本作荀，或《易林》讀郇作荀，皆不可知。要之，郇荀一也。《說文》郇下云：周武王子所封國，在晉地，从邑旬聲。《新附》荀下云：草也，从艸旬聲。《左傳》晉荀息，《潛夫論・氏姓》篇作郇息。此詩郇伯，《周書・王會》篇作荀伯，與《易林》同。荀蓋本以國為氏，荀躒（說見前）詩稱荀伯者，晉荀氏舊以伯稱。《左・成十六年》傳：『荀伯不復從。』謂荀林父也。後諸荀別為知、中行二氏。〈昭五年〉傳：『中行伯、魏舒帥之。』謂荀吳與魏舒也。〈十五年〉傳以文伯宴，〈三十三年〉傳季孫從知伯乾侯，皆即謂荀躒也。曹詩稱伯而仍繫以荀，如《春秋》之仍書曰荀吳、荀躒。詩亡然後《春秋》作，其例宜同。」蓋晉六卿中，智氏、中行氏皆自荀氏分出。荀林父既稱荀伯，以其曾任晉國中軍主將，時中軍稱中行，故亦稱中行伯。其後代便稱中行氏。其子荀庚、孫荀偃、曾孫荀吳，亦均稱中行伯。而荀林父之弟荀首，食邑於知，故其後便以知為氏。而知氏主腦人物，除可稱荀伯外，知氏的荀首之子荀罃、罃之孫荀躒、躒之子荀瑤，皆被稱為知伯，荀躒或稱知躒，既稱文伯，又稱知伯，則亦仍可稱荀伯也。至於馬瑞辰既證何楷〈下泉〉美荀躒勤王之說，又云：「《竹書紀年・康王二十四年》，召康公薨，〈昭王六年〉王錫郇伯命，是郇伯實繼召公為二伯」。此郇伯事迹不可考，不如敬王時荀躒勤王之斑斑可考也。

【評解】〈下泉〉是〈曹風〉四篇的最後一篇，共四章，章四句，句四字，全篇六十四字。前三章疊詠，僅二、四句更換用韻字，末章變調。為《詩經》三章連環四十八字的基本形式，後面附加不連環的一章以為變化者。

〈詩序〉：「〈下泉〉，思治也。曹人疾共公侵刻，下民不得其所，憂而思明王賢伯也。」此為懷古傷今的舊說。自明人何楷《詩經世本古義》主此詩為曹人美晉荀躒納敬王於成周而作，清人馬瑞辰《毛詩傳箋通釋》證成其說，今人屈萬里先生《詩經釋義》採納之，遂成新解。其實，這新解也只是三家詩的舊說。因為何楷所本係《易林・蠱之・歸妹》文，而《易林》文為《齊詩》之說，所以王先謙便採入《詩三家義集疏》之中。

但馬氏仍主《毛詩》義，而王、屈二氏改從《易林》之說，前三章的注解，猶多從《毛詩》義，以寒泉浸害蕭蓍釋之，其意仍隔，與末章雨膏禾苗不相應。不如以釋清泉只浸潤蕭蓍，不浸潤黍苗為長。王氏雖採下泉為狄泉之說，而仍以周京指西京。屈氏雖改指周京為成周，仍不順，應以指王城為當。所以我們這裡仍稱新解。

這詩牽涉歷史有二大事：㈠政治史的：我們要問：何以此詩的美郇伯是指晉荀躒的勤王？所勤之王為誰？回答是荀躒即郇伯，詩中說：「四國有王，郇伯勞之」，即詠周景王二十五年（公元前五二〇）王子朝作亂，到周敬王四年（公元前五一六）晉荀躒帥師納敬王入於成周，王子朝奔楚之事。所勤之王先是悼王，後為敬王。因為周敬王請求城成周的話中「不遑啟處，於今十年」二句，可證成《易林・蠱之・歸妹》文：「下泉苞稂，十年無王；郇伯遇時，憂念周京。」（〈賁之・姤〉同）即指荀躒勤王的史事，而非〈詩序〉所云曹共公之事。㈡《詩經》學史的：鄭玄《詩譜》序云：「故孔子錄懿王夷王時詩，訖於陳靈公淫亂之事，謂之變〈風〉變〈雅〉。」刺陳靈公淫亂事的〈株林〉篇，即《三百篇》中有年可考的最晚之作（靈公被弒在公元前五九九年）。現在證明〈下泉〉篇為詠荀躒帥師勤王之作（納悼王入於王城在公元前五二〇年，納敬王入於成周在公元前五一六年），則〈下泉〉取〈株林〉而代之，成為《三百篇》中可考的最晚之作。這又是一個新問題，因此我們對此詩不得不予以慎重的研討。

郇伯勤王是《春秋》時代最後一次勤王之舉，為便於讀者明白王子朝之亂的來龍去脈，發展經過，及其結果，節錄《春秋左氏傳》，參以何楷所述，敘錄其事於下：

（魯）昭公二十二年（周景王二十五年，晉頃公六年，曹悼公四年，即公元前五二○年）夏四月乙丑天王崩，六月（魯）叔鞅如京師（王城）葬景王。王室亂，劉子、單子以王猛居於皇。十一月，王猛卒。

先是，周景王於魯昭公十五年（景王十八年）太子壽卒後，立王子猛為太子。昭二十二年，景王與其臣賓孟又寵愛了庶子朝，欲立為太子而未定。夏四月，王田北山，將殺子猛之黨羽單子、劉子（單穆公旗、劉文公狄）而更立子朝，未及實行而王以心疾崩。子猛遂王，攻賓孟而殺之，盟群王子於單氏。六月，葬景王。王子朝作亂。七月，劉子、單子以王猛居於皇。冬十月丁巳，晉籍談、荀躒帥九州之戎及焦瑕溫原之師，以納王於王城。庚申單子以王師敗績於郊。十一月乙酉，王猛卒，謚曰悼王。己丑，其同母弟王子匄即位，是為敬王，館於子旅氏。十二月庚戌，晉籍談、荀躒等帥師軍於陰，於侯氏，次於社。

二十三年（周敬王元年，公元前五一九年）正月王寅朔，王師晉師圍郊。六月甲午王子朝入於王城，秋七月天王居於狄泉。周世卿尹氏立王子朝。

二十五年（敬王三年，公元前五一七年）春，（魯）叔孫婼如宋。夏叔詣會晉趙鞅、

宋樂大心、衛北宮喜、鄭游吉、曹人、邾人、滕人、薛人、小邾人於黃父，謀王室也。趙簡子（鞅）令諸侯之大夫輸王粟，具戍人。曰：明年將納王於王城。蓋晉組十國聯軍以勤王也。宋樂大心擬不輸粟，晉士伯責之，受牒而退。箋：「牒，書出人粟之數，受牒而退言服從也。」

二十六年（敬王四年，公元前五一六年）四月，單子如晉告急，五月戊午，劉人敗王城之師於尸氏。戊辰，王城人、劉人戰於施谷，劉師敗績。晉知（荀）躒、趙鞅帥師納王，使女寬守闕塞。十一月辛酉，晉師克鞏，召伯盈逐王子朝。王子朝奉周之典籍以奔楚。癸酉，王入於成周。甲戌，盟於襄宮。晉師使成公般戍周而還。這時，王子朝餘黨儋扁之徒多在京師王城，故敬王不敢入居王城。按王城在瀍水西，周公所營以朝會諸侯之地，謂之東都。成周在瀍水東，周公所營以處頑民之地，謂之下都，平王東遷，即以東都王城為京師也。

二十七年（敬王五年，公元前五一五年）秋，晉士鞅、宋樂祁犂、衛北宮喜、曹人、邾人、滕人會於扈。令戍成周。冬十月曹伯午（悼公）卒。其弟野立，是為聲公。

三十二年（敬王十年，公元前五一〇年）秋八月，王使富辛與石張如晉請城成周。天子曰：「天降禍于周，俾我兄弟，並有亂心，以為伯父憂。我一、二親暱甥舅，不遑啟處，于今十年，勤戍五年。余一人無日忘之。昔成王合諸侯城成周崇文德焉。今我欲徼福假靈于成王，修成周之城，俾戍人無勤，諸侯用寧，蝥賊遠屏，晉之力也。其委諸伯父。」冬十一月，（魯）仲孫何忌會晉魏舒、韓不信、齊高張、宋仲幾、衛世叔申、鄭國參、曹人、莒人、薛人、杞人、小邾人於狄泉，尋盟，且令城成周，蓋敬王不返王城，將改以成周為京師也。己丑營成周，凡六十二日，至翌年正月庚寅築版，城三旬而畢，乃歸諸侯之戍。

關於郇伯的非西周之郇侯，非王朝之二伯或九州的州伯，而係春秋時晉卿荀躒，前面注釋中已予說明。現在查考王子朝之亂，荀躒與籍談於亂起之年，即帥師納悼王於王城。悼王卒敬王立，荀躒更以十國聯軍統帥的身分，帥師納敬王於成周，王子朝之亂平。就軍事而言，荀躒是晉國勤王平亂的大功臣。而〈下泉〉篇《齊詩》義的《易林・歸妹》文說：「十年無王」，又正與敬王使富辛如晉請城成周的話：「不遑啟處，于今十年，勤戍五年」相符。蓋亂起於昭公二十二年，亂平於二十六年，各國又派兵戍守成周五年，至三十二年城成周，放棄王城，改以成周為京師，不多不少，剛巧是京師（王城）無王者十年。王子朝之亂的勤王之役，曹人參加到底。二十五年輸粟戍人的黃父之會，二十七年令戍成周的扈之會，三十二年的城成周的狄泉之會等，《春秋經》都明載有曹國參加。所以〈曹風・下泉〉詩，所說的「四國有王，郇伯勞之」，的確是詠王子朝之亂諸侯勤王，荀躒為聯軍十國統帥，對他們慰勞有加之語。可以斷定此詩為曹人參與是役者所

作。但作於何時何地？何楷說是勤王之時作於狄泉，詩中下泉，即指狄泉。這話也言之成理。因為敬王即位時既曾居於狄泉，二十五年諸侯戍人，將納王於王城，二十六年卻只納王於成周，自此各國軍隊即戍守成周。而狄泉即在成周城郊。狄泉正是曹人勤王戍守之地。見狄泉的荒涼而起興，是最合理的解說。

這裡再提供一些有關狄泉的資料。《左傳・昭二十三年》，《春秋經》「天王居于狄泉」杜注：「狄泉，今洛陽城內大倉西南池水也，時在城外。」竹添光鴻《左氏會箋》：「狄泉此時與成周猶為兩地。定元年城成周，乃繞之入城內也。狄泉亦曰翟泉。」《水經注》：「穀水東流入洛陽縣之南池，即古翟泉也。在廣莫門道東建春門路後，為東宮池。」《洛陽伽藍記》：「太倉南有翟泉，周回三里，水猶澄清，洞底明淨。泉西有華林園，以泉在園東，因名蒼龍海。」資料中只說泉水澄清明淨，未及寒冷語，所以我們注釋中「洌」字，亦據以採《說文》水清之訓。本來，《毛傳》及《釋文》訓寒，是闡釋序旨的曲解，相臺本據以改為從冰之洌，遂更陷入偏見。以野草童粱、蕭蓍喻曹民，已經不倫不類，更以泉水寒洌而使野草受浸而病，喻曹共公之施政教，徒困病其民，更是牽強極了。我們現在改釋為曹人眼前一片荒涼，見到狄泉泉水清淨，只浸潤了野草，因而觸景生情，興起思念周京王城，希望早日納敬王入王城，離開這荒涼而狹小的成周地方。最後轉換格調，再套用〈小雅・黍苗〉篇首章「芃芃黍苗，陰雨膏之。悠悠南行，召伯勞之」四句，改換五字而成「芃芃黍苗，陰雨膏之。四國有王，郇伯勞之」來讚美當時的聯軍統帥荀躒，雨潤黍苗與前三章泉浸野草，成一明顯的對照，來結束全篇。就更使全詩脈絡貫通，顯得有層次，靈活而有韻味了。想來王柏如能知道這樣解〈下泉〉，也不致說：「末章與前三章不類，乃與〈小雅·黍苗〉相似，疑錯簡也。」因為〈下泉〉的妙，就妙在末章的套用〈小雅〉啊！《毛傳》傳箋的解〈下泉〉，實在太欠高明，所以姚際恆對末章的批評也說：「郇伯為文王子，曹人必不遠及之。」他說：「曹人思治之詩，必謂共公時，無據。」也沒有錯。因為曹人思念京師，希望納敬王於王城，就是思治啊！

前面我們提到此詩是興體，前三章屬於觸物起興，末章是套用〈小雅·黍苗〉首章的興式。但〈下泉〉、〈黍苗〉二篇，《毛傳》雖都標「興也」，而朱子《詩集傳》卻〈下泉〉四章都標「比而興也」。何楷、姚際恆又都標「比而賦也。」這就是見仁見智，各有所見。最有趣的是〈黍苗〉首章與〈下泉〉末章相同，而《朱傳》、《何義》、《姚論》又都不標「比而興」「比而賦」，而改標為「興也」，難怪今人都放棄三緯賦比興的加標了。

可是這詩究竟作於哪一年呢？我們還得儘可能地追問下去。依我們的推斷，應該就是昭公二十六年，晉軍納敬王於成周的一年，而不在三十二年城成周的前後。因為詩中有「郇伯勞之」句，那必是郇伯為十國聯軍統帥之年的眼前景物，當前情事（這也是這風詩的特色）。所以我們擬定這詩的年代是魯昭公二十六年，周敬王四年，曹悼公八年，即公元前五一六年。較之〈陳風．株林〉的作於魯宣公九年，周定王七年，陳靈公十四年，即公元前六〇〇年，已晚上八十多年了。這是《詩經》學史上一件大事，因為〈下泉〉一詩的認定為周敬王時詩，就《詩經》作詩年代，延長了八十多年，而且在季札觀周樂以後將近三十年，那時孔子也已三十多歲了。

那末，這〈下泉〉詩應該是在季札觀樂以後加入《詩經》的。我們推斷，此詩當時既流行於王畿，王朝的樂官，就采為〈曹風〉之一，魯國的樂官也就照樣加入周樂，而孔子採作教本以教弟子時，也就有此一篇。可是從諸侯城成周以後，各國就再無勤王的記載，朝覲天子之禮也早已消失，所以此後就再無〈國風〉采入周樂，確實是「詩亡而後《春秋》作」，要等孔子來作《春秋》以代詩了。

【古韻】第一章：稂、京，陽部平聲。

第二章：蕭、周，幽部平聲。

第三章：蓍、師，脂部平聲。

第四章：苗、膏、勞，宵部去聲。

《詩經》學書目

為便於同學們研讀有關《詩經》專著，曾開列古今《詩經》學書目以備參考。積久成帙，今乘暑假之暇，加以整理補充，俾便開學時印發。依時代分：一、漢代，二、魏晉南北朝，三、隋唐，四、宋代，五、元代，六、明代，七、清代，八、民國。並另列：九、三家詩，十、博物學。其比較重要而易得者，上加△記號。其中《詩經》博物學參考書目，係前年五月指導撰寫《詩經》名物研究報告時所輯成。原分(1)《詩經》博物學專著，與(2)一般博物學參考書目兩部分。茲為統一起見，僅留專著部分。此書目雖已甚繁富，諒尚有疏漏，民國部分缺書尤多，至於像民國十二年顧頡剛在《小說月報》上連載的〈詩經的厄運與幸運〉一文，在《詩經》學史上，極為重要，但未寫完以專書出版，輯錄於《詩經》論文篇目中較為合適，未識當否？尚祈高明，予以指正。

六十五年八月謹識於臺大文學院

一、漢代

△毛詩《鄭箋》三十卷	毛亨傳 鄭玄箋	新興書局影印校相臺岳氏本
毛詩馬氏注一卷	馬融注 清馬國翰輯	玉函山房輯佚書
毛詩譜一卷	鄭玄撰 清胡元儀輯	皇清經解續編
詩譜一卷	鄭玄撰 宋歐陽修補亡	通志堂經解毛詩本義附

二、魏晉南北朝

毛詩義問一卷	魏劉楨	玉函山房輯佚書
毛詩義駁一卷	魏王肅	玉函山房輯佚書
毛詩奏事一卷	魏王肅	玉函山房輯佚書
毛詩王氏注四卷	魏王肅	玉函山房輯佚書
毛詩問難一卷	魏王肅	玉函山房輯佚書
毛詩駁一卷	魏王基	玉函山房輯佚書

毛詩答雜問一卷	吳韋昭、朱育等	玉函山房輯佚書
毛詩譜暢一卷	吳徐整	玉函山房輯佚書
毛詩異同評三卷	晉孫毓	玉函山房輯佚書
難孫氏毛詩評一卷	晉陳統	玉函山房輯佚書
毛詩音殘卷	晉徐邈	敦煌卷子本
毛詩徐氏音一卷	晉徐邈	玉函山房輯佚書
毛詩拾遺一卷	晉郭璞	玉函山房輯佚書
毛詩周氏注一卷	劉宋周續之	玉函山房輯佚書
毛詩序義一卷	劉宋周續之	漢魏遺書鈔本
毛詩序義疏一卷	南齊劉瓛等	玉函山房輯佚書
毛詩十五國風義一卷	梁簡文帝	玉函山房輯佚書
毛詩隱義一卷	梁何胤	玉函山房輯佚書
集注毛詩一卷	梁崔靈恩	玉函山房輯佚書
毛詩舒氏義疏一卷	舒瑗	玉函山房輯佚書
毛詩沈氏義疏二卷	後周沈重	玉函山房輯佚書
毛詩箋音義證一卷	後魏劉芳	玉函山房輯佚書

三、隋唐

毛詩述義一卷	隋劉炫	玉函山房輯佚書
毛詩題綱一卷	缺名	玉函山房輯佚書
△毛詩正義四十卷	（漢毛亨傳　鄭玄箋） 唐孔穎達等疏 （附清阮元校勘記）	中華書局影印
施氏詩說一卷	唐施士匄	玉函山房輯佚書
毛詩指說一卷	唐成伯璵	通志堂經解
唐石十三經毛詩二十卷	（楊家駱編）	世界書局影印
毛詩國風定本一卷	唐顏師古　清人△△輯	鶴壽堂叢書

四、宋代

△詩本義十五卷	歐陽修	通志堂經解
△潁濱詩集傳二十卷	蘇轍	四庫珍本六集

毛詩集解四十二卷	李樗、黃櫄	通志堂經解
詩辨妄二卷	鄭樵撰（民國顧頡剛輯佚）	民國四十一年版
詩總聞二十卷	王質	湖北先正遺書
△詩集傳八卷	朱熹	世界書局影印
詩集傳二十卷	朱熹	商務印書館影印日本古本 臺北學生書局印行
詩序辨說一卷	朱熹	津逮秘書第一集
慈湖詩傳二十卷	楊簡	四明叢書第三集
△呂氏家塾讀詩記三十二卷	呂祖謙	墨海金壺
讀呂氏家塾讀詩記三卷	戴溪	四庫珍本初集
絜齋毛詩經筵講義四卷	袁燮	叢書集成初編
毛詩講義十二卷	林岊	四庫珍本初集
△詩童子問十卷	輔廣	四庫珍本四集
詩經協韻考異一卷	輔廣	學海類編
毛詩集解二十五卷	段昌武	四庫珍本三集
詩義指南一卷	段昌武	知不足齋叢書
△詩輯三十六卷	嚴粲	廣文書局影印
詩經訓解八卷	熊禾	五經全文訓解

△（朱子）詩傳遺說六卷	朱鑑	通志堂經解
詩地理考六卷	王應麟	學津討原
新刻困學紀詩一卷	王應麟	古名儒毛詩解十六種
新刻玉海紀詩一卷	王應麟	古名儒毛詩解十六種
毛詩正變指南圖	楊甲	六經圖
詩說一卷	張耒	通志堂經解
毛詩要義二十卷	魏了翁	五經要義
讀毛詩	黃震	慈溪黃氏日抄分類卷之四本
新刻讀詩一得一卷	黃震	古名儒毛詩解十六種
詩論一卷	程大昌	藝海珠塵金集（甲集）
△詩疑二卷	王柏	通志堂經解 商務印書館叢書集成初編
詩傳注疏三卷	謝枋得	知不足齋叢書第十一集
詩說十二卷（原缺卷二卷九至十）	劉克	宛委別藏
逸齋詩補傳三十卷篇目一卷	范處義	通志堂經解
非鄭樵詩辨妄一卷	周孚	叢書集成初編
詩解鈔一卷	唐仲友	金華唐氏遺書
新刻山堂詩考一卷	章如愚	古名儒毛詩解十六種

毛詩正誤	毛居正	六經正誤卷第三本
潛室陳先生木鍾集詩	陳埴	潛室陳先生木鍾集卷之六本
東萊毛詩句解二十卷	李公凱	宋刊

五、元代

△詩經疏義會通二十卷	朱公遷	四庫珍本三集
詩傳旁通十五卷	梁益	四庫珍本四集
△詩傳通釋二十卷	劉瑾	四庫珍本三集
△詩纘緒十八卷	劉玉汝	四庫珍本初集
詩經疑問七卷附詩辨說一卷	朱倬	通志堂經解
新刻文獻詩考二卷	馬端臨	古名儒毛詩解十六種
許氏詩譜鈔一卷	許謙　清吳騫抄	拜經樓叢書
詩集傳音釋二十卷札記一卷	羅復	咸豐刊本
詩經旁訓四卷	李恕	五經旁訓本
朱子詩傳纂集大成二十卷首一卷	胡一桂	元泰定刊
詩辨說一卷	趙悳	槐廬叢書第三冊 商務印書館叢書集成初編

六、明代

書名	作者	版本
詩演義十五卷	梁寅	四庫珍本初集
詩解頤四卷	朱善	通志堂經解
△詩經大全二十卷	胡廣等	四庫珍本五集
新編詩義集說四卷	孫鼎	宛委別藏
△詩說解頤四十卷	季本	四庫珍本四集
讀詩私記二卷	李先芳	四庫全書本
讀詩私記五卷	李先芳	湖北先正遺書
新刻讀詩錄一卷	薛瑄	古名儒毛詩解十六種
新刻胡氏詩識三卷	胡纘宗	古名儒毛詩解十六種
詩經解注四卷	徐奮鵬	詩經通解
新刻印古詩語一卷	朱得之	古名儒毛詩解十六種
毛詩說	張邦奇	張文定公養心亭集卷之五本
詩經繹三卷	鄧元錫	明萬曆刊本五經繹
毛詩或問二卷	袁仁	叢書集成初編
△毛詩古音考四卷二冊	陳第	廣文書局影印

讀詩拙言一卷	陳第	毛詩古音考附
詩臆二卷	馮時可	馮元成雜著
詩經疑問十二卷	姚舜牧	四書五經疑問本
摘訂詩經疑義	姚舜牧	合刻摘訂四書五經疑義卷之十三至六本
詩外別傳二卷	袁黃	了凡雜著
讀詩一卷	曹珖	大樹堂說經
詩通四卷	陸化熙	詩經通解
詩經剖疑二十四卷	曹學佺	五經困學本
毛詩原解三十六卷	郝敬	湖北叢書
毛詩序說八卷	郝敬	山草堂集內編
詩故十卷	朱謀㙔	四庫全書本
新刻李愚公先生家傳詩經演辯真十三卷	李若愚	明版
鼎鍥臺晉駱先生輯著詩經正覺十一卷	駱日升	明版
鑑湖詩說四卷	陳元亮	明版
詩經纂注八卷	宋朱熹集注　明鍾惺纂輯	尊經閣文書書目明刊本
詩經三卷	鍾惺評點	合刻周秦經書十種

古名儒毛詩解	鍾惺編	明刊本
新刻七進士詩經折衷講意四卷	鄒泉	明版
葩經旁意一卷	喬中和	躋新堂集
陸先生詩筌四卷	陸燧	明版
△詩經世本古義二十八卷	何楷	清嘉慶二十四年刊本
詩經世本目一卷	何楷	閏竹居叢書
新鐫黃維章先生詩經嫏嬛集注八卷	黃文煥	三經嫏嬛本
十三經解詁毛詩	陳深	十三經解詁本
詩問略一卷	陳子龍	叢書集成初編
待軒詩記八卷	張次仲	四庫全書本
毛詩纂文	陳鳳梧	六經纂文本
詩音辨二卷	楊貞一	函海第十九函
毛詩說序六卷	呂柟	惜陰軒叢書續編
毛詩微言二十卷	張以誠	四庫全書本
新鍥詩經心鉢八卷	方應龍	萬曆版
聖門傳詩嫡冢十六卷附錄一卷	凌濛初	萬曆版
詩經注疏大全合纂三十四卷	張溥	四庫全書本

詩志二十六卷	范王孫	明版
詩經類考三十卷	沈萬鈳	明版
毛詩蒙引二十卷	唐士雅撰　陳子龍校	日本寬文十二年刊本
新刻詩經聽月十二卷	楊廷麟	明版
新刻胡氏詩識三卷	胡文煥	格致叢書本
毛詩人物志三十四卷	林世升	千頃堂書目
新刻禮部訂正詩經正式講意合注篇十一卷	方從哲等	萬曆版
新鐫唐葉二翰林彙編詳訓精講新意備題標圖詩經會達天機妙發二十卷	唐文獻、葉向高	萬曆版
葉太史參補古今大方詩經大全十五卷	葉向高	五經大全本
新刻十元魁述訂國朝五百名家詩經文林正達二十卷	唐文獻等	萬曆版
詩經考十八卷	黃文煥	明版
中學士校正詩經大全二十卷	中時行	五經大全本
（偽子貢）詩傳	豐坊	漢魏叢書
（偽申培）詩說	豐坊	漢魏叢書

詩經副墨八卷	陳組綬	明版
詩經教考十卷	李經綸	傳鈔本
爾雅堂詩說一卷	顧起元	舊鈔本
詩經主義四卷	楊于庭	萬曆刊本
詩述不分卷	姚應仁	明刊本
詩經定本四卷	黃澍	明寫刊本
詩經能解三十一卷	葉義昂	明刊本
詩微	陸深	儼山文集卷三十一、二本
詩經明音	王覺	四書五經明音本
詩序議六卷	呂調陽	觀象廬叢書
詩經主意默雷八卷	何大掄	崇禎四年辛未刊本
詩經說約二十八卷	顧夢麟	崇禎版
詩經傳注三十八卷	李資乾	崇禎版
詩經翼注八卷	撰人未詳	崇禎版
詩經胡傳十二卷	胡紹曾	崇禎版
詩表一卷	黃道周	道光乙酉刊本
詩經水月備考四卷	薛寀輯	康熙乙酉刊本

七、清代

書名	作者	出處
詩觸六卷	賀貽孫	水田居全集
詩筏一卷	賀貽孫	水田居全集
詩經原本	魏際瑞	魏伯子文集卷之十本
△詩本音十卷	顧炎武	皇清經解
讀詩略記六卷首一卷	朱朝瑛	四庫珍本初集
詩經通義十二卷	朱鶴齡	四庫全書
田間詩學十二卷	錢澄之	四庫珍本五集
詩問一卷	汪琬	賜硯堂叢書
詩經疏略八卷	張沐	五經四書疏略
詩經稗疏四卷	王夫之	皇清經解續編
詩廣傳五卷	王夫之	船山遺書
詩經叶韻辨一卷	王夫之	船山遺書
詩經考異一卷	王夫之	船山遺書
詩譯一卷	王夫之	船山遺書
△毛詩稽古編三十卷	陳啟源	皇清經解

詩所八卷	李光地	榕村全書
毛詩寫官記四卷	毛奇齡	西河合集
詩札二卷	毛奇齡	西河合集
詩傳詩說駁義五卷	毛奇齡	西河合集
國風省篇一卷	毛奇齡	西河合集
白鷺洲主客說詩一卷	毛奇齡	皇清經解續編
詩說三卷附錄一卷	惠周惕	皇清經解
毛詩類釋二十一卷續編三卷	顧棟高	四庫珍本初集
毛詩訂詁八卷附錄二卷	顧棟高	江蘇書局本
風雅倫音二卷	謝文洊	謝程山全書
詩辯坻四卷	毛先舒	思古堂十四種書
毛朱詩說一卷	閻若璩	昭代叢書乙集第一帙
詩經詳說九十四卷	冉覲祖	五經詳說
毛詩日箋六卷	秦松齡	常州先哲遺書後編
讀詩質疑三十一卷附錄十五卷	嚴虞惇	四庫珍本三集
詩經傳注八卷	李塨	顏李叢書
詩經劄記一卷	楊名時	楊氏全書
陸堂詩學十二卷	陸奎勳	陸堂經學叢書

△詩經通論十八卷詩經論旨一卷	姚際恆	臺北廣文書局影印本
朱子詩義補正八卷	方苞	光緒三年重刻本
詩箋別疑一卷	姜宸英	舊鈔本
△欽定詩經傳說彙纂二十卷序二卷	王鴻緒等	臺北鐘鼎文化事業出版公司影印
學詩闕疑二卷	劉青芝	嘯園叢書第一函
詩經旁參二卷	應麟	屏山草堂稿
讀詩小記一卷	范爾梅	康熙刊本
毛詩札記二卷	范爾梅	讀書小記
詩志八卷	牛運震	空山堂全集
毛詩疏說三十二卷	龔鑑	自刻本
詩經喈鳳詳解八卷	陳抒孝輯　汪基增	雍正癸丑刊本
欽定詩義折中二十卷	傅恆等	道光戊戌年重鐫本
詩序補義二十四卷	姜炳璋	四庫全書本
詩經提綱一卷	姜炳璋	尊行堂刻本
虞東學詩十二卷	顧鎮	四庫珍本三集
呂氏讀詩記補闕一卷	盧文弨	抱經堂叢書
詩說一卷	陶正靖	借月山房叢書
毛詩說二卷	諸錦	絳跗閣經說三種

書名	作者	叢書
詩經詮義十二卷首一卷末二卷	汪紱	汪雙池先生叢書
讀詩遵朱近思錄二卷	宋在時	埜柏先生類稿
毛詩古義一卷	惠棟	昭代叢書甲集補
△讀風偶識四卷	崔述	崔東壁遺書
國風錄一卷	盛大謨	盛于埜遺著
邶風說二卷	龔景瀚	澹靜齋全集
詩經備旨八卷	鄒聖脈纂輯	五經備旨
詩經旁訓四卷	徐立綱	五經旁訓
張氏詩說一卷	張汝霖	豫章叢書第二集
治齋讀詩蒙說一卷	顧成志	昭代叢書
毛詩說四卷	莊存與	味經齋遺書
△毛鄭詩考正四卷	戴震	皇清經解
詩經補注二卷	戴震	皇清經解
詩瀋二十卷	范家相	范氏三種
詩細十二卷	趙佑	清獻堂全編
詩附記四卷	翁方綱	畿輔叢書
讀詩經四卷	趙良霌	叢書集成初編
毛詩故訓傳三十卷	段玉裁	皇清經解

△詩經小學四卷	段玉裁	皇清經解
詩深二十六卷首二卷	許伯政	碧琳琅館叢書甲部
詩說活參二卷	李灝	李氏經學四種
詩經札記二卷	朱亦棟	十三經札記
毛詩異義四卷	汪龍	安徽叢書第一期
毛詩證讀不分卷	戚學標	戚鶴泉所著書
讀詩或問一卷	戚學標	戚鶴泉所著書
畏齋詩經客難二卷	龔元玠	十三經客難
毛詩補疏五卷	焦循	皇清經解
詩傳題辭故四卷補一卷	張澍	小憲遺稿
毛詩馬王徵四卷	臧庸	問經堂叢書
毛詩考證四卷	莊述祖	皇清經解續編
毛詩周頌口義三卷	莊述祖	皇清經解續編
毛詩天文考一卷	洪亮吉	廣雅書局叢書
詩氏族考六卷	李超孫	別下齋叢書
審定風雅遺音二卷	史榮、紀昀審定	畿輔叢書
童山詩音說四卷	李調元	函海第二十四函
△詩聲類十二卷分例一卷	孔廣森	皇清經解續編

詩音表一卷	錢坫	錢氏四種本
詩學女為二十六卷	汪梧鳳	家刻本
詩益二十卷	劉始興	乾隆四年刊本
毛詩明辨錄十卷	沈青崖	乾隆戊辰刻本
詩考補二卷	胡文英	乾隆刻本
讀詩一隅四卷	管榦珍	乾隆刊本
詩經逢原十卷	胡文英	乾隆刻本
詩疑義釋二卷	胡文英	乾隆四十九年刊本
詩疏補遺五卷	胡文英	乾隆五十三年刊本
毛詩偶記三卷	汪德鉞	七經偶記
詩說二卷	郝懿行	郝氏遺書
詩問七卷	郝懿行	郝氏遺書
詩經拾遺一卷	郝懿行	郝氏遺書
詩經恆解六卷	劉沅	槐軒全書
毛詩紬義二十四卷	李黼平	皇清經解
荀子詩說箋一卷	黃朝槐	西園讀書記
詩經衷要十二卷	李式穀	五經衷要
△毛詩後箋三十卷	胡承珙	皇清經解續編

書名	作者	版本
毛詩通考三十卷	林伯桐	嶺南遺書第六集
毛詩識小三十卷	林伯桐	嶺南遺書第六集
誦詩小識三卷	趙容	雲南叢書初編
△毛詩傳箋通釋三十二卷	馬瑞辰	皇清經解續編 臺北藝文印書館影印
詩誦五卷	陳僅	四明叢書第一集
詩經異文釋十六卷	李富孫	皇清經解續編
詩經廣詁三十卷	徐璈	自刻本
詩說一卷	管世銘	嘉慶庚申刊本
詩經質疑一卷	朱霈	嘉慶辛酉（六年）刊本
詩經精義五卷附一卷	黃淦	嘉慶七年刊本
詩經字考二卷	吳東發	嘉慶刊本
詩傳題辭故四卷	張漪輯	嘉慶甲戌刊本
毛詩周韵誦法十卷	汪灼	嘉慶甲戌刊本
詩經言志二十六卷	汪灼	嘉慶甲戌刊本
詩疑筆記七卷	夏味堂	嘉慶甲戌梅花書屋刻本
三百篇原聲七卷	夏味堂	嘉慶甲戌梅花書屋刻本
毛詩說三十卷	孫燾	嘉慶二十年自刻本

毛詩補禮六卷	朱濂	自刻本
讀詩辨字略三卷	韓怡	嘉慶刊本
鄭風考辨一卷	章謙存	強恕齋四賸稿
七月漫錄二卷	郭柏蒼	郭氏叢刻
釋詩一卷	何志高	西夏經義
唱經堂釋小雅一卷	金人瑞	風雨樓叢書
詩繹二卷	廖翺	榕園叢書甲集
毛詩禮徵十卷	包世榮	木犀軒叢書
詩經集傳校勘記一卷	夏炘	景紫堂全書
詩樂存亡譜一卷	夏炘	景紫堂全書
毛詩古韵五卷	牟應震	嘉慶辛未刊本
毛詩古韵雜論一卷	牟應震	嘉慶辛未刊本
詩問六卷	牟應震	嘉慶戊寅刊本
毛詩奇句韵考一卷	牟應震	嘉慶刊本
求志居詩經說六卷	陳世鎔	求志居全集
△毛詩《鄭箋》改字說四卷	陳喬樅	皇清經解續編
△詩經四家異文考五卷	陳喬樅	皇清經解續編
山中學詩記五卷	徐時棟	煙嶼樓集

詩經解不分卷	丁壽昌	丁氏遺稿六種
陳東塾先生讀詩日錄一卷	陳澧	古學彙刊第二集
△詩地理徵	朱右曾	皇清經解續編
詩地理考略二卷圖一卷	尹繼美	鼎吉堂全集
詩管見七卷首一卷	尹繼美	鼎吉堂全集
毛詩韻訂十卷	苗夔	苗氏說文四種
詩經叶音辨訛八卷	劉維謙	芋園叢書
詩經音訓不分卷	楊國楨輯	道光庚寅刻本
毛詩重言一卷	王筠	鄂宰四種本
毛詩雙聲疊韻說一卷	王筠	鄂宰四種本
毛詩釋地六卷	桂文燦	桂氏經學叢書本
鄭氏詩箋禮注異義考一卷	桂文燦	桂氏經學叢書本
詩經異文補釋十四卷	張慎儀	篴園叢書
毛詩正韵四卷韵例一卷	丁以此	日照留餘堂丁氏刻本
讀詩經筆記一卷	方濬	毋不敬齋全書
詩經思無邪序傳四卷	姜國伊	守中正齋叢書
變雅斷章衍義一卷	郭柏蔭	侯官郭氏家集彙刊
詩毛鄭異同辨二卷	曾釗	面城樓叢刊

毛詩平議四卷	俞樾	皇清經解續編
達齋詩說一卷	俞樾	春在堂全書
荀子詩說一卷	俞樾	春在堂全書
毛詩集解訓蒙一卷	鄭曉如	鄭氏四種
詩經精華十卷	薛嘉穎輯	四經精華
毛詩約注十八卷	劉曾騄	祥符劉氏叢書
讀毛詩日記一卷	郟鼎元	學古堂日記
讀毛詩日記一卷	申濩元	學古堂日記
讀毛詩日記一卷	徐鴻鈞	學古堂日記
讀毛詩日記一卷	楊賡元	學古堂日記
讀毛詩日記一卷	鳳恭寶	學古堂日記
讀毛詩日記一卷	陸炳章	學古堂日記
讀毛詩日記一卷	夏辛銘	學古堂日記
讀詩瑣言一卷	虞景璜	澹園雜著
毛詩古樂音四卷	張玉綸	遼海叢書第十集
詩經異文四卷	蔣曰豫輯	蔣侑石遺書
毛詩韵考四卷	程以恬	道光三年刊本
詩經音韵譜五卷觸解一卷	甄士林	道光乙酉刊本

詩經音韻圖五卷	甄士林	自刻本
詩雙聲疊韻譜不分卷	鄧廷楨	道光十八年廣州自刻本
詩經續鈔三十二卷	李宗淇	道光乙酉刊本
詩經考略二卷	張眉夫	道光刊海南雜著本
詩經蠹簡四卷	李詒經	道光刊本
詩故考異三十二卷	徐華嶽	道光辛卯刊本
古邠詩義一卷	許宗寅	道光十二年刊本
詩經精華彙鈔二十八卷	陸錫璞	道光十八年刻本
詩經精義彙鈔四卷	陸錫璞	道光戊戌刊本
詩緒餘錄八卷	黃位清	道光己亥刊本
詩異文錄三卷	黃位清	道光己亥刊本
詩音十五卷	高澍然	排印本
毛詩序傳定本二十三卷	王劼	晚晴樓王氏家塾本
毛詩讀三十卷	王劼	晚晴樓王氏家塾本
詩經恆解六卷	劉沅	致福樓重刊本
詩切不分卷	牟庭	原刻本
詩序辨一卷	夏鼎武	富陽夏氏叢刻
詩序辨正八卷首一卷	汪大任	叢睦汪氏遺書

詩序韻語一卷	楊恩壽	坦園全集
詩譜補亡後訂一卷拾遺一卷	吳騫	拜經樓叢書
詩集傳附釋一卷	丁晏	廣雅書局叢書
毛鄭詩釋三卷續錄一卷	丁晏	頤志齋叢書
鄭氏詩譜考正一卷	丁晏	皇清經解續編
△詩毛氏傳疏三十卷附釋毛詩音四卷毛詩說一卷毛詩傳義類一卷鄭氏箋考徵一卷	陳奐	世界書局 臺北學生書局影印單行本
學詩詳說三十卷	顧廣譽	平湖顧氏遺書
學詩正詁五卷	顧廣譽	平湖顧氏遺書
詩義旁通	李允升	咸豐壬子刻本
變雅斷章衍義一卷	無名氏	咸豐庚申刊本
三百篇詩評一卷	于祉	咸豐癸丑刊本
△詩經原始十八卷卷首二卷	方玉潤	藝文印書館影印本
詩傳補義三卷	方宗誠	柏堂遺書
說詩章義三卷	方宗誠	柏堂遺書
詩玉尺二卷	林昌彝	同治元年刻本
詩經說鈴十二卷	潘克溥	同治壬戌刻本
木齋說詩存稿六卷	褚汝文	同治癸亥刻本

讀詩一得一卷	吳棠	同治三年刻本
詩經繹叅四卷	鄧翔	同治丁卯刻本
毛詩異同四卷附一卷	蕭光遠	同治丁卯刻本
毛詩國風繹一卷	陳遷鶴	同治甲戌活字印本
三頌考三卷	張承華	同治十二年重刊本
詩小說一卷	蔣光堉	同治刊本
毛詩異文箋十卷	陳玉澍	南菁書院叢書第五集
鄭氏詩箋禮注異義考一卷	桂文燦	南海桂氏經學
學詩正詁五卷	顧廣譽	光緒三年刊本
學詩詳說三十卷	顧廣譽	光緒三年刊本
讀詩日錄十三卷	劉士毅	光緒六年刻本
讀風臆補二卷	陳繼揆	光緒庚辰刊本
說詩解頤二卷	徐瑋文	光緒九年刊本
說詩解頤續一卷	徐楨之	光緒十年刊本
詩義擇從四卷	易佩紳	光緒戊子刻本
清儒詩經彙解九十三卷至一百六十八卷	抉心室主人編	清儒五經彙解本 鼎文書局影印
齊風說一卷	李坤	雲南叢書本

詩經貫解四卷	徐壽基	光緒刊本
讀詩商二十七卷	陳保真	光緒刊本
參校詩傳說存二卷	倪紹經等輯	光緒十五年刊本
詩韵字聲通證七卷	李次山	光緒癸巳刊本
讀詩集傳隨筆一卷	楊樹椿	光緒乙未刊損齋遺書本
毛詩補正二十五卷	龍起濤	光緒己亥刻鵠軒刊本
詩經簡要一卷	汪本原	光緒活字本
毛詩興體說一卷	林國賡	光緒刊本
毛詩鄭譜疏證一卷	馬徵慶	馬鍾山遺書
四詩世次通譜一卷	馬徵慶	馬鍾山遺書
詩述不分卷	任蘭枝	家刻本
毛詩復古錄十卷	吳懋清	光緒刻本
詩小學三十卷附補一卷	吳玉樹	自刻本
詩義鈔八卷	張學尹	庚午師白山房重刊本
詩經比義述八卷	王千仞	家刻本
讀詩考字二卷補一卷	程大鏞	自刻本
詩經疑言一卷	王庭植	刻本
詩古音釋一卷	胡錫燕	長沙胡氏刊本

詩說考略十二卷	成僎	王氏信芳閣刻本
詩經大義一卷	楊壽昌纂	廣州排印本
毛詩國風定本一卷	不著撰者	鶴壽堂叢書
詩譜講義一卷	不著撰者	江蘇存古學堂重印本
學詩堂經解二十卷	李宗棠	宣統三年排印本
詩訓求故	慕壽祺	清稿本

八、民國

詩經補箋二十卷	王闓運	王湘綺全集
詩毛氏學三十卷	馬其昶	臺灣力行書局影印本
毛詩古音諧讀五卷	楊恭桓	民國五年活字印本
學壽堂詩說十卷附錄一卷	徐紹楨	影印本
詩說四卷	姚永概	寫印本
詩旨纂辭三卷	黃節纂	活字印本
詩序非衛宏所作說一卷	黃節輯	清華大學排印本
詩說標新二卷	狄郁	民國五年排印本

詩經條貫六卷	李景星	民國丁卯（十六年）活字印本
毛鄭詩斠議	羅振玉	晨風閣叢書
詩經四家異文考一卷補一卷	江瀚	晨風閣叢書
毛詩注疏考異	謝章鋌	敬躋堂叢書
△毛詩會箋二十卷	竹添光鴻（日人）	大通書局
毛詩說習傳一卷	簡朝亮	廣州刊本
詩義會通四卷	吳闓生	中華書局印行五九年臺一版
詩經通解三十卷	林義光	中華書局六十年十月臺一版
△雙劍誃詩經新證四卷	于省吾	民國二十五年四月初版
詩經學纂要	徐澄宇	中華書局民國二十五年印行
毛詩詞例舉要	劉師培	國民出版社四十九年二月初版
毛詩札記	劉師培	商務印書館劉申叔先生遺書
毛詩韻聿	丁惟汾	古雅堂叢著六種 中華叢書編審委員會
詩毛氏傳解故	丁惟汾	古雅堂叢著六種 中華叢書編審委員會
△詩經學	胡樸安	商務印書館國學小叢書
詩經研究	謝无量	商務印書館國學小叢書
三百篇演論	蔣善國	商務印書館國學小叢書

書名	作者	出版
詩經講義稿	傅斯年	傅孟真先生集
風詩類鈔	聞一多	聞一多全集
詩經新義	聞一多	聞一多全集
詩經學新論	金公亮	（附中國文學講座中）
詩經	繆天綬選注	商務印書館學生國學叢書第一集
△詩言志辨	朱自清	五洲出版社
△詩經釋義	屈萬里	中華文化事業出版委員會
詩經選注	屈萬里	正中書局
詩韻譜	陸志韋	哈佛燕京學社印行
△詩經欣賞與研究初集	糜文開、裴普賢合撰	臺北三民書局
詩經講義	程兆熊	香港鵝湖出版社
毛詩訓詁新詮	陳應棠	中華書局
△詩經注釋	瑞典高本漢原著　董同龢譯	中華叢書編審委員會
詩經形釋	徐昂	徐氏全書
詩經大義	黃賓虹	綜合出版社
△詩經今論	何定生	商務印書館人人文庫
△詩經韻譜	江舉謙	私立東海大學印行

詩經新譯	宋海屏	人文書局印刷
△詩經欣賞與研究續集	糜文開、裴普賢合撰	臺北三民書局
詩經朱傳斠補	汪中	學生書局
△詩經新評價	高葆光	私立東海大學出版
△讀詩經	錢穆	新亞學報五卷一期抽印本（已輯入東大圖書公司版中國學術思想史論叢第一冊）
△毛詩引得	燕京大學圖書館引得編纂處編撰	
毛詩注疏引書引得	燕京大學圖書館引得編纂處編撰	
△詩經通釋	王靜芝	私立輔仁大學出版
白話注解詩經	張允中	商務印書館
詩經相同句及其影響	裴普賢	臺北三民書局
詩經新義	于宇飛	民國六十一年出版
詩三百篇今譯	李一之	世界書局
詩經國風	張壽平	中國袖珍出版社
詩經通釋	李辰冬	水牛出版社
詩經研究	李辰冬	水牛出版社

△詩經今注今譯	馬持盈	商務印書館
詩經虛字通辨	趙制陽	民國六十年二月印行
詩經選譯	余冠英	香港中流出版社
王柏之詩經學	程元敏	嘉新水泥公司文化基金會
△詩經研究	白川靜（日人）	幼獅月刊社
詩經賦比興綜論	趙制陽	楓城出版社
詩經朱傳音訓辨證	史玲玲	黎明文化公司
詩經中的音樂文學	白惇仁	弘道公司

九、三家詩

△韓詩外傳十卷	漢・韓嬰	漢魏叢書
韓詩說一卷	漢・韓嬰　清・馬國翰輯	玉函山房輯佚書
韓詩內傳一卷	漢・韓嬰　清・王謨輯	漢魏遺書鈔
韓詩翼要一卷	漢・侯苞　清・馬國翰輯	玉函山房輯佚書
薛君韓詩章句二卷	漢・薛漢　清・馬國翰輯	玉函山房輯佚書
魯詩傳一卷	漢・申培　清・王謨輯	漢魏遺書鈔

詩緯推度災、氾歷樞、含神霧	魏・宋均	玉函山房輯佚書
△詩考一卷	宋・王應麟	商務印書館影印津逮秘書本 臺北華文書局影印玉海本
魯詩故二卷	清・馬國翰輯	嫏嬛館補校本
齊詩傳二卷	清・馬國翰輯	嫏嬛館補校本
△齊詩翼氏學疏證二卷	清・陳喬樅	皇清經解續編
詩緯集證四卷	清・陳喬樅	小嫏嬛館本
齊詩翼氏學四卷	清・迮鶴壽	皇清經解續編
韓詩輯一卷	清・蔣曰豫輯	蓮池書局刻本
韓詩故二卷	清・馬國翰輯	嫏嬛館補校本
韓詩輯編二十二卷	清・嚴萬里輯	中央圖書館善本書
韓詩外傳校注十卷附補逸一卷	清・吳棠輯	畿叢輔叢書本
韓詩內傳徵四卷	清・宋緜初	積學齋叢書
韓詩遺說二卷訂譌一卷	清・臧庸	靈鶼閣叢書
韓詩遺說考五卷韓詩外傳附錄一卷	清・陳喬樅	皇清經解續編
韓詩外傳校議	民國・許瀚	敬躋堂叢書
韓詩外傳補正	民國・趙善詒	商務印書館
△韓詩外傳今註今譯	民國・賴炎元	商務印書館

△詩古微十七卷	清・魏源	皇清經解續編
詩本誼一卷	清・龔橙	半厂叢書初稿
詩考補正二卷補遺一卷	清・丁晏	六藝堂詩禮七編
詩考異字箋餘十四卷	清・周邵蓮	臺灣力行書局影印
詩考異補二卷	清・嚴蔚	乾隆三十九年刊本
三家詩拾遺	清・范家相	叢書集成初編
三家詩補遺	清・阮元	觀古堂彙刻本
三家詩異文疏證六卷補遺三卷	清・馮登府	學海堂本
△三家詩遺說考十八卷	清・陳壽祺撰 陳喬樅述	皇清經解續編
詩三家義集疏二十八卷	清・王先謙	世界書局

十、《詩經》博物學

子曰：「小子！何莫學夫《詩》？《詩》可以興，可以觀，可以群，可以怨；邇之事父，遠之事君；多識於鳥獸草木之名。」（《論語・陽貨》）

孔子教弟子讀《詩經》，除卻可以得到興觀群怨的功用，事父事君的修養外，同時可以得到多認識鳥獸草木的博物學的名物。因此，研究《詩經》的博物學，也成為一門專門學問，古人稱之為名物解，今人稱之為《詩經》的博物學，並以《詩經》為我國博物學之祖。

胡樸安於其所著《詩經學》一書中，特立〈詩經之博物學〉一章。他說：「計全《詩經》中，言草者一百〇五，言木者七十五，言鳥者三十九，言獸者六十七，言蟲者二十九，言魚者二十；其他言器用者約三百餘。自陸璣以後，著書考證者頗多，雖詳略不同，要皆為博物學參考之助。」普賢曰：亦有助於《詩經》之理解也。

茲輯錄《詩經》博物學書目，以備諸位同學之參考。

六十三年五月輯於臺大文學院

書名	作者	版本
△毛詩草木鳥獸蟲魚疏二卷	三國・吳陸璣	叢書集成初編（商務印書館） 增訂漢魏叢書（大通書局） 續百川學海甲集 古經解彙函
△毛詩名物解二十卷	宋・蔡卞（元度）	通志堂經解（大通書局）
△詩集傳名物鈔八卷	元・許謙	通志堂經解（大通書局）
毛詩鳥獸草木考二十卷	明・吳雨	萬曆版
△六家詩名物疏五十四卷	明・馮應京	萬曆間刊本、四庫全書珍本
多識編七卷	明・林兆珂	明版

毛詩陸疏廣要四卷	明・毛晉	津逮秘書（四卷本） 叢書集成初編（二卷本） 汲古閣本第一集
續詩傳鳥名三卷	清・毛奇齡	皇清經解續編
毛詩陸疏校正二卷	清・丁晏	頤志堂叢書
陸氏草木鳥獸蟲魚疏疏二卷	清・焦循	南菁書院叢書第七集
毛詩陸疏考正二卷	清・焦循	南菁書院叢書
毛詩草木鳥獸蟲魚疏校正二卷	清・趙佑	聚學軒叢書
詩識名解十五卷	清・姚炳	聽秋樓刻本
詩集傳名物集覽十二卷	清・陳大章	湖北叢書 商務印書館叢書集成初編
毛詩名物考七卷	清・牟應震	道光戊申刊本
詩名物證古一卷	清・俞樾	皇清經解續編
毛詩多識二卷	清・多隆阿	求恕齋叢書
毛詩多識十二卷	清・多隆阿	遼海叢書第十集
詩名物考略二卷	清・尹繼美	光緒庚辰刊本
毛詩草蟲經一卷	清・馬國翰輯	玉函山房本
多識錄九卷	清・石韞玉	道光刊本
三百篇鳥獸草木記一卷	清・徐士俊	閏竹居叢書

毛詩名物略四卷	清・朱桓	嘉慶壬戌刻本
毛詩九穀考一卷	清・陳奐	古學彙刊本
讀詩釋物二十一卷	清・方瑍	自刻本
詩傳鳥名三卷	清・毛奇齡	皇清經解續編
毛詩多識錄十六卷	清・董桂新	求恕齋
毛詩名物圖說九卷	清・徐鼎	乾隆三十六年刻本
△毛詩品物圖考七卷	日本・岡元鳳著　周彬譯	廣文書局原文影印本
毛詩陸疏校訂二卷	民國・羅振玉	晨風閣叢書
毛詩草名今釋一卷	民國・李遵義	樵隱集
毛詩魚名今考一卷	民國・李遵義	樵隱集
詩草木今釋	民國・陸文郁編	長安出版社
△詩經中的經濟植物	民國・耿煊	商務印書館人人文庫

（原載《書目季刊》十卷三期）

跋

程元敏

糜文開、裴普賢二先生合撰之《詩經欣賞與研究》初續兩集，註文精細，考事詳審，鑑賞輒達風人之旨，而就詩語譯，「有如初搨黃庭，恰到好處」（蘇雪林跋語），故早已傳誦海內外，一再板行。今裴先生又獨彙其近數年教學心得與夫研析成果專著十八篇（其中四篇「新解」，與糜先生合撰。），勒為一書，命曰《詩經研讀指導》，交付剞劂。承先以校樣眎余，余畢讀全帙，獲益良多。

是編既以「指導」為名，在授小子初學以讀《詩》門徑，旨趣甚顯。故首為〈《詩經》幾個基本問題的簡述〉，次論〈《詩經》的研讀與欣賞〉，末則附列〈《詩經》學書目〉，而其間〈我們為什麼要讀《詩經》〉及〈《詩經》字詞用法舉例〉二文，亦為開示後學而設，宜屬同類。惟著者刻正敷教上庠，以從學甚眾，其間不乏治經欲專欲深之士，故撰〈《詩經》「河」字研究〉、〈《詩經》時代嫁娶季節平議〉及〈《詩經》興義的歷史發展〉等文，皆尅就某一問題，作深入之探索，既副書名「研讀」之義；而積學得之，亦無慮鑽研亡所歸趨矣！

此編簡述《詩經》基本問題凡八，皆讀《詩》者所當知，而其中「《詩經》的作者與時代」與「〈詩序〉」二目，尤為重要，故著者於此發明特多。夫〈國風〉多情詩，序者基於政教，每附會傳記，指為美刺，迨宋儒始敢去序，直求本經本意。惟大家如王質、朱子等，猶不免拘虛於序說，

誤以美刺說〈風〉〈雅〉，大害詩旨。著者於此編多舉詩章，循文求義，以論其失，率皆確切不可易，於是〈小序〉窠臼盡脫。漢儒謂某詩某作刺某美某，雖不可輕信，第〈豳風．鴟鴞〉作者，見於《尚書．金縢》，〈鄘風．載馳〉作者，事迹載《春秋傳》，且考之《詩經》本文皆合，而亦謂非周公、許穆所作，則不免貽疑古太甚之譏。近人顧、衛二氏，嘗據孟子引《詩》，謂孔子不知〈鴟鴞〉為周公之作，余解《尚書》，辭而闢之舊矣。本編著者雖未遑深論，然其斷為周公之詩，與鄙見吻合。至〈載馳〉，許穆夫人作，編內〈中國第一位女詩人許穆夫人〉一文，言許穆身世，撰此《詩經》過甚詳，且譯本詩以應，皆信而有徵，無不可從之理。

〈風〉詩大抵采自民間，廣布十五國，故不知詩地理者不知詩矣，鄭玄《詩譜》、王應麟《詩地理考》、朱右曾《詩地理徵》大抵皆因《三百篇》地理而作，而本編先概述「《詩經》的地域」，復作「《詩經》『河』字研究」與「涇清渭濁辨」者，蓋欲效先儒因詩識地緣地求詩之義。矧二文補正舊說，辭暢理明，自茲，涇清渭濁，北河南江，無人不知、無人不曉矣！鳥獸草木者，詩地之物也，詩人觸物咏懷，取彼喻此，關乎詩義匪淺，故孔子教小子識焉。此編「《詩經》學書目」，亦特立「《詩經》博物學」一門，集陸璣《毛詩草木鳥獸蟲魚疏》以下三十四種，以供學者檢索。又自撰「《詩經》黃鳥倉庚考辨」、「《詩經》蝗類四名辨識」，網羅眾說，裁以己意，別白疑或，定於一是，無慚於古人，有益於後學。

孔子云：「《詩》可以興，可以觀，可以群，可以怨；邇之事父，遠之事君。」是《三百篇》

之作，本乎綱常；而仲尼教小子學《詩》，不僅以陶育情操，亦以厚美人倫也。顧自宋以來，經師常摘詩之一、二句，度以己意，斷為男女淫詩。民國以降，文士頗承其說，又或從而揚波煽烈，動輒準泰西行為科學解經，於是厚人論、美風俗、和平淵懿、典雅淳篤之正詩，亦有被淫惡之名，受指為情欲發洩之作者矣。裴先生素惡之，故撰《〈三百篇〉中倫理詩舉例》一文，收入此編，以詆排其說，匡世淑人。如所舉〈齊風・雞鳴〉三章，陳蘭甫因其末章「蟲飛薨薨，甘與子同夢」二句，竟謂「雖後世艷詩，尚不能說至此」（見陳氏所著《讀詩日記》）！而裴先生則通觀全詩，定為「描寫妻子賢慧的詩」，其說曰：

即使在今天有鬧鐘的幫助，如果丈夫有什麼事需要特別早起準時到達，賢慧的妻子仍然要時刻警醒，唯恐丈夫誤事。更何況在那個時代，既沒有鬧鐘，而上朝是絕對不能遲到的，所以為了使丈夫安心睡眠，有充分的休息，白天好有精神辦公，只有做妻子的時時提高警覺，以便及時喚醒丈夫了。我們看這篇詩裡所寫的這位妻子，整夜都在提心吊膽，乍寐乍覺，不敢安寢，以致誤以蠅聲為雞鳴，以月光為天亮。而最後說出她「甘與子同夢」的真心話，真是情境真切，如在眼前。有這樣一位賢慧的妻子，身為公務員的丈夫，怎能不克勤克儉，盡忠職守呢？當然更不會有貪贓枉法的事情發生了。

嘗論讀《詩》與讀它經不同，須先掃蕩胸次，使之淨潔，然後沉潛涵泳，吟哦上下，體味「無邪」

之旨。裴先生善觀《詩》，說《詩》能解人頤，如此之類，編中頗多，莫不妙得詩旨！

此編「《詩經》時代嫁娶季節平議」一文，亦因討論詩旨淫邪抑雅正而作，考徵古代禮俗，實事求是，以溯詩本義。如〈衛風．氓〉，有「將子無怒，秋以為期」，王肅《聖證論》（《周禮．地官．媒氏》「中春之月，令會男女」唐．賈公彥疏引。）曰：「……凡此皆與仲春嫁娶為候者也。《夏小正》曰：『二月冠子嫁女』。娶妻之時，秋以為期，此淫奔之詩。」肅說宜若可信，宋人多從之，〈氓〉篇遂淪為淫色之作：父不欲以教其子，師不敢選授厥徒。著者既舉此篇，以為倫理詩，又偏考《三百篇》有關嫁娶之詩，結言：「嫁娶之期，四季均可，可為定論。」噫！流俗偏喜妄議經典得失，於《詩》尤甚，觀此文當知所儆戒矣！

論《詩經》研讀方法，著者精擇前人意見，述列九條若干項，其八為「甲文金文研究的運用」。余以為當增列「研讀《詩經》應先由古注疏入手」一條。古注疏者，由漢至唐詩學集大成之作也，就治《詩》言，其價值決在卜辭彝銘之上，且欲善用其它八法治詩，亦當先之以通古注疏。是故博洽若朱文公（熹），屢戒門人自古注疏通經；自信如王文公（安石），以《詩正義》一部，常置囊篋，隨時翻檢，久而字迹漫滅。論及《詩經》與本國其它作品關係，裴先生舉《周易》爻辭與《楚辭》，至切至當。余意《尚書．周誥》常見四字句；〈洪範〉又多協韵四字句，兼「無偏無黨」四句，《墨子》（〈兼愛〉下）亦有之（文字小異），且謂之「周詩」。若亦就治《詩》言，其價值或在《易》爻辭之上，何妨列入？又於「《詩經》興義的歷史發展」，著者曰：「魏晉六朝，唯美文學興起，始有文筆之分，以詩賦美文，屬之文學，而應用之文，別稱之曰筆。於是文學理論批評家，對《詩經》興義，另有理論之發展。」斯論甚諦，亦足證《詩經》興義之發展，於此時期，甚為重要。第其所集此期資料，僅〈文章流別論〉、《文心雕龍》〈比興〉篇〉、《詩品‧序三書，戔戔數條：嘗鼎一臠，未為知味。——凡此瑣瑣，皆不足為鴻裁鉅製病。再板有期，裴先生必有以厭後學者也。

它如漢哀帝時，劉歆爭立古文《左氏春秋》、《逸禮》、《尚書》三經（據劉歆〈移太常博士書〉），著者因《漢書》本傳，謂所爭立者亦有《毛詩》，未審孰是。著者又據《詩經》釋義「敘論」，謂確以《詩經》作為書名，昉自宋人廖剛，亦或有可商之處。——凡此偶抒管見，聊藉以就教於賢者，皆非所以論本編得失。

余自為研究生，即慕裴先生之學；民國六十年孟冬，始獲從游。先生以余「可與言詩」，閒常以詩義相示，於茲寒暑六易矣。比來，先生出則講詩授課，指導研究生；退則侍候慈親湯藥，操持家務，勞亦甚矣，而悉心著述如舊。頃以此新帙命余跋後，余辭遜不獲，爰識數語，綴於編末，學者幸察焉。

中華民國六十六年四月二日

詩經評註讀本

裴普賢／編著

本書共分上、下二冊，依十五國風，小雅、大雅，周、魯、商三頌順序排列。各單位之前，冠以扼要之說明；各篇篇名之後，先作小序性之簡介；各章原文之後，加以注釋，採集解態度，不拘一家之說，可直解者多採直解，就各篇本文探求其本義，並力求簡明，不作詳細之考證，實為輕鬆一窺《詩經》堂奧的最佳讀本。此外，特別搜羅自漢以來歷代學者之評析，附錄中更有珍貴的詩經地圖、星象、動植物、器物、衣冠等圖片，不僅使讀者對《詩經》有更深入的理解與欣賞，也是研究《詩經》不可或缺的工具書。

新譯詩經讀本

滕志賢／注譯　葉國良／校閱

《詩經》是中國最早的一部詩歌選集，收集了從西周初年至春秋中期約五百年間黃河、長江流域各國詩歌三百零五篇。本書在「導讀」中扼要地說明如何學習《詩經》，每首詩的詮釋則兼取前賢研究精華，擇善而從，注釋簡明準確，語譯信雅流暢，「研析」包含詩旨分析和藝術特色說明，「韻讀」更帶領讀者一起欣賞《詩經》的音韻之美。內容通俗而完備，是涵泳《詩經》的最佳入門讀本。

詩經的世界

白川靜／著　杜正勝／譯

兩千多年前，黃土地上的先民愛唱歌。這些歌謠集錄在《詩經》這本古書裡，絲絲透露出古人的生活情調。當時的流行歌曲在吟誦些什麼呢？日本人白川靜，突破中國傳統經學的包袱，開闢民俗學與比較文學的研究方法，重新詮釋先民的民謠，刻劃先民的歌唱。他讓古人的心情活起來了。這本《詩經的世界》，帶領讀者層層深入古老的歌謠，一掘那幽僻不解的古代故事。

■五經四書要旨

盧元駿／著

「五經四書」既是中華文化的基礎，也是儒家思想的經典作品，在中華文化幾千年的歷史中佔有重要的地位。即便在現代，仍有無法取代、字字千金的價值。作者盧元駿先生，曾經應中央廣播電臺邀請，於國際播音節目上講解「五經四書」專題，本書即為廣播稿整理而成，為了讓大家輕鬆理解，本書分篇介紹九本經典、提點要旨，用口語化的語言帶領大家進入中華文化的世界。

■經學概述

裴普賢／編

經書是中國文化的基本，是傳承千年的智慧寶庫，然而其雄偉的規模，卻往往使初窺門徑者趑趄不前。本書中，裴普賢教授以其深厚的學養，深入淺出地介紹經學要義，並對龐雜的經傳注疏、學派流變加以分門別類，娓娓道來，使讀者能更有系統地認識經學梗概。想知道如何用《易經》卜卦嗎？想了解孔夫子如何用《春秋》教訓亂臣賊子嗎？《經學概述》定能開啟一個您未知的精采世界。

■西漢經學源流

王葆玹／著

本書兼用考據與西方現代哲學的研究方法，探討西漢經學的來源、流派、著述形式、分期、思想及衰變過程。就西漢禮學、春秋學和易學的一些疑難問題作了考辨和分析，提出了大量新的見解。由秦、漢的社會變革、學術政策，乃至西漢後期的宗教改革，說明經學在當時的地位與內涵；並對於經學的文獻，各派的概念、思想，以及彼此間的爭論，都有新證及新見，是一部難得、嚴謹的學術著作。

■泰戈爾詩集

泰戈爾／著　糜文開、裴普賢、糜榴麗／譯

本書由精於印度文學文化研究的巨擘糜文開教授主譯，以典雅大氣的譯筆，恢廓巨視的角度帶領讀者細讀泰戈爾的詩句。集結泰戈爾《漂鳥集》、《新月集》、《採果集》、《頌歌集》、《園丁集》、《愛貽集》、《橫渡集》等七部詩集而成。

■泰戈爾小說戲劇集

泰戈爾／著　糜文開、裴普賢／譯

本書集短篇小說七篇、戲劇兩部，由前駐印度大使暨印度文化研究專家糜文開，偕其夫人裴普賢教授一同選編、翻譯。二人長居印度，對當地民俗風情有著深刻的閱見，加上雋永詩化的譯筆貼近原作，讓這批涵容著人性柔韌之光的作品，得以用本初風貌，輕巧拂掠讀者的心上弓弦。

■印度文學欣賞

糜文開／著

印度文化以宗教為核心，印度歷史就等於一部宗教的演變史，而印度文學史也就可依宗教的演變來分期。本書選譯了印度歷史上的代表作，如婆羅門時期：吠陀經、奧義書；佛教時期：《佛所行讚》、《大莊嚴經》、《百喻經》；印度教時期：《五卷書》、《四部箴》；以及近代大文豪：泰戈爾、奈都莎綠琴尼、普雷姜德的作品。敬邀讀者大眾一同欣賞印度文學多樣的風貌！

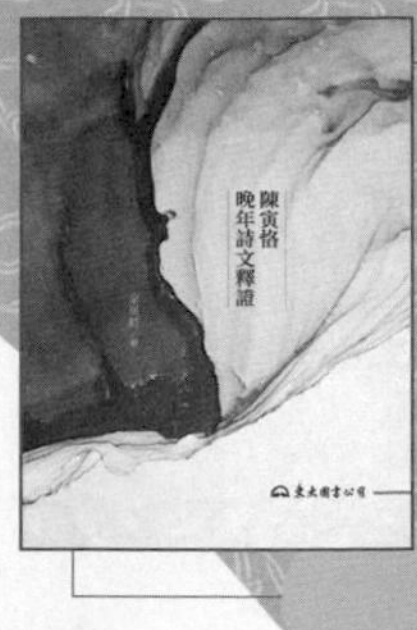

■陳寅恪晚年詩文釋證　余英時／著

本書是作者四十年來研究陳寅恪史學觀念和文化精神的總集結。作者在八十年代破解了陳寅恪的暗碼系統，使他的晚年生活與思想的真相重顯於世。十餘年以來本書所激發的爭議不斷擴大，最後演成所謂的「陳寅恪熱」，引出了大批有關他晚年的檔案史料。作者充分利用新史料增寫了〈陳寅恪與儒學實踐〉和〈試述陳寅恪的史學三變〉兩篇長文，更全面地闡明他的價值系統和史學思想。

■中國歷代故事詩　邱燮友／著

文化中的璀璨瑰寶——故事詩，是用詩歌的方式，來鋪述一則故事的長篇敘事詩。我國的故事詩，大抵用音樂或樂曲來說故事，因而故事詩多為樂府詩的形式。換言之，將小說的題材，用詩歌的方式來表達，便成為故事詩。每個時代都有動人的故事在發生，這些有血有淚、有情有義的故事，經民間詩人或文人將它們用詩歌、用音樂記錄下來，就如同四季的風，催開每季不同的花朵，然後在和煦的陽光下，展現婀娜多姿的姿態，令人搖蕩情靈，吟頌不已。

■宋代園林及其生活文化　侯迺慧／著

園林自唐代開始，已成為中華文化中一個非常重要的內容。到了宋代，園林與宋人生活已有著密不可分的關係。本書以宋人詩文為主要依據，透過對詩文整理、解讀和分析，證以其他史籍地志、筆記叢談的記述，加以作者親身的山居園遊體驗，探討宋代園林——中國園林史上進入高峰的藝術成就，以及園林生活內容和文化意涵。

唐人小說——閒觀傳奇話古今

柯金木／編著

本書共分為五個單元，收錄十四篇唐人小說，各篇均有導讀、正文、眉批、注釋、譯文、析評、問題與討論等七個部分，作為基本閱讀、研習的依據。本書的內容編排，特別重視即知即用，除了多向互動的學習觀點，引導讀者思考，更有個別獨立的章旨討論、網絡串聯的單元分析表，可激發閱讀興趣、效益，讀者不妨多加留意。

國學常識精要

邱燮友等／編著

本書邀請四位教授執筆，從《國學常識》一書摘取精華，撰成此書。從源頭脈絡解析，並條列重點，無須基礎即可閱讀。書中內容涵括經、史、子、集等文學常識，並收錄國學常識題庫，協助讀者統整前人知識之精髓，方便學習與理解，本書不僅是考生的最佳選擇，亦可成為對中國學術有興趣者的橋樑。

文學欣賞的新途徑

李辰冬／著

本書收錄的近二十篇論述，包含詩歌、詞、賦、平話小說等作品的欣賞，或是他對於文學批評、寫作的看法。篇篇嚴謹精確，且慧眼獨具，筆法深入淺出，推論之來龍去脈一目了然，將可引導對文學評論有興趣的讀者，從不同角度深入鑽研，更全面的細品文學況味。

■ 莊子及其文學

黃錦鋐／著

《莊子及其文學》一書集作者歷年來研究《莊子》的論文共九篇，將《莊子》一書中的理論與文學內容相互印證，以見《莊子》在文學上的價值與影響，為研究者提供一批評的識見與線索。而對於眾說紛紜的向秀、郭象《莊子》注相關問題，作者也綜合各家研究者的意見作一客觀的評論，並指引出研究《莊子》注的新途徑。

國家圖書館出版品預行編目資料

詩經研讀指導／裴普賢著.－－二版一刷.－－臺北市：東大，2021
面；　公分.－－（文苑叢書）

ISBN 978-957-19-3275-0（平裝）
1. 詩經 2. 研究考訂

831.18　　110008439

詩經研讀指導

作　者　裴普賢
發行人　劉仲傑
出版者　東大圖書股份有限公司
地　址　臺北市復興北路 386 號 (復北門市)
　　　　臺北市重慶南路一段 61 號 (重南門市)
電　話　(02)25006600
網　址　三民網路書店 https://www.sanmin.com.tw

出版日期　初版一刷 1977 年 3 月
　　　　　二版一刷 2021 年 6 月
書籍編號　S820070
ISBN　978-957-19-3275-0

東大圖書公司